中国黄河—滨海区域经济发展合作

区域经济发展合作

白皮书（2010）

秦瑞齐/主编

张炜熙 曹明福 朱春红 李建生/副主编

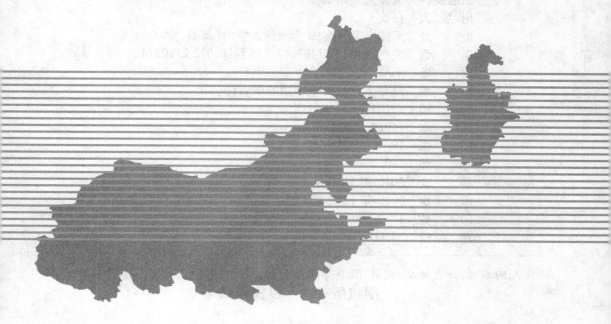

天津大学出版社
TIANJIN UNIVERSITY PRESS

图书在版编目(CIP)数据

中国黄河—滨海区域经济发展合作白皮书(2010)/秦瑞齐主编.—天津:天津大学出版社,2010.10
ISBN 978-7-5618-3751-1

Ⅰ.①中… Ⅱ.①秦… Ⅲ.①地区经济－经济合作－研究－中国 Ⅳ.①F127

中国版本图书馆 CIP 数据核字(2010)第 190100 号

出版发行	天津大学出版社
出 版 人	杨欢
地　　址	天津市卫津路 92 号天津大学内(邮编:300072)
电　　话	发行部:022-27403647　邮购部:022-27402742
网　　址	www.tjup.com
印　　刷	昌黎太阳红彩色印刷有限责任公司
经　　销	全国各地新华书店
开　　本	169mm×239mm
印　　张	18
字　　数	380 千
版　　次	2010 年 12 月第 1 版
印　　次	2010 年 12 月第 1 次
印　　数	1－2 500
定　　价	38.00 元

序　一

各种各样的区域经济发展战略,可谓耳熟能详,但是,天津与黄河区域经济发展合作的提法在国内外却是一个创举,所以当我第一次阅读本书初稿时,我的注意力不由自主地高度集中起来,耐心地查看了目录,认真地阅读了重要章节,仔细地推敲了其实证研究方法与结论。读完后,本书给我的深刻感受主要有以下几个方面。

第一,本书的选题立意有高度。本书以天津与黄河区域九省区之间的经济合作为研究对象,敏锐地捕捉到了中国区域经济发展将由非均衡增长转型为均衡增长这一时代主题。这是对中央政府当前深入实施西部大开发战略的积极响应,紧贴时代脉搏,体现了经济研究学以致用的特色。

第二,本书的研究有新意。本书以天津与黄河区域九省区的经济合作为研究对象,在国内外尚属首次。所谓的学术创新不外乎新问题、新观点、新方法、新数据和新角度等,而本书研究的是新问题,持有的是新观点,使用的是新方法,利用的是新数据,选择的是新角度,因此,本书的学术创新是不容置疑的。

第三,本书研究内容有深度。本书的研究内容较多,涉及天津等十个省市区,但是,本书采取了分省研究的体系框架,有条不紊地介绍各省与天津经济合作的现状和问题,并据此提出了未来的合作构想。最为难能可贵的是,本书还竭力追求学术研究的规范与深度,利用数理经济学和计量经济学的方法,对每省的一个典型经济合作问题进行实证研究,得出了颇具说服力的结论。本书的研究由表及里,不断深入,由感性走向理性,在寻求通俗易懂的同时又不失深度。

总的说来,本书雅俗共赏,理论性与实用性并重,是一场及时雨。但是,本书也并非十全十美,它只是对天津与黄河区域九省区的经济合作进行了研究,而没有涉及九省区之间的经济合作。当然,不能苛求一本书能够解决所有的问题。因此,我殷切地希望,明年的白皮书能够百尺竿头更进一步,更加精彩。

周绍农

2010 年 10 月

序　二

　　经过编委会与写作小组三个月的紧张奋战，我们期盼已久的《中国黄河—滨海区域经济发展合作白皮书（2010）》终于面世了！作为编委会主任，我可以不无自豪地说，本书的最终成果远远超出了我的预期！

　　首先，本书所涉及的问题能够完全紧贴当前党中央深入实施西部大开发的战略举措。西部大开发迄今已经十年了，党中央及时总结了前期工作的经验和教训，对新一轮的西部大开发作出了部署。本书的内容很好地体现了这一主题。

　　其次，本书真实反映了天津滨海新区辐射带动其腹地经济发展的内在要求。在过去区域经济发展战略存在各自为政的缺陷，近几年，天津滨海新区开发开放取得了令人瞩目的成绩，如何将其对内地的辐射带动功能发挥得更好，如何同沿黄九省进一步深入经济发展合作，能够有效地促进天津滨海新区与黄河区域经济互促共赢，促进区域经济发展战略整合，对中央领导对天津发展提出的"一个排头兵，两个走在前列"的要求的落实，是一个崭新的课题。本书对此作出了全面系统的论述。

　　最后，本书的研究成果能够有效推动黄河—天津滨海区域经济合作的交流，为创新合作方式提供决策参考。一方面，本书所收集的大量统计资料可以为黄河区域经济合作提供实证资料；另一方面，本书所提供的区域经济合作模式与理念，为各省市的具体决策提供了一个可以借鉴的分析框架，具有较强的可操作性。

　　当然，由于时间紧迫，本书还有许多不尽如人意的地方，望专家指正，同时，我们也将继续努力，希望来年的白皮书能够更上一层楼。

2010 年 10 月

前　言

　　本书是在我国改革开放走过 32 个年头，改革与经济社会发展取得巨大成就，而又面临新的机遇与挑战的时刻诞生的，是在深入贯彻中央关于实施天津滨海新区开发开放及西部大开发战略的重要时期完成的，同时本书也是在珠江三角洲、长江三角洲改革发展、区域合作及相关研究取得许多成果的基础上提出的一个理论与实践的崭新课题。

　　本书所研究的内容具有较强的时代背景，是我国区域经济发展战略理论与实践的有益探索。新中国成立以来，在区域经济发展上，国家先后实施了四种区域经济发展战略，即区域经济均衡发展战略、区域经济非均衡发展战略、区域经济非均衡协调发展战略和区域经济统筹发展战略。这些发展战略的实施，对于推动我国不同时期区域经济发展进而促进整个社会经济发展起到了积极作用。天津滨海新区地处黄河流域九省大系统边缘，其区位、自然、人文、经济与上述区域有着很深的历史渊源，黄河—滨海经济发展与合作是区域经济发展战略的延伸，是跨区域经济合作的一种尝试与探索。随着我国社会主义市场经济的深化，这种跨区域经济交流合作态势将会进一步加强。探索并搞好这一跨区域经济交流与合作，将推进与珠江经济带、长江经济带、陇海—兰新经济带、京津—呼包银经济带、大东北经济区构成的"四带一区"的互学、互促，为我国区域经济发展理论与实践增添新的范式。

　　本书所研究的内容具有较强的现实意义。对于促进天津滨海新区和西部大开发国家战略的实施具有重要意义。一方面，天津滨海新区同沿黄九省交流与合作，有利于其自身经济发展方式的转变，增强其自身的辐射能力，带动区域均衡发展；另一方面，沿黄九省区同天津滨海新区的交流与合作，有利于各自进一步发挥优势，提升创新能力，实现互利共赢，对实施中央西部大开发战略将会起到积极促进作用。

　　本书坚持理论与实践相结合，论述了黄河—滨海区域经济发展合作的背景、意义、现状与框架，进一步介绍并分析了天津滨海新区及沿黄各省的概况及合作的现状与构想，撰写了相关方面的研究成果，旨在为深入研究天津滨海新区与沿黄各省进一步经济交流与合作抛砖引玉，实现良好开局。

本书共分十一章,具体分工写作如下:

第一章　导论　曹明福

第二章　天津市篇　李江

第三章　河北省篇　麻艳红、邓磊、张炜熙

第四章　山东省篇　张虹、杨科

第五章　河南省篇　罗正清

第六章　山西省篇　冯娅娟、王申坤

第七章　陕西省篇　王宗胜

第八章　内蒙古自治区篇　尹艳冰、罗艳

第九章　甘肃省篇　魏梅

第十章　青海省篇　鲍健波、欧立臣

第十一章　宁夏回族自治区篇　谢美、罗艳、秦瑞齐

本书由秦瑞齐、张炜熙、胡玉莹、朱春红负责总纂,最后由秦瑞齐定稿。

本书在写作过程中,参考了许多网、刊的资料,吸收了一些学者的观点,在编著过程中得到了天津市黄河—滨海区域经济促进会、南开大学滨海发展研究院、南开大学经济与社会发展研究院、天津大学出版社等单位的领导、专家、学者的帮助,在此一并表示感谢。

本书编著时间仓促,水平有限,书中有些不妥之处,敬请读者指正。

编　者

2010 年 10 月

目　　录

第一章 导 论

黄河—滨海区域经济合作涉及青海、甘肃、宁夏、内蒙古、陕西、山西、河南、河北、山东和天津等省份。黄河—滨海区域经济合作是在我国区域经济战略发生重大转变的紧要关头提出来的,既是深入贯彻党中央东部率先发展、中部崛起、西部大开发统筹经济发展战略的生动体现,又适应了中国黄河流域各省市区域经济发展的内在要求。

一、黄河—滨海区域经济合作的时代要求

从黄河—滨海区域在全国的地位来看,该区域是我国资源最富集和发展潜力最大的地区,十省市区的面积约占全国的三分之一,人口约占三分之一,经济总量约占三分之一,煤炭产量占全国的 51%,是我国重要的能源、重化工工业基地;从地缘关系来看,黄河—滨海区域外傍渤海、内控黄河,与日本列屿和朝鲜半岛隔海相望,北有京津唐经济发达区,南靠山东半岛沿海经济开放区,西拥广阔的内陆腹地做支撑,具有发展跨区域经济合作的天然态势;从我国大的区域划分来看,黄河—滨海区域横穿中国的东部、中部和西部,东部地区的市场化、工业化、城镇化水平较高,中部地区的能源储藏量较大,西部地区的农林资源较为丰富;从内含的经济成长板块来看,涵盖了滨海新区、黄三角、关中—天水和"一横两纵"(陇海线、京广线、京九线)的中部等四个国家级经济规划区,又沿环渤海辐射到了辽宁沿海、图三角两个国家级经济规划区;从合作现状来看,滨海新区的产业结构不断升级优化、技术创新突飞猛进,天津市作为未来的北方经济中心、国际航运中心的建设迈出了实质性的步伐,黄河—滨海区域经济合作的意识不断增强、合作的领域不断拓展、合作的机制不断创新,滨海新区的引擎功能和黄河流域的腹地支撑正在形成之中。

以黄河—滨海广袤的区域、长阔深远的合作空间、巨大的潜在优势,如果在区域经济合作方面迈出实质性的步伐,势必将实质性地推动中国整个北方经济甚至中国整体经济的快速成长。

具体来说,黄河—滨海的区域经济合作体现了国家战略和区域内部自身发展的要求。

(一)黄河—滨海区域经济合作体现了党中央、国务院区域经济统筹发展战略的要求

从 1949 年到现在,我国在区域经济发展上曾先后选择实施了四种区域经济发展战略,即 1949 至 1978 年实施的区域经济均衡发展战略、1979 至 1999 年实施的区域经济非均衡发展战略、1999 至 2003 年实施的区域经济非均衡协调发展战略和 2003年至今实施的区域经济统筹发展战略。区域经济统筹发展战略是我国在 21 世纪为

了解决区域差距明显扩大、西部地区依然落后、东北地区老工业基地老化、城乡冲突凸显等社会问题而制定的国家经济社会发展战略。黄河—滨海区域经济合作有利于解决占我国国土面积三分之一、占我国人口三分之一的区域由于发展不平衡而导致的差距扩大、矛盾突出等社会问题,是实现十省市区区域经济社会的一体化发展、振兴中国北方经济的重大举措,是贯彻国家科学发展观的重要内容。作为地区经济发展较不平衡的黄河—滨海区域,区域协调发展不仅是重大的经济问题,也是重大的政治问题、社会问题和国家安全问题。实现黄河—滨海区域经济的平稳、健康、协调、高效运行,是实现我国国民经济和社会发展的一项重大战略,是全面建设小康社会、构建和谐社会、实现共同富裕的必然要求。

在 2009 年 12 月 5 日至 7 日中央召开的经济工作会议上,中共中央总书记、国家主席胡锦涛强调,要继续实施西部大开发、东北地区等老工业基地振兴、中部地区崛起、东部地区率先发展的区域发展总体战略,积极扶持革命老区、民族地区、边疆地区、贫困地区加快发展,加大扶贫开发力度,提高自主发展能力,改善群众生产生活条件,让各族人民共享改革发展成果。

在 2010 年 3 月 5 日召开的十一届全国人大第三次会议上,国务院总理温家宝在政府工作报告中强调,实施区域发展总体战略,重在发挥各地比较优势,有针对性地解决各地发展中的突出矛盾和问题;重在扭转区域经济社会发展差距扩大的趋势,增强发展的协调性;重在加快完善公共财政体系,促进基本公共服务均等化。

在 2010 年 8 月 1 日,旨在促进黄河—滨海区域经济合作的天津市黄河区域经济发展合作促进会成立。中央政治局委员、天津市委书记张高丽强调,黄河区域经济发展合作促进会的成立,是贯彻落实党中央、国务院深入实施西部大开发战略的重要举措,对于推动天津与沿黄河各省区的交流合作具有重要作用。天津市将以此为契机,进一步增强服务功能,推进天津与沿黄河各省区实现共同发展。原中共中央政治局委员、国务院副总理项怀诚在致辞中说,构建以天津滨海新区为龙头,沿黄河各省区为腹地的区域经济发展长效合作机制,对于优化区域经济结构,促进黄河—滨海区域经济平稳较快发展意义重大。两位领导言简意赅的讲话,将黄河—滨海区域经济合作提升至国家区域经济发展的战略高度,同时对黄河—滨海的区域经济合作寄予了厚望。

(二)黄河—滨海区域经济合作是黄河流域各省区和天津市经济发展的内在要求

黄河—滨海区域地跨我国东中西三个区域,具有独特的区位优势和资源优势。东端有天津、日照、青岛、秦皇岛等出海口,西端通过欧亚大陆桥连接中亚和欧洲;内陆的山西、内蒙古等省区拥有极为丰富的矿产资源,沿海的河北、山东、天津等省市拥有雄厚的工业基础。东部省区可以辐射和带动中西部省区的发展,有着广阔腹地的中西部地区也给东部提供了更高质量的资源以及产业转移的有效平台。黄河—滨海的区域经济合作能够形成东西双向开放、产业结构优化、区域联动发展的良好格局。以资源型产业合作为例,重化工业已成为引领天津、山东经济发展的重要产业,但这两地的资源储备并不丰富；山西省产值排名前四位的煤炭开采与洗选业（27.86%）、黑色金属冶炼及延压加工业（22.87%）、石油加工炼焦及核燃料加工业（12.75%）、电力燃气及水的生产和供应业（9.62%），以及河南省产值排名前四位的电力燃气及水的生产和供应业（11.22%）、电气热力的生产和供应业（10.90%）、非金属矿物制品业（8.87%）、有色金属冶炼及延压加工业（8.48%），技术水平普遍不高；黄河上游省份资源丰富，如内蒙古的能源和冶金工业、青海的大盐湖产业等，但这些地区的产业层次较低，主要生产原材料、初级产品和部分中级产品，高技术含量、高加工度、综合性产品则明显不足。如果黄河—滨海区域能够建立起资源产业发展合作平台，就能够发挥黄河—滨海区域各地资源的比较优势，促进区域内资源产业结构的优化升级。

二、黄河—滨海区域经济合作的战略意义

改革开放以来，中国中西部的经济发展长期落后于东部沿海，中国北方的整体经济实力也与南方相差不小。黄河—滨海区域经济合作不仅能够促进各省市自身的发展，还能够统筹中国东部、中部和西部的协调发展；从国家经济发展的整体布局来看，黄河—滨海区域的经济合作在推动东中西部协调发展的同时，还促进了中国北方经济板块的崛起，有利于我国经济地理格局的优化演变，有利于中国经济社会的科学发展。

（一）东西联动、南北互应的全局意义

黄河—滨海区域经济合作的战略目标是建立以天津滨海新区为龙头，以环渤海经济圈为支撑，沿黄河省区为腹地的长效区域发展合作机制。在黄河—滨海区域经济合作区中，天津和山东、河北沿黄河逆流而上，向中西部作梯度扩展和延伸，把河南、山西和内蒙古中部三省以及陕西、宁夏、甘肃、青海西部四省作为经济腹地纳入这一经济体系中。这样，就将中国北方的东部与中部和西部、沿海与内陆、经济发达地区与欠发达地区结合为一体。这不仅顺应了西部大开发，加快了中部崛起之势，而且将东西部地区的合作上升到一个新的高度，能够成为区域经济中"先富带后富"的典范。

黄河—滨海区域经济合作战略的实施，将使得黄河—滨海区域经济得到迅速发展并展现出无穷的生机和活力，中国北方区域的经济版图也会悄然改变，其结果也将使得泛珠三角经济圈、泛长三角经济圈和环渤海经济圈三大经济圈实力相当，真正做到南北互应，共同带动中国经济的健康快速发展。

（二）促进滨海新区经济腾飞

天津滨海新区的规划发展目标是，经过15年左右的努力，把滨海新区建设成为具有国际一流的技术和管理水平，具有较强自主创新能力的现代制造和研发转化基地；建设成为服务辐射能力强、运转效率高的北方国际航运中心和国际物流中心；建

设成为具有综合竞争力和世界影响力,服务和带动区域经济发展的改革创新先行区;建设成为以近代史和滨海生态为特色的国际旅游目的地以及宜居的现代化海滨新城。到2020年,新区生产总值达到10 000亿元,年均递增13.5%,口岸进出口总值达到5 000亿美元以上。

加强滨海新区与黄河沿线省市的合作与交流极其重要,对滨海新区而言,具体表现在三个有利于。

第一,有利于增强滨海新区的产业辐射能力,带动区域均衡发展。首先,滨海新区可以充分发挥极化优势,在优势产业的形成和壮大过程中,通过产业链的方式与黄河沿线省区形成紧密的经济联系,打造一批全国领先、世界知名的企业和产品,力争形成若干围绕优势产业或优势产品的产业集群,既为滨海新区自身的产业发展夯实基础,也为黄河沿线省市和周边区域的发展提供动力和支撑。其次,对黄河沿线不同地区,滨海新区的产业联系重点将不同。滨海新区与陕西产业联系的重点可以是加强高新技术合作;与山西地区内联的重点是加强地理资源的合作;与青海、甘肃等比较落后的西北地区的内联重点是加强通道建设,提高大宗货物的国际贸易服务能力以及产业的转移、对接。最后,形成以滨海新区为基点,面向环渤海区域的扇面辐射和向黄河区域的蛇形辐射的格局。

第二,有利于滨海新区转变产业发展模式,从单一目标向多元目标转化。黄河与滨海区域经济的合作,首先,将优化滨海新区的产业功能取向,重点培育具有自主创新潜力的高端核心功能,把一般性、基础性产业功能重点向黄河沿线西部地区疏解;其次,将改变滨海新区植入式的发展模式,强化内生力量,培育出具有自主创新能力的产业体系。滨海新区的产业发展应服务国家发展战略,将带动区域发展作为第一目标,实现规模扩张、功能提升和开放带动等多元目标的有机统一。

第三,高水平的研发必须要有充足的资源和足够大的市场作支撑,滨海新区和黄河区域的经济合作,将使得滨海新区大企业集团有能力建立高水平的研发平台,从而加快核心技术的开发,形成强势技术创新主体,为天津滨海新区早日成为世界一流的经济区域奠定基础。

(三)加速中西部开发进程

加强黄河—滨海区域经济合作不仅有利于滨海新区经济的腾飞,而且对加速我国中西部开发进程具有重要意义,具体表现为以下几方面。

第一,促进中西部产业集群优化升级。依托天津市八大支柱产业的优势,开展科技型创业孵化、创业扶持,加强区域内中心城市之间的合作,提高中西部地区企业的科技创新能力。随着劳动力成本等要素价格上升,天津市劳动密集型和一般加工业的集群产业向西部地区的转移已成为大势所趋。对此要因势利导,推进资源依赖型产业向资源原产地集中,实现资源的就地深加工和转移,带动中西部地区产业升级,把潜在资源优势转化为竞争优势和经济优势,实现黄河经济带和滨海新区的共同腾飞。

第二,加速中西部地区市场化进程。区域经济一体化整合发展必然要求市场一体化。和中国的西南部相比,中国的西北部地区受体制与制度的制约较深,生产要素流动的行政导向、各种形式的地方保护壁垒还依然存在。努力营造开放、规范的市场环境,建立以天津为主体与中心的区域要素市场体系,将是黄河—滨海未来区域经济整合发展的关键,尤其是金融、人才、技术、产权等大市场方面的建设。同时在更多方面,充分利用企业分工合作的力量,促进地域间要素的流动与整合,达到企业发展、地域发展和经济一体化的多赢目标。

第三,依托天津的国际航运中心地位积极开展对外贸易和物流。天津港正在成为新的国际航运中心,中西部地区可与天津合作组建"无水港",实现贸易便利化;积极组建物流联盟,打造北方现代物流走廊。

第四,依托天津金融先行先试的政策优势,拓宽企业融资渠道。借助滨海新区金融改革这一平台,通过发行政策性金融债券募集资金,为西部地区的跨地区银行贷款提供担保,并根据一定要求和条件对基础设施建设项目进行贴息,或提供优质贷款。

总之,黄河—滨海区域经济合作战略必将促进滨海新区的腾飞,而滨海新区经济实力的增强将使得其在与黄河区域合作中发挥更大的作用,为中西部,特别是西北部省区的开发和发展作出巨大的贡献。黄河—滨海区域经济合作有利于黄河沿线省区和滨海新区的角色和功能定位,有利于区域内产业结构优化、避免同质化恶性竞争,有利于区域内分工与协作的进一步加深,有利于加快形成区域、城乡经济社会一体化发展的新格局,最终增强黄河—滨海区域的综合实力。

三、黄河—滨海区域经济合作的战略构想

促进黄河—滨海区域经济合作,应以经济共赢发展为主题、以黄河流域的产(业)脉、能(源)脉、文(化)脉、水脉、人脉为纽带,探索西部大开发和东中西竞争合作、良性互促、协调发展的新思路、新路径。

(一)黄河—滨海区域经济合作需要破除的障碍

横跨东、中、西三地的黄河—滨海区域在国家新一轮的经济结构调整中,理应担当起拉动全国经济持续快速发展和加快中西部地区发展的双重重任。但从现实来看,与泛珠三角经济圈、泛长三角经济圈的经济扩散效应、辐射效应相比,黄河—滨海经济带区域经济合作进展缓慢,首尾联动的能动效应始终不能充分发挥。由于不同区域在经济体制、经济实力、文化观念等方面的差异,导致黄河—滨海区域在参与经济合作过程中还存在着过度开发、资源浪费、环境破坏、经济联系松散、区域分工不合理、经济发展差距持续扩大、区域整体发展效率不高等一系列阻碍区域协调发展的问题。当前,黄河—滨海区域经济合作急需破除两大障碍。

首先是产业合作障碍。黄河—滨海区域内各省市区产业结构趋同与恶性竞争等现象严重,基础设施重复建设造成资源利用率低下。由于长期受条块分割和地方保护主义的影响,黄河—滨海区域各城市间生产布局重复、职能同化现象较为突出,使

黄河—滨海区域基本处于松散无序的状态。根据各省区"十一五"规划,除了大部分省市区都有能源化工、装备制造业、冶金、建材等传统行业外,目前又在竞相发展电子信息、生物制药、新材料等高新技术产业。最为明显的是钢铁工业,各省区都自成体系,但是设备陈旧,往往只重视数量而不重视质量,产品不能满足社会多元化需要。从十个省区市的前十大支柱行业来看,主导产业更是雷同,详见表1-1。

表1-1　黄河—滨海各省市"十一五"支柱产业规划

支柱产业 省份	能源、化工	农产品、食品加工	高新技术产业	服务业、旅游业	汽车、装备制造	冶金	医药	纺织、建材
内蒙古	能源化工、煤炭	农畜产品	软件		装备制造	冶金		建材
陕西	能源、化工	果业、畜牧业	电子信息、软件等	旅游、现代物流	国防科工、装备制造			
河南	能源、石化、煤化工	食品工业基地		文化产业、旅游业	汽车零部件、装备工业	铝工业、有色金属		
河北	石油化工	食品	电子信息	现代物流、旅游	装备制造	钢铁	医药	纺织、建材
青海	电力、油气、盐湖化工、煤炭	农畜产品加工				冶金、有色金属	医药	建材
山东	石化、煤化工、盐化工	食品	电子信息	现代服务业	汽车、船舶、重点装备	钢铁	医药	新型建材、服装
山西	煤炭、电力、煤化工			旅游	装备制造	焦炭、冶金		材料
甘肃	电力、煤炭、石化基地		生物制药、半导体等	旅游	环保设备、航空零部件	有色金属	中药现代化	
宁夏	煤炭、电力、化工				机械	冶金	医药	轻纺、建材
天津	石油化工		电子信息、新能源、航空航天	现代服务业	装备制造业汽车	冶金	生物医药	新材料

　　基础设施方面以港口为例,黄河沿岸区域内凡有港口资源的城市,都把水陆运输枢纽和临港重化工业作为自身发展的支撑,竞相建设集装箱港口,在几个重要的沿海港口城市之间,更是相互争夺国际主枢纽港地位。港口建设战线过长导致河北、山东与天津港口对垒的局面,因货源不足而造成巨大浪费。国家虽然已经确立了天津作为北方国际航运中心和物流中心的地位,但在整个黄河—滨海区域内与之相关的交通设施还缺乏综合协调。该区域东部沿海段已布局了秦皇岛、唐山、天津、黄骅、龙

口、蓬莱、烟台、威海、石岛、张家埠、青岛、日照、岚山 13 个港口,多个港口共用一块腹地、一方货源,盲目重复建设致使一些建成的港口效益低下。

其次是市场障碍。黄河—滨海区域内行政区划界限难破,市场壁垒明显,增加了区域合作的难度。黄河—滨海区域横跨东、中、西部十个省市区,不同省市区经济实力不同,利益诉求自然不同,另外在管理上涉及部门多、内在矛盾多,解决的难度也大,因此,各省市区在制订发展规划时,往往只考虑自身的情况,这就使得黄河—滨海区域的发展缺乏统一规划。同时,在城市建设和经济发展方面又缺少有效沟通和协作机制,这都造成了各自为政式的对行政区域内利益的过度追求。在现行的行政管理体制框架下,天津作为黄河—滨海的中心城市,法定管理权只限于其所管辖的行政区划范围,根本不具备跨行政区划的管理协调权限。中心城市管理职能的不完备导致城市群区域内经济发展无法协调,从而在很大程度上制约和影响了城市群区域内的协调发展。此外,各地方政府还设置区域贸易壁垒,禁止其他区域的同类产品进入本地市场或提高它们的进入成本,并限制当地企业把资金、技术向外转移。在经营管理和执法管制方面,地方政府在处理跨区域纠纷时往往偏袒本区域的企业。这些问题阻碍市场的同一性、竞争的公平性,破坏了优胜劣汰机制对企业生产技术和经营管理的积极促进作用,不利于产业结构和区域经济结构的优化。

(二)黄河—滨海区域经济合作的战略框架

为了实现黄河—滨海区域之间在经济发展上形成关联互动、利益共享、正向促进的新型关系,黄河流域各省市区要联合起来,建立起以天津滨海为龙头,沿黄河省区为腹地的长效区域发展合作机制,发挥连接东西、辐射南北的区位优势,通过区际经济关系、资源配置、收入分配和生态环境的协调,整合黄河—滨海区域之间和区域内部的资源优势,提高资源利用效率,打造科技含量高、经济效益好、资源消耗低、环境污染少、资源节约型、环境友好型的区域经济发展模式,促进黄河—滨海区域经济平稳较快发展。

第一,谋求新的发展思路。该区域的沿海各省市应更加重视协调沿海与腹地、与中西部的关系,通过沿海发展带动中西部地区协调发展。中西部省区应更加重视探索新兴工业化道路和统筹人与自然的关系,重视与东部地区的产业、人才、金融、服务的承接和对接。在发展模式上由总量扩张的"速度型"向产业提升、结构优化的"质量型"转变。在发展路径上由大项目、大产业集聚向大生产网络、大市场网络的构建转变。在发展驱动上由要素投入向要素效率和自主创新效率转变。

第二,形成新的发展格局。黄河流域的东中西各省区要依托自身的资源、区位优势,拓展新的发展空间,探索新的发展路径,并寻求在更大的空间范围中寻找自己的发展定位。各省市区发展定位、发展目标和合作思路需要更为清晰和明确。区域经济发展布局应由"单点"转向城市群或省区"结网"、"链带"发展,凸显产业集群、产业链、城市圈、经济带等新概念。

第三,建立新的合作机制。各省市区应重新定位区域经济合作的内涵,并将区域合作提升到前所未有的高度。合作主体应由政府拓展到企业、产业及民间组织,合作的领域不仅应包括产业、科技、人才、信息,而且应包括文化、教育等领域,形成由合作到深度合作再到一体化的合作机制。在相互合作中错位竞争、优势互补、共赢共享、共同发展。合作不应再是一种"姿态",而应成为各省市区发展的内在要求和发展动力。

(三)黄河—滨海区域经济合作的战略构想

根据黄河—滨海区域的自然、生态特点和区域社会经济基础,按照存在问题的相似性、发展条件的一致性和发展目标的共同性,我国行政区划、资源协调的难度以及珠三角、长三角区域合作的困境,可以依托不同的省市区的比较优势,形成产(业)脉、能(源)脉、文(化)脉、水脉、人脉等几个各具特色的合作纽带。

1. 产(业)脉

主体部分由京、津、冀、鲁组成,以滨海新区为核心,是黄河经济带的经济核心区。将充分发挥天津滨海新区金融创新先行先试优势,借鉴铁合金交易所的成功经验,推动黄河—滨海区域金融创新合作;要充分利用邻海、近海的有利区位条件,依托天津、秦皇岛及日照、连云港等港口,扩大对外开放,大力发展外向型经济。要依托北京、天津、青岛、济南等中心城市,搞好科技创新,重点抓好国家级经济技术开发区建设,积极发展高新技术产业,不断提高经济发展的层次和质量,尽快对整个经济区发挥辐射和带动作用。

2. 能(源)脉

主体部分由山西、陕西(秦岭以北)及内蒙古和河南部分地区组成。该区域是全国最重要的能源生产区,全国65.7%的煤炭资源,70.1%的天然气资源,大部分的铝土、镍、稀土、钾盐、芒硝、石棉等矿产以及一些重要的石油、水电、铁矿基地集中分布于此,矿产资源潜在价值占到全国总价值的45%左右[①]。依据能源结构、分布、生产及环境要求,能源开发方向应以可持续发展为原则,调整主要能源生产的比例关系,大力发展清洁能源,积极开发煤层气、石油、天然气等优质能源,全面开发和推广应用洁净煤技术,把本区建设为国内最重要的清洁能源供应区,为全国经济发展提供强大的动力保证。

3. 文(化)脉

黄河流域是我国历史上的政治、军事、经济、文化中心,历代建都多在这里。六大古都中的西安、洛阳、开封都在黄河流域内。商城遗址、殷墟、秦始皇墓穴兵马俑和炳灵寺、麦积山、龙门石窟、晋祠、雁塔、塔尔寺、广胜寺、白马寺、永乐宫等名胜古迹,都是黄河流域灿烂的古代文化的象征。珍贵的文化财富,加上青藏高原、黄土高原、名山大川、沙漠戈壁等旖旎的自然风光,构成了黄河流域独特的旅游资源。可以说黄河

---

① 安祥生,张复明:《黄河经济带可持续发展的战略构想》,载《地理科学进展》,2000,19(1)。

流域集山川名胜于一体,展锦绣画卷于万里。随着人类文明的进程,人类怀古和向往自然的价值趋向将会给该区域文化资源的开发带来契机。可以依托陕西、河南为文化中心,各省区紧密配合,开展多形式、多层次的文化活动,加快文化及其相关产业的发展。

4. 水脉

水问题是黄河经济带生态环境的关键问题。重点任务包括水资源的合理开发利用和保护、黄河下游防洪、黄土高原水土保持、西北部地区荒漠化防治。各省区要舍小利、顾大局,通力合作、协同作战。要加强区内河流、湖泊、海洋水资源的保护,实施污染物入河总量控制,改善地表水水质,恢复地表水的生态功能。同时,要大力发展生态农业,重视植树造林工作,抓好生态工程建设,治理水土流失,推进混农林业发展,实施农业产业化经营,闯出一条生态经济一体化发展的新路。

5. 人脉

黄河—滨海区域内科研机构、大专院校、企事业单位有较强的科研、人才实力。要围绕可持续发展的关键技术,如资源高效利用技术、实用节水技术、清洁能源和原材料生产技术、跨流域长距离调水技术、荒漠化综合治理技术、生态农业技术、新兴环保技术等,联合组织攻关,推进科技进步;围绕知识创新,科技成果迅速转化为生产力进行攻关,把区内北京、天津、西安、郑州、太原、济南、兰州、银川、威海等几个高新技术产业开发区办好;加强人才交流,提倡和鼓励不同层次人才在东西部之间的合理流动;各大专院校、科研单位、企业要加强信息交流,积极发展产学研一体化的联合体,促进创新体系建设。

(四)黄河—滨海区域经济合作战略构想的保障机制

1. 建立多层次的区域协调机制

第一,政府层面的协调。主要研究政策、市场规制、重大基础设施项目决策等的一致性。从远期来说,应当有一个超脱于地方利益的、跨区域的、法定的正式协调机构来进行研究、协调和管理。政府间和政府部门间的协调,应以市场经济的价值观为基本判断标准,应把不影响市场经济的基本运作为基本前提。

第二,民间企业之间的协调。主要是开展工艺技术协作、协商制定生产标准、交流信息、避免恶性竞争等,但不应该成为一种协商定价、管制市场的垄断组织。

2. 建立区域经济合作的信息交互机制

区域经济合作关系的形成和巩固,首先需要各个不同区域之间在经济信息上的互动,其中最主要的是政策或决策信息,包括各个行政区域在协商的基础上形成一系列相互支持的政策、各个地区的经济政策避开对合作方不利的内容、各个地区经济政策内容及其变化的透明度。

3. 建立区域经济合作的利益协调机制

建立包括"利益分享"和"利益补偿"两个方面的利益协调机制。"利益分享"包括:第一,国家通过产业政策的调整,使同一产业的利益差别在不同地区间合理分布,尽可能照顾到各地区的经济利益；第二，通过调整产业政策，利用不同区域的发展优势，合理实现产业的纵向分配，使不同产业的利益在不同地区实现合理分享。"利益补偿"就是在地方短期利益与区域长期利益不一致时，为了长远的利益而放弃眼前利益的补偿。建立区域共同发展基金制度，为扶持落后地区发展以及区域共享的公共服务设施、环境设施、基础设施建设等提供资金。

4. 建立区域经济合作的评价激励机制

中央政府要强化对区域合作关系的支持力度。为了从根本上打破地区封锁的格局，中央政府首先要用政策手段对区域合作给予鼓励和支持。比如，对区域合作项目的投资给予工具性政策的倾斜，对跨区域的产业给予目标性政策的扶持，对跨区域的企业给予工具性政策的优惠，对跨区域的合作开发给予制度性政策的肯定。同时，对于积极推进区域合作的部门和领导的政绩评价也应通过量化指标予以认可。

5. 建立区域经济合作的行为约束机制

为了防止区域经济合作中的机会主义行为，保障区域经济合作关系的健康发展，需要建立一种区域合作的行为约束机制。这个机制的构成要件有：区域合作章程中明确的行为规则条款，包括区域合作各方在合作关系中应遵守的规则、在违反区域合作条款后应承担的责任、对违反区域合作规则所造成的经济和其他方面的损失应作的经济赔偿规定；建立区域合作冲突协调组织，负责区域合作中的矛盾和冲突的裁定与协调；中央政府通过相关的政策和法规对区域合作关系进行规范，对区域合作中的非规范行为作出惩罚性的制度安排。

参考文献

[1]　洪银兴,等.长江三角洲地区经济发展的模式和机制[M].北京:清华大学出版社,2003.

[2]　安祥生,张复明.黄河经济带可持续发展的战略构想[J].地理科学进展,2000,19(1).

[3]　国家统计局工业交通统计司.中国工业统计年鉴(2007)[M].北京:中国统计出版社,2008.

[4]　李靖,谷人旭.长江经济带合作发展探讨[J].地理与地理信息科学,2003(1).

[5]　段进军.长江经济带联动发展的战略思考[J].地域研究与开发,2005(2).

[6]　吴殿廷.区域经济学[M].北京:科学出版社,2003.

[7]　郑文俊.环渤海经济圈与黄河三角洲开放开发[M].北京:中国财政经济出版社,1997.

[8]　景体华.中国区域经济发展报告(2005～2006)[M].北京:社会科学文献出版社,2006.

[9]　孔岩.关于加快胶东半岛制造业地建设的研究[J].科学与管理,2004(2).

[10]　杨开忠.振兴环渤海地区:破解21世纪中国发展的新密码[J].领导之友,2004(4).

[11]　景体华.中国区域经济发展报告(2004～2005)[M].北京:社会科学文献出版社,2005.

[12]　闫二旺.区域经济发展的微观机理[M].北京:经济科学出版社,2003.

[13]　姚士谋,朱英明,陈振光,等.中国城市群[M].北京:中国科学技术大学出版社,2006.

[14]　马传栋.论全面提升山东半岛城市群的整体竞争力[J].东岳论丛,2003(3).

[15]　张东辉.日韩产业转移与胶东半岛制造业基地建设[J].东岳论丛,2005(5).

［16］ 郑国,赵群毅.山东半岛城市群主要经济联系方向研究［J］.地域研究与开发,2004(23).

［17］ 李惠武.CEPA 与广东大珠三角和泛珠三角经济协作区［J］.广东经济,2003(11).

［18］ 易志云.环渤海港口城市群功能结构及天津发展定位［J］.天津师范大学学报,2004(4).

［19］ 国家环境保护总局.渤海碧海行动中期报告［R］.2004.

［20］ 韩增林,王成金.再论环渤海港口运输体系的建设与布局［J］.人文地理,2002(17).

［21］ 沙国.中国区域发展战略历史性转变的区域经济学分析［J］.云南大学经济学院学报,2008(12).

［22］ 周四成.我国区域经济发展战略的历史演变与现实选择［D］.福州:福建师范大学,2002.

［23］ 王佳.我国区域经济发展战略的历史演变与现实选择［D］.长春:吉林大学,2008.

［24］ BA ALICE D. China and ASEAN:Reanimating relations for a 21st-century［J］. Asian Survey, 2003, 43(4):622-647.

［25］ KANG XIE. China-Korea trade and investment development and ZI'A prospects:An International Conference of the KTRA［C］,2003, Seoul, Korea.

［26］ CAI KEVEN G. The ASEAN-China free trade agreement and East Asia regional grouping ［J］. Contemporary Southeast Asia, 2003,25(3).

［27］ WONG JOHN, CHAN SARAH. China-ASEAN trade agreement:Shaping future economic relations ［J］. Asian Survey, 2003,43(3).

第二章　天津市篇

第一节　了解天津、感悟滨海

一、了解天津

（一）城市概况

图2-1　天津老城风貌

天津市位于北纬 38°34′至 40°15′，东经 116°43′至 118°04′之间，处于国际时区的东八区。地处华北平原东北部，海河流域下游，东临渤海，北依燕山，西靠首都北京，是海河五大支流南运河、子牙河、大清河、永定河、北运河的汇合处和入海口，素有“九河下梢”、“河海要冲”之称。天津市总面积 11 919.7 平方千米，疆域周长约 1 290.814千米，其中海岸线长 153.334 千米，陆界长约 1 137.48 千米[①]。

天津，简称“津”，意为天子渡河的地方。天津的形成始于隋朝大运河的开通。明朝永乐二年(1404 年)设“天津卫”，同年 12 月又开设天津左卫并筑城。至此，天津城初具规模，距今走过了 600 年的历史沧桑。天津悠久的历史孕育了一座历史文化名城，使天津成为中国北方文化艺术的发祥地之一。天津的南开大学、天津大学在中国教育史上占有重要地位。这里出现了许多影响全国的著名教育家、作家、书法家、作曲家、歌唱家和民间艺术大师。天津也是中国北方著名的曲艺之乡，各种表演艺术门类齐全，民间工艺杨柳青年画、“泥人张”彩塑、魏记风筝、天津地毯等享誉海内外[②]。

天津作为中央四大直辖市之一，是中国北方最大的沿海开放城市，素有“渤海明珠”之称。天津地处中国北方黄金海岸的中部，毗邻首都，是中国北方对内外开放两个扇面的轴心，是环渤海地区的经济中心，国际港口城市、北方经济中心和生态城市。

---

① 天津地方志网. http://www.tjdfz.org.cn/tjgl/zrhj/index.shtml。
② 天津政务网. http://www.tj.gov.cn/zjtj/lsyg/lsyg/。

（二）昔日辉煌

天津优越的地理环境和丰富的自然资源为天津农、林、牧、副、渔、盐业和手工业的发展提供了条件，其中作为经济支柱之一的渔、盐及手工业生产习俗颇具特色。特别是随着元代漕运的发展，天津地区海漕输转形成河港，并在此建立海津镇，为之服务的手工业发展更为迅速，各类作坊相继应运而生。明朝设卫筑城之后，随着封建商品经济的发展，天津渐渐发展成为一座新兴的商业城市，漕运发展，商业繁荣，财聚四海，"民喜为商贾"。

图 2-2　天津新城风貌

凭借海河得天独厚的地理优势，汇南北舟车，集八方商贾，迎海运漕粮，纳吴越百货，成为华北地区商业中心。清代漕运、盐业、粮业更渐发达，经济空前繁荣，天津得河槽、海运和芦盐之利，迅速发展成为北方的商业集散中心、拱卫京师的畿辅重镇。清康熙年间，随着河海航运的发展，南北各地商品大量吞吐，使天津商业空前繁荣。"轮蹄辐辏，舳舻扬帆，往来交错，尽昼夜而无休止。"东门内、北门内及东门外宫南宫北大街，商号林立，钱庄、银号栉比，商贸发达，各业俱兴，商业、金融业的发展使天津进一步发展成为中国北方的商贸中心。

第二次鸦片战争间，天津作为拱卫京师的军事重地，其作用更加突出。在三次大沽口之战中，列强均直取天津，以图威胁清政府，迫其签订城下之盟。根据 1860 年 10 月签订的中英、中法《北京条约》，天津被迫开为商埠。开埠以后，帝国主义的经济入侵又从客观上刺激了民族工业的产生和发展，以三条石机械工业区为代表的民族工业形成规模。到了清朝末年，天津已成为华北地区民族工业的重要基地。随着天津的开埠，外商开始进入天津并设立洋行，天津也由一个内向的封建性商业城市逐步演变为以华北、东北乃至西北为腹地的外向贸易中心。1870 年，朝廷任命李鸿章为直隶总督兼北洋通商大臣。李鸿章任此职二十余年间极力兴办洋务运动，通过创办天津机械局及开创近代矿业、交通、邮电事业，使天津成为中国洋务运动的中心。1895 年 10 月 2 日，天津海关道盛宣怀通过直隶总督王文韶，禀奏清光绪皇帝设立新式学堂。光绪帝御笔钦准，成立天津北洋西学学堂，成为近代中国的第一所现代意义上的大学，新中国成立后更名为天津大学。民国时期，天津的文化教育事业继续有所发展。1919 年 10 月 17 日，张伯苓创办南开中学大学部，两年后正式改称南开大学。

辛亥革命后，天津改为天津县，直隶省省会设于天津。1928 年 6 月 28 日，直隶省改称河北省，省会仍设天津，以天津城及附近地区设置天津特别市，是为天津市之始。该时期是天津畸形发展阶段，一方面，作为工业大城市不断向近代化发展，另一方面社会的半封建半殖民地化日益加深。直到 1949 年 1 月 15 日城市解放,天津才揭开了历史的崭新篇章。1967 年 1 月 2 日,天津又改为中央直辖市。作为直辖市之一的天津,不论是在社会主义建设时期,还是在改革开放新时代,都为国家建设贡献了自己的力量,在很多领域创造了多项新中国第一,其中许多成就还居世界前列,进一步巩固了其作为中国重要的综合性工业基地和商贸中心的地位。下面列举一些天津的新中国第一。

图 2-3　天津的第一

　　1950 年,新中国第一辆无轨电车在天津研制成功。

　　1950 年,新中国第一个全部国产化的名牌自行车"飞鸽"诞生。

　　1951 年,新中国成立以后制造的第一辆汽车在天津汽车制配厂(今天津机械厂)试制成功。9 月 25 日两辆吉普车作为国庆礼物开赴北京,其中一辆献给毛泽东主席,一辆献给朱德总司令。

　　1955 年,中国第一家专业运动服厂家——天津针织运动衣厂建立。

　　1955 年,天津制药厂合成试制出我国第一批人工牛黄。

　　1955 年,我国第一只国产机械手表——"五一"牌手表在天津诞生。

　　1956 年,我国第一台照相机——"七一"(幸福)折叠式照相机在天津诞生。

　　1958 年,天津市感光胶片厂首先试制成功国产电影胶片和莱卡胶卷。

　　1958 年,天津动力机厂试制成功国内第一台 450 马力高速柴油机。

　　1958 年,我国第一台黑白电视器在天津无线电厂诞生。

　　1958 年,我国第一台中马力轮式拖拉机在天津拖拉机厂诞生。

1958年,天津市公共汽车公司试制成功中国第一部灯塔牌大型柴油公共汽车。

1959年,天津市电子仪器厂研制出具有非线性部件的模拟计算机,是中国最早进行批量生产的模拟计算机。

1960年,四机部第十八研究所研制出P+/N型太阳电池,是中国自行研制成功的第一个太阳电池。

1971年,天津市电子仪表厂研制成TDM－T大型模拟计算机,是当时中国第一台数字技术与模拟技术混合的计算机。

1972年,天津712厂在国内率先生产彩色电视接收机,定名为"北京牌"。

1974年,我国自行设计和建造的第一艘大型海上浮吊在天津试制成功。

1978年,我国最早的海水冷却发电厂在天津大港建成投产。

1980年,南开大学研制成功中国第一只镍氢电池,至1990年,镍氢电池的综合性能和研究成果处于国际先进水平。

1980年,中国第一个汽车模拟驾驶器由天津市交通局科学技术研究所和交通技工学校研制成功。

1984年,天津市工业泵厂研制成国内首台主机传动润滑、动力燃油两大系列6种船用螺杆泵和离心泵。

1984年,天津市汽车工业公司引进日本大发汽车株式会社微型汽车制造技术,形成了全国最大的微型汽车生产基地。

1984年,天津建成我国第一个实用光纤通信工程。

1985年,天津市东海无线电厂研制的电报自动纠错终端机通过技术鉴定,是国家"六五"期间重点技术开发项目,填补国家一项空白。

1986年,天津市第四棉纺织厂研制的TQF－4型高速气流纺纱机,通过部级鉴定,填补中国纺织工业的一项空白。

1992年,天津第一机床总厂研制成功新一代数控机床——YKD2250A曲线锥齿轮铣齿机床,使中国成为继美国、瑞士、德国之后能生产这种高科技产品的国家。

1992年,中国第一条磁卡电话机生产线在天津电话设备厂磁卡话机厂建成投产,邮电部确定该磁卡电话机在全国统一使用,12月15日在天津市首先开通使用。

1993年,天津市重型机器厂制造成具有国际领先水平的1 500吨双动薄板试模液压机。该产品的问世,标志着中国不能生产高精度液压机历史的结束。

1996年,天津国际联合轮胎橡胶有限公司制出直径3.2米,横截面1米,重2.7吨的无内胎巨型工程轮胎。

1999年,天津大学与厦华电子公司合作研制出国内首台数字高清晰度电视机顶盒。这是数字电视的高新技术产品,是国家信息产业发展水平的重要标志之一。

2006年,天津赛象科技股份有限公司自主开发出我国首个全钢工程子午线轮胎的成套制造设备。

2008年,我国第一条真正意义的高速铁路京津城际铁路正式开通运营,其主打车型"CRH3"和谐号动车组以时速 394.3 千米创造了世界列车运营史的速度之最。

2009 年,亚洲第一条空客 A320 系列飞机总装线落户天津。

历史渐行渐远,昔日的辉煌不能代表明日的成功。进入新世纪,天津人民正以饱满的热情、昂扬的斗志,勇于开拓、奋发图强,努力把天津建设成为国际港口城市、北方经济中心和生态城市。

(三)城市发展

2009 年天津市实现地区生产总值 7 500.8 亿元,全市人均 GDP 达到 62 403 元,按年平均利率折合 9 136 美元,三次产业结构比为 1.75:54.80:43.45。其中,全年实现工业增加值 4 110.54 亿元,航空航天、石油化工、装备制造、电子信息、生物医药、新能源新材料、国防科技、轻工纺织等八大优势产业完成工业总产值 12 119.03 亿元,占全市规模以上工业总产值的 92.8%。高新技术产业产值完成 3 920.63 亿元,占规模以上工业的比重为 30.0%,比上年提高 1.6 个百分点。全市农业总产值完成 281.65 亿元。全年粮食种植面积 459.96 万亩①,粮食总产量 156.29 万吨。全年全社会固定资产投资达到 5 006.32 亿元,其中城镇投资 4 700.28 亿元,农村投资 306.04 亿元。全年实现社会消费品零售总额 2 430.83 亿元。2009 年全市外贸进出口总额 639.44 亿美元,其中,出口 299.85 亿美元,进口 339.59 亿美元。2009 年新批外商投资企业 596 家,直接利用外资合同金额 138.38 亿美元。截至 2009 年末,在津投资的国家和地区达 43 个,世界 500 强企业累计达到 136 家②。

1. 城市综合竞争力

2010 年 4 月 26 日,中国社会科学院发布了《2010 年中国城市竞争力蓝皮书》。该书显示,2009 年中国最具竞争力的前十名城市依次是:香港、深圳、上海、北京、台北、广州、天津、高雄、大连、青岛③。天津名列第 7,比 2005 年的第 15 位上升了 8 位。而该院在 2010 年 7 月发布的《全球城市竞争力报告(2009—2010)》显示,中国城市发展速度在世界范围遥遥领先,城市综合竞争力提升迅速,共有 69 个城市进入全球 500 强城市。其中,天津居内地城市第 5,比上一次报告排名提升 3 位,国际排名也从两年前的 223 位迅速提升至 165 位。从 2006 年起,由中、美、日、德、韩等 8 国城市竞争力学者组成的全球城市竞争力研究项目组决定,每两年发布一次《全球城市竞争力报告》。该报告使用绿色 GDP 规模、人均绿色 GDP、地均绿色 GDP、经济增长、专利申请数、跨国公司指数等 6 项指标数据,编制全球 500 个城市的综合竞争力指数,从多侧面比较和分析 500 个城市的竞争力指数及其具体构成指标数据。报告显示,京津都市圈的形成和京津同城化的趋势紧密了天津与北京的通力合作。加之天津旧

---

① 1 亩 = 666.67 平方米。

② 天津市统计局:《2009 年天津市国民经济和社会发展统计公报》,2010。

③ 胡顺涛:《2010 年中国城市竞争力蓝皮书发布——京津沪渝成中国最具竞争力一线城市》,载《人民代表报》,2010-05-04。

有的工业基础雄厚,传统产业优化升级,电子信息等高新技术发展势头强劲,为天津的崛起创造了条件①。天津核心竞争力和吸引力正在不断提升,随着滨海新区纳入国家发展战略规划后,天津经济得到快速发展,在传统服务行业继续发挥支撑作用的同时,一批新兴服务业发展势头强劲,物流、旅游等第三产业成为新的经济增长点。一方面,世界 500 强企业投资明显增多,截至目前,共有 136 家境外世界 500 强跨国公司在津投资了 379 个项目;另一方面,清洁能源、航空航天、生物科技等产业升级强力拉动区域经济增长,也为经济社会可持续发展储备了后劲。

2. 城市汇聚能力

2009 年面对国际金融危机的不利影响,天津市外商投资企业注册工作仍取得了可喜成果,实际直接使用外资额增幅在全国名列前茅,共 90.19 亿美元,同比上升21.6%。截至 2009 年底,天津市累计注册外商投资企业 20 661 户,投资总额 977.13亿美元,注册资本 548.42 亿美元;共有外资分支机构 2 866 户,外国常驻代表机构3 618 户,外国承包经营企业 75 户②。2010 年上半年,天津市全市累计新批外商投资项目 341 个,比去年同期增长 18.4%;合同外资(包括增减资)82.1 亿美元,实际利用外资 59.1 亿美元,分别比去年同期增长 10.7% 和 20%;其中,6 月份全市新批外商投资项目 73 个,合同外资 21.7 亿美元,实际利用外资 13.3 亿美元,同比分别增长1.4%、11.3% 和 22.8%,全市利用外资平均项目规模(合同外资)达到 2 408 万美元。从投资领域看,高端制造业比例达到 83%,较去年提高 7 个百分点。航空、航天、新能源、新材料(包括风能、太阳能、生物医药)、海洋精细化工成为最大的增长点③。在吸引内资方面,2009 年,全市实际利用内资 1 242.87 亿元,比上年增长 35.1%,其中,引进超亿元项目 185 个,到位资金 974.37 亿元,占全市内资到位额的 78.4%。引进国内 500 强优势企业累计达 119 家。以"津洽会"为契机,2010 年上半年天津市共引进国内招商引资项目 1 432 个,到位资金 860.45 亿元,同比增长 32.24%,其中,亿元以上项目达 167 个,占去年全年亿元以上项目总数的 90%;到位资金 673.97 亿元,比去年同期增长 26%。围绕航空航天、石油化工等优势产业,龙源风力发电、中石油渤海石油装备等一批大项目、好项目相继落户津城④。

3. 城市创新能力

根据中国科技部综合科技进步水平指数的检测结果,天津市科技综合实力多年位居全国第三位。在 2008 创新城市评选中,天津名列第五。"十五"期间,天津市获

① 倪鹏飞,彼得·卡尔·克拉索:《全球城市竞争力报告(2009～2010)》,北京,社会科学文献出版社,2010。

② 天津市统计局:《2009 年天津市国民经济和社会发展统计公报》,2010。

③ 《上半年天津市实现合同外资 82.1 亿美元》,http://tj.ce.cn/news.aspx? newsid = 11013,中国天津经济网,2010-07-12。

④ 《天津引进内资呈现 5 大亮点 上半年招商项目 1432 个》,http://www.tjcoc.gov.cn/htmlfiles/2010 - 7 - 8/201078104500.shtml,中国天津商务网,2010-07-08。

得国家科学技术奖励 63 项,取得一批具有国内外重大影响的科研成果,如:国家首套具有自主知识产权的 LDAP 目录服务系统,等离子电池保护电路系列芯片和大型客机飞行与机务人员培训器等,填补了国内空白;首次分离、制备出一个新干细胞因子(HAPO),成为我国生命科学领域的重要突破之一;开发出抗艾滋病病毒创新药物"西夫韦肽",获得国家发明专利授权和美国专利授权;集成电路 SOC 芯片(片上系统)设计达到 90 纳米的国际先进水平;铜铟硒薄膜太阳能电池、纯电动汽车、橡胶机械装备等研发居于国内领先水平。在软件、集成电路、生物芯片、生物医药、高性能电池、电动汽车、工程机械、子午轮胎成套设备、海水淡化与综合利用等方面天津具有较强优势,无缝钢管、皮质激素、复方丹参滴丸、力神锂离子电池、中空纤维膜材料和组件等成为天津新一代的标志性产品,国内规模最大、水平最高的中空纤维膜、头孢类抗生素、曙光高性能服务器、锂离子电池关键配套材料等新一批高新技术产业化基地已经建成①。

截至 2009 年底,天津市基本建成 12 个国家级科技创新平台。曙光超百万亿次计算机已经形成生产规模,第二代薄膜太阳能电池、第三代聚光太阳能电池、巨型子午线轮胎装备等创新成果的产业化正在加速推进。仅 2009 年,全市新增 45 家市级企业技术开发中心,累计达到 292 家;新增 5 家国家级企业技术开发中心,累计达到 24 家。

目前天津市专利累计申请总量达到 120 910 件,其中 2009 年专利申请量达到 19 187 件,拥有各类技术人员 42.5 万人,两院院士 31 位,获国家有突出贡献的中青年专家称号 179 人,享受政府特殊津贴专家 4 043 人,国家"百千万人才工程"入选者 33 人,国家杰出青年科技基金获得者 20 人,"长江学者奖励计划"特聘教授 40 人。天津市科技中心建设现状:国家重点实验室 5 个,部级和市级实验室 50 个;国家级和部级工程技术中心 17 个,市级工程中心 26 个;国家级企业技术中心 14 个,企业技术中心 200 个;科技企业孵化器 40 余个,其中 5 个为国家级;生产力促进中心 24 个,其中国家级 2 个;大型科研设备共享信息网络正式启动,汇集了全市 102 家单位的大型科学仪器 1 000 多台②·③。

4. 生态、宜居、幸福城市

天更蓝、水更清、地更绿、景更美是天津建设生态宜居城市的 4 个目标。"坐游轮,看海河",伴随着海河夜游项目吸引越来越多的游客,居住在海河两岸的人们发现,海河越来越美了。现在的天津河道,可以用"一河一景"来形容,城市里只要有水的地方,就是碧波荡漾、绿树成荫的景象。悄然改变的不仅仅是河流,过去的发电厂煤渣堆放处,如今变成了河东公园;过去工业建筑垃圾堆积如山的地方,如今成了南

---

①　天津开发区投资网,http://www.investteda.org/tzzn/tzhj/kjpt/。
②　天津市统计局:《2009 年天津市国民经济和社会发展统计公报》,2010-03-01。
③　天津开发区投资网. http://www.investteda.org/tzzn/tzhj/kjpt/。

翠屏公园里长满绿树的小山坡。从 2008 年正式启动生态城市行动计划开始,3 年内投资 165 亿元,推进 149 个重点项目。149 项工程,把天津市建设生态城市的理念变成了一项项的实际工作。目前,天津市内空气质量达到二级和好于二级的天数一年超过 320 天。2010 年 2 月,国际知名度最高的城市"宜居度排名"组织——来自英国的"经济学人资讯社"从社会文明度、经济富裕度、环境优美度、资源承载度、生活便宜度和公共安全度六个角度对全球 140 个城市进行了调查打分,结果表明,全球宜居度得分最高的 5 个城市是加拿大的温哥华、奥地利的维也纳、澳大利亚的墨尔本、加拿大的多伦多、加拿大的卡尔加里,而中国内地有 8 个城市进入 100 名之内:天津(72)、苏州(74)、北京(76)、深圳(82)、上海(83)、大连(86)、广州(89)、青岛(99),天津居大陆首位[①]。

2008 年 9 月 28 日开工建设的中新天津生态城是世界上第一座国家间合作开发建设的生态城市,是当今世界上最大的生态宜居示范新城,也是中国和新加坡两国政府继苏州工业园之后第二个合作建设项目。中新天津生态城作为世界上第一个国家间合作开发建设的生态城市,将为中国乃至世界其他城市可持续发展提供样板;为生态理论创新、节能环保技术使用和展示先进的生态文明提供国际平台;为中国今后开展多种形式的国际合作提供示范。中新天津生态城运用生态经济、生态人居、生态文化、和谐社区和科学管理的规划理念,聚合国际先进的生态、环保、节能技术,造就自然、和谐、宜居的生活环境,致力于建设经济蓬勃、社会和谐、环境友好、资源节约的生态城市。全面贯彻循环经济理念,推进清洁生产,优化能源结构,大力促进清洁能源、可再生资源和能源的利用,加强科技创新能力,优化产业结构,实现经济高效循环。提倡绿色健康的生活方式和消费模式,逐步形成有特色的生态文化;建设基础设施功能完善、管理机制健全的生态人居系统;注重与周边区域在自然环境、社会文化、经济及政策的协调,实现区域协调与融合,成为展示天津"经济繁荣、社会和谐、环境优美的宜居生态型新城区"的重要载体和形象标志。

2010 年 7 月,由《南方企业家》等多家媒体根据入选城市的综合实力、民生满意度、婚姻美誉度、生活水准等指标综合后评选出中国十大最幸福城市,天津名列第十。天津既有丰富的历史文化积淀,又有大气、亮丽、独特的城市风貌;天津作为北方经济中心、环渤海经济圈的核心,堪称中国机会最多、发展最快、前景最好的地区。著名作家赵玫满怀深情地说:"天津是一座历史名城,有着六百年的岁月沧桑。百年来演绎了东西文化的碰撞、交汇与融合。这座城市深沉而激越的文化积淀,让天津变得丰富而包容,也让生活在这座城市中的人们,在心的深处充满了温暖和诗意。"[②]

---

① 李贤:《全球宜居城市排行揭晓 天津再居中国内地首位》,载《今晚报》,2010-02-21。
② 《盘点中国十大最有幸福感的城市》,http://politics.people.com.cn/GB/61650/12217158.html,人民网,2010-07-22。

(四)产业结构

区位商(LQ)也称生产的地区集中度指标,是指一个地区特定部门的产值在该地区总产值中所占的比重与全国该部门产值在全国总产值中所占比重方面的比率。具体计算公式:区位商(LQ)=(某地区 A 产业增加值/该地区全部产业增加值)/(全国A 产业增加值/全国全部产业增加值)。当$LQ>1$时,表明 A 产业在该地区专业化程度超过全国,属于地区专业化部门,产品有剩余,可以向区外输出;当$LQ<1$时,说明该地区 A 产业的专业化水平低于全国,产品不能满足自我需求,还必须从区外输入产品;当$LQ=1$时,表明该地区 A 产业专业化水平与全国相当,基本能够自给自足。区位商模型分析法可以明晰地计算出某地区产业发展现状,找出优势产业,在对未来优势产业的规划方面有一定的借鉴和指导作用,但区位商分析法只能分析出某地区的产业现状,并不能预测今后的发展趋势,因而具有一定的局限性。

这里以 2000 年和 2008 年统计数据作为基础对天津市的产业发展状况进行分析。

1. 总体分析

运用区位商分析方法,结合相关统计数据得出天津三大产业 2000 年和 2008 年区位商如表 2-1 所示。

表 2-1　天津三大产业区位商

	2000 年区位商	2008 年区位商
第一产业	0.29	0.16
第二产业	1.11	1.14
第三产业	1.15	1.07

资料来源:根据《中国统计年鉴》(2001)、《中国统计年鉴》(2009)、《天津市统计年鉴》(2001)和《天津市统计年鉴》(2009)相关数据整理。

从表 2-1 可以看出,天津的第二、第三产业具明显的比较优势,分别高于和接近全国平均水平。在三次产业中,第二产业发展最快,而第一产业低于全国平均水平。至 2009 年,天津产业结构调整进一步加快,天津作为我国重要的制造业中心,第二产业快速增长,产业优势进一步加强,区位商从 2000 年的 1.11 增加到 2008 年的 1.14。

2. 第一产业内部分析

2000 年和 2008 年天津第一产业内部区位商如表 2-2 所示。

表 2-2　天津第一产业内部行业区位商

	2000 年区位商	2008 年区位商
农业	0.24	0.20

	2000 年区位商	2008 年区位商
林业	0.06	0.04
牧业	0.27	0.18
渔业	0.28	0.37

资料来源：根据《中国统计年鉴》(2001)、《中国统计年鉴》(2009)、《天津市统计年鉴》(2001)和《天津市统计年鉴》(2009)相关数据整理。

从表 2-2 可以看出，从 2000 年到 2008 年的发展过程中，农业在结构调整中基本保持平稳发展。为了满足不断增长的城市居民的消费需求，在农业产业结构中，渔业发展速度最快，而林业、牧业受到天津自然资源与条件的影响处于劣势地位。

3. 工业内部各行业分析

天津市工业内部各行业区位商如表 2-3 所示。

表 2-3　天津工业内部各行业区位商表

	2000 年区位商	2008 年区位商
石油和天然气开采业	1.60	4.28
黑色金属矿采选业	0.00	0.01
非金属矿采选业	0.53	0.28
农副食品加工业	0.59	0.55
食品制造业	1.07	0.86
饮料制造业	0.79	0.73
烟草制品业	0.07	0.17
纺织业	0.46	0.16
纺织、服装、鞋帽制造业	1.08	0.39
皮革、毛皮、羽毛(绒)及其制品业	0.54	0.18
木材加工及木、竹、藤、棕、草制品业	0.66	0.16
家具制造业	2.29	0.51
造纸及纸制品业	0.59	0.38
印刷业和记录媒介的复制	0.79	0.54
文教体育用品制造业	1.14	0.73
石油加工炼焦及核燃料加工业	1.00	1.00
化学原料及化学制品制造业	1.12	0.78
医药制造业	1.21	1.14
化学纤维制造业	0.21	0.08

续表

	2000 年区位商	2008 年区位商
橡胶制品业	1.43	0.97
塑料制品业	0.85	0.99
非金属矿物制品业	0.35	0.47
黑色金属冶炼及压延加工业	1.42	2.31
有色金属冶炼及压延加工业	0.60	0.56
金属制品业	1.45	1.76
通用设备制造业	0.82	1.12
专用设备制造业	0.57	1.33
交通运输设备制造业	1.00	1.81
电气机械及器材制造业	0.89	1.02
通信设备计算机及其他电子设备制造业	2.58	1.75
仪器仪表及文化办公用机械制造业	0.89	1.24
工艺品及其他制造业	—	0.73
废弃资源和废旧材料回收加工业	—	2.04
电力热力的生产和供应业	0.45	0.64
燃气生产和供应业	1.65	0.40
水的生产和供应业	—	0.95

注:"—"代表无相应区位商数据。

资料来源:根据《中国统计年鉴》(2001)、《中国统计年鉴》(2009)、《天津市统计年鉴》(2001)和《天津市统计年鉴》(2009)相关数据整理。

　　从表 2-3 可以看出:在工业内部各行业当中,2000 年和 2008 年区位商均大于 1 的产业有:石油和天然气开采业、石油加工及核燃料加工业、医药制造业、黑色金属冶炼及压延加工业、金属制品业、交通运输设备制造业、通信设备计算机及其他电子设备制造业 7 个行业,这些行业均属于重化工业,在天津的发展具有较好的传统优势和基础,发展势头良好,形成天津市经济发展的支柱产业。

　　其中值得注意的是,相比 2000 年,天津市的装备制造业发展势头明显,除了上述保持一贯优势产业中的交通运输设备制造业、通信设备计算机及其他电子设备制造业继续保持全国的优势地位以外,通用设备制造业、专用设备制造业、电器机械及器材制造业以及仪器仪表及文化办公用机械制造业的区位商都从 2000 年的 1 以下,上升到 1 以上,成为天津新兴的优势产业。

　　此外,天津市的废弃资源和废旧材料回收加工业在 2009 年的区位商达到 2.044 8,在全国具有较明显的比较优势。相比我国众多资源型城市,天津自然资源相对匮乏,而作为中国重要的制造业中心,又面临着巨大的资源需求,在这样的情况下,天津市探索和发展出一条充分利用再生资源的新途径。例如位于天津市静海县的子牙环保产业园已成为国内首个具备处理各种固体废物能力达到 500 吨的环保产业园,其发展思路和经验值得借鉴和推广。

随着天津市重化工业的巨大发展,传统的轻工业产业优势相对衰退,例如食品制造业、纺织服装鞋帽制造业、家具制造业、文教体育用品制造业等轻工行业的区位商从 2000 年的 1 以上,下降到 2009 年的 1 以下,说明随着天津产业结构的调整和升级,部分轻工产业发展面临产业技术升级以及产业转移的新问题和新现状。

同时,从表 2-3 可以看出,天津市的化学原料及化学制品制造业、医药制造业、通信设备计算机及其他电子设备制造业的区位商降幅较大,说明随着全国其他省市该产业的迅速发展和竞争的加剧,天津上述三个产业在全国的比较优势有所下降,面临提高产业核心竞争力的新挑战。

4. 第三产业内部分析

天津市第三产业内部区位商如表 2-4 所示。

表 2-4　天津第三产业内部区位商表

	2000 年区位商	2008 年区位商
交通运输、仓储和邮政	1.69	1.18
批发和零售业	1.13	1.39
住宿和餐饮业	—	0.74
金融业	0.80	0.98
房地产业	0.97	0.80

注:"—"代表无相应区位商数据。

资料来源:根据《中国统计年鉴》(2001)、《中国统计年鉴》(2009)、《天津市统计年鉴》(2001)和《天津市统计年鉴》(2009)相关数据整理。

从表 2-4 看,天津第三产业内部发展并不均衡,交通运输、仓储和邮政、批发和零售业区位商一直大于 1,说明这两个行业具有比较优势,住宿和餐饮业、金融业和房地产业区位商一直小于 1,处于比较劣势地位。天津市尤其是滨海新区作为我国北方重要的金融中心,需要金融产业的快速发展,其辐射作用有待进一步扩大和加强。

二、感悟滨海

天津滨海新区的功能定位:依托京津冀、服务环渤海、辐射"三北"、面向东北亚,努力建设成为我国北方对外开放的门户、高水平的现代制造业和研发转化基地、北方国际航运中心和国际物流中心,逐步成为经济繁荣、社会和谐、环境优美的宜居生态型新城区①。

(一)滨海新区发展历程

1984年,中国改革开放的大幕刚刚拉开,全国各地都在建立各种经济开发区。天津在远离市区的盐碱地上建立了经济技术开发区。一群先驱者和热血青年在来到一片寸草不生的盐滩,描绘起天津开发区的宏伟蓝图。

1994年3月,天津市人大十二届二次会议通过决议,决定"用十年左右的时间,基本建成滨海新区",培育中国北方最有增长力的经济重心。

2005年10月,党的十六届五中全会提出:"继续发挥经济特区、上海浦东新区的作用,推进天津滨海新区等条件较好地区的开发开放,带动区域经济发展。"同年10月,党和国家领导人胡锦涛考察滨海新区,并就加快滨海新区的开发开放发表重要讲话。

2006年3月,十届全国人大四次会议把滨海新区开发开放纳入国家"十一五"规划纲要,指出"继续发挥经济特区、上海浦东新区的作用,推进天津滨海新区开发开放",标志着滨海新区纳入国家整体发展战略。

2006年5月26日,《国务院关于推进天津滨海新区开发开放有关问题的意见》(国发[2006]20号)正式印发。明确了开发建设滨海新区的指导思想、基本原则、功能定位和主要任务,并批准滨海新区为全国综合配套改革试验区。

2007年,党的十七大明确指出:"更好发挥经济特区、上海浦东新区、天津滨海新区在改革开放和自主创新中的重要作用。"滨海新区成为继深圳经济特区、上海浦东新区后,又一带动区域发展的新的经济增长极。

2008年3月13日,国务院批复《天津滨海新区综合配套改革试验总体方案》,支持天津滨海新区在企业改革、科技体制、涉外经济体制、金融创新、土地管理体制、城乡规划管理体制、农村体制、社会领域、资源节约和环境保护等管理制度以及行政管理体制等十个方面先行试验重大的改革开放措施。

2008年4月,国务院批准设立天津滨海新区综合保税区,这是继国务院批复滨海新区综合配套改革试验总体方案后,支持滨海新区开发开放作出的又一重要举措。

(二)滨海新区区域规划与功能布局

滨海新区位于天津东部沿海,包括塘沽、汉沽、大港三个行政区和正在建设的八个产业功能区及中新天津生态城,规划面积2 270平方千米,海岸线153千米,常住人口202万,具有多方面的比较优势,已经成为我国最具潜力、最有活力的现代化经济新区。

滨海新区实施"一核双港、九区支撑、龙头带动"的发展策略,其布局见图2-4。"一核"指滨海新区商务商业核心区,由于家堡金融商务区、响螺湾商务区、开发区商

---

① 国务院:《国务院推进天津滨海新区开发开放有关问题的意见》,2006-05-26。

务及生活区、解放路和天碱商业区、蓝鲸岛生态区等组成。"双港"指天津港的北港区和南港区。"九区支撑"指通过滨海新区九个功能区的产业布局调整、空间整合，打造航空航天、石油化工、装备制造、电子信息、生物制药、新能源新材料、轻工纺织、国防科技等八大支柱产业，形成产业特色突出、要素高度集聚的功能区，成为高端化、高质化、高新化的产业发展载体，支撑新区发展，发挥对区域的产业引导、技术扩散、功能辐射作用。"龙头带动"指通过加快"一核双港九区"的开发建设，凸显天津滨海新区作为新的经济增长极的龙头带动作用，在加快天津发展，促进环渤海地区经济振兴，推动全国区域协调发展中发挥更大作用。

图 2-4　九区支撑

1. 先进制造业产业区

包括天津经济技术开发区（包括东区和西区）、塘沽海洋高新技术开发区、海河下游石油钢管和优质钢材深加工区。总规划面积 155 平方千米。重点发展电子信息、汽车和装备制造、石油钢管和优质钢材、生物技术与现代医药、新型能源和新型材料等产业，努力建设成为服务和带动环渤海地区产业升级的现代制造业和研发转化基地。

2. 临空产业区

包括天津滨海国际机场、空港物流加工区、民航科技产业化基地等，总规划面积 102 平方千米，依托天津滨海国际机场优势资源，重点发展临空产业，努力建设成为以航空物流、民航科技产业、临空会展商贸、民航科教为主要功能的现代化生态型产业区、总部经济聚集区。

3. 滨海高新技术产业开发区

滨海高新技术产业开发区是第一个由科技部和天津市政府共建的国家高新区，规划面积30.5平方千米。滨海高新技术产业开发区将建设成为自主创新的领航区、国际一流的高新技术研发转化基地、高新技术产业和高端人才聚集中心、绿色宜居的生态科技城。主要包括绿色能源、生物医药、航空航天产业、高端信息制造业、现代服务业等支柱产业。

4. 临港工业区

包括临港工业区(一期)、港口功能区、临港产业集聚区、物流功能区，重点发展石油化工成套设备、造修船和海洋工程、交通运输设备和港口机械、风力发电及输变电设备等重型装备制造业，并开辟天津港第二航道。

5. 南港工业区

南港工业区定位于以世界级重化工业为核心的具有持续竞争力的工业区域，规划面积200平方千米，重点发展石油化工、冶金钢铁、重型装备制造、港口物流4大主导功能。

6. 海港物流区

海港物流区是建设北方国际航运中心和国际物流中心的重要载体，包括天津港、天津保税区和东疆保税港区，规划面积100平方千米。重点发展海洋运输、国际贸易、现代物流、保税仓储、分拨配送及与之配套的中介服务业，形成货物能源储运、商品进出口保税加工和综合性的国际物流基地。

7. 中心商务区

中心商务区规划面积7平方千米，包括于家堡金融商务区、响螺湾商务区和开发区商务区。重点发展金融、保险、商务商贸、文化娱乐、会展旅游等产业。中心商务区努力建设成为环渤海地区金融中心、国际贸易中心、信息服务中心、国际性文化娱乐中心、高品质的国际化生态宜居城区。

8. 滨海旅游区

滨海旅游区规划面积100平方千米，其中围海造陆75平方千米，陆上25平方千米。滨海旅游区重点建设主题公园娱乐游、海上娱乐休闲游、海上休闲度假游、海上高端商务游、生态湿地休闲游、海上健身游等旅游项目，以滨海航母主题公园和影视文化主题公园为核心，开发军事体验、影视文化等休闲娱乐项目。

9. 中新天津生态城

2007年11月，中国和新加坡两国共同签署协议，在天津滨海新区规划建设中新天津生态城。生态城规划面积30平方千米，将全力构筑生态型产业体系，重点发展高端、高质、高新的现代服务业。它注重资源节约和环境保护，非传统水资源所占的比例要达到50%，绿色出行比例达到90%，可再生能源使用率达到20%，所有建筑都要符合绿色建筑标准,垃圾回收利用率达到60%。

滨海新区将建设成为我国北方对外开放的门户、高水平的现代制造业和研发转化基地、北方国际航运中心和国际物流中心,逐步成为经济繁荣、社会和谐、环境优美的宜居生态型新城区。

(三)滨海新区的核心优势

1. 区位优势明显

滨海新区腹地辽阔,辐射西北、华北、东北12个省区市。2007年天津港货物吞吐量达到3.1亿吨,居全球港口第六位;集装箱吞吐量突破700万标箱,居全球港口第17位。2008年8月1日,京津城际高速铁路开通运营,并延伸至滨海新区,从北京到天津仅需30分钟,到滨海新区仅需50分钟,京津同城效应进一步显现。

2. 产业基础雄厚

滨海新区已经形成了电子信息、汽车及装备制造、石油和海洋化工、现代冶金、绿色食品、生物制药、新材料新能源等七大优势产业,航空航天、金融服务、现代物流、服务外包等新兴优势产业正在快速崛起。2008年,实现工业总产值7 617亿元,高新技术产业产值所占的比重达到47%。

3. 对外开放度高

滨海新区聚集了我国综合投资环境最好的经济技术开发区、保税区和国内面积最大的东疆保税港区以及高新区、保税物流园区、出口加工区、综合保税区等多种功能区。累计实际利用外资268亿美元,聚集吸引了15 000多家外资企业,包括空中客车、摩托罗拉、三星电子、丰田汽车等89家世界500强企业。成立了滨海新区联合投资服务中心,开通了96667专线,24小时为国内外投资者提供咨询和服务。

4. 科技资源密集

滨海新区所处的京津冀地区集中了约全国27%的科技人才,培养了大批高素质的技术工人。现有国家级和省部级工程中心50家,企业技术研发中心83家,外商投资研发中心41家,博士后工作站52家,科技企业孵化器和科技服务机构32家。

5. 政策优势突出

国家批准滨海新区为全国综合配套改革试验区,可以先行先试重大的改革开放措施。国家发改委、财政部、税务总局、海关总署、外汇管理局等多个部委分别制定具体的支持政策,为加快滨海新区开发开放创造良好条件。日前,滨海新区在总结多年成功经验的基础上出台了支持企业发展等八个方面的指导意见,从财政支持、税收优惠、融资便利等方面形成了一套完整的政策体系。

6. 自然资源丰富

滨海新区有1 214平方千米盐碱荒地可供开发利用,已探明渤海海域石油资源总量100多亿吨,天然气储量1 937亿立方米,年可开采地热2 000万立方米,原盐年产量240多万吨。

(四)滨海新区的发展现状

2009年,滨海新区生产总值完成3 810.67亿元,按可比价格计算,比上年增长23.5%,占全市的比重达到50.8%。新区主要经济指标实现较快增长。工业总产值完成8 223.99亿元,增长11.6%。固定资产投资完成2 502.66亿元,增长49.2%。社会消费品零售总额451.24亿元,增长31.8%。直接利用外资合同金额104.94亿美元,实际到位57.64亿美元,分别增长5.7%和22.1%。其中,天津经济技术开发区连续12年在国家级开发区综合投资环境评价中名列第一。天津保税区依托海空两港的区位、政策和功能优势,新引进世界500强项目11个,2 000万美元以上大项目45个,区域发展总量和能级进一步提升。滨海新区、滨海高新区成为国家创新型试点城区和创新型试点科技园区。滨海高新区开展国家知识产权示范园区创建工作,滨海科技园20平方千米基础设施建设取得明显进展,高新区进入新的发展阶段。滨海高新区实现技工贸总收入1 014.7亿元,比上年增长37.1%;技工贸总产值366.8亿元,增长27.0%;利润总额24.2亿元,增长32.1%;税金总额19.2亿元,增长31.7%①。

第二节 聚焦滨海新区,辐射沿黄九省

滨海新区拥有广阔的内陆腹地,辐射中国西北、华北、东北12个省市区,是亚欧大陆桥最近的东部起点,是蒙古、哈萨克斯坦等邻近内陆国家的重要出海口。按照中央要求,滨海新区将依托京津冀、服务环渤海、辐射"三北"、面向东北亚,努力建设成为我国北方对外开放的门户、北方国际航运中心和国际物流中心。天津滨海新区不仅是天津的新区,也是环渤海、中国北方和全国的新区。国家把滨海新区纳入总体发展战略,不仅要加快新区自身的发展,同时要发挥新区的服务带动作用。因此,应提升新区服务全国的能力,在推进新区改革开放和现代化建设的过程中,充分利用其经济、技术、人才、资金方面的比较优势,密切与周边地区的产业联系,建立滨海新区与周边相关区域间相互协调、相互促进,实现优势互补、共同发展的动态过程,从而发挥滨海新区的辐射带动作用。

一、依托现代制造业基地,促进区域内产业转移与合作

天津滨海新区现代制造业和研发转化基地建设的步伐加快,现代新型产业体系在滨海新区全面展开。目前,滨海新区已经形成了电子信息、石油化学、汽车和装备制造、光机电一体化、现代冶金、生物技术和现代医药、新能源和新材料等七大产业集群,每一个产业集群都需要相应的产业链和配套体系的支撑。据统计,在天津80项

---

① 天津市统计局:《2009年天津市国民经济和社会发展统计公报》,2010-03-01。

重大工业项目中,高新技术产业项目占总投资的近50%。截至2010年4月,35项自主创新重大产业化项目累计完成销售收入98.3亿元,上缴利税11.5亿元。除建设之中的航空航天产业外,新区七大优势产业总产值占新区工业总产值75%。区域经济发展的梯度转移理论显示,随着中心城市创新活动的快速发展,新产业部门、新产品、新技术、新的生产管理与组织方法等会通过多层次城市系统扩展开来,向周边城市、经济联系紧密城市以及具有较好发展条件的远距离城市进行转移[①]。事实证明,在滨海新区产业加速发展的过程中,其产业链和配套体系亟待完善、延伸和提升,为滨海新区周边地区和沿黄省市的产业合作提供了广阔的空间。比如大火箭、大飞机、千万吨炼油、百万吨乙烯、300万吨造船、无人驾驶飞机、中芯国际、中兴通信、大族激光、中粮集团基地等一大批大项目落户在滨海新区,需要配套的产品与企业数以千计,这给周边城市发展相关产业提供了机遇。再比如天津的汽车产业已经形成了以西青区和开发区为核心的两大产业集群,聚集了大量的汽车零部件企业。由于模块化生产的发展,知识含量相对较低的劳动密集制造环节会首先转移到中小企业,而这部分中小企业会进一步转移到外围区域。天津汽车产业目前已经辐射到河北东南部的沧州及山东的德州、滨州等地区,这些地区汽车钢板、变速箱、发动机配件、汽车零部件、橡胶材料等相关产业的发展空间就会更大。在区域产业合作的过程中,各地区之间需要构建优势互补、错位发展的格局,以各地区自身产业特点为基础,遵循产业梯度转移规律,积极承接滨海新区以及天津、北京等地的机械、纺织、化工等传统制造产业的转移,在适宜的地方可以兴建相应的产业园区,形成产业集群,构建世界级的产业集群和工业产业带,实施区域合作战略。

目前,为了充分发挥滨海新区的辐射带动作用,滨海新区分别与河北、山东等地的8个城市签署经济协议,天津市人民政府还与河北省人民政府签署了合作备忘录,围绕产业配套、劳动力市场建设等开展了有效的合作,引导新区相关配套产业向周边区域有序转移,延伸产业链,带动周边地区共同发展。为了承接滨海新区的经济和产业辐射,廊坊市"十一五"期间交通发展规划的重点建设项目之一——津霸公路河北段正式开工建设。该公路竣工通车后,将成为连通文安与天津的又一条重要通道。津霸公路河北段西起左各庄渤海大道,东至文安与天津台头交界处,全长8.6千米,总投资5 800万元,计划2009年10月底建成通车。路网工程的建设,对于文安县充分利用现有的产业和资源优势,主动承接天津滨海新区的产业转移和开发建设项目,努力实现经济社会与滨海新区的全面对接,具有十分重要的意义。近期,山西省提出了太原经济圈规划方案,其中"主动融入环渤海"的对外协作新策略提出由于环渤海地区的发展潜力巨大,因此应积极主动融入环渤海,充分利用京津冀的辐射带动优势,发挥在国家战略布局中的承东启西、沟通南北的交通枢纽作用,加强与京津冀地区的互补合作,以发挥太原经济圈的国家级甚至世界级的能源基地服务作用,成为天

---

①　高洪深:《区域经济学》,北京,中国人民大学出版社,2002。

津滨海新区向西辐射的重要节点,创建开放型的经济圈。

二、依托研发基地,加快区域内技术创新与扩散步伐

滨海新区以建设自主创新高地为目标,打造高新技术原创基地和研发转化基地,通过政策扶持和资金支持,抓紧建设一批国家级和省部级研发中心、企业技术开发中心、外商投资研发中心、科技企业孵化器和博士后工作站,吸引各类创新要素建设向新区汇集。天津滨海新区相关资料显示,新区现有各类研发机构、企业技术研发中心将近200家,博士后工作站52家,滨海新区与科技部、中科院和中国工程院等各大科研机构开展了深度合作,启动建设了国家生物医药国际创新园、民航科技产业化基地等56个科技合作项目,正在推进中科院天津工业生物技术研发中心、国家干细胞工程研究中心、国家纳米技术与工程研究院等国家级科技创新平台的建设,正在建设钢管、纺织、汽车、医药等产业技术开发中心等国家级科技研发中心20多个,并与科技部、中海油共同建设开发了国内顶尖级的高新技术园区,即滨海高新技术产业区,高新技术产业产值占工业总产值比重达到47%。在滨海新区,一个世界一流的科技创新体系正在形成,滨海新区正在成为世界先进技术的承接地和扩散地,成为高新技术的发源地和产业化基地[1]。而技术是一种具有共享性的特殊资源,因此,其对于滨海新区及周边地区的经济发展和现代化进程都有好处,通过区域间的产业链条、产业集群对相关区域产生巨大的科技带动作用。沿黄各省市可以充分利用滨海新区已有的高新技术平台和研发转化平台,努力构建高层次产业结构,构建具有自主创新能力的产业体系。在钢铁、先进装备制造、化工、新能源、新材料、环保、生物医药、节能减排等产业寻找相应的技术支持。在滨海新区和沿黄各省市之间建立良好的流动机制,通过加强区域间企业、高等院校、科研院所的合作,促进技术和人才交流;以加强区域产业互动发展为主,逐步建立区域间科技项目合作机制和成果转化平台,扩大技术流动范围,使新技术发挥最大的作用。

在人才优势方面,目前,南开大学、天津大学、天津科技大学、天津工业大学、天津医科大学、天津外国语大学等高校都在新区建有校区或研发机构。南开大学将以泰达学院为基础,在高新技术的培育和相关人才的培养方面迈出新的步伐,依托南开大学强芯公司建设一个微电子研究所,使其具备自主研发芯片的能力。南开大学滨海学院将根据需求在物流、旅游等方面培养专业人才。坐落于开发区的天津大学国家大学科技园入园企业达74家,在孵企业46家。天津大学提出了创建绿色化学化工科技创新平台等9个创新平台实施方案,涉及化工、材料、港口等多个领域,建成后必将成为新区经济发展的创新源。天津科技大学按照新区产业发展要求,将海洋、食品、生物等重点专业和相关重点实验室从市内校区调整到泰达校区,围绕服务滨海新区建设,进一步加大优势学科建设力度。坐落于天津科技大学泰达校区的天津市食

---

① 臧学英:《京津冀共举共建发挥滨海新区的龙头带动辐射作用》,载《港口经济》,2006(2)。

品加工工程中心、天津市食品营养与安全、纸浆造纸等三个重点实验室正在紧张施工,建成后将成为滨海新区相关产业重要的科技成果研发基地。滨海新区依托其人才和科研优势,一方面可以大力实施科技创新,积极推进具有独立知识产权的高新科技成果的研究和转化,为新区腾飞打造科技平台和研发基地①;另一方面,充分利用天津及滨海新区丰富的教育资源,实施区域合作人才开发战略,进行跨地区的人才培训和人才交流,为沿黄省市和滨海新区经济发展培养宝贵的人力资源。

三、依托金融中心的先行先试,发挥示范效应与支持功能

20世纪初,本土和外资金融机构的云集曾铸造了天津作为"中国北方金融中心"的辉煌。近些年随着经济的快速发展,天津的金融业又开始变得活跃起来。2006年,国务院颁发了《国务院关于推进天津滨海新区开发开放有关问题的意见》(国发〔2006〕20号),2008年国务院颁发《关于天津滨海新区综合配套改革试验总体方案的批复》,这两个文件的颁发,正式批准天津滨海新区成为全国综合配套改革试验区,先行试验一些重大改革开放措施。金融改革被认为是此次综合配套改革试验的亮点之一,文件对滨海新区的金融业发展提出了要求:推进金融改革创新,创建与社会主义市场经济体制相适应的现代金融服务体系。滨海新区将设立全国性非上市公众公司股权交易市场(OTC),作为多层次资本市场和场外交易的重要组成部分,逐步探索产业基金、创业投资基金等产品上柜交易。滨海新区还将开展金融业综合经营试点。允许有条件的金融企业,经批准在天津进行综合经营试点,创新金融产品。整合天津市现有各类地方金融企业的股权,设立金融控股公司,控股参股银行、保险、证券等各类金融企业。

滨海新区综合配套改革实验区和研发转化基地的定位,极大地促进了天津市创业投资事业的发展。2006年9月11日,我国第一只天使投资基金——天津滨海天使创业投资基金在天津滨海新区核心区域——天津经济技术开发区注册成立,股东为天津创业投资有限公司和天津泰达科技风险投资股份有限公司,规模为1亿元人民币,首期注册资本为5 000万元人民币,将重点投资于生物医药、新材料、精细化工、新能源、IT等领域成长性好的初创期及成长前期企业,同时积极对有上市意愿的成长期企业进行投资,推动天津市优质企业私募、上市等资本运作,做大做强。2007年12月8日,天津滨海新区创业风险投资引导基金有限公司正式成立,由天津滨海新区管委会与国家开发银行共同设立,公司初期注册资本20亿元,分期注入,双方各出资10亿元人民币,经营期限15年。这是目前国内规模最大的政府创业风险投资引导基金。

2008年5月,国家发改委下发《关于在天津滨海新区先行先试股权投资基金有关政策问题的复函》,明确支持产业(股权)投资基金和创业投资企业在天津滨海新

---

① 《解读滨海新区新机遇之七:再创辉煌》,http://www.enorth.com.cn,2005-11-15。

区进行探索和创新。积极推进产业投资基金试点,先后获准设立总规模分别为200亿元的渤海和船舶两支产业投资基金,占国家已批准的3批共10支产业投资基金的1/5。渤海产业基金成立后先后参股优质项目,取得了良好示范效应。大力发展私募股权投资基金,截至目前,天津市累计注册221家股权投资基金(管理)企业和114支创业风险投资企业,认缴资金额超过600亿元,已经成为我国股权投资基金相对集中的城市,在全国形成了影响力。中国企业国际融资洽谈会每年6月10日至12日在天津举办,力争把融洽会打造成规模最大、层次最高的全球性私募股权基金盛会。

在资本市场方面,滨海新区为充分发挥天津私募股权投资基金发展优势,先后成立天津股权交易所和滨海国际股权交易所,为基金与企业提供投融资信息等服务,探索基金退出渠道。成立排放权交易所,财政部和环保部批准天津市开展排放权综合试点,探索开展主要污染物有偿使用与交易。积极筹建天津渤海商品交易所等创新型交易市场。促进期货和物流业市场发展,天津市现有期货交割库数量达20家,涉及9个期货品种,数量与品种位于国内前列。

沿黄各省市可以充分利用滨海新区的金融创新环境以及完善的金融综合服务平台,为区域产业和经济发展募集资金,寻找项目合作伙伴,同时依托西部各省市的能源产业优势,共同探索构建能源基金的可能性。

四、依托国际航运中心与物流中心,形成完善的无水港服务网络

天津是我国北方的经济中心,是辐射"三北"地区的主要出海口和连接欧亚大陆桥的桥头堡,是首都北京的海上门户。其经济腹地深广,包括北京、天津两大直辖市和河北、山西、内蒙古、陕西、甘肃、青海、新疆、宁夏等八省区以及河南、山东二省的部分地区,总面积约450万平方千米,占全国面积的46.9%。天津是海陆空多种运输方式并存的交通枢纽。天津港是年吞吐量近亿吨的综合性大港,包括集装箱物流中心和散货物流中心;津滨海国际机场是我国四大航空货运机场之一;天津有四条路桥通道可到达欧洲,是三北地区最近的出海口,面向东北亚地处亚欧大陆桥的东端和京九经济带的北方出海口,具有极佳的区位优势。

2009年,我国北方最大的综合性港口——天津港全年货物吞吐量突破3.8亿吨,继续位居我国北方港口第一、全球第五,集装箱完成870万标准箱,两项指标分别同比增长6.7%和2.4%;同时,内外贸均同比增长5%以上。统计显示,2010年天津港投入港口基本建设资金高达128亿元,加快了大型化、专业化泊位的建设,天津港30万吨原油码头已建成并投入试运营,新增2000万吨原油吞吐能力;新建的欧亚集装箱码头已完工,新增集装箱吞吐能力170万标准箱;新建的北港池杂货码头两个4万吨级泊位已完工试投产,整体工程2010年完工后将新增杂货吞吐能力1100万吨。同时,天津港充分发挥东疆保税港区这个中国面积最大保税港区的政策优势,重点发展国际中转、国际配送、国际采购、国际转口贸易和出口加工等业务,目前已建成国际航运、国际商品、工程机械等六大类产品交易市场,区内注册企业达229家。天

津港还大力发展国际物流业,积极拓展港口功能,组建了物流发展公司,加快南疆散货物流中心建设,成立了集交易、物流金融、信息服务、物流综合服务四大功能的散货交易市场,2010 年已完成散货交易 1 300 余笔,交易额达 27.6 亿元。目前,天津港是中国北方最大的综合性港口,也是中国最大的人工深水港,与 180 多个国家和地区的 400 多个港口有贸易往来。

目前,天津港 70% 以上的货物吞吐量和 50% 以上的口岸进出口货物来自天津以外的内陆各省区,所辐射地区除东北、华北外,甚至还包括西北的青海、新疆以及西南的四川等省区。为实现滨海新区国际航运中心与物流中心的战略定位,滨海新区进一步提升保税港区、出口加工区、综合保税区等特殊政策区的辐射功能,加强电子口岸建设,完善大通关体系,强化跨区域口岸直通与合作,为北方地区和东北亚区域大宗货物进出提供一流服务。2002 年 10 月,北京朝阳口岸与天津口岸实现直通,在全国首开先例。2004 年 11 月,《天津海港口岸、石家庄和邯郸国际集装箱中转快速转关备忘录》在石家庄签署,成为津冀两地大通关的里程碑。2005 年 4 月,天津与腹地的 12 省市区共同签订了《跨区域合作天津议定书》,建立起口岸合作长效机制。2007 年,天津与北京、河北、内蒙古等 12 省、市、自治区签署了《建设内陆无水港合作意向书》。天津港集团分别与内地 7 个省区的 9 家企业签署《无水港项目合作意向书》。天津海关分别与乌鲁木齐、呼和浩特、满洲里、郑州、石家庄、太原海关签署《陆桥运输监管业务合作备忘录》。天津海关、天津港集团分别与河南、河北、山西对口单位签署《内陆无水港便捷通关合作备忘录》。这一系列合作协议,为顺利有效推进无水港建设奠定了工作基础。2008 年天津港全面加速建设内陆无水港,内陆无水港总数达到 10 个。截至 2009 年,新区面向内陆城市在北京、河北、山西、宁夏、新疆等地设立了 16 个"无水港",辐射 14 个省、市、自治区,将天津港口岸服务功能延伸到内陆腹地,减少通关时间,降低物流成本。如银川地处西北内陆腹地,天津港将"无水港"建到那儿后,银川从此就有了自己的出海通道,通过采用"异地报关、一次查验、一次放行"的通关模式,不仅使银川的货物通关时间缩减 3～4 天,且物流成本降低 20%。预计到 2010 年,天津口岸腹地各物流中心城市将普遍建立"无水港",形成布局合理、辐射广泛、系统完整的"无水港"网络。截至 2009 年,与天津海关签署区域通关合作备忘录并开展"属地申报、口岸验放"业务的海关达到 22 个,天津海关区域通关业务覆盖范围从西北、华北、东北逐步向华南、西南地区扩张,充分显示了以"属地申报、口岸验放"为核心内容的区域通关业务蓬勃的生命力和良好的发展态势。区域通关和内陆"陆港"建设给我国内陆企业带来了便利,同时拓展了天津港口经济发展的潜能,持续提升了滨海新区的经济辐射能力。

新世纪的中国进入了新的发展机遇期,经济区与城市群整合发展的第三次浪潮的条件已经成熟,区域经济一体化发展的潮流不可阻挡①。在这样的背景之下,沿

---

① 高洪深:《区域经济学》,北京,中国人民大学出版社,2002。

黄—滨海地区面临着区域经济互动发展的新机遇和新任务。综上所述,综合考察各种促进经济增长的生产要素的分布,滨海新区科技优势比较明显,城市配套服务能力较强,而沿黄省市在农业基础、工业基础、能源、劳动力方面具有明显的比较优势,这些客观存在的生产要素结构差异和发展模式差异,都为整合资源、实施协作、互补发展提供了有利的条件。在此过程中,区域之间一方面需要从加深区域合作、发挥地区优势的角度进一步明确区域定位和经济发展战略,避免产业结构趋同现象;另一方面,需要健全市场机制和合作机制,实现生产要素在区域间的自由流动,引导产业转移;同时构建和完善区域大交通体系和信息服务网络,疏通物流、人流、资金流、信息流的渠道;同时,进一步深化产业和地区分工,构建优势互补的区域生产和服务体系,努力构建一个各具特色、协调发展、充满活力的新经济带。

参考文献

[1]　天津地方志网. http://www.tjdfz.org.cntjgl/zrhj/index.shtml.

[2]　天津政务网. http://www.tj.gov.cn/zjtj/lsyg/lsyg/.

[3]　天津市统计局. 2009年天津市国民经济和社会发展统计公报[R]. 2010-03-01.

[4]　胡顺涛. 2010年中国城市竞争力蓝皮书发布——京津沪渝成中国最具竞争力一线城市[N]. 人民代表报,2010-05-04.

[5]　倪鹏飞,彼得·卡尔·克拉索. 全球城市竞争力报告(2009~2010)[M]. 北京:社会科学文献出版社, 2010.

[6]　上半年天津市实现合同外资82.1亿美元. 中国天津经济网,http://tj.ce.cn/news.aspx? newsid=11013,2010-07-12.

[7]　天津引进内资呈现5大亮点,上半年招商项目1432个. 中国天津商务网,http://www.tjcoc.gov.cn/htmlfiles/2010-7-8/201078104500.shtml,2010-07-08.

[8]　天津开发区投资网. http://www.investteda.org/tzzn/tzhj/kjpt/.

[9]　李贤. 全球宜居城市排行揭晓,天津再居中国内地首位[N]. 今晚报, 2010-02-21.

[10]　盘点中国十大最有幸福感的城市. 人民网,http://politics.people.com.cn/GB/61650/12217158.html, 2010-07-22.

[11]　国务院. 国务院推进天津滨海新区开发开放有关问题的意见. 2006-05-26.

[12]　高洪深. 区域经济学[M]. 北京:中国人民大学出版社,2002.

[13]　臧学英. 京津冀共举共建发挥滨海新区的龙头带动辐射作用[J]. 港口经济,2006(2).

[14]　解读滨海新区新机遇之七:再创辉煌. http://www.enorth.com.cn,2005-11-15.

第三章　河北省篇

第一节　河北省概况

一、地理概况

河北省地表地貌多样,矿产蕴藏、海洋海涂等资源都比较丰富,而水资源相对不足。河北省地表面积共 18.77 万平方千米,平原、盆地、丘陵、山地高原等各种地貌类型皆有。境内矿种比较全,已发现的矿种共 100 多种,探明储量的有 60 多种,其中尤以铁矿石、石灰岩、煤、石油等更为丰富。河北不仅濒临渤海,且可随港出海,涉及我国海域及世界大洋。河北省大陆海岸线长度 487 千米。

(一)地貌

河北省地势西北高、东南低,由西北向东南倾斜。地貌复杂多样,高原、山地、丘陵、盆地、平原类型齐全,有坝上高原、燕山和太行山山地、河北平原三大地貌单元。坝上高原属蒙古高原一部分,地形南高北低,平均海拔 1 200~1 500 米,面积 15 954 平方千米,占河北省总面积的 8.5%。燕山和太行山山地,包括中山山地区、低山山地区、丘陵地区和山间盆地 4 种地貌类型,海拔多在 2 000 米以下,高于 2 000 米的孤峰类有 10 余座,山地面积 90 280 平方千米,占河北省总面积的 48.1%。河北平原区是华北大平原的一部分,按其成因可分为山前冲积平原、中部中湖积平原区和滨海平原区 3 种地貌类型,全区面积 81 459 平方千米,占河北省总面积的 43.4%。

(二)气候

河北省气候属于温带半湿润半干旱大陆性季风气候,四季分明。冬季寒冷干燥、雨雪稀少;春季冷暖多变,干旱多风;夏季炎热潮湿、雨量集中;秋季风和日丽,凉爽少雨。河北省光照资源丰富,但南北热量差异较大。

(三)水资源

河北省多年平均(1956—2000 年)降水量 531.7 毫米,多年平均水资源总量 204.69 亿立方米,为全国水资源总量 28 412 亿立方米的 0.72%。其中地表水资源量为 120.17 亿立方米,地下水资源量为 122.57 亿立方米,地表水与地下水的重复计算水量为 38.05 亿立方米。河北省用水量约 199.82 亿立方米。低平原区浅层地下水平均埋深 15.57 米,深层地下水平均埋深:衡水 51.4 米,沧州 55.72 米,邢台中东部平原 53.67 米。2008 年末河北省大中型水库蓄水 30.62 亿立方米,白洋淀年末蓄

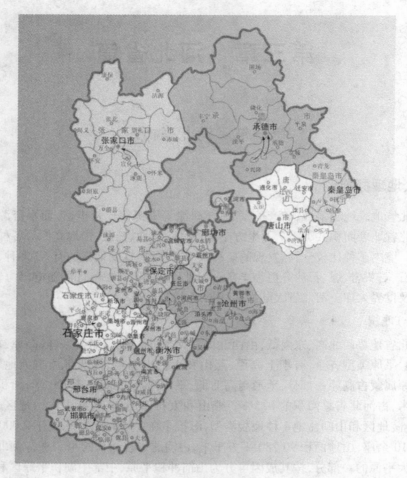

图 3-1　河北省地图

水 1.37 亿立方米。

(四)海洋资源

河北省海岸线长 487 千米,有海岛 132 个,岛岸线长 199 千米,海岛面积 8.43 平方千米。河北省沿海地区处于环渤海经济圈的中心地带,是全国五个重点海洋开发区之一,海洋生物、港口、原盐、石油、旅游等海洋资源丰富,气候环境适宜,海洋灾害少,是发展海水养殖、盐和盐化工、港口运输、滨海旅游等产业的优良地带,适合进行各种形式的综合开发,具有发展海洋经济的巨大潜力。

(五)水系

河北省河流众多,长度在 18 千米以上 1 000 千米以下者就达 300 多条。境内河流大都发源或流经燕山、冀北山地和太行山山区,其下游有的合流入海,有的单独入海,还有因地形流入湖泊不外流者。主要河流从南到北依次有漳卫南运河、子牙河、大清河、永定河、潮白河、蓟运河、滦河等,分属海河、滦河、内陆河、辽河4个水系。其中海河水系最大,滦河水系次之。

二、资源环境

(一)能源资源

油气资源集中分布于渤海沿岸和海域的冀中、大港和冀东油田。截至目前,石油累计探明储量27亿吨,天然气累计探明储量1 800亿立方米。地热资源分布广泛,主要集中于中南部地区。据河北省地热资源开发研究所统计数据显示,河北省地热资源总量相当于标准煤418.91亿吨,地热资源可采量相当于标准煤93.83亿吨。河北省有开发价值的热水点241处,山区92处,平原149处。河北省累计开发地热能井点139处。山区热水点平均水温40~70℃,平原热水点水温可达95~118℃。陆上风能资源总储量7 400万千瓦,近海风电场技术可开发量超过200万千瓦。其中坝上地区风能资源储量高达1 700万千瓦,建有国家第一个风电示范基地——坝上地区百万千瓦级风电基地。如今河北省新增装机容量50万千瓦,总装机达到110万千瓦,居全国第三位。太阳年辐射量为4 981~5 966 MJ/m^2,年日照时数张家口、承德及沧州东部为2 800~3 000小时,为河北省最大区;邢台、邯郸西部及中部为2 500~2 600小时,是河北省最少的地区;其他大部分地区为2 600~2 750小时,日照率为50%~70%。

(二)矿产资源

河北省矿产资源丰富,目前已发现各类矿种153种,有查明资源储量的122种,排在全国前5位的矿产有38种。现已探明储量的矿产地1 125处,其中大中型矿产地470处,占44.78%。河北省已开发利用矿产地813处,现有各类矿山5 433家,从业人数36.7万人,年开采矿石总量近3.68亿吨,采掘业年产值达593.2亿元,形成了以冶金、煤炭、建材、石化为主的矿业经济体系。

(三)生物资源

河北省现知陆栖(包括两栖)脊椎动物530余种,约占全国同类动物种类的29.0%,其中兽类80余种,约占全国的20.3%;鸟类420余种,约占全国的36.1%;爬行类、两栖类分别有19种和10种。河北省拥有国家和省重点保护动物137种。在野生动物资源中,有不少全国珍贵、稀有种类,如鸟类中褐马鸡是河北特有,世界珍禽,为国家一类保护动物。河北省面临渤海,有广阔的海面和海岸滩涂,可供养殖的海水面积有93万亩,仅次于福建、山东,居全国第3位。河北省有不少湖泊洼淀,面积4 156平方千米,占地表总面积的2%,淡水面积120万亩。河北省地处暖温带与湿地的交接区,植被结构复杂,种类繁多,是中国植被资源比较丰富的省区之一。据初步统计有204科、940属,3 000多种。其中蕨类植物21科,占全国的40.4%;裸子植物 7 科,占全国的 70%;被子植物 144 科,占全国的 49.5%。

三、国民经济

(一)农业

2006 年,农田有效灌溉面积达 457.0 万公顷,新增有效灌溉面积 12.5 万公顷,有效灌溉率达 77.7%,比上年提高 1.8 个百分点;新增节水灌溉面积 13.1 万公顷。农业机械总动力 8 795.8 万千瓦,比上年增长 3.6%。实际机耕面积达 476.9 万公顷,占年末常用耕地面积的比重达 81.1%,比上年提高 1.9 个百分点;当年机械播种面积 535.5 万公顷,占农作物总播种面积的比重达 61.0%,提高 0.9 个百分点;机械收获面积 262.3 万公顷,占农作物总播种面积的比重达 29.9%,提高 1.7 个百分点。农村用电量 388.2 亿千瓦,增长 15.2%。

表 3-1　河北省农业概况表

	播种面积(万公顷)	增长	总产量(万吨)	增长
粮食	619.9	−0.7	2 702.8	4.0%
棉花	62.3	8.7%	62.8	8.8%
油料	53.8	−3.8%	150.3	−1.6%
蔬菜	112.3	1.6%	6 646.8	2.8%
畜牧业				
	产量(万吨)	增长		
肉类	606.4	5.0%		
禽蛋	465.1	1.3%		
牛奶	407.6	19.8%		
水产品	108.0	9.1%		

资料来源:《河北经济年鉴》,北京,中国统计出版社,2010。

(二)工业

1. 多数行业生产效益保持增长

2006 年,在统计的 38 个行业大类中,有 36 个行业保持增长,占 94.7%,增幅在 2.4~88.6 个百分点之间。其中电气机械及器材制造业同比增长 32.0%,煤炭开采和洗选业增长 24.6%,黑色金属矿采选业增长 20.9%。有 27 个行业利润增长,占 71.1%,利润总额超过 100 亿元的 3 个行业中,黑色金属矿采选业增长 78.7%,石油和天然气开采业增长 25.3%。装备制造业支撑作用进一步增强,保持平稳较快增长。河北省规模以上工业中装备制造业完成增加值 837.2 亿元,增长 18.8%,高于河北省平均增速 5.3 个百分点;实现利润 202.7 亿元,增长 20.0%,高于河北省平均增速 13.5 个百分点。如今,装备制造业增加值增速始终保持在 18.8% ~21.9% 之间,呈平稳较快增长态势,高于河北省平均增速 4.1 ~6.7 个百分点之间。其中,通用设备制造业全年增长 19.0%,交通运输设备制造业增长 14.1%,电气机械及器材制造业增长 32.0%,仪器仪表及文化、办公用机械制造业增长 20.8%,分别高于河北省平均水平 5.5、0.6、18.5 和 7.3 个百分点。煤炭开采和洗选业、石油加工炼焦及核燃料加工业、化学原料及化学制品制造业、非金属矿物制品业、黑色金属冶炼及压延加工业、电力热力的生产和供应业等六大高耗能行业累计完成增加值 3 189.2 亿元,占规模以上工业增加值的 52.2%,增速由前两个月的 14.6% 降至全年的 11.1%,增速比上年回落 9.2 个百分点,且一直低于河北省平均增速。其中黑色金属冶炼及压延加工业、石油加工炼焦及核燃料加工业、化学原料及化学制品制造业、非金属矿物制品业、电力热力的生产和供应业增加值增速分别比上年回落 11.2、15.4、8.2、14.5 和 8.1 个百分点。主要高耗能产品产量增速回落。钢材、粗钢产量分别增长 10.1%、4.9%,分别比上年回落 27.2 和 12.8 个百分点;水泥产量增速下降 1.7%,而上年增长 7.6%;焦炭、铁合金产量增速分别回落 28.1 和 30.3 个百分点。

2. 产品结构进一步优化

钢材板带比全年为 55.1,比上年提高 0.7 个百分点。全年工业完成投资 4 049.9 亿元,增长 37.0%,增速高于河北省城镇投资 5.8 个百分点。其中黑色金属冶炼及压延加工业增长 71.7%,电气机械及器材制造业 63.1%。全年高新技术产业完成增加值 512.5 亿元,增长 15.2%,增速高于河北省规模以上工业 1.7 个百分点。其中通信设备、计算机及其他电子设备制造业增长 34.4%,仪器仪表及文化、办公用机械制造业 20.8%。

(三)林业

河北省地处京津周围,地跨温带和暖温带,属温带和暖温带大陆性季风气候,雨热同季,四季分明。河北省辖 11 个市、138 个县市。河北林业是一个集林业、果树、花卉、蚕桑、林产加工、森林旅游为一体的综合行业。2005 年底,河北省林业用地面积为 8 581 364 公顷(12 872 万亩),占河北省总土地面积的 45.72%。有林地面积为 4 341 258 公顷(6 512 万亩),森林覆盖率为 23.25%,活立木总蓄积量为 10 226 万立方米。2006 年,林业产业总产值达 483 亿元。河北省年均造林 500 多万亩,实施封山育林 2 000 多万亩。河北省是果树生产大省,现有果树面积 2 300 多万亩,果品年产量 90 多亿千克,面积和产量均居全国第二位,其中梨、红枣、板栗、柿子、杏扁产量居全国第一位。河北省还是人造板生产大省,河北省现有速生丰产林和工业原料林 500 多万亩,人造板企业 2 550 家,人造板年产量 1 100 多万立方米,生产规模位居全国前列。河北省现有花卉面积 32 万亩。森林资源保护全面加强。总投资达 1.85 亿元的森林防火基础设施项目建设,初步建成了覆盖河北省的森林防火预测预报、监测瞭望、指挥调度和组织队伍四大体系。河北省政府进一步加大了森林防火投入,用于改善重点火险区防扑火装备水平,加强了各级森林公安和专业扑火队伍建设,使河北省森林防火综合保障能力明显提升。

(四)交通

河北省交通运输业实施"优化区内、衔接毗邻、畅通国际"的发展战略,进一步完善三个区域路网规划,加快交通基础设施建设,更好地推动区域发展,呈现平稳较快发展的态势。

表 3-2　河北省 2009 年交通发展表

	投资(亿元)	比去年增加(千米)	比去年增长
固定资产投资	415.43		11.7%
公路建设	331.19		16.3%
港航建设	59.89		-16.2%
公路场站	2.83		19.6%
交通规费征收	250		18.7%
铁路建设		82.86	79.2%
航空航线		1.04	15.3%
输油管道线路		367.28	69.4%

资料来源:《河北经济年鉴》,北京,中国统计出版社,2010。

(五)对外贸易

2006 年,河北省对外贸易在国家宏观调控、原材料涨价,国际市场需求锐减的大背景下,河北省外贸进出口逆势增长,在上年 37.9% 高速增长的基础上,继续保持了快速增长。全年进出口总额 384.2 亿美元,增长 50.5%,快于上年 12.6 个百分点。其中,出口 240.3 亿美元,增长 41.3%,快于上年 8.7 个百分点;进口 143.9 亿美元,增长 68.8%,快于上年 19.1 个百分点。与全国相比,河北省出口和进口分别快 24.1 和 50.3 个百分点。机电产品出口 76.6 亿美元,增长 50.1%,占河北省出口的 31.9%,同比提高 1.9 个百分点。钢材出口 60.8 亿美元,增长 79.5%,占河北省出口的 25.3%,同比提高 5.4 个百分点。向非洲、拉美和大洋洲分别出口 14.3 亿、12.1 亿和 3.3 亿美元,增速分别为 47.2%、68.5% 和 58.9%,都超过了河北省出口增长水平;合计占河北省出口的 12.4%,同比提高 1.2 个百分点。亚洲作为河北省最大的出口市场,出口额达 114.2 亿美元,增长 42.4%,高于河北省出口增速 1.1 个百分点;占河北省出口的 47.5%,同比提高 0.4 个百分点。其中,韩国成为河北省出口最多的国家,出口 32.7 亿美元,增长 74.1%,占河北省出口的 13.6%,同比提高 2.5 个百分点。阿联酋和沙特也是进入出口前十位的国家,出口额分别为 7.7 亿和 7.3 亿美元,增速分别为 83.5% 和 1.4 倍,两国合计占河北省出口的 6.2%,同比提高 1.9 个百分点。

(六)邮电

河北邮电事业发展迅速,河北省电话交换机总容量已达到4 200多万门,各市县全部实现了国内、国际直拨。发达便捷的交通通信条件,把河北与世界各地紧密联系在一起,十分有利于开展国际交流与合作。中国移动和中国联通先后在河北保定建设3G网络,保定成为全国首先开通3G网的10个城市之一,也成为同时拥有两个3G网的3个中国城市之一(另外两个为上海和无锡);在中国移动规划的开通3G的第二批城市里,石家庄、邯郸、唐山列在其中。邯郸已在2009年3月开通3G网络,唐山也已开通3G网络。截至2009年,邮政局(所)达1 986处,其中农村局(所)达到1 244处,农村较大支局窗口全部实现电子化。邮政储蓄网点达到1 252处,邮路总长度达4.6万单程千米,其中汽车邮路长度达到4.3万千米,占总长度的93%。邮政汽车达2 771辆,比上年增加了476辆,利用铁路快件发运零售报刊,使到货时间提前了3~4个小时,杂志提前了1~3天;订销报刊累计达到65 249万份,实现收入2 633万元,比上年增长16.2%;集邮专业重点开发定向邮品、个性化邮票,同时精心组织邮票首发式、新邮预订、集邮展览等业务,集邮业务完成3 750万枚,比上年增长了10.5%。速递专业拓展县级区域和国际市场,完成特快专递1 023.4万件,比上年增长了21.4%,实现收入2.99亿元,比上年增长19.6%;邮政储蓄不断优化业务结构,2006年实现储蓄收入14.4亿元,比上年增加了6.6%。

(七)旅游

河北省现有各级各类景区景点400多个,其中包括世界文化遗产3处;国家级历史文化名城5座;中国优秀旅游城市4座;国家级风景名胜区7处;国家级森林公园11个;国家级自然保护区5处;全国旅游胜地四十佳3处;全国十大风景名胜2处;全国4A级景区23个。无论是数量规模,还是价值品位,河北都堪称是全国的旅游资源大省。璀璨的历史文化与秀美的湖光山色交相辉映,构成了独具特色的燕赵旅游百花园。河北省旅游业发展迅猛,综合配套的旅游接待服务体系已经形成。广袤的土地和悠久的历史还孕育了绚丽多彩的民俗文化和民间艺术。定窑、邢窑、磁州窑和唐山陶瓷是中国历史上北方陶瓷艺术的典型代表。蔚县剪纸、廊坊景泰蓝、曲阳石雕、衡水内画鼻烟壶、易水古砚、武强年画、丰宁布糊画、白洋淀苇编、辛集皮革、安国药材等名扬中外;河北梆子、老调、皮影、丝弦等饶有特色;沧州武术、吴桥杂技、永年太极、保定康长寿之道独见魅力。河北省物华天宝,许多土特产品和风味小吃享誉中华。京东板栗、赵州雪梨、沧州金丝小枣、宣化龙眼葡萄、深州蜜桃、沧州小枣等,不仅营养价值极高,而且产量居全国第一。核桃、柿子和花椒被誉为"太行三珍"。口蘑盛产于坝上高原,是一种名贵真菌。蕨菜号称"山菜之王",国内外市场供不应求。秦皇岛的八仙宴,唐山的蜂蜜麻糖,石家庄的空心宫面以及白洋淀的全鱼席无不以其独特的风味令中外游客赞不绝口。

(八)人口、民族

2009 年 3 月 31 日,河北省常住人口达到 7 000 万。全年出生人口 90.8 万,出生率为 13.04‰;死亡人口 45.2 万,死亡率为 6.49‰;净增人口 45.6 万,自然增长率为 6.55‰,与上年持平。河北省是个多民族的省份,除汉族外,还有满族、回族、蒙族、壮族、朝鲜族、苗族、土家族等 53 个少数民族,少数民族人口约占总数人口的 4%。河北省依据《中华人民共和国宪法》,实行民族区域自治,现有 6 个少数民族自治县。

第二节　河北省经济发展分析及冀津经济合作构想

一、河北省发展的优势与弱势分析

(一)河北省区位商计算及分析

这里以 2000 年和 2008 年统计数据作为基础对河北省的产业发展状况进行分析。

1. 总体分析

运用区位商分析方法,结合相关统计数据得出河北省三大产业 2000 年和 2008 年区位商如表 3-3 所示。

表 3-3　河北省三大产业区位商

	2000 年区位商	2008 年区位商
第一产业	0.96	0.57
第二产业	0.77	1.18
第三产业	3.42	0.78

资料来源:根据《中国统计年鉴》(2001)、《中国统计年鉴》(2009)、《河北省经济年鉴》(2001)和《河北省经济年鉴》(2009)相关数据整理。

从表 3-3 可以看出,2000 年河北省的第三产业具有明显的比较优势,而第一、二产业均低于全国平均水平。针对存在的问题,河北省在保持经济稳定发展的前提下积极进行了产业结构调整,并取得了较好成效。至 2008 年,产业结构调整进一步加快,第二产业实现了快速增长,高于和接近全国平均水平。

2. 第一产业内部分析

2000 年和 2008 年河北省第一产业内部区位商如表 3-4 所示。

表3-4　河北省第一产业内部行业区位商

	2000 年区位商	2008 年区位商
农业	1.02	0.96
林业	2.29	2.33
牧业	0.75	0.88
渔业	0.002	3.06

资料来源:根据《中国统计年鉴》(2001)、《中国统计年鉴》(2009)、《河北省经济年鉴》(2001)和《河北省经济年鉴》(2009)相关数据整理。

从表3-4可以看出,从2000年到2008年的发展过程中,农业在结构调整中基本保持平稳发展,农业生产虽然能够根据市场需求变化,但是略有下降;林业生产有所增长,但增幅不很明显,以退耕还林为主的生态建设得到重视和加强;畜牧业生产增长相对稳定,渔业增长十分迅速。总的看来,河北省林业一直处于比较优势地位。

3. 工业内部各行业分析

河北省工业内部各行业区位商如表3-5所示。

表3-5　河北省工业内部各行业区位商

	2000 年区位商	2008 年区位商
煤炭采选业	0.46	0.57
石油和天然气开采业	0.98	0.73
黑色金属矿采选业	0.12	0.30
有色金属矿采选业	5.09	0.22
非金属矿采选业	1.57	6.22
木材及竹材采运业	0.04	0.00
食品加工业	2.20	2.62
食品制造业	0.99	2.14
饮料制造业	1.99	2.12
烟草加工业	0.40	0.71
纺织业	5.01	15.87
服装及其他纤维制品制造	1.48	2.00
皮革、毛皮、羽绒及其制品业	2.78	3.36
木材加工及竹、藤、棕、草制品业	1.93	5.55
家具制造业	0.23	5.55
造纸及纸制品业	3.82	3.26
印刷业记录媒介的复制	7.59	2.57

续表

	2000 年区位商	2008 年区位商
文教体育用品制造业	0.11	0.07
石油加工及炼焦业	0.67	1.14
化学原料及制品制造业	1.47	3.86
医药制造业	2.40	13.07
化学纤维制造业	1.75	2.16
橡胶制品业	0.55	1.99
塑料制品业	0.38	0.91
非金属矿物制品业	0.14	0.09
黑色金属冶炼及压延加工业	2.96	19.64
有色金属冶炼及压延加工业	1.03	2.91
金属制品业	1.19	2.14
普通机械制造业	1.35	3.93
专用设备制造业	0.56	0.99
交通运输设备制造业	2.15	2.41
电气机械及器材制造业	5.21	27.37
电子及通信设备制造业	40.64	10.48
仪器仪表文化办公用机械	3.33	4.20
电力蒸汽热水生产供应业	0.51	0.65
煤气的生产和供应业	1.25	2.93
自来水的生产和供应业	1.03	1.95

资料来源:根据《中国统计年鉴》(2001)、《中国统计年鉴》(2009)、《河北省经济年鉴》(2001)和《河北省经济年鉴》(2009)相关数据整理。

从表 3-5 可以看出:在工业内部各行业当中,2000 年和 2008 年区位商均大于 1 的产业有:非金属矿采选业、煤气的生产和供应业、自来水的生产和供应业、金属制品业、普通机械制造业、黑色金属冶炼及压延加工业、化学纤维制造业、有色金属冶炼及压延加工业等行业,其中有多数行业基本属于矿产型资源行业,这说明河北省的资源优势还非常明显,在今后的经济发展中还应继续发挥这种资源优势。2008 年区位商大于 2 的比较优势非常明显的行业是纺织业、医药制造业、黑色金属冶炼及压延加工、电子及通信设备制造业、电气机械及器材制造业等行业。其中黑色金属冶炼及压延加工业较 2000 年有了飞速发展,从相对劣势产业转化为优势产业。

4. 第三产业内部分析

河北省第三产业内部行业区位商如表 3-6 所示。

表3-6　河北省第三产业内部行业区位商

	2000 年区位商	2008 年区位商
交通运输仓储邮电业	0.64	0.52
批发、零售、物流餐饮	—	1.05
金融保险业	0.98	1.80
房地产业	2.56	3.03

注:"—"代表无相应区位商数据。

资料来源:根据《中国统计年鉴》(2001)、《中国统计年鉴》(2009)、《河北省经济年鉴》(2001)和《河北省经济年鉴》(2009)相关数据整理。

　　从表3-6看,河北省第三产业内部发展并不均衡,房地产业区位商一直大于1,说明这个行业具有比较优势,批发、零售、物流餐饮近年发展迅速,增幅较大,而交通运输仓储邮电业区位商一直小于1,处于比较劣势地位。

(二)河北省发展的优势分析

1. 区位优势

　　"京津冀经济圈"的范围为北京、天津两个直辖市以及河北省的秦皇岛、唐山、廊坊、保定、石家庄、沧州、张家口、承德等8个地市。京津冀环渤海区域将成为继长江三角洲、珠江三角洲之后我国第三个经济增长中心,也将成为带动经济整体协调发展的战略平台。河北内环京津,东临渤海,西依太行。作为全国唯一兼有海滨、平原、湖泊、丘陵、山地、高原的省份,河北凭借得天独厚的区位发展优势,取得了较快发展。河北环抱北京、天津两个直辖市,围合着两座历史名城,既有首都北京的政治、经济、文化分量,又增添了港口都市天津的资源储备。东临渤海,西依太行与山西交界,南连鲁豫两省,北部与蒙古高原接壤。河北境内雄浑起伏的万里长城,肥沃广袤的华北平原,碧波荡漾的富饶渤海沿岸,纵横交错的公路铁路网络,不仅架通了全国与北京、天津的交通运输渠道,而且使河北成为首都北京向外扩展的广阔战略市场。

2. 资源优势

　　河北省有着487千米长的海岸线和132个岛屿,是华北和西北的重要出海通道。海洋生物资源和海洋矿产资源丰富,有可开发利用盐田面积6万公顷,在全国具有明显优势;近海石油探明储量6亿吨、天然气144亿立方米,居渤海地区首位。由北到南,沿渤海湾分布着秦皇岛、京唐、黄骅三大港口,共有码头(泊位)58个,有巨大的年吞吐能力,目前正在筹划建设的曹妃甸矿石专用码头是我国北方最优越的深水港。

3. 加工制造业优势

　　河北省工业结构门类齐全,具有一定基础的工业体系,成为河北省加快经济发展的主动力。基础产业、基础设施迅速发展,支撑作用明显增强,"瓶颈"制约基本缓解,投资环境大大改善;通过实施"两环开放带动战略",外向型经济发展得到进一步加快,为全省经济发展注入活力;经济总量不断扩大,位居全国第五位,已具备向经济强省迈进的基础。钢铁、装备制造、石油化工等七大主导产业,对规模以上工业增长贡献率达85%,发展后劲和支撑作用增强。

(三)河北省发展的劣势与问题

1. 行政区划意识较强

京津冀区域中计划经济下的行政区划意识还比较强,跨行政区进行产业结构大调整的机制目前尚未形成。国有经济比重比较大,私营和民营经济的成长较"长三角"、"珠三角"弱得多。目前国有经济改革还处于攻坚阶段,最活跃的私营和民营经济还没有足够的力量由下向上打破行政区划的空间限制,很难进行跨行政区域的行业集聚和整合。

2. 市场化程度较低

河北省大型骨干企业多属国有或国有控股企业,国有资产的处置权在政府手中。大部分企业规模偏小,企业间缺乏分工协作,产品多集中在附加值低、科技含量低、能源消耗高的初级加工品上,产品结构雷同,无序竞争严重。

3. 产业结构不合理

河北省产业结构不合理突出表现在服务业比重低,增加值占全省生产总值的31%,低于全国平均水平。产业集中度较低,企业规模小且布局分散,销售收入超百亿元的企业只有7个。高新技术产业发展较慢,通信设备、计算机及其他电子设备制造业仅占规模以上工业增加值的0.8%,经济增长方式粗放。河北省工业地区分布不平衡,集中程度比较高。不平衡的自然基础条件,形成了不平衡的布局状况。重化工业主导引致经济对资源的过分依赖,经济发展的粗放问题还有待解决。

二、河北省发展面临的机遇与挑战

(一)河北省发展的机遇

1. 产业对接京津、承接产业转移的机遇

在"京津冀经济圈"的背景下,各省市产业结构均处于调整升级的重要阶段。尤其是京津两市因环境承载力的制约,产业体系向高级化迈进的趋势越来越明显,技术密集型的高端产业、创意产业和现代服务业成为两市追逐的主导产业,资源密集型、劳动密集型产业正逐渐转移出来。河北省要抓住这个大好时机,依据资源禀赋优势和其他条件,主动发展与京津对接的能源和原材料工业,主动承接京津的产业转移,主动建设面向京津的加工基地和配套基地。此外"京津冀经济圈"的崛起,还有利于河北省依据港口功能的分工定位,强化与天津市在临港产业上的对接和错位发展,有利于河北省加快产业结构调整和升级,打造产业新优势。

2. 加速省内区域经济协调发展的机遇

"京津冀经济圈"的崛起将进一步促使省内各市积极探索和明确功能定位,找准自身优势和特色,扬长避短,逐步解决产业结构雷同、低水平重复建设问题。有利于

发挥各自比较优势,提高生产要素聚合程度,也有利于打破省内行政区划局限,加强区域间产业对接、资源开发、生态建设、劳动力转移等方面的合作,促进欠发达地区加快发展,形成区域优势互补、相互促进、协调发展的格局。

3. 与周边省市区域合作的机遇

京津两大都市是"京津冀经济圈"的核心,河北省是"京津冀经济圈"核心与腹地的连接地带及焦点区域,必将成为京津与京津冀经济圈外围省市之间在生产力布局、产业转移、资源流动方面的关键协调区域。因此,在"京津冀经济圈"崛起过程中,应促成"京津冀经济圈"区域重大基础设施和生态项目统筹建设,促成科学合理的港口分工协作体系。此外,随着"京津冀经济圈"内部生产要素的自由流动以及产品和服务的全面开放,也有利于河北省与周边省市形成统一、开放、规范的共同市场。

(二)河北省发展面临严峻挑战

1. 资源紧张限制河北省发展

河北省人均水资源占有量 311 立方米,仅为全国平均水平的 1/7,铁矿石 40% 以上依赖进口,一次能源 50% 以上需从省外调入。而"京津冀经济圈"的进一步崛起将促使区域内外对资源更激烈的争夺,从而给河北省的产业做大做强增添了困难。此外,河北省人才资源状况不容乐观,在新形势下,省际人才争夺战将会伴随着"京津冀经济圈"的崛起而加剧。资源、人才的硬约束对河北省加大科技创新力度、转变增长方式带来挑战。省际争夺资源、人才给河北省带来压力,河北省主导产业对水资源、自然资源依赖性较强,导致对产业发展有重大支撑作用的淡水、铁矿石、一次能源等重要资源短缺。

2. 京津的发展给河北省带来压力

京津两大都市正逐步向后工业化社会发展。在这一关键时期,各省市产业结构不断高级化,第三产业比重不断升高,产业体系正在产生新的变革。北京高新技术产业发展较快,特别是在经济信息化和全球化的新形势下,其产业结构信息化程度大大提高,传统产业内涵也有了新的提升,而河北省在产业结构高级化进程中位次排后。依据产业分工和关联规律,进入知识经济门槛早的区域必然占据产业高端化的位置,这将给河北省在"京津冀经济圈"产业整体地位的提高带来困难。

3. 河北省产业发展不大不强

河北省在"京津冀经济圈"区域中只有钢铁产业具有比较优势,其他产业均不大,更不强。河北省人均 GDP 为 1 800 美元左右,在"京津冀经济圈"各省市中排最后一位。根据国际经验和经济规律,在人均 GDP 在 1 000 ~ 10 000 美元阶段,每跨越1 000 美元,经济发展速度会越来越快且稳定性增加。"十一五"时期河北省跨入2 000 ~ 3 000 美元阶段,而京津跨入 6 000 ~ 8 000 美元阶段,经济发展将会比河北省更快。河北省经济发展水平与京津的差距有越来越大的趋势。

三、发展战略的建议

（一）优化农业结构

坚持把农业放在整个国民经济循环中统筹解决,采取更直接、更有力、更明确的综合性政策措施。在切实保护和提高粮食综合生产能力的前提下,进一步加大农业结构调整力度,增加优质、无公害、专用农产品生产;坚持把畜牧业作为农业的主导产业来抓,扩大肉牛、肉羊养殖规模,提高品质,培育名牌。大力发展农业产业化经营,采取项目补贴和贷款贴息等措施,支持龙头企业,培育名牌产品。增加对农业和农村的投入,进一步完善补贴政策,扩大补贴规模,逐步形成对农业的支持和保护体系。加大对农村基础设施建设的支持力度,搞好农村扶贫开发,增强贫困地区自我积累和自我发展能力。

（二）转变传统产业

河北省优势行业主要有黑色金属矿采选、黑色金属冶炼、医药制造、电力、食品制造、煤炭、皮革、非金属矿产等,产品有水泥、布、农药、农肥、发电等,这些行业和产品都在全国有一定的优势。这些长期形成的优势产业和产品,主要是依靠河北省丰富的自然资源而形成的,这些产业发展壮大更多的是依靠扩大生产规模。随着资源和环境约束的日益加剧,传统的增长方式已难以为继,必须转变增长方式。转变增长方式的重点是采用高新技术和先进适用技术改造提升传统优势产业。努力构筑高新技术产业的局部强势,优先发展信息产业,广泛应用信息技术,制定更加积极的政策措施,支持高新技术产业的引进和开发,组织实施一批重点示范和技术创新项目,努力培育一批具有自主知识产权和较强竞争力的新兴产业群。积极发展循环经济,加快资源综合利用产业化步伐,提高资源利用效率,逐步建立与资源现状相适应的工业布局。要充分利用河北省环绕京津的优势,发展河北省产业。一是以承接京津产业转移为契机,加快对传统产业的改造升级。首钢的搬迁就是非常成功的事例。二要充分利用京津两大城市人才、技术以及国际交流相对较多的优势,在京津设立河北企业的研发、营销等机构;在京津周边地区发展高新技术和休闲旅游,为两大都市搞好产业配套和服务。这是区域经济一体化的结果,也是河北省强化优势的必然选择。

（三）提高竞争力

要依靠全球性大企业,主要是世界500强级别的跨国公司;依靠那些扎根于中小城镇的,以网络化、本土化、创新性为基本特征的产业集群,在我国主要是由县域特色经济发展起来的产业集群。可以说,县域经济的强弱决定着河北省未来的整体竞争力。抓好县域经济,关键在于因地制宜、突出特色,走"由特到强"之路。具体来讲,强县之路略有不同,大致可分为两类。一是资源依赖型,如武安、遵化、迁安等,目前河北省的大部分强县是这种类型。但进一步发展受到资源和环境的双重压力,必须转变增长方式,通过延伸产业链条和产业升级,发展相应的产业集群。二是特色经济型,如清河、安平等,这种类型发展的前景广阔,主要障碍是如何将特色经济进一步做大,通过政府引导、市场运作的方式,建立起良性运行的技术创新虚拟网络,支撑这些县域的产业提升和产品换代,实现特色产业的进一步扩张。

(四)扩大投资规模,提高增长速度

确保经济较快增长,必须充分发挥投资需求的主拉力作用,在保持投资快速增长的同时,进一步优化投资结构。在投资规模上,河北省与先进省份还有很大的差距。如果没有投资的强有力支撑,就难以应对当前危机并保持经济稳定快速增长势头,结构调整也就缺乏有效载体和手段,增强未来几年的发展后劲也无从谈起。

(五)吸引外资

成本类投资是指到该地区投资,以获得较为低廉的生产成本,包括人力和原材料;市场类投资是指到该地区投资可以较为方便地占有当地市场,便于扩大销售;技术类是指到该地区投资可以较为容易地获得大量的高技术人才,便于开发和研究公司高端产品和技术。在发展中国家的外国投资大多属于前两种类型,而在发达国家的投资者多为第二类和第三类。目前在我国的投资主要是前两类,因此吸引外资的投入,关键在于能否为其提供较低的成本和便于其拓展市场。东南沿海地区是我国最早开放的地区,较易获得商业信息,同时拥有较好的基础设施和许多熟练的技术工人,政府、银行等服务企业的意识较强。河北和东南沿海相比,基础设施建设并不落后,最主要的差距体现在两个方面,一是产业和劳动力配套能力,二是为企业服务的环境。因此,河北扩大对外开放,吸引外资的关键在于有针对性地搞好配套和服务。对外投资、建立加工点、转移生产设施三种方式是由高向低的转移;而研究发展机构的建立、转移总部是由下向上的转移;营销网络是一种平行的转移,主要是针对不同区域而建立的。从对河北省的带动力来看,对外投资、建立加工点、转移生产设施是外部对河北省带动作用的主要方式,也是经济工作的重点。

四、天津市与河北省经济合作构想

(一)天津市与河北省经济合作的优势条件

1. 区位和交通优势

天津市滨海新区位于天津市东部临海地区,规划面积2 270平方千米,海岸线长153千米,常住人口140万。新区处于河北省的环抱之中,北依唐山市、南邻沧州市,区内天津港与河北省秦皇岛港、曹妃甸港、黄骅港形成环渤海港口集群。新区的功能定位是:依托京津冀、服务环渤海、辐射"三北"、面向东北亚,努力建设成为我国北方对外开放的门户、高水平的现代化制造业和研发转化基地、北方国际航运中心和国际物流中心,逐步成为经济繁荣、社会和谐、环境优美的宜居生态型新城区。

2. 资源优势

津冀都市圈具有一定的资源优势,是发展现代化工业所需的能源、黑色金属、有

色金属、化工原料、建筑材料等矿产资源的云集之地。天津市有石油、原盐、煤、天然气、地热等矿产和海洋资源30多种。另外,滨海新区有120平方千米滩涂、荒地可供开发利用。河北省八市自然资源丰富。矿产资源已探明储量60多种,保有储量全国前十位的有35种;石油、天然气储量也十分丰富。资源分布广泛,体系完整,具有建设大型钢铁、建材、化工等综合性工业基地和发展煤化工、油化工、盐化工的有利条件和良好基础。从各市情况看,廊坊石油、天然气、煤炭、地热、石灰岩等矿产资源储量相对丰富;张家口矿种近60种,其中有10多种矿产储量居全省之首;承德是京津唐的重要水源区,已基本探明储量的矿产有40余种,钒钛铁矿居全国第二位,黄金产量居河北省第一位;沧州仅沿海一带就有200万亩滩涂和低产盐田可以自主地改造开发。

3. 产业发展优势

津冀都市圈产业发展具有一定的优势,钢铁、化工、汽车、机床等在全国占有重要地位,特别是高技术产业在全国处于领先水平。目前已经形成了以高新技术、电子、汽车、机械制造业为主导的产业集群,各具特色的产业带已初步形成。目前,京津塘高速公路两侧已经建起天津、天竺、武清、塘沽等经济开发区、十个高新技术开发区和十几个各具特色的区县级开发区。

天津市工业基础比较雄厚。天津市工业有150多个门类,能生产十多万种产品,技术装备先进,综合配套能力很强,一批企业和产品在国内外享有盛誉。天津市工业已经形成了以电子信息、汽车、化工、冶金、医药和新能源及环保六大支柱产业为代表的优势产业和光通信、移动通信、白色家电、绿色电池等十二大产品制造基地。

河北省是京津冀地区乃至全国的重要原材料工业基地、农副产品主产区、二次能源基地、一次能源运输通道、化学制药基地。河北省工业门类齐全,是全国重要的钢铁、建材、化工、医药、纺织和煤炭生产基地。主要产品钢铁、水泥、建材、青霉素、VC产量均居全国第一位。河北省八市在河北省产业发展中占有绝对地位,已基本形成以煤炭、纺织、冶金、建材、化工、机械、电子、石油、轻工、医药等产业为主体的资源加工结合型工业经济结构。建材工业中的卫生陶瓷、平板玻璃产量,能源工业中的洗精煤、原煤、原油产量和发电量,冶金工业中的钢和生铁产量都居全国前列;化学、医药工业在全国占优势地位。从各市情况看,石家庄市形成了以医药、纺织、化工、机械、电子、建材、食品为主体的综合性工业体系,是全国最大的抗生素生产基地和主要纺织品生产基地,医药工业综合实力全国第一。唐山市是以能源、原材料生产为主的重工业城市,煤炭、钢铁、电力、建材、机械、化工、陶瓷、纺织、造纸等为支柱产业。目前,唐山市滨海地区已经形成了曹妃甸深水港口和临港工业区、京唐港及临港工业区、南堡盐场和南堡化工区等各具特色的经济功能区。秦皇岛市是重要的能源、原材料基地,是渤海湾地区重要的能源出海口,也是全国重要的滨海旅游城市;在粮油食品工业、玻璃工业、金属压延工业和机械制造工业等产业具有一定实力。廊坊市以电子信息、生物医药、新材料、食品加工、精细化工、汽车配件为骨干产业。保定市是河北重要的轻工业生产基地,有机电、轻纺、食品、建筑建材、信息产品制造等优势产业,是华北重要的造纸和胶片生产基地。沧州市以化工、装备制造、食品、纺织、临港产业为主导产业,是河北省石油化工最发达的地区。承德市是我国重要的旅游城市,以食品饮料、特色药业、冶金矿山、新型建材、光机电产品为主导产业。张家口市具有较好的工业基础和技术优势,已发展成为河北省重要的工业城市和晋蒙冀交界区域的重要商埠。

4. 人才和科技优势

天津市科技力量较为雄厚,有较强的科研开发和转化生产力能力。天津市高校和科研院所众多,科研人员多,所从事的科研门类齐全,近几年研发投入增长较快,所取得的科研成果数量位居全国前列。河北省八市在人才和科技教育上也有一定地位,地域内有13个国家级科研机构、21所高等院校和20所中等专业技术学校。从各市情况看,石家庄市人力资源教育程度较高,秦皇岛市在人才质量上具有一定优势,廊坊市则具有一定的科技实力。

(二)经济合作的运作模式

1. 临区辐射区

即在临近滨海新区北部的唐山市丰南区、唐海县和南部的沧州市的黄骅市等地划出一定区域,与滨海新区的城市规划、产业规划和功能区分直接对接,作为滨海新区在河北省的延伸和拓展。河北省应依照国家对滨海新区的支持模式,将临区辐射区建设成河北省的"滨海新区",打造成河北的综合改革实验区和经济特区,随着辐射区的发展和壮大,逐步与曹妃甸新区和渤海新区连成一片,在渤海湾核心地带形成沿海现代化城市群、国际化财富投资中心、世界型科研基地和优势产业聚集地、全球航运锚地和自由港、开放资本经济体和生态旅游休憩地。

2. 环津辐射区

随着国家对天津市北方经济中心的定位和滨海新区的开发建设,天津市的城市总体水平和经济活力必将在较短时间内有一个大幅度提升。为此,河北省应在环天津市的唐山市、廊坊市、保定市、沧州市等地划出一定区域,与天津市的城市规划、产业规划和功能区分直接对接。作为天津市经济在河北省的延展,打造环津经济圈,并力争使该圈与天津市北方经济中心的建设同步规划、同步建设、同步发展。

3. 冀津一体化经济区

把河北省作为天津市经济的腹地支撑,实现全方位融合,资源共享,优势互补,统筹发展,区内各经济主体本着平等互惠的原则,统一规划,统一市场,统一规范经济行为和经济行动,逐步建立统一高效的经济运行机制和协调有序的利益分享机制,力求发展方式上的高效率和形式上的高效益。

(三)经济合作的具体措施

1. 联合推动产业合作对接

提高相互间产业发展关联度。鼓励冀津企业开展配套加工合作,支持河北省企业围绕天津市重点产业,大力发展零部件供应、产业链配套生产,促进双方企业深度合作,共同发展。

加强高新技术产业合作。双方借助天津市的科研优势,搭建产学研平台,支持企业开展研发成果转化合作,提高冀津双方整体发展水平和实力,共同构建高新技术产业带。促进双方科技资源共享共用,联合建立创新创业平台;鼓励先进技术和成果相互转移,科技人才相互流动;围绕共同关心的流域和海域资源保护、污染治理、公共安全等联合实施重大科技项目。

推进冀津产业规划衔接。冀津两地实行产业规划对接,协调双方产业发展,指导产业合理布局,促进资源合理配置。通过产业规划引导,增强双方区域认同,建立良好、有效的协调发展机制。

建立政府及部门间协商和沟通机制。双方就区域内产业结构调整、产业优化升级等战略性合作问题定期协商,在产业合作领域、合作方式等方面经常沟通,增强对双方产业合作的指导性,推动合作不断深化。

推进行业协会交流沟通。充分发挥冀津行业协会的作用,为双方企业合作搭建信息平台,推进双方企业开展经常性的交流与合作,共同学习,共同提高。

营造产业合作的良好环境。制定鼓励双方产业合作的优惠政策,提供优质服务,丰富、完善合作方式,实现互利双赢。

2. 共同推进金融合作

建立冀津金融交流合作机制。加强冀津金融业战略合作,加强与天津"全国金融改革创新基地"建设的互动,共同推动天津市金融机构参股河北省金融机构,在河北省设立分支机构,开展业务。

支持各类基金在冀开展业务。发挥天津市私募股权投资基金相对集中的优势,支持各类股权投资基金和创业风险投资基金在河北省开展业务。

推动在冀设立产权交易中心。推动河北省产权交易中心与天津股权交易所合作发起成立河北省股权交易中心。支持沧州等市与天津股权交易所共同发起设立区域股权交易中心。

3. 推进商务合作

加强会展合作。双方组织省市政府代表团参加对方举办的"中国(廊坊)国际经贸洽谈会"、"中国天津投资洽谈会"等商贸活动,组织本地优势企业带项目参展,鼓励和促进本地企业到对方区域投资发展。

提供各种便利条件。天津市为河北省优势企业和安全优质农副产品进入天津市场提供更多机会和便利条件。

鼓励多种形式的合作。引导天津市有实力的大型农产品市场和商贸龙头企业到河北省投资,或以参股、联营等多种方式合作,兴建蔬菜种植基地和畜禽养殖场,签订"场地挂钩"、"农超对接"协议,建立长久稳定的产销合作关系。

促进二手车流通合作。双方鼓励和支持二手车跨区域自由交易并享受当地同等待遇,对异地车辆交易办理相关手续开辟绿色通道。双方支持和鼓励有实力的企业在天津建立服务环渤海地区的新型二手车交易市场,组织两地重点市场对接洽谈,建立密切合作关系,推动市场资源整合。

加强商贸流通和商品展销。鼓励天津市大型商贸流通企业参与河北省农村新民居建设,到河北省农村新民居示范村开办连锁超市。支持双方大型商贸企业联手举办商品大集和名优新特商品展销活动。

4.加强人力资源协作

搞好冀津劳务信息对接。天津市根据当地经济发展及各类用人单位的需要,优先向河北省提供用工信息,并为河北省有组织地向天津市输出劳务提供便利。两地人力资源和社会保障部门每年组织情况通报分析会,举办 1 ~ 2 次大型劳务对接活动。

搭建人力资源交流平台。河北省根据天津市用工需要,加强河北省人力资源开发,完善劳务基地建设,健全劳务输出机制,建立人力资源输出储备制度,优先保证天津市各类用人单位需求,随时提供合格人力资源。在现有劳务基地(县、市)的基础上,参照河北省与北京市合作模式,双方建立新的劳务基地,扩大河北省进津劳务输出份额。

建立定期合作沟通机制和跟踪服务权益保障机制。河北省全面加强进津务工人员就业服务,为进津就业务工人员提供职业指导、职业培训、职业技能鉴定、代缴保险等各项服务,协助天津市处理好务工人员与用人单位发生的劳资纠纷和工伤事故。

加快研究制定冀津人才开发一体化有关规划。探索人才培养使用等方面相对统一的政策措施,逐步建立冀津相互协调、相互衔接的人才合作和社会保障政策办法,为吸引高层次人才跨地区从事智力服务、科研合作、投资创业创造宽松环境。

充分发挥政府市场监管职能。双方人力资源和社会保障部门互设人才工作站,负责两地人才联系、需求调查、数据汇总及其他相关的人才服务工作。

第三节　霸州市对天津市产业承接问题研究

一、产业承接发展模式

(一)产业承接的概念

承接产业转移的能力,即产业承接力。产业承接力是一个国家或地区在一定时期和一定技术组织条件下所拥有的,凝聚吸引转移产业,准确选择转移产业,接纳融合转移产业,进而提升产业结构、促进区域经济发展的能力。

(二)产业承接的构成

产业承接力包括两个部分:一是集聚转移产业的吸引力,即由于比较优势所具有的吸引转移产业的能力;二是甄别转移产业的选择力,即从备选转移产业中选择最佳者,选择恰当承接时机的能力。产业承接的构成要素见图3-2。

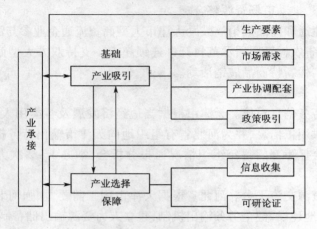

图 3-2　产业承接构成要素示意图

1. 产业吸引力

随着经济一体化的发展,许多国家和地区都在为成为产业承接地而努力。承接地必须具备一定吸引力,才能在争夺产业转移的竞争中取胜。吸引产业转移的动力有生产要素、需求条件、产业协调配套以及政策吸引力等,自然资源禀赋、劳动力、资本与技术等生产要素的拥有状况及成本对产业转移有极大的影响。拥有廉价劳动力、原材料价格低、创新能力强、资本收益率高的承接地拥有更大吸引力。

需求是产业发展的主要动力。市场需求的规模越大、质量越高、潜力越大、开放程度越高,越能激发产业的竞争优势,承接产业转移的可能性就越大。产业协调配套反映相关产业与支持性产业的现状及发展趋势。相关产业越完善,金融、保险、物流、信息等支持性产业越健全,越能吸引转移产业。

政策吸引力反映政府限制或支持某些产业发展的态度与行为。政府为产业发展创造了良好的外部环境,如完善的基础设施、优惠的政策法规、良好的治安环境等,将能吸引更多转移产业。

2. 产业选择力

承接地也应从自身利益考虑产业转移。产业选择力从若干转移产业中选取最佳入驻者,并确定承接的最佳时机,确保产业承接决策的准确性。其中,信息搜集处理反映信息技术、信息设备、信息人才的拥有和利用情况。信息能力越强,越能获取充分、准确、及时和有效的决策信息,有利于对备选转移产业的鉴别。

可研论证反映战略决策人才、决策方式和咨询机构的状况。科研论证力越强,越能从现实需要性、经济合理性、技术先进性和环境污染性等方面对备选转移产业进行论证,产业承接决策就越准确。

(三)产业承接的功能

产业吸引力发挥吸引转移产业入驻的功能,是产业承接力的基础;产业选择力发挥选取最佳入驻者并确定承接时机的功能,是产业承接力的保障。产业承接力的两个构成要素彼此之间相互作用、相互依存。只有具备较强的产业吸引力,才能吸引更多潜在的转移产业,才有较大的选择余地,产业选择力才有存在的必要;只有具备较强的产业选择力,才能从备选产业中确定最佳入驻者,理性承接,产业吸引力的功效才能得以体现。

二、霸州市与天津市产业承接分析

(一)促进霸州产业转移产业承接的因素

天津对周边寻求合作的内在需求不断增强,部分产业需要转移到周边地区,对周边寻求合作的内在需求不断增强。天津被国务院定位为国际港口城市、北方经济中心和生态城市,在此背景下,天津寻求合作的要求也将日渐迫切。借助于技术转化平台,霸州市高新技术企业与天津建立的协作关系极大地提升了霸州市经济社会的发展水平。

天津地区在通信设备、医药制造、石油加工、食品加工与制造等产业方面专业化程度高,具有明显的竞争优势。由于天津市综合成本不断上涨和城市负荷能力的限制,霸州市生产要素成本低,地理位置优越的优势,有利于霸州市成为天津地区的加工制造中心。天津高新技术产业带的规划和建设,给霸州市的高新技术产业、现代制造业和电子信息产业的发展带来巨大的机会。霸州市规划和建设了霸州开发区,聚集起上百家为其配套的企业,形成了电子信息、装备制造、新能源等优势产业集群。装备制造业已成为霸州市的第二大支柱产业,汽车零部件基地已初具规模。

(二)霸州产业转移产业承接的优劣势及对策

1. 明显的区位优势

霸州市是中国环太平洋沿岸城市,地处河北省冀中平原东部,北距首都北京90千米,东临海港城市天津76千米,西距古城保定65千米,位于京、津、保三角地带中心,属环京津、环渤海城市群。

2. 丰富的资源优势

1)自然资源优势

霸州市拥有丰富的地热资源,全市已探明温泉地热面积500平方千米,热水储量220亿立方米。利用霸州独特的交通优势和温泉地热资源,推进温泉会馆、商务会馆、会展中心、星级酒店及其相关配套设施的开发建设,打造集旅游观光、休闲度假、会展商务、乡村风情体验、娱乐休闲为一体的现代旅游度假产业园。

2)人力资源优势

在劳动力资源开发上,应充分发挥霸州劳动力资源丰富的优势,依托天津市劳动力市场需求高和知识型人才多的优势,输出与引进相结合,不断开拓人力资源双向流动的新渠道,加强实用型技术人才的培养,加大对天津的劳务输出力度,缓解霸州的就业压力。在霸州劳动力资源丰富的基础上,要把组织霸州城镇和农村富余劳动力输入滨海新区作为加强就业与再就业工作的重要举措。要加强对滨海劳动部门的联系与沟通,认真研究新区的就业结构,针对新区的就业特点,采取"订单式"培育技术人才的方式,加强对下岗人员和农民的技能培训,大力发展劳务经济,加大对滨海新区的劳务输出力度,要推动霸州市与科研院校建立长期技术合作,为霸州市提供强有力的技术支撑;促进大型企业联合高校共建研发机构、技术中心、博士后工作站,充分利用天津高校的科研优势,提高企业的技术创新能力,进而提升霸州市的竞争力。

3. 潜力巨大的农业及相关产业市场

疏通"商品"流通渠道,不断扩大霸州"商品"在天津的市场份额。天津是有2 000 多万人口的大都市,市场广阔,居民整体消费能力强劲。各县区瞄准天津餐桌,突出绿色无公害品质,加快了农产品基地建设,基本上形成了蔬菜、葡萄、脱毒马铃薯、杂粮杂豆、杏扁、食用菌以及畜牧养殖等霸州特色农产品对接格局。

要打造成为天津的农副产品供应基地。霸州要利用农业基础较好,形成农产品资源丰富,蔬菜、畜产品、食品等优势农产品产业带。疏通运输、销售渠道,由农业、畜牧、财办主管部门牵头组织,通过向天津推行订单农业、会展农业和直供直销、连锁配送、网上交易等营销方式,精心培育农民经纪人、营销大户、专业合作组织等市场主体,加大对天津的农副产品输出,加强农产品在天津的市场开发。

4. 传统产业对接基础牢固

霸州主要把传统制造业做大做强,进一步规模化、专业化,夯实霸州经济基础。一是在汽车配套产业对接上,要促成霸州市现有汽车零部件加工企业与天津汽车龙头企业之间建立直接配套关系,将霸州纳入天津汽车配套基地,逐步形成原材料汽车零部件产业链。二是结合金属制品业门类众多、产业配套要求低、市场需求广的特点,霸州市要重点发展金属结构制品、金属装饰不锈钢制品、金属包装制品、金属工具制品等产品系列;大力推进钢铁不锈钢项目、金属装饰制品项目等一批大项目,以促进相关产业的聚集,扩大产业的规模,增加产业的竞争力。

食品加工与制造业对接领域,立足天津市场,发挥资源优势,重点发展绿色食品,借助天津台湾顶新集团等国际知名品牌发展自己,建立以杨芬港为主的调料配送基地。进一步做大做强路易达孚、梅花味精等重点企业和重点项目;拓宽新的食品加工与制造领域;建设大型专业商贸集散中心,争取成为天津都市圈重要的粮油深加工基地、畜禽产品深加工基地和果蔬深加工基地以及国际化的食品商贸交易物流中心。

5. 霸州与天津产业承接对霸州产业结构优化及产业布局调整的影响

霸州市应注重完善和落实开发园区总体规划,加强开发园区内的功能配套和产业链接,推进基础设施改造升级,完善配套服务体系,以提升现有重点开发园区的规划建设和管理水平,为引进项目特别是大项目打造一流的承接基地。霸州市应利用土地、环境、人力资源等方面的优势,发挥霸州与天津的地缘优势,寻找共建产业承接基地的多种途径。

霸州市应加快招商引资力度,建立项目联系制度,严格执行项目考核办法;特色突出,功能互补,错位发展,加大优势资源整合力度,承接天津优势企业的规模扩张,鼓励优势企业通过收购、控股、参股、新建等多种形式,在延伸产业链条、实施产业链配套对接方面,为天津相关制造企业配套生产零部件;通过发挥主导产业的带动作用,充分利用天津主导产业的规模配套容量和市场增量。

霸州市的对外交通基础设施仍明显落后,与其在天津区域中所处的位置和应承担的功能不相适应,妨碍了霸州市更快融入天津、更好服务天津的进程。天津有路而霸州没有的,尽快打通,天津公路等级高而霸州公路等级低的,要提高到同一等级,形成天津无障碍交通圈。

6.高新技术产业的发展

霸州市以传统制造业为支柱产业,但其导向性不明显,应发展后劲十足及导向明确的高新技术产业,但其应与天津目前高技术产业形成一定的产业链。从霸州现实出发,产业转移既要鼓励外来企业建立生产加工点,如来料加工、来件组装、建立专门的加工工业区等,逐步形成累积效应,也要向高层次产业领域转移发展,在产业选择上要重视起点高的新技术产业。如霸州国网富达科技发展有限责任公司的特高压电力科学实验,要逐步形成完善的电力产业配套生产链条,致力于打造世界领先、国际一流的电力科学试验场和电力产业配套生产基地,满足国内外电力科学试验的需求,使之成为享誉全国的电力科技产业园。

三、建议和意见

(一)结合产业发展优势,承接产业转移

立足走新型工业化道路的需要,结合天津在汽车摩托车产业、装备制造业、天然气化工业方面的优势,在电子信息、食品饮料以及医药方面的优势,电力工业,在水电、机电等方面的基础和优势,大力引入符合霸州经济、处于成熟或成长阶段的产业,如汽车产业、装备制造业、化工、医药产业等,以壮大霸州产业发展。

(二)实施产业整合,提高创新能力

加速霸州市工业企业的科技进步,实现霸州市工业经济增长方式由粗放型向集约型转变,走新型工业化道路。注重高新技术与传统产业的嫁接,大力开发有利于开拓国内外市场和有竞争力的新产品,提高产品的质量、档次和技术附加值,实现企业技术进步和产业优化升级。进一步加大霸州地区高新技术产业的自主创新力度,形成一大批拥有自主知识产权、具有霸州地区特点和竞争优势的高新技术企业。把高新技术产业发展作为西部地区经济的新增长点。坚持依托优势、突出重点、科技创

新、滚动发展的方针,逐步形成电子信息、医药化工、新材料、机电一体化、生物工程为主体的霸州高新技术产业和产品结构。特别要大力培育电子信息等新兴产业,从发展信息产业等新兴产业入手,加快具有显著经济效益和社会效益的智力密集型产业的发展,力争取得显著成效。

(三)立足产业结构调整,建构特色产业体系

建构区域产业体系具有很强的战略性,对产业发展有很强的指导性。欠发达地区进行产业承接应坚持有所为有所不为。要坚持主导产业优先的原则,围绕区域特色,优先扶持对区域经济起支撑作用产业的发展。以建构富于地方特色的产业体系。要依托现有的产业基础和资源条件充分发挥比较优势和后发优势,围绕重点产品、重大项目和龙头企业,构建以大企业为核心、中小企业配套的合理产业体系,延长产业链,打造块状经济。从国际产业转移的新趋势及国内产业转移的现状来看,跨国公司和国内大企业已成为产业转移的新亮点。在世界500强中已有400多家进入中国内地。国内大企业也在扩张的过程中不断进行产业转移。以引进大企业为突破口并积极承接配套的上下游产品生产企业、服务企业,将有助于霸州产业的快速调整。

(四)注重劳动力转移,推动产业结构调整

大力发展非农产业必然会产生对劳动力的大量需求,农民会转向非农产业就业,这会对劳动力转移产生"拉力"作用。劳动力转移也会对产业结构调整起"推力"作用,大量劳动力的存在要求发展非农产业以提供更多的就业岗位。既要发挥产业结构调整的拉力作用,结合各个地区农业劳动力的实际特征,增加工作岗位,发展劳动密集型产业,把握时机促进产业结构的提升;同时又要加大劳动力转移的推力作用,更快地发展非农产业吸收劳动力就业,以地方特有的劳动力资源优势推动产业结构调整。在两者的互动关系效应中,使产业结构不断高级化,促进农业劳动力的转移,更快地带动整体经济的协调发展。

(五)配合产业转移趋势,参与区域经济合作

产业转移的过程,同时也是一个地区选择的过程。与各地强烈的发展意识相比较,欠发达地区在产业发展过程中要进行准确定位,甘当配角,不盲目攀比,不好高骛远,主动承接产业转移,积极融入区域经济合作之中,以大开放促大开发,以大开发促大发展,推动开放型经济的发展。要通过区域合作化解阻碍产业转移的政策壁垒,为承接产业转移创造条件。可能转移的产业,既有经济发达地区的优势产业、产业升级需要转移产业、配套服务业,也有某些产业相对发达地区的优势产业。只有通过参与区域经济技术合作,积极推介宣传自己的比较优势,才能更好地吸纳转移产业。

(六)营造公平环境,提高投资者信心

产业转移重点在产业创新,企业是产业创新的主体,企业在产业创新的过程中必然受竞争对手、合作伙伴以及众多的参与者影响很大,同时还要受到政策制度、文化、法律体系和社会价值等方面的影响,因此需要政府提供公共产品和创新环境才能成

功。政府必须为转移来的产业和企业营造良好的产业配套条件和"亲商"环境,为企业家们营造良好的人文环境,解决他们的生活、子女教育等后顾之忧,这样才能增强吸纳转移产业的比较优势,提高投资者信心。

（七）建立成熟的制度环境,塑造高效的政府形象

制度环境方面的差异,造成天津滨海新区比霸州地区更适于企业的生存和发展,适于资本增值。在劳动密集型、资源密集型产品的生产上,霸州地区虽然在要素方面拥有优势,但这种优势却因为制度环境方面的差异难以转化为竞争优势。因而要通过建立成熟稳健的制度环境,制定有利于产业发展的规划,政策措施,做到政策公开、透明,保证制度的科学性、延续性、一致性,使地方性政策法规不出现混乱和因人而异的现象,形成有制必依、依制办事的习惯,切实减轻企业的交易成本。霸州地区要以强化政府效能建设为核心,增创体制、机制新优势,加快与滨海新区体制、机制的对接,如建立和完善电子政务系统、加快政府机构改革、加强法制建设等。同时,要从服务于产业承接的角度出发,在服务企业上下工夫,建立政府与企业的沟通机制。现在不少地方对引进的重大项目建立了跟进服务责任制,着力为引进企业排忧解难,这显然是政府与企业之间的良性互动。但笔者认为,欠发达地区可以本着切实为企业服务的原则,利用网络平台等建立更加行之有效的政府与企业沟通机制,让政府的贴心服务同样惠及中小企业。

参考文献

[1] 孙世民,展宝卫.产业转移承接力的形成机理与动力机制改革[J].改革,2007(10).

[2] 河北省人民政府办公厅,河北省统计局.河北经济年鉴.北京:中国统计出版社,1990—2004.

[3] 卢根鑫.国际产业转移论[M].上海:上海人民出版社,1997.

[4] 魏后凯.产业转移的发展趋势及其对竞争力的影响[J].福建论坛,2003(4).

[5] 丁瑶,余贵玲,等.长江上游经济带与"长三角"经济圈产业承接的联动[J].改革,2005(6).

[6] 李锋.国内外关于产业区域转移问题研究观点述评[J].经济纵横,2004(6).

[7] 陈红儿.区际产业转移的内涵、机制、效应[J].内蒙古社会科学,2002(1).

[8] 陈建军.产业区域转移与东扩西进战略——理论和实证分析[M].北京:中华书局,2002.

[9] GERALD TAN. The newly industrializing countries of Asia[M]. Time Academic Press,1995:17.

[10] RAYMOND VEMOR. International investment and international trade in the product cycle[J]. Quarterly Journal of Economics,1966(5).

[11] 俞国琴.国内外产业转移理论回顾与评述[J].长江论坛,2007(5).

[12] 崔建华.域际产业转移与落后地区经济增长[J].开发研究,1990(2).

[13] 陈秀山,孙久文.中国区域经济问题研究[M].北京:商务印书馆,2005.

[14] 上海财经大学课题组."九五"期间上海产业结构优化和产业转移研究[J].财经研究,1998(11).

[15] 赵希田.京津冀区域协调发展中的河北省经济发展战略[J].中国商贸,2009(06X).

[16] 陈璐."渤三角"崛起与打造河北省发展新优势[J].石家庄铁道学院学报,2007(8).

[17] 伊静,李军蕊.河北省经济增长主要支撑与动力的探讨[J].河北企业,2010(6).

[18] 张菁.河北交通发展:京三角都市圈中重要的一环——访河北省发展和改革委员会主任沈小平先生[J].综合运输,2005(2).

第四章　山东省篇

第一节　山东省概况

　　山东,古为齐鲁之地,简称"鲁",位于我国东部沿海、黄河下游、京杭大运河的中北段。山东省西部连接内陆,与河北、河南、安徽、江苏四省接壤,东临渤海、黄海,与朝鲜半岛、日本列岛隔海相望。陆地总面积15.71万平方千米,近海域面积17万平方千米,海岸线长达3 121千米。2008年全省总人口9 417.23万,辖17个市140个县(市、区)。省内主要大城市有济南、青岛、烟台、淄博,人口密度为599人/平方千米,出生率为11.25‰,死亡率为6.16‰,自然增长率5.09‰。山东省有汉、回、满、壮、朝鲜、苗、藏、彝、瑶、白等54个民族,汉族人口占总人数的99%以上。山东省拥有悠久的历史文化、丰富的自然资源,勤劳而富有斗争精神的山东人民正在开创着山东美好的未来。

一、自然资源

(一)地形地貌

　　山东省中部山地突起,为鲁中南山地丘陵地区,地势最高,主峰泰山海拔1 532米,为全省最高点。鲁东丘陵海拔多在500米之下,鲁北、鲁西海拔多在50米以下,是由黄河冲积而形成的鲁西北平原地区,尤其黄河三角洲一般海拔2～10米,为全省陆地最低处。山东省境内的主要山脉集中在鲁中南丘陵地区和胶东丘陵地区。山地约占全省总面积的15.5%,丘陵占13.2%,平原占55%,河流湖泊占1.1%。多样的地形赋予了山东优美的自然风光和丰富的旅游资源,大量的平原、盆地为山东成为我国主要的产粮区提供了基础。

(二)生物资源

　　山东处于温带季风性气候区,年降水比较集中,春秋短暂,冬夏较长。年平均气温11.0～14.2℃,最高月均温23.5～27.4℃(济南),最低月均温－4.4～0.8℃(枣庄),年降水量平均约710毫米,无霜173～250天。多年平均水资源总量为303亿立方米,地表水资源量为198亿立方米,多年平均地下水资源量为165亿立方米。山东生物资源极为丰富。境内有各种植物3 100余种,其中木本植物900多种,野生经济植物645种。包括药用植物300多种,油脂类植物156种,芳香类植物65种,鞣质类植物80多种,土农药原材料40多种,纤维植物134种,淀粉糖类植物近80种。树木

600多种,分属74种209属,以北温带针、阔叶树种为主。各种果树90种,分属16科34属,其中烟台苹果、莱阳梨、肥城桃、乐陵金丝小枣、枣庄石榴、大泽山葡萄以及章丘大葱、莱芜生姜、潍坊萝卜、平阴玫瑰等都是山东久负盛名的特产,山东因此被称为"北方落叶果树的王国"。中药材800多种,其中植物类700多种,矿物与动物药材100余种,著名的药材有北沙参、枯篓、金银花、香附子、桔梗、酸枣仁、丹参、白鹤、紫草、全蝎、蟾酥等。山东是全国粮食作物和经济作物重点产区,素有"粮棉油之库,水果水产之乡"之称。小麦、玉米、地瓜、大豆、谷子、高粱、棉花、花生、烤烟、麻类产量都很大,在全国占有重要地位。陆栖野生脊椎动物450种,占全国种数的21%。其中兽类55种,鸟类362种,两栖类8种,爬行类25种。陆栖无脊椎动物,特别是昆虫种类繁多,居全国同类物种之首。在山东境内的动物中,属国家一、二类保护的珍稀动物有71种,其中国家一类保护动物有16种,珍惜的动物主要有丹顶鹤、白鹤、大天鹅、白尾海雕、苍鹰、红脚隼等。

(三)海洋资源

山东半岛三面环海,大陆海岸线北自大口河河口,南至绣针河河口,全长3 121千米,占全国大陆海岸线的六分之一。沿海滩涂面积约3 000平方千米,滩涂面积占全国的15%,15米等深线以内水域面积约13 300平方千米。山东省全省海域面积为17万平方千米,占渤海和黄海总面积的37%。近海海域中,散布着299个岛屿,总面积147平方千米。近海栖息和洄游的鱼虾类达260多种,主要经济鱼类有40多种,经济价值较高、有一定产量的虾蟹类近20种,浅海滩涂贝类百种以上,经济价值较高的有20多种。其中,对虾、扇贝、鲍鱼、刺参、海胆等海珍品的产量均居全国首位,其中对虾、扇贝、鲍鱼、刺参、海胆等海珍品出口量居全国第一。有藻类131种,经济价值较高的近50种,其中,海带、裙带菜、石花菜为重要的养殖品种。山东省内海水养殖面积达40.62万公顷。山东是全国四大海盐产地之一,丰富的地下卤水资源为山东盐业、盐化工业的发展提供了得天独厚的条件。山东丰富的海洋资源,也赋予了山东特色的饮食文化。

(四)淡水资源

山东水系发达,自然河流的平均密度为每平方千米在0.7千米以上,主要河流有黄河、徒骇河等,湖泊主要分布在鲁中南丘陵区和鲁西平原的交接带上,总面积1 494.6平方千米,蓄水量23.53亿立方米,较大的湖泊有微山湖和昭阳湖。山东淡水养殖面积达18.38万公顷,可供养殖的淡水植物40多种,淡水鱼虾类70多种,其中主要经济鱼虾类20多种,如鲤、鲫、鲭、鲢、草、鲂、秀丽虾、日本昭虾等。螺类有十几种,蚌类也有十几种,其中褶纹冠蚌是淡水育珠的经济蚌类。中华绒螯蟹、中华鳖也有相当数量。淡水植物以苇、蒲、莲、菱、芡等为主,年产量都很大。

(五)矿产资源

山东省探明矿种比较齐全,全省已发现矿产种类达150种,已探明储量的矿产

81 种,其中,能源矿产 7 种,金属矿产 24 种,非金属矿产 47 种,水汽矿产 3 种。在探明储量的矿产中,保有储量居全国前十位的矿产有 74 种,居全国前五位的矿产有 42 种,其中金、自然硫、石膏等 12 种矿产居全国第一位;菱镁矿、金刚石等 9 种矿产居全国第二位;钴、锆、石墨、钛等 9 种矿产居全国第三位,石油、钼等 7 种矿产居全国第四位。国民经济赖以发展的 15 种支柱重要矿产山东均有查明资源储量,其中煤、铁矿、石油、铝、金、钾盐、石灰岩矿盐等矿产保有资源储量居全国前十位。

山东是全国重要的能源基地之一。胜利油田是全国第二大油田,中原油田的重要采区也在山东。境内含煤地层面积达 5 万平方千米,预测煤炭储量约 2 680 亿吨,鲁西南的储量占 2/3 以上。兖滕矿区是全国十大煤炭基地之一,全省原油产量占全国近 1/3,煤炭产量占全国 6%。山东还是全国最大的黄金、海盐生产基地,年产量均居全国首位。山东丰富的矿产资源为山东经济的发展奠定了基础。

二、历史文化

(一)历史沿革

山东是中国古代文化的发源地之一,山东的文明史可以上溯到 7 000 多年前。在山东,发现了中国最早的文字——"大汶口陶文"和邹平县丁公村"龙山陶书"。山东境内的大汶口文化和龙山文化证明,在距今 7 000 至 4 000 年之间,东夷族在这里逐渐从母系氏族社会演进到父系氏族社会及至奴隶社会,当时这里有了比较发到的农业、牧业和手工业。

夏朝时期,山东西部是商部落的活动中心,后发展成为商朝统治的中心区域。西周时期,武王封姜太公于齐,武王之弟——周公封于鲁。齐国定都临淄,当时齐国的国力十分强盛,工商业十分发达。鲁国定都于曲阜,鲁国是有名的"礼仪之邦"。齐、鲁两国发达的政治、经济、文化在我国历史上有着十分重要的影响,故将"齐鲁之邦"作为山东的古称,近代则以"鲁"为山东省的简称。山东文化也被称为"齐鲁文化"。春秋时期,山东境内还有其他一些小的诸侯国,但是他们后来多被齐、鲁两国吞并。进入战国,山东的大部由齐、鲁两国所有,及至公元前 221 年,秦国统一天下,齐鲁之地从此成为中国的一部分。

山东作为地域名称始于战国时期,当时泛指崤山或华山以东的地区为山东。唐末、五代以来,开始有人专指齐鲁之地。山东作为政区之名始于金代,元朝时设置山东道。明朝时设山东布政使司形成与今山东省境大体相同的版图。清朝称山东省。中华人民共和国成立初期,山东西部、河南北部、河北南部新成立平原省,包括今山东省菏泽、聊城等地,1952 年撤销该省,将其辖区并入山东、河南。至 2008 年底,全省划分为 17 个地级市,县级行政单位 140 个(市辖区 49 个、县级市 31 个、县 60 个),乡镇级单位 1 941 个,其中,街道办事处 423 个,乡 295 个,镇 1 223 个。其中济南市、青岛市为副省级城市。

(二)文化

　　齐鲁文化可追溯到距今约 5 000 年的居住于山东的古老民族——东夷族的发展。传说中,东夷族是以后羿和舜为荣的民族。齐鲁文化是先秦时期在今山东省境内形成和发展的一种地域文化,包括道家文化、兵家文化、法家文化、墨家文化以及阴阳、纵横、方术、刑、名、农、医等。其中,最为璀璨夺目、最核心的是儒家文化。进入秦汉以后,在政治大一统的背景下,齐鲁文化逐渐由地域文化演变为一种官方文化和主流文化,呈现出鲜明的精神特质,并以自身的不断交融、创新、升华,推动了中华文化的传承与发展。这里曾产生过许多杰出的思想家、科学家、政治家、军事家、文学家和艺术家。在学术思想方面,有孔子、孟子等;在政治军事方面,有管仲、晏婴、司马穰苴、孙武、吴起、孙膑、诸葛亮、戚继光等;在历史学方面,有左丘明、华峤、崔鸿、马骕等;在文学方面,有东方朔、孔融、刘勰、李清照、辛弃疾、蒲松龄等;在艺术方面,有王羲之、颜真卿、张择端等;在科学技术方面,有鲁班、王朴、氾胜之、贾思勰、王祯、燕肃等;在医学方面,有扁鹊、淳于意、王叔和等。他们的思想、理论、智慧和学术成就,构成了中国传统文化的重要内容,对中华民族文化的发展产生了广泛而深远的影响。

　　山东的饮食文化是中华饮食文化的重要组成部分。鲁菜,又称山东菜,属全国主要地方菜系,为中国四大菜系之首,以味鲜咸脆嫩,风味独特,制作精细享誉海内外。对京津、整个北方甚至全国地方菜都有很大的影响。鲁菜发端于春秋战国时,孔子有"食不厌精,脍不厌细"及 13 个"不食"的饮食训导,为齐鲁烹饪的形成和发展起到了不可估量的作用。鲁菜形成于秦汉,秦汉的统一和随后的分裂割据,使北方菜进入一个历史融合的时期,原有的烹饪技术得到了总结和升华。宋代后,鲁菜就成为"北食"的代表之一。山东省内地理差异大,因而形成了沿海的胶东菜(以海鲜为主)和内陆的济南菜以及自成体系的孔府菜三大体系。胶东菜也称福山菜,以烟台、青岛为核心,以烹制海鲜见长,菜肴以鲜为主,注重保持原味,多用保持原汁原味的技法。济南菜为山东内陆菜肴的代表,具有清、鲜、脆、嫩的特点,素有"一菜一味,百菜不重"之称,尤以调汤见长。孔府菜以烹制海鲜、河鲜、干鲜珍品见长,以精著称,以豪奢为美。孔府菜主要盛行于官府。

　　山东戏剧艺术的孕育最早可以追溯到两千多年前的齐鲁诸国。"傩舞"、"腊祭"等在鲁国甚为流行,而优、女乐则流行于齐鲁诸国的宫廷。到了汉代,百戏在山东流行。隋代齐倡名动全国,到了唐代参军戏在山东地区流行。长期流行的歌舞百戏,俳优活动,是山东戏曲孕育发展所必不可缺的重要过程。宋杂剧形成后亦波及山东,金末元初产生用北曲演唱的戏曲形式即元杂剧,山东是主要流行地区之一。山东戏曲到明清时进入蓬勃发展时期。李开先的《宝剑记》和孔尚任的《桃花扇》成就突出,影响最大。在演出方面,职业戏班增多,活动频繁。到清代中叶已有数十个不同的戏曲剧种同时活跃在山东境内。大致可分为梆子腔剧种、弦索腔剧种、肘鼓子腔剧种等。现在在山东境内流行的戏曲剧种多达 30 多种,大致可以划分为梆子腔系、弦索腔系、肘鼓子腔系和民间歌舞及说唱形成的戏曲剧种等。山东流行的梆子腔剧种,有豫剧

（即河南梆子）、山东梆子、莱芜梆子、枣梆、两夹弦、东路梆子、河北梆子等多种。弦索腔由民间流传的俗曲小令，经过弦索清唱阶段，进而发展为戏曲声腔。由于流传地域和伴奏乐器的不同及受其他艺术的影响，弦索腔形成了风格不同的戏曲剧种，流行于山东的主要有柳子戏、大弦子戏、罗子戏。号称"东柳"的柳子戏是弦索腔剧种中流传较广，影响较大的剧种之一。肘鼓子腔，是在流行于民间的花鼓秧歌的基础上，以"娘娘腔"为其主要腔调逐渐演化而成的戏曲声腔。所包含的剧种有柳琴戏、五音戏、茂腔、柳腔、灯腔、东路肘鼓子等。由说唱发展而来的戏曲剧种有：吕剧、坠剧、渔鼓戏、八仙戏、蓝关戏等。

三、经济发展

（一）农业

山东省是个农业大省，新中国成立后山东省的农业得到了一定发展，由 1949 年的农林牧渔业总产值 20.07 亿元，1978 年的农林牧渔业总产值达到 102.22 亿元。改革开放后，山东农业经历了"以建立家庭联产承包责任制为核心的改革发展阶段（1978—1984）"、"以农产品流通体制改革和家庭联产承包经营制度完善为核心的改革发展阶段（1985—1992）"、"以农业产业组织化水平提高为核心的改革发展阶段（1993—1998）"、"以税费制度改革为核心的改革发展阶段（1999—2006）"、"以新农村建设背景下的现代农业建立为核心的改革发展阶段（2006 至今）"五个阶段。农业综合生产能力得到不断增强，到 2008 年，全省有效灌溉面积达 486.671 万公顷，比 1949 年增长了 18.6 倍；全省农村用电量到 400 亿千瓦时，比 1978 年增长了 23.8 倍；全省农业机械总动力 10 350 万千瓦，比 1978 年增长了 9.54 倍。农业生产率大幅度提高，到 2008 年粮食达 6 125 千克/公顷，比 1978 年增长了 2.49 倍，棉花达 1 172 千克/公顷，比 1978 年增长了 4.6 倍；油料 4 192 千克/公顷，比 1978 年增长了 3.94 倍。农村产业结构趋向合理，农业产值占农林牧渔业总产值由 1978 年的 83% 降到 2008 年的 52%，农林牧渔业的结构也得到优化，农、林、牧、渔业结构比由 1978 年的 83：2：12：3，2008 年调整到 52：2：30：16。农业对外开放格局初步形成，农业出口创汇能力大幅度提高。2008 年，农副产品出口额达 99.8 亿美元，是 1978 年的 43.35 倍。到 2008 年农业累积外商直接投资项目达 1 901 个，合同金额累积达 44 亿美元。农民的收入大幅度提高，到 2008 年，全省农民年人均纯收入由 1978 年的 114.6 元提高到 5 641 元，增长了 49.22 倍，农民人均生活消费支出达 4 077 元，农民人均购置生产性固定资产支出达 123.75 元。农民的生活条件也得到了极大改善，农民人均生活用房面积达 32.98 平方米，饮用自来水的用户达 69.67%，使用液化气的用户达 26.64%，住宅外水泥或柏油马路面的户数达 54.52%。农民的生活水平得到大幅提高，到 2008 年，洗衣机拥有量达 64.93 台/百户，摩托车拥有量达 69.64 台/百户，彩色电视机拥有量达 106.62 台/百户，移动电话拥有量达 121.24 部/百户。

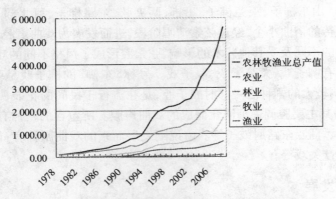

图 4-1　1976—2008 年山东农、林、牧、渔及农林牧
渔业总产值(单位:亿元)

(二)工业

改革开放三十年来,全省工业经济保持了持续、快速、平稳发展,工业总产值由
1978 年的 296.82 亿元上升到 2008 年的 62 958.53 亿元,增长了 212 倍。全省工业
经济规模迅速扩大,1978 年全省独立核算的工业企业 15 345 个,至 2008 年底,全省
规模以上工业企业已达 42 629 个。工业结构调整也取得了突破性进展。产品产量
大幅度增长,2008 年,采掘业实现工业增加值 1 718.8 亿元,制造业实现工业增加值
14 436 亿元,电力、燃气及水的生产和供应业实现工业增加值 563.7 亿元。一些重要
工业产品的产量大幅度增长。2008 年,发电量达到 2 754 亿千瓦时,比 1978 年增长
16.6 倍;原煤 14 510 万吨,增长 2.44 倍;轻、重工业结构经过"轻工业加快发展
(1978—1990)""重工业再次加快发展(1991—2000)"和"重工化特征更为明显
(2001 至今)"三个阶段,轻、重工业比由 1978 年的 49:51 发展到 2008 年的 34:66,
轻、重工业结构发生了积极的转变,符合产业结构调整规律,逐步向产业高度化发展。
所有制结构也日臻完善。1978 年,山东国有企业占 67.6%,集体企业占 26.5%,其
他经济仅占 5.9%。至 2008 年底,全省企业总数达 37 987 个,其中内资企业 32 087
个,港、澳、台商投资企业 1 216 个,外商投资企业 4 684 个。内资企业中,国有企业
609 个,集体企业 963 个,私营企业大 23 305 个。经过三十年的发展,山东装备制造
业已具相当规模。2008 年,规模以上装备制造业工业增加值达 43 567 亿元、主营业
务收入 16 445 亿元,利润总额达 942 亿元。装备制造业的长足发展,为全省工业经
济的可持续发展奠定了坚实基础。经过多年发展,山东逐渐形成了一批技术含量高、
市场占有率高、产品质量好、品牌信誉高的名牌产品,如海尔冰箱、青岛啤酒、海信电
视、张裕葡萄酒、重汽载重汽车等。针对部分传统产品出现结构性过剩的矛盾,山东
对纺织、煤炭、冶金、建材、石化、烟草、电力等 7 个行业采取了控制总量、限产压库政
策,关闭了一批技术落后、浪费资源、质量低劣、污染环境、不符合安全生产条件的
"五小"企业(小玻璃厂、小水泥厂、小炼油厂、小火电厂、小炼钢厂)。2008 年全省淘

汰钢铁产能 52.8 万吨,水泥熟料 1 458 万吨,平板玻璃 1.6 万重量箱,焦化 111 万吨,电石 4.5 万吨,造纸 33.7 万吨,酒精 6 万吨,关停小火电装机容量 140 万千瓦。十大高耗能行业增加值增长 11.7%,比上年回落 6.7 个百分点。重点考核的千户重点耗能工业企业主要产品生产实现节能 384.5 万吨标准煤;千户重点企业填报的 49 项单位产品能耗指标中,下降的占 93.8%。新能源和可再生能源开发应用力度不断加大,新增风电装机容量 15.4 万千瓦,增长 42.6%。山东省的节能减排工作,一方面优化了资源配置,另一方面为进一步发展打下了基础。

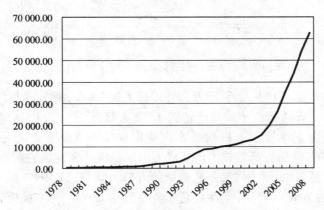

图 4-2　1978—2008 山东工业总产值变化图(单位:亿元)

(三)财政、科技、教育、文化产业

改革开放以来,山东省的财政收入得到大幅度增加,从 1978 年的 64.13 亿元增长到 2008 年的 1 957 亿元,增长了 30.5 倍。财政支出也从 1978 年的 31.9 亿元增长到 2008 年的 1 833.44 亿元,增长了 57.5 倍。财政收入和支出的增长,极大促进了科技、教育、卫生等方面的发展。教育方面财政支出由 1979 年 8.03 亿元增长到 2008 年的 551 亿元,科技方面财政支出由 1979 年的 0.414 亿元增长到 2008 年的 57.13 亿元,医疗卫生方面的财政支出由 1978 年的 2 亿元增长到 2008 年的 140.42 亿元。文化体育与传媒方面的财政支出由 1979 年的 0.92 亿元增长到 2008 年的 55.33 亿元。

科技方面,1978 年以来山东共取得重要科技成果 68 786 项,其中 2008 年共取得重要科技成果 2 330 项。累计获得国家科技奖励 901 项,其中自然科学一等奖 2 项,技术发明一等奖 3 项,科技进步特等奖 4 项,一等奖 37 项。掌握了如意纺、特种纤维、"信芯"、100MN 油压双动铝挤压机和抗肿瘤新药等多项核心技术,大大地提升了山东科技水平和自主创新能力。截至 2008 年底,山东累计申请专利 30.19 万件,授权 14.91 万件,均居全国的第 4 位。科技成果转化率大幅度提高。技术市场逐渐成熟,推动了科技成果转化率大幅度提高。1991 年,山东技术市场成交额为 4.76 亿元,2008 年增长为 70.27 亿元,增长了近 15 倍。至 2008 年底山东拥有两院院士 36

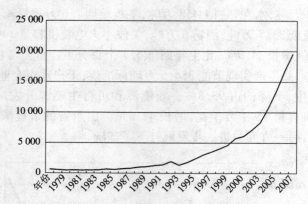

图 4-3   1978—2008 山东省财政收入变化图(单位:亿元)

人,国家突出贡献专家 144 人,百千万人才工程人选 83 人,泰山学者 54 人,长江学者 37 人。2008 年全省高新技术产业产值为 1.92 万亿元,是 1999 年(957.62 亿元)的 20 倍。2008 年山东规模以上高新技术产业增加值为 5 019.2 亿元,也为 1999 年 (248.92 亿元)的 20 倍。高新技术产业成为山东经济社会发展的重要亮点。

教育方面,至 2008 年全省义务教育适龄人口入学率已达 99% 以上,高中阶段教育毛入学率已达 90% 以上,高等教育毛入学率已达 23% 。一个规模迅速扩大、结构趋于合理、普及程度大幅提高、质量显著提升的山东教育出现在齐鲁大地上。高等教育方面,到 2008 年底,全省拥有高等院校 114 所,1978 年仅为 34 所。在校学生也由 1978 年的 38 390 人增长到 2008 年的 1 534 009 人,专职教师人数由 1978 年的 7 855 人增长到 2008 年的 87 432 人。中等教育方面,到 2008 年底,全省拥有中等院校 130 所,1978 年仅为 189 所。在校学生也由 1978 年的 49 466 人增长到 2008 年的 271 905 人,专职教师人数由 1978 年的 6 158 人增长到 2008 年的 13 224 人。

近几年,山东省先后出台《加快文化产业发展的若干政策》、《山东省文化产业振兴规划》等近 20 个支持文化产业发展、鼓励文化创新的政策文件,积极协调工商、财政、国土、税务、规划等部门,对文化企业在注册登记、基础设施建设、土地使用、税收政策、信贷等方面给予扶持。山东文化产业也获得了大幅发展,图书馆从 1978 年 80 个增至 2008 年底的 147 个,博物馆从 1978 年 10 个增至 2008 年底 91 个。至 2008 年底,有各种艺术表演团体 119 个,艺术表演场馆 92 个,艺术创作机构 46 个,群众艺术馆、文化馆 157 个,文艺科研单位 7 个,广播电视行业从业人数达 36 962 人,广播电台 17 座,电视台 21 个,广播人口覆盖率达 97.6% ,电视人口覆盖率达 97.55%。至 2009 年底,全省 26 家出版社、129 家新华书店、125 家电影公司电影院、4 家影视剧制作机构、2 家电影制片厂、14 家国有文艺院团全部转企改制,组建了山东出版集团、山东影视集团、山东演艺集团等一批国有骨干文化企业。在 2009 年孔子诞辰 2 560 周年推出的百集动画片《孔子》成为全球首部以动漫形式再现孔子成长历程、展示儒家文化的长篇动漫作品;《闯关东》、《南下》、《沂蒙》等鲁剧一再刷新收视率纪录,享誉全国;在2010年第六届中国(深圳)国际文化产业博览交易会上,山东省有10个省级文化项目与国内外客商签约,融资额达300亿元。期间公布的2009年至2010年度国家文化出口重点企业中,4家山东企业榜上有名。此外,山东把园区和基地作为文化产业发展的重要载体和优势文化产业项目的孵化器,培育形成了1个国家级文化产业示范园区、3个国家级动漫产业基地和6个国家级文化产业示范基地,命名了71家省级文化产业基地。

(四)交通、旅游

改革开放后,山东省的交通运输业获得稳定发展,铁路通车里程由1978年的1 385千米增长到2008年的3 329千米,公路通车里程由1978年的34 244千米增长到2008年的220 687千米。铁路客运量由1978年的3 467万人增长到2008年的5 470万人,公路客运量由1978年的5 897万人增长到2008年的205 917万人,水路客运量由1978年的67万人增长到2008年的2 000万人。铁路货运量由1978年的5 940万吨增长到2008年的20 872万吨,公路货运量由1978年的16 128万吨增长到2008年的216 604万吨,水路货运量由1978年的896万吨增长到2008年的10 013万吨。港口货物吞吐量从1980年的2 828万吨增长到2008年达65 789万吨。至2008年底,民用汽车拥有量达到597.3万辆,其中,私人轿车170.1万辆,占轿车拥有量的81.7%。

山东省丰富的地形地貌和悠久的历史文化赋予了山东丰富的旅游资源,目前全省共有7处国家重点风景名胜区、7座国家历史文化名城、1座中国历史文化名村、97处全国重点文物保护单位(包括齐长城和京杭大运河的山东段)、396处省级文物保护单位。其中国家5A级景区有3个——烟台市蓬莱阁旅游区、曲阜三孔(孔府、孔庙、孔林)、泰安市泰山景区。为促进山东旅游业的发展,山东设立了多项节日,如济宁曲阜国际孔子文化节、青岛国际啤酒节、烟台张裕国际葡萄酒节、潍坊国际风筝会等。2008年,山东省实现旅游总收入2 005.2亿元,人境旅游收入13.9亿美元,国内旅游收入1 908.5亿元。接待入境游客253.7万人次,人均消费548.4美元;接待国内游客2.4亿人次,人均消费793.7元。山东旅游业的发展极大地带动了山东交通、餐饮、住宿等,也提高了好客山东的知名度,吸引了众多的海内外投资项目。

第二节　山东省经济发展分析及鲁津经济合作构想

一、山东省经济发展分析

改革开放以来,山东省经历了以农村改革为先导、由农村向城市及整个经济领域逐步推进、各项改革全面展开、改革向纵深推进等四个阶段,山东省已初步建立社会主义市场经济体制、对外开放向纵深发展,全省经济实现了跃升式的发展。山东经济的发展主要体现在以下几方面。第一,山东经济综合实力明显增强,人民生活明显改善,利用外资向纵深发展。2004年,山东省地区生产总值跃居全国第2位,且一直保持至今。人均GDP自2005年以来列全国第7位,已进入全国前列。城镇居民人均可支配收入和农民人均纯收入6年年均分别增长13.5%和11.4%,人民生活富裕程度明显提高。外贸依存度以每年1.37个百分点的速度递增,由27.3%上升到35.5%。利用外商直接投资保持较快增长。第二,山东的产业结构不断优化,"一、二、三"产业格局逐步演变为"二、一、三"的格局,逐步形成一产稳固、二产主导、三产加快的发展态势。第二产业的区位商由2000年的0.99上升到2008年的1.17,第一产业的区位商由2000年的0.91降到2008年的0.85。第三,工业化、城市化、市场化和国际化进程明显加快,个体私营经济成为经济发展的重要生力军。第四,经济增长由投资拉动为主逐步向投资和消费共同拉动转变。第五,经济发展质量大幅提高,经济与资源、环境的可持续发展正逐步实现,2008年万元GDP能耗降至1.10吨标准煤,千户重点耗能工业2008年实现节能384.5万吨标准煤。2008年二氧化硫、COD排放量分别减排7.15%和5.73%,减排幅度逐步加大。第六,山东省形成了电子信息及家电产业、装备制造业、化工产业、食品产业、纺织服装产业和材料产业,地区经济发展特色正逐步显现。

山东的经济发展虽然取得了巨大的成绩,但是依然面临着结构性矛盾突出、资源制约和环境压力较大,地区生产总值的含金量不高等问题。山东省第三产业的区位商由2000年的1.06降到2008年的0.93,其中金融业的区位商由2000年0.85降为2008年的0.71,这说明山东省的第三产业的发展落后于全国平均水平,其产业结构有待进一步完善。2008年山东省有色金属矿采选业和非金属矿采选业的区位商分别达到1.59和3.83,而与之相应的有色金属冶炼及压延加工业和非金属矿物制品业的区位商分别为0.83和2.28,这说明山东省虽然有良好的矿产资源,但是在矿产品加工方面尚未形成其突出的比较优势,矿产品的深加工方面依然有待发展。2008年,山东劳动密集型行业中的纺织业、纺织服装鞋帽制造业、木材加工及木竹藤棕草制品业和家具制造业的区位商分别为2.22、1.24、3.75、1.61;而技术密集型的行业,如电气机械及器材制造业、通信设备、计算机及其他电子设备制造业和仪器仪表及文化、办公用机械制造业的区位商分别为0.86、0.33和0.41,这说明山东的经济发展质量依然有待提高。

目前山东经济正处于转型时期。山东正在大力发展服务业,通过优先发展生产性服务业,改造提升生活性服务业,积极发展农村服务业,重点支持金融保险、现代物流、批零餐饮等十大领域等,实现山东服务业的飞跃。工业方面,山东强调要"双轮驱动",即一手抓传统产业优化升级,一手抓战略性新兴产业培育发展。2010年启动6大类1 000个技改项目建设,确保全年技改投资占工业投资比重达到60%以上。科技创新方面,山东出台《知识产权促进条例》,并筹建区域性专利信息服务中心,着力营造良好的知识产权环境。环境、能源方面,山东正大力节能减排、发展绿色经济,山东省规定凡是高耗能、高污染项目一律不准上马,同时落实财政支持等政策,鼓励开发利用太阳能、风能等清洁能源。

二、鲁津经济合作构想

（一）两地经济合作的意义

1. 有助于实现天津滨海新区的目标定位

党中央、国务院给天津滨海新区的功能定位是：依托京津冀、服务环渤海、辐射"三北"、面向东北亚，努力建设成为中国北方对外开放的门户、高水平的现代制造业和研发转化基地、北方国际航运中心和国际物流中心，逐步成为经济繁荣、社会和谐、环境优美的宜居的生态型新城区。其中服务环渤海、辐射"三北"就是指滨海新区要成为北方的经济中心，要发挥其带动功能，带动环渤海区域的发展。而山东省正处环渤海区域，天津市和山东省的合作将有利于两地经济的共同发展，这一方面有利于天津滨海新区带动作用的体现，另一方面也有利于滨海新区成为高水平的现代制造业和研发转化基地的建设。

2. 有助于山东省经济的均衡发展

山东省地域广阔，但是各地经济发展水平差距较大，东部沿海港口城市已获得较大发展，日照、烟台、威海、青岛等城市一方面依托日韩产业转移，一方面通过打造自身优势，目前已经形成了一批在国内外具有较强竞争力的产业。但是西部地区如菏泽、聊城、德州等地的经济则欠发达。而山东西部地区距天津较近，但产业发展水平偏低，劳动力资源丰富，这有利于山东西部地区承接天津的产业转移，与天津的发展形成优势互补。同时，也有利于山东西部的发展，促进山东省经济的均衡发展。

（二）两地经济合作的基础

1. 地域临近

山东省和天津市同处华北地区的环渤海区域，海上通道便于天津与青岛、日照、烟台、威海等地间的大型物资运输。两地间有便利的京沪铁路、京九铁路、京沪高速公路、京福高速公路将两地连通，在建中的京沪高铁更会提高两地间交通便利。

2. 资源互补

山东省是一个农业大省，拥有丰富的劳动力资源，地域广袤，市场潜力大，且生物资源、淡水资源、海洋资源和矿产资源十分丰富。天津市相对而言地域狭小，市场潜力有限，自然资源相对贫瘠，但是天津市是我国重要的对外贸易窗口，是环渤海区域的交通枢纽，物流业比较发达，区域内拥有众多高等院校和科研院所，且毗邻北京，与北京交通便利，便于借助北京的科研力量，区域内的高科技人才相对丰富。

3. 产业结构既有相近之处又存在很大差异

山东省和天津市皆属我国北部沿海地区经济比较发达的省份，经济市场化程度较高，区域综合实力都较强。但是两地经济发展的侧重点又有所不同，天津市的支柱产业是航空航天、电子信息、石油化工、汽车、新能源新材料、现代冶金、生物医药、高新纺织等八大产业。山东省的支柱产业有家电产业、装备制造业、化工产业、食品产业、纺织服装产业和材料产业。山东和天津相同的支柱产业为两地开展产业内合作奠定了基础,便于两地的共同发展;两地产业间的差异又给了两地新的合作空间,便于取长补短。

4. 政策差异

2006 年 6 月国务院正式宣布天津滨海新区成为全国综合配套改革试验区,使得滨海新区成为继深圳经济特区、浦东新区之后又一全国综合配套改革试验区。随后,国家给予天津滨海新区多项政策,并建立了东疆保税港,使天津拥有更多的政策优势。

(三)两地经济合作的现状

滨海新区的崛起,不仅对推动环渤海地区的发展,且对黄三角地区乃至黄河流域都具有全局性的战略意义。自天津滨海新区设立后,天津与山东的合作越来越多。两地目前的合作模式主要包括政府推动和企业合作两方面。

1. 政府推动

在 2007 年山东省副省长林延生就表示,山东北部应对接天津滨海新区,服务环渤海。他认为津鲁合作首先要加强交通等基础设施合作,构建快速便捷的区域交通体系,科学规划区域内的铁路、公路、港口、航空,加强跨区跨省的合作。同年,德州市已将做好对接天津滨海新区工作作为一项战略重点列入了德州市当年的《政府工作报告》。天津滨海新区管委会也与山东省潍坊市政府共同签署区域合作意向书。近几年,天津与山东两地间的政府间交流越来越多,这极大地促进了两地的经济合作。如,山东省宁津县通过其驻津办事处通过对天津产业结构的调查和梳理并结合该县特点,确定两地产业对接点,分行业组织两地相关企业开展多次对接洽谈会,通过相互交流已有 70 多家宁津企业同天津的企业建立了合作关系。

2010 年 6 月 18 日,黄河三角洲对接滨海新区的国内首个异地共建开发区——红云高新技术产业园在北京人民大会堂揭牌,红云高新技术产业园位于山东庆云县境内,由当地和天津市红桥区联合建设、共同开发,是国内第一个跨区域合作的"飞地"经济开发区,它开创了环渤海区域发展的新模式。

2. 企业联姻

山东省与天津合作较多的城市为德州、潍坊、滨州等山东省西部城市。两地企业开展了多种形式的合作。如,德州市和滨州市内有多家汽车零部件配套企业,目前这些企业多与天津一汽和丰田公司建立了合作关系;宁津县的东进电子、金湖电子和临邑县的泓淋电子等多家企业为天津的三星、摩托罗拉、LG 等电子企业加工配件;峰宇面粉集团作为临邑面粉加工的"大哥大"订单,成为天津顶新集团康师傅有限公司系列专用面粉的供应商;天津奇力食品有限公司,在临邑建立起 5 000 亩辣椒订单种植基地;滨州有良好的造船及配套企业,2009 年 4 月天津舜天船业在滨州北海新区投资 5 亿元建设造船项目;2010 年 7 月,天津工业大学与山东永盛橡胶集团签订了产学研合作协议。

(四)两地合作的制约因素

山东省和天津市相比具有地理位置、外贸地位、人才资源、政策扶持等方面的弱势,两地的合作很可能会产生对山东省在企业、资本、人才等方面的倒吸效应。这将阻碍两地合作的顺利进行。

《推进滨海新区开发开放有关问题的意见》明确提出,将滨海新区建设成为北方高水平的现代制造业和研发转化基地。而山东省目前正在竭力打造胶东半岛制造业基地。天津凭借其在政策、税收、研发等方面的优势,不但会分走山东部分新投资,还可能吸引山东的企业转移投资。

长期以来,山东经济以带有计划经济色彩的国有大中型企业为主,地方金融相当乏力。目前山东省民营企业的自有资本率极高,起码在65%~85%之间。而此方面恰恰是天津的优势。天津在产业投资基金、创业风险投资、混业经营、离岸金融方面获得全面试点机会,会因此形成资金洼地和资金集散中心,对山东金融业的改革开放进程会产生竞争性的不利影响。政策上的差异,会造成改革和发展机会上的差异。近年来,由于信息技术和金融自由化的影响,金融中心建设中重新出现了集中化的趋势,天津金融发展的先占效应对山东金融发展的不利影响尤其不可低估。

天津市毗邻北京,地处环渤海中心,海、陆、空交通便利,辖区内教育资源、医疗资源、各种文化资源较山东省丰富,同时,为促进滨海新区的发展,天津市采取了多种措施吸引各类人才,且滨海新区的设立也给天津带了更多的发展机遇,这些必将吸引山东的一部分人才流入天津。

(五)未来的合作构想

虽然两地间的合作存在着一定的阻碍,但是只有合作才会带来两地更快的发展。未来的合作构想包括以下几个方面。

1. 坚持互利共赢的原则

山东省与天津市两地合作的目的都是促进本地区经济的进一步发展。单纯的单方面获益,必将破坏合作的深入发展。双方在合作时应考虑对方利益,必要时要作出一定的让步,以促进合作的进行。

2. 错位发展与配套衔接并举

山东省和天津市均已形成各自的优势产业,且有一些优势产业相同。若两地相同的优势产业发展方向相同,必将形成对资金、技术、人员方面的争夺,同时,有可能造成重复建设,资源配置达不到优化。因此,两地应坚持错位发展的方针,相同的优势产业应确定差异化的发展方向。另一方面,两地在一些产业的发展上存在差异,可以通过落后地区为先进地区进行配套加工、合作生产等方式,促进先进地区的资金、技术等资源向落后地区转移,进而带动落后地区的发展。

3. 加强政府间的合作与沟通

政府在两地间的合作中发挥着推动和引导的作用。为避免两地间对相同资源的争夺导致破坏合作,两地政府应在经济发展的多方面加强沟通,充分考虑各方的资源情况和发展方向,以实现两地错位发展的目标。

第三节　天津滨海新区与潍坊市区域经济合作研究
——基于能力结构关系模型

一、引言

区域经济合作是指不同地区的经济主体依据一定的协议章程或合同,将生产要素在地区之间重新分配组合,以便获得最大的经济效益和社会效益的活动。区域经济合作的目标是为了在合作区域内实现资源和要素的自由流通,使资源在区域内得到有效利用和配置,以实现效率最大化。由于资源禀赋差异性、资源配置有效性、技术发展创新性、发展方向局限性以及产业结构转换能力、贸易发展能力、经济开发能力等因素,经济欠发达地区需要通过引进人才、技术、资金、企业等促进本地区经济发展。与此同时,经济发达区也需要通过与欠发达地区的区域经济合作提升自己的资源配置能力,促进产业结构升级,淘汰落后产业,大力发展优势产业,从而加快经济发展,实现区域经济合作双赢的目标。

目前,国内外学者对区域经济合作的各个方向做了大量的研究,主要包括以下几个方面。在政府行为对区域经济合作影响的研究领域中,国内主要从政府职能、合作机制方面进行探讨。梁海霞认为,在区域经济合作中存在政府间竞争内耗和功能失效问题,为此应该建立区域性权威组织,加快制度改革的步伐,以实现区域利益共享。汤碧通过对欧盟和 APEC 的动力机制、运行机制的比较发现,区域经济一体化从形成的动力机制上分为制度导向一体化和市场导向一体化,从对外联系程度上可以分为封闭型一体化和开放型一体化。她认为区域经济一体化的深化和外部开放度的提高同等重要。豆建民认为,要消除我国区域经济合作的障碍,需要通过法制建设形成有利于公平竞争的市场环境,通过深化改革消除各种体制和机制障碍,建立区域经济合作的协调机制,加强国内统一市场基础设施建设,大力推动企业跨地区兼并、收购和联合。目前在区域经济合作模式方面的研究比较多,大多是根据区域合作实际情况探讨出适合各自区域发展的合作模式。陈建军认为,长三角区域经济合作应采取政府推动、市场导向、企业主导的模式,并且区域经济合作不应该简单地仅仅依靠行政、计划和政府间的协调手段,而是将政府的作用集中在撤除区域行政壁垒,提供区域无差异的公共产品等方面,从而创造要素跨区域自由流动的外部环境,促进长三角区域经济发展。而黄家骅则提出了通过弱化省域间政府干预、完善激励机制来推进跨省区域经济合作的思路。曹阳采用理论研究与实证研究相结合、定性分析与定量分析相结合、多学科交叉研究等方法对区域产业分工与合作模式进行研究。他认为,区域经济的发展过程,实质上就是区域产业不断与区域内外其他产业进行合作,实现优势互补、资源整合的过程。在行政的或市场的资源配置力量作用下,对要素在不同地区产业间或产业内进行配置和流动的数量及方式进行选择,从而形成了区域内不同地区的产业分工与合作关系及不同的区域产业分工合作模式。吴群刚、杨开忠从区域一体化的角度,分析了京津冀区域发展的现状,指出京津冀区域发展的核心问题在于制定恰当的公共政策,实现产业与人口发展的有机衔接。一方面,深化区域产业结构调整,切实提高产业创新和升级能力;另一方面,抓好区域产业结构优化升级与人才和劳动力市场衔接,实现产业与人口发展的无缝对接,从而又快又好地发展环渤海这第三增长极。而方大春等从博弈视角对区域经济合作的制度构建的必要性、稳定性与长期性进行了探讨。他们认为区域经济合作组织的成功制度构建是其存在与发挥作用的关键。在次区域经济合作研究方面,张杰认为充分发挥聚集效应、增长极、扩散效应、外部效应、互补效应等关联效应是实现次区域经济合作的关键,充分发挥这一系列的效应,将有助于实现次区域经济的合作,推进次区域经济合作的进程。宋开元则认为,无论在我国东部还是西部,经济欠发达地区都不同程度地存在着。发挥地缘优势,加强与经济发达地区的区域经济合作,建立开放型经济体系,实现地区经济效益和社会效益的最大化,是经济欠发达地区走向发展的重要出路。而屈佳则从产业链的方向对陕西区域经济合作加以研究,他认为应该通过实施优化产业链空间布局,加强产业链中的信息流等手段促进区域经济合作的发展和完善。在区域经济合作模型方面,国内学者大多是利用各种模型对两地区域经济合作进行论证研究。吴玉鸣使用标准空间计量模型检验了各省的外溢作用,研究结果表明地区经济增长存在显著的空间相关性。黄宁以东亚经济合作为例构建了能力结构与经济合作的关系模型,通过各地区综合能力结构指数和能力结构耦合度两个指标来说明地区之间区域经济合作的可能性和稳定度。巨拴科运用能力结构关系模型对西安和安康两市经济合作综合能力结构指数、能力结构耦合度及合作利益分配关系等进行了量化分析;强调安康应从产业工人队伍建设、产业集聚、产业发展能力、投融资渠道、政府合作及企业家队伍建设等方面不断提升综合能力,以加强安康与西安经济合作的匹配性与稳定性。

2007年4月18日滨海新区管委会与山东省潍坊市政府共同签署《天津滨海新区与山东潍坊区域合作意向书》,此次双方合作协议的签署,意义非常重大。根据协议,两地将在金融、贸易、港口、人才交流及项目引进等领域全方位加强合作,这是落实党中央、国务院加快环渤海区域经济共同发展战略部署的又一具体举措,滨海新区在与周边省市携手共促环渤海区域经济发展上又迈出的坚实一步。天津滨海新区和潍坊市都是环渤海地区的重要组成部分,地理环境、自然条件、发展需求有着许多相似之处,这决定着两地应进一步相互交流,取长补短。

这里将首次通过应用能力结构关系模型,从配置能力、发展能力和技术能力等计算天津市滨海新区与潍坊市区域经济合作的综合能力结构指数和能力结构耦合度,分析两地经济合作的利益分配关系以及障碍因素,提出有利于发展两地经济合作的政策建议。

二、模型方法

能力结构是指一个地区或国家在增长要素累积的基础上所形成的配置能力、发展能力、技术能力和开放能力等结构性能力。由结构能力的定义我们知道,两地区的结构能力的差异性大小直接影响着两个区域经济合作的长久性和稳定性,并影响两地区在经济合作中的利益分配问题。首先笔者借鉴杨先明的区域能力差距对合作的影响图(如图4-4所示)来解释能力差距对合作影响问题。在图4-4中,横轴表示 A 地区的能力,纵轴表示 B 地区的能力,D 点是能力可能性边界 ab 与平均能力线 OE 的交点。VD,WD 称为帕累托改进线,表示的是在现有制度下能否通过帕累托改进消除能力差距的线,反映未来可能的边界。OP 和 OQ 分别是 A 区和 B 区的区域能力差距临界线,即当能力现状的分布点处在这两条线以外时,表明差距太大。从图中可以看出,整个空间被分为三类:自由合作区。两地区能力接近,合作的成功率最高;困难合作区,两地区的能力差距太大,合作的可能性比较小;零合作区,是指在这种合作区域内,两地区的能力差距超过了临界线,区域合作无法进行。因此,两地区是否能合作关键在于两地区的能力差距。

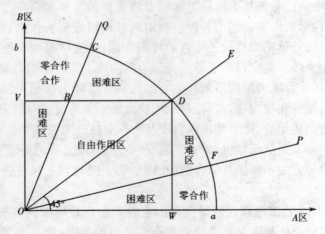

图 4-4　区域能力差距对合作的影响

另一方面,我们从能力结构之间的耦合性和总能力结构的相似性来评价两地区经济合作的可能性。如果能力结构较弱的一方不能迅速提升其能力结构,那么两地区能力结构之间的耦合性无法得到改善,最终使得该区域经济合作将不可能取得长足的发展。为了得到区域能力结构指数以反映总能力结构(CSI),可通过一套较完整的多层指标体系对能力结构进行评价。两地区结构能力之间的耦合性可用式(4-1)来表示:

$$CAB = \sum \left| \frac{CSI_{Ai}}{CSI_{Bi}} - 1 \right| \Big/ \prod \left| \frac{CSI_{Ai}}{CSI_{Bi}} \right| \tag{4-1}$$

CAB 越大说明 AB 两地区能力结构的耦合性越好,相反,CAB 越小两地区能力结构的耦合性越差,此时则需要能力结构较差的一方影响区域合作的障碍,并通过有效手段提升自己的能力结构,以达到长期稳定经济合作的目标。关于区域经济合作的利益分配问题,可以借鉴黄宁的能力结构与区域经济合作利益分配关系图(如图 4-5 所示)进行解释。图 4-5 中,构造 OA 线和 OB 线的斜率表达 AB 两区域能力结构指数的函数式为 $K_{OA} = 1 - CSI_A$、$K_{OB} = -CSI_B$,式中 K_{OA}、K_{OB} 表示 OA、OB 线的斜率,CSI_A、CSI_B 分别表示 AB 两区域能力结构指数,其函数式为 $OA = OB = CSI_A \times CSI_B \times CAB$,故得到以 AOB、AOC 和 BOC 面积表达的能力结构的函数:

$$S_{AOB} = 1/2 \times (CSI_A \times CSI_B \times CAB) \times 2 \times \{\arctan[1/(1 - CSI_B)] - \arctan(1 - CSI_A)\} \tag{4-2}$$

$$S_{AOC} = 1/2 \times (CSI_A \times CSI_B \times CAB) \times 2 \times [\pi/4 - \arctan(1 - CSI_A)] \tag{4-3}$$

$$S_{BOC} = 1/2 \times (CSI_A \times CSI_B \times CAB) \times 2 \times \{\arctan[1/(1 - CSI_B)] - \pi/4\} \tag{4-4}$$

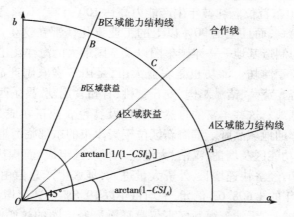

图 4-5　能力结构与地区经济合作利益分配

显然,(4-2)式、(4-3)式和(4-4)式都是关于 CSI_A 和 CSI_B 单调递增函数,即区域经济合作总收益随合作双方能力结构提高而提高。这与现实情况是相符的,即两区域合作获益大小由两地区的能力结构决定,合作双方的能力结构越强,合作的获益就越大。当 CSI_A 大于 CSI_B 时可证明 S_{AOC} 大于 S_{AOB},即能力结构较强的 A 地区获益较多。所以,两地区能否长久稳定的合作取决于合作获益和分配比例。分配比例不变时,合作获益越大,开展持续稳定合作的可能性越大;合作获益不变时,获得利益分配越多的地区合作的意愿就越强。这一理论模型与实际情况也是相符的。现实中,加强区域经济合作越来越受到合作双方政府的重视。能力结构较弱的地区在经济合作中要想获得更多的利益除了提高自身的能力结构获得更多的分配比例外,还可用通过把蛋糕做大,即通过加强两地原有的合作项目并且开发新的合作方向从而增加合作收益。而能力结构较强的一方也要不断调整产业结构,优化资源配置。只有这样才能保证区域经济合作的长久稳定,互利共赢。

从上面两个图可以看出,两地区能力结构的大小不仅关系到两地区的合作能力,而且还与两地区在经济合作中直接获益的大小密切相关。提高各自的能力结构、缩小两地的能力结构差距,是改善两地的合作能力、增加两地获益的最佳途径。

三、实证分析

(一)潍坊市与天津滨海新区经济发展现状分析

潍坊地处山东半岛中部,直线距离西至省会济南 183 千米,西北至天津 400 多千米。北濒渤海,扼山东内陆腹地通往半岛地区的咽喉,胶济铁路横贯市境东西。现辖六市、两县、四区。国家大力发展第三增长极环渤海经济圈为潍坊和天津滨海新区的区域经济合作创造了良好的条件。潍坊是一个工业大市,工业在山东省排名第三位。它拥有丰富的自然资源,其中盐田面积达 4.2 万公顷,年生产能力达 600 多万吨,占全国五分之一。现已发现金、银、铁、煤、石油等 58 种矿产资源,探明储量的 36 种有 12 种矿产储量居山东首位。纯碱年生产能力高达 100 万吨,不管是质量、产量,还是出口量均居全国第一,而且全国 90% 以上的工业氯化镁都在这生产。除此之外,全球最大的船舶动力制造基地——潍柴集团以及全国最大的海洋化工生产基地——潍坊海化集团都坐落于潍坊。潍坊也是农业大市,是山东省农副产品集中产区之一。现全市已建成了寿光蔬菜、诸城鸡肉、安丘蜜桃、青州食用菌、昌乐西瓜等一大批名优特稀农产品生产基地。这些丰富的自然资源以及特色农业正在成为潍坊招商引资、加强对外经济合作的地域品牌。滨海新区位于天津市的东部临海地区,由天津港、开发区、保税区三个功能区及塘沽、汉沽、大港三个行政区组成,面积达到 2 270 平方千米。改革开放以来,经济快速增长,外资大量进入,地区生产总值由 1994 年的 112.4 亿元上升到 2005 年的 1 608.63 亿元,平均每年以 19.8% 的速度增长,成为中国北方发展最快的地区之一。天津滨海新区不仅是环渤海经济圈的核心,也是东北亚地区通往欧亚大陆桥距离最近的起点,是从太平洋彼岸到欧亚内陆的主要通道,还是华北、西北以至中亚地区最重要、最便捷的海上通道。目前滨海新区以形成了电子通信、石油开采与加工、海洋化工、现代冶金、机械制造、生物制药、食品加工等七大主导产业。天津滨海新区农业主导产业为特色花卉、食用菌、水果、蔬菜等四大产业。此外,滨海新区还建立起多层次科技创新体系和科技人才创业基地,一大批国际知名的企业落户新区,基础设施和公共设施正在迅速完善,这为滨海新区逐步实现其功能定位奠定了坚实基础。

从潍坊市 2000 年以来产业结构变化趋势(如图 4-7 所示)看,它的产业结构基本合理,第一产业和第三产业建立在强大的工业基础之上。潍坊市的产业结构演变也比较合理,使长期过度依赖工农业的"二、一、三"的产业结构逐步转变为"二、三、一"的产业结构态势。"第一产业"、"第二产业"从业人数比重逐年下降,"第三产业"从业人数比重不断增加,其中,2008 年三个产业比重分别达到 0.16%、56.63%、43.21%,产业结构正在不断优化。但是第三产业结构组成并不合理,很大一部分的第三产业都是以餐饮、小商品零售业等为主,旅游业开发不足,现代金融业比较薄弱。从滨海新区在地理、经济上的定位来说,它的产业结构布局比较合理,以制造业、港口等为主的第二产业正在蓬勃发展,第二产业占全区 GDP 的比重正在逐年递减,第三产业的比重正在逐年递增。它的第三产业结构布局也比较合理,主要是以现代服务业为主,其中,2007 年的交通运输业、金融业、科学技术和教育分别占第三产业的14.6%、14.1%、11.4%。由于地理因素等多种原因,滨海新区的第一产业比重正在逐年递减,农业生产条件不足,农民积极性不高。为此,只有不断调整第三产业结构,发展高科技农业、生态农业,只有这样才能为第二、三产业的健康发展提供保障。

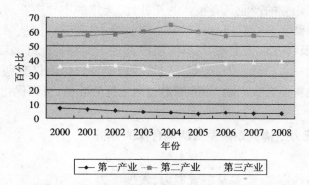

图 4-6　2000 年至 2008 年潍坊产业结构变化趋势图

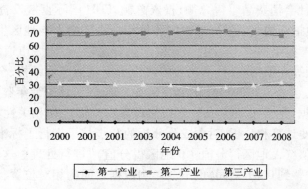

图 4-7　2000 年至 2008 年天津滨海新区产业结构变化趋势图

　　从上面的两地产业结构图来看,都是"二、三、一"的产业结构态势。但两地的一、三产业结构水平却有较大差异。潍坊第三产业主要以餐饮、旅游、批发等传统型服务业为主,而天津滨海新区则以金融保险业、现代物流业、通信服务业等现代化服务业为主。潍坊的第三产业同天津滨海新区形成鲜明对比。滨海新区的现代金融、物流、信息技术发展对潍坊市第三产业发展具有明显的导向作用。而从第一产业来看,潍坊市已建成了寿光蔬菜、诸城鸡肉等一大批名优特稀农产品生产基地。这些丰富的自然资源以及特色农业正在成为潍坊招商引资、加强对外经济合作的地域品牌。天津滨海新区将按照沿海都市型现代化农业来定位,以发展外向型农业、特色农业、生态农业、高科技农业、集约化农业为目标。两市农业产业结构的差异性及区域之间的相互需求,在客观上形成了第一产业的区域优势互补,尤其是天津产业结构调整和消费结构升级将为潍坊绿色农业提供了发展机遇。潍坊市拥有许多知名农业品牌,在农业生产上有相当丰富的经验。这对滨海新区来说也具有非常好的借鉴意义。此外,高科技人才的缺乏是制约潍坊经济发展的一个重要原因,而天津拥有众多全国知名高校,人才储备丰富,这给两地加强人才交流提供了历史机遇。

通过对比发现,潍坊与天津滨海新区的产业存在许多差异,潍坊的优势特色产业对天津滨海新区相应的产业具有很强的互补性,天津的主导产业对潍坊的相关产业具有一定的先导性。虽然两地都是以第二产业为主导产业,但从第二产业的发展水平、人才储备以及科技含量上来看,滨海新区都优于潍坊。此外,缺乏资金也是制约潍坊经济发展的一大障碍。因此,加强两地区域经济合作不仅有利于潍坊吸引更多的资金从而解决资金短板问题,还能够通过两地优势互补、资源优化配置实现互利双赢的目标。

(二)基于能力结构关系模型对两地合作的分析

1.数据选取

根据能力结构定义,需要从配置能力、发展能力、技术能力等方面对能力结构进行综合评价。其中配置能力指数主要由地区经济发展水平(一般用地区生产总值代替)、人口总量、社会消费品零售总额、投资总额、FDI(国际直接投资)吸收量和地方财政收入等7项指标构成。发展能力的评价指标主要由人均地区生产总值、地区生产总值增长率、产业结构①、全社会固定资产投资总额、人均城市道路面积和金融机构存款年末余额等6项构成;技术能力的评价指标包括产业结构、全员劳动生产率、从业人员结构②、教育支出和科技支出等5项。通过《天津统计年鉴》和《山东统计年鉴》收集所需数据,主要按照主成分分析法对数据全面性和相关性的要求计算出初步结果,为了方便计算和分析,对主成分分析的初步结果进行了标准化处理,采用公式"A地区得分值/(A地区得分值 + B地区得分值)"进行处理。这种处理方法优点在于既将数据调整到0~1之间,也不会影响数据之间的相对位置,最终得到两地具体指标的能力结构值,然后进行算术平均得到两地的综合能力值(如表4-1所示)。

---

① 由于两地的第二产业所占比重较大,所以在选择产业结构时以第二产业数据为准。
② 由于两地的第二产业所占比重较大,所以在选择从业人员结构指标时以第二产业数据为准。

表 4-1　两地结构能力表

地区	配置能力	发展能力	技术能力	综合能力
天津滨海新区	0.592 7	0.584 7	0.623 6	0.600 2
潍坊	0.407 3	0.415 3	0.376 4	0.399 8

2. 结果分析

从表 4-1 中可以看出,潍坊和天津滨海新区的能力结构指数计算结果比接近,这说明两地的结构能力具有很强的匹配性,同时也为两地的区域经济合作提供了数据上的支持。虽然两地结构能力据有很强的匹配性,但是从上表也可以看出两地相差最大的是技术能力指数,这说明潍坊的技术能力有待加强。为此,要想两地进行长久稳定的区域经济合作,潍坊市只有不断提高技术能力,加快经济步伐,为两地经济合作奠定坚实的基础。根据式(4-1)和所计算得出的数据可以算出两地的结构能力耦合度,结果发现,两地的结构能力耦合度达到 12.48,这又进一步说明了两地选择对方进行区域经济合作是明智的,加强两地的区域经济合作有很强的必要性和可行性。但是要想双方取得更好的发展必须深化合作的深度和广度。

此外,根据(4-3)、(4-4)式和表 4-1 还能计算出潍坊和天津滨海新区区域经济合作的利益分配关系。其中天津滨海新区获利占到总利益的 69%。根据以上模型方法对利益分配问题的介绍,若总获益和两地利益分配比例都不变,则说明天津滨海新区在与潍坊区域经济合作中将获益较大,相对而言,它的单方面合作的意愿较为强烈,这就为两地开展区域经济合作提供了保证。因此,潍坊应努力提升自身的能力结构,加强与天津滨海新区的区域经济合作,不断提高其利益分配比例,促进两区域经济合作的长久稳定发展。

(三)潍坊市与天津滨海新区区域经济合作障碍因素分析

早在 2007 年滨海新区管委会与山东省潍坊市政府就共同签署《天津滨海新区与山东潍坊区域合作意向书》,并提出两地将在金融、贸易、港口及项目引进等领域全方位加强合作。两年多来,潍坊正在积极融入环渤海经济圈,并在环渤海地区的产业分工中抢得先机形成自己的地域品牌。而滨海新区在与周边省市携手共促环渤海区域经济发展上又迈出了坚实的一步。虽然两地在区域合作上取得了很大的进步,但两地政府应该继续加强在区域合作中推动与引导、服务与协调的功能,努力为合作平台与区域建设创造更多的有利条件。同时,两地应该继续扩大合作范围,提升合作深度和广度,找出制约合作的障碍,努力提高配置能力、发展能力、技术能力,促进经济合作的稳定性,使双方在区域经济合作中获得更多的利益。

1. 区域市场经济发育水平不平衡的障碍

完善的市场体系和健康的要素市场,是资源要素在区域内自由流动的保证。天津滨海新区作为环渤海经济圈的核心和对外开放的前沿,与潍坊相比,建立市场经济体制较早,较完善。所以导致两地市场发育不平衡。如今市场在资源配置中的作用越发重要,完善的市场体制对资源配置具有导向和优化的作用。市场经济发育的不平衡不仅影响了两地区域经济合作主体的有效运行,而且还抑制两地区的区域经济合作发展。

2.地方政策不协调方面的障碍

滨海新区作为环渤海经济圈的核心,具有国家级的战略意义。国家给滨海新区的建设和发展提供了各项优惠政策,这与潍坊相比形成差势。这将会导致资本、能源、资源、劳动力和科学技术过度集中,致使两地能力结构差距变大,利益分配不对称,从而影响两地的区域经济合作。地方政策对区域经济合作的发展具有宏观调控和发展趋势指导的作用,两地政府应该对不同产业进行服务和引导,协调两地区域经济合作发展。两地只有形成政策互补、相互促进、双赢的格局才能保证两地经济又好又快的发展,才能保证区域经济合作协调、规范、健康发展。

3.产业间关联度方面的障碍

产业关联度既能表达产业内部上下游环节间的有机联系,又能感应不同产业间的相互依赖。产业关联度越高,产业间的联系和依赖性就越大,合作愿望就越强。从现实情况来说,两地区很难形成分工细腻、品种多样的产业链。两地的主导产业都集中在机械制造业、港口运输、建筑材料、化工等领域,而这些产业的关联效应比较低。同时天津滨海新区的产业发展速度快、定位高。相比之下,潍坊地区的产业发展较慢、定位较低,两地产业梯度落差大,存在明显的产业链断裂。此外,两地为了获得更多的利益不自觉地建立起产业完整体系,在城市内部就形成了一定程度的产业链,削弱了两地相互合作的必要。

4.高端人力资源与交流方面的障碍

人力资源是推动技术进步、促进经济增长的主体力量,对人力资源的开发和利用重视程度在某种程度上将决定未来发展速度。高端人才稀缺、没有形成系统化的人才交流和培训是潍坊市进行创新型发展的最大制约因素。虽然潍坊拥有众多职业技术学院,但是在高端人才培养方面,高等学历教育人口所占比重不高,创新能力不足。其主要表现为各培训机构所培训的人才只能满足一般性用人单位需要,无法满足创新型高科技企业需求。此外,潍坊缺乏现代高端人才培养师资队伍,培训机制不完善;服务体系不健全,各县区虽已在各乡镇设立了劳动保障事务所,但其领导配备、人员编制、经费保障都不适应这项工作的需要,全社会对人才培养重视不够。同时,由于两地在经济、文化、观念上存在很大差异,而潍坊市又缺乏高端人才培养与引进的配套政策与条件,两地的人才交流主要表现为潍坊市的优秀人才多进行单向输出流动,而且目前天津只能对潍坊市进行高端人才输送,还没有在潍坊本土形成高端人才培养基地,两地没有形成系统化的高端人才交流与培训。

5.现代服务业和旅游业开发能力方面的障碍

潍坊市现代物流产业发展存在着观念陈旧、经营理念滞后,第三方现代物流产业没有形成,集约化程度低、运行成本高、效益低等问题;而天津滨海新区物流业对潍坊来说只能起到借鉴的作用,在短时间内无法彻底改变其现状。潍坊拥有丰富的旅游资源,但是其旅游产业存在发展认识薄弱、缺乏旅游资源共享机制、旅游配套设施落后等诸多问题,阻碍了潍坊从一个旅游资源大市向旅游经济大市的跨越。与潍坊相比,滨海新区的旅游资源存在很大差异,天津滨海新区主要是以工业旅游为主,传统旅游资源较少。

6. 产业结构趋同方面的阻碍

两地的优势产业都集中在机械制造业、港口运输、建筑材料、化工等领域,产业结构的趋同使两地区在某些相同行业内产生人才、生产资料、资金、技术等竞争,使真正具备组织高效生产的地区也无法充分发挥长处,从而造成地区资源优势巨大浪费。众所周知,每个地区之间的产业布局的前提是比较优势,各地区只有依据本地区的比较优势来安排产业结构,才能促进地区经济的充分发展,进而使区域经济得到协调发展。而现阶段天津滨海新区和潍坊市的产业结构趋同正是违背了按照比较优势来进行产业布局的基本原则,不仅在长期内不利于两地的经济发展,而且会扭曲产业结构,使整个区域产业结构的优化难以实现。两地区的产业结构的趋同加剧了区域原有的原材料短缺和加工能力过剩的矛盾,严重阻碍了两地区的区域经济合作。制约了天津滨海新区第三增长极作用的发挥。

(四)政策建议

在对天津滨海新区和潍坊市区域经济合作障碍因素分析的基础上,结合两地实际情况,从两地优势互补、产业转移、建立区域合作协调组织、拓展融资渠道、建立高端人才培养机制、生态环境建设等方面提出政策建议。

1. 建立区域合作协调组织

在区域经济合作中,地方保护主义行为已经成为了区域经济合作一体化进程滞缓的重要原因,保护主义在很大程度上导致了市场隔离,避免了竞争,产生地方性垄断,从而歪曲了市场价格信号,最终导致企业过度投资、产品过剩和资源浪费,阻碍了产业结构的优化升级,同时也不利于培育企业的竞争意识和竞争能力,从而大大减少区域之间的经济合作。因此,建立区域合作协调组织是十分有必要的。通过区域合作协调组织协调制定区域性经济合作政策,达到区域资源优化配置,规划区域经济合作发展战略及协助建立区域共同市场,促进两地区区域经济合作的快速健康发展。

2. 推动产业转移和企业跨地区联合、兼并、收购

天津滨海新区应该加快产业转移步伐,利用潍坊丰富的资源优势将一些资源依赖性大的劳动密集型产业转移到潍坊;同时潍坊应该充分利用自己在农业技术、资源上的优势帮助滨海新区早日实现沿海都市型现代化农业的目标,同时也大力推广自己的地域品牌。企业是区域经济合作的血液,在两地区域经济合作中,企业应该秉承自主自愿的原则开展合作,政府作为组织协调者应大力推动企业间的联合、收购和兼并,优化资源配置。企业间的有效合作,不仅可以给当地带来充裕的资金,而且有利

于当地的就业和经济增长,更重要的是可以通过企业合作这一途径加强两地先进的技术、先进的经营管理理念的交流,提高企业的整体实力。并且,两地区企业间长期稳定的合作关系的建立对两地经济合作具有深远的影响,并且能够加速区域经济合作一体化进程。

3. 搭建长久稳定的信息平台

在当今这个信息时代,信息交流显得尤为重要。加强两地信息交流是搞好两地经济合作的基础。在已有沟通渠道基础上,应当建立长久稳定的信息平台,进一步促进两地政府和企业间的交流,并积极利用现代网络技术手段,加强信息沟通,以便于协调解决合作中的问题,推动区域经济合作的深入进行。

4. 建立高端人才吸纳机制,加强人才交流,促进两地经济发展与合作

科学技术是第一生产力,科学技术的发展在于人才培养。首先,对于高端人才缺失的潍坊,吸引人才显得尤为重要。要想吸引更多的高端人才,必须建立一套完善的人才吸纳机制。只有这样才能留住高端人才为潍坊的经济建设献计献力。其次,在引进高端人才的同时还得注重本土人才的培养,应该继续加大人才培养的投入,改进、完善现有的培训机制。第三,提高企业的创新能力也非常重要,除了通过吸引、培养人才提高企业创新能力外,还应该建立创新奖励机制,鼓励各阶层人才敢于创新、勇于创新。提高潍坊高端人才质量和数量,不仅有利于潍坊的经济发展,还能加强两地人才交流,从而促进两地经济发展与合作。

5. 搭建信贷平台,引导两地社会资本积极投入产业合作发展项目

第一,以优势资源、诚信环境、优惠政策、全新机制、优质服务,吸引天津滨海新区的大企业到潍坊投资兴业;第二,建立健全担保机制,加大政府资金投入,提高信用担保公司的运行能力,为解决企业贷款担保和融资难创造条件;第三,建立银企联谊制度。通过两地政府搭建银企交流平台,加强两地银企信息沟通,增进银企信任,努力争取银行贷款对两地企业的支持和倾斜;第四,建立产业或重大合作项目发展资金,引入风险投资,引导社会资本积极投入产业合作发展项目;第五,利用自身自然资源、地域品牌优势吸引外商投资,缓解资金短板问题,加快两地经济发展。

6. 充分利用资源优势,以产业差异实现结构互补

第一,帮扶目前处于弱势、但对未来可能对潍坊市经济发展有重要贡献的产业,如现代旅游业、金融业等;第二,加快形成信息技术、港口、金融、船舶制造和生态农业等特色产业的互补,两市应就盐田资源深度开发、农产品深加工、矿产资源深度开发、旅游合作发展等相关产业领域实施经济与技术方面的合作,潍坊应以天津滨海新区的现代物流业为向导,加大基础设施建设,协助企业剥离绩效差的物流产业,鼓励第三方物流产业的发展,实现物流产业化,以推动潍坊经济快速发展;第三,努力构建产业链,促进区域经济合作,优化产业链空间布局。构建产业链、实现产业链空间布局优化是治理市场壁垒、统筹区域发展、推进区域产业经济合作的有效途径。

7. 注重引资质量,共建引资机制,促进两地经济合作

随着天津市滨海新区的国家战略地突显,天津市的实际利用外资额正在逐年递增,2008 年达到 75.97 亿美元,占到了全国实际利用外资的 8%。相比之下,潍坊市外资实际利用率较低,两地共建引资机制不仅有利于提高两地的外资利用率,还能充分利用资金对产业发展的导向作用,从而增大两地产业的差异性,促进两地经济合作的持续稳定发展。但同时还得注重引资质量,目前引进的外资大多用于制造业,而制造业是耗费资源多、环境破坏大的产业,其能源终端消费量占 60% 左右。在资源、环境的制约下,制造业的发展必须考虑自然资源和环境的承受力。因此,在利用外资发展制造业方面,必须有所取舍,要变“引资”为“选资”,强化招商引资的结构导向,实施重点产业选资策略。重点选资要做到四点。一是滨海新区应该把以电子信息、石油开采及加工、现代冶金、汽车及装备制造、生物技术和现代医药、新型能源和新型材料等支柱产业作为引资重点;潍坊应把机械装备、纺织服装、海洋化工、造纸包装、食品加工为代表的五大支柱产业作为引资重点,加快这五大产业集群的发展。二是在支柱产业中,两地应该重点引进节能、低耗、环保型项目,摒弃高耗能和高污染型项目。三是改善两地引资环境,加大两地的招商引资力度,同时充分利用资金的导向作用增大两支柱产业的差异性、互补性,促进两地稳定长久的经济合作。四是积极引进有助于延伸、拓展和完善两地支柱产业链条的项目,实现两地产业集群的优势互补,提高产业内的资源利用效率,提高产业末端废弃物处理水平,提高两地支柱产业可持续发展能力。此外,要加强两地知识型服务业的交流与合作,形成为企业服务的知识型服务产业链,以此带动两地相关服务业的发展,包括信息服务、金融服务业、新型服务业等。

8. 建设良好生态环境

节能环保是当今世界的主题,在发展经济的同时,环保问题不可小视。建设良好的生态环境,是促进两地进行可持续性经济合作必不可少的条件。在利用两地自然资源时要加强水资源、植被和土壤保护、绿化等方面的建设。要建立完善的环境保护措施,对那些以破坏环境为代价而获益的企业给予严厉的处罚。总之,要处理好经济建设和环境保护之间的关系,促进两地经济又好又快的发展。

参考文献

[1] 梁海霞. 发达地区与不发达地区区域经济合作的政府行为分析[J]. 西安邮电学院学报,2010(2):46-48.

[2] 汤碧. 区域经济一体化模式比较[J]. Nankai Economic Studies,2002(3):54-56.

[3] 豆建民. 我国区域经济合作障碍及其对策分析[J]. 经济问题探索,2004(11).

[4] 王元京. 论我国基础设施建设中的民间资本进入[J]. 经济体制改革,2002(4):5-9.

[5] 陈建军. 长三角区域经济合作模式的选择[J]. 南通大学学报(社会科学报),2005(2):42-46.

［6］　黄家骅.论跨省区域经济的空间架构与合作激励［J］.当代经济研究,2005(4):60-64.

［7］　曹阳.区域产业分工与合作模式研究［D］.长春:吉林大学,2008(4).

［8］　吴群刚,杨开忠.关于京津冀区域一体化发展的思考［J］.城市问题,2010(1):11-16.

［9］　方大春,杨宇,胡军华.博弈视角下区域经济合作组织的制度构建［J］.决策参考,2006(11):52-53.

［10］　宋开元,杨文选.地缘优势型区域经济合作研究［J］.商场现代化,2007(4):193-194.

［11］　屈佳,杨文选,边璐.基于产业链的陕西区域经济合作研究［J］.陕西综合经济,2007(2):31-32.

［12］　张杰.次区域经济合作研究——以图们江次区域经济合作研究为例［D］.长春:吉林大学,2009.

［13］　吴玉鸣.中国省域经济增长趋同的空间计量经济分析［J］.数量经济技术经济研究,2006(12):101-108.

［14］　黄宁.能力结构与经济合作的关系模型研究——以东亚经济合作为例［J］.当代经济,2008(10):108-110.

［15］　巨拴科.基于能力结构关系模型的欠发达与发达区域经济合作研究——以安康市—西安市经济合作为例［J］.中国软科学,2010(5):99-107.

［16］　杨先明,李娅.能力结构、资源禀赋与区域合作中的战略选择——云南案例分析［J］.思想战线,2008(6):56-59.

［17］　董彦岭.天津滨海新区开发开放对山东影响研究［J］.济南金融.2006(7):9-11.

［18］　刘星.努力对接天津滨海新区进一步加强环渤海区域合作.环渤海经济瞭望.2006(5):10-13.

［19］　郭振宗,山东省农业改革发展30年:实践回顾、经验总结及对策建议.农业经济,2008(4):53-58.

第五章　河南省篇

第一节　河南省概况

一、自然地理

河南位于我国中部偏东、黄河中下游,处在东经 110°21′至 116°39′,北纬 31°23′至 36°22′之间,与冀、晋、陕、鄂、皖、鲁 6 省毗邻,东西长约 580 千米,南北宽约 550 千米。全省土地面积 16.7 万平方千米,在全国各省市区中居第 17 位。

河南正处于我国第二阶梯向第三阶梯的过渡地带,位置适中。河南在全国的版图上,从政区和交通地位来看,占着居中的地位。以河南为中心,北至黑龙江畔,南到珠江流域,西到天山脚下,东抵东海之滨,大都跨越两至三个省区。若以省会郑州为中心,北距京津唐,南下武汉三镇,西入关中平原,东至沪、宁、杭等经济发达地区,其直线距离大都在 600~800 千米之内。在历史上,河南一向是我国人民南来北往、西去东来的必经之地,也是各族人民频繁活动和密切交往的场所。京广、京九、焦枝、陇海、新菏等铁路干线纵横交织于河南,这种优越的地理位置和方便的交通条件,更加密切了河南与全国各地的联系。因此,无论从与全国经济联系考虑,还是从相邻省区经济技术交流着想,河南均处于中心位置。在当前大力发展社会主义市场经济、开发中西部地区的形势下,对全国经济活动中的承东启西、通南达北的重要作用是其他省区不可比拟的。

(一)气候特点

河南地处北亚热带和暖温带地区,气候温和,日照充足,降水丰沛,适宜于农、林、牧、渔各业发展。其特点有三。

其一,过渡性明显,地区差异性显著。河南处于中纬度地带,我国划分暖温带和亚热带的地理分界线秦岭淮河一线,正好穿过境内的伏牛山脊和淮河干流。此线北属于暖温带半湿润半干旱地区,面积占全省总面积的 70%,此线以南为亚热带湿润半湿润地区,面积占全省总面积的 30%,气候具有明显的过渡性特点。全省由于受季风气候的影响,加上南北所处的纬度不同,东西地形的差异,使河南的热量资源南部和东部多,北部和西部少,降水量南部和东南部多,北部和西北部少,气候的地区差异性明显。

其二,温暖适中,兼有南北之长。河南气候温和,全省年平均气温 12.8~15.5℃,冬冷夏炎,四季分明,具有冬长寒冷雨雪少,春短干旱风沙多,夏日炎热雨丰沛,秋季晴和日照足的特点。河南处于暖温带和亚热带的过渡地带,南北两个气候带的优点兼而有之,有利于多种植物的生长。

其三,季风性显著,灾害性天气频繁,河南西靠广阔的欧亚大陆,东近浩瀚的太平洋,冬夏海陆温差显著,风向随季节变化明显。季风气候对农业有利的方面是主导的,但也有其不利的一面,主要在于它的不稳定性,具体表现在年降水量的时空分布不均,往往全年的降水量主要集中在夏季,占全年降水量的45%~60%,降水的不稳定性极易引起旱涝灾害。

(二)地貌特征

河南地质条件复杂,地层系统齐全,构造形态多样,是我国地质条件比较优越的省区之一。河南的地貌主要有两个特点。

其一,地势西高东低,东西差异明显。河南位于我国第二级地貌台阶和第三级地貌台阶的过渡地带。西部的太行山、崤山、熊耳山、嵩山、外方山及伏牛山等属于第二级地貌台阶,东部的平原、南阳盆地及其以东的山地丘陵,则为第三级地貌台阶的组成部分。河南地势的总趋势为,西部海拔高而起伏大,东部地势低且平坦,从西到东依次由中山到低山,再从丘陵过渡到平原。河南最高处与最低处相差2 390.6米,正是这样的地势,使河南境内较大的河流,大都发源于西部山区。

其二,地表形态复杂多样,山地、丘陵、平原、盆地等地貌类型齐全。河南地貌形态复杂多样,境内不仅有绵延高峻的山地,也有坦荡无垠的平原,既有波状起伏的丘陵,还有山丘环抱的盆地。多种多样的地貌类型,为河南农林牧和工矿业的全面发展提供了有利的条件。河南山脉集中分布在豫西北、豫西和豫南地区,北有太行山,南有桐柏山、大别山,西有伏牛山。河南的丘陵多数是低山经过长期风化剥蚀的石质丘陵,有些是黄土高原经流水切割而形成的黄土丘陵,丘陵与山地往往相伴而分布,主要集中分布在豫西北少数地区、豫西山地东缘和豫南东部边缘地带。河南平原广布,辽阔坦荡。省内中部、东部和北部平原由黄河、淮河和海河冲积而成,亦称黄淮海平原,西起太行山和豫西山地东麓,南至大别山北麓,东面和北面至省界,面积广阔,土壤肥沃,是我国重要的农耕区。西南部为南阳盆地,具有明显的环状和阶梯状地貌特征,面积约2.6万平方千米,是河南最大的山间盆地;盆地中部地势平坦,水热资源丰富,多种植物均可在此生长发育。

(三)地质土壤

河南省由于气候、地貌、水文等自然条件的影响,加以农业开发历史悠久,因而土壤类型繁多。河南的土壤大类型有黄棕壤、棕壤、褐土、潮土、砂疆黑土、盐碱土和水稻土7种。若以质地分类,它们占总耕地的百分比是:黏质47.1%、沙质19.9%、壤质15.1%、沙壤质底层加胶泥14.0%、砾质3.9%。

截至2001年底,全省辖17个省辖市,1个省直管市,21个县级市,48个市辖区,89个县,2 123个乡镇,4.80万个行政村。省辖市为郑州、开封、洛阳、平顶山、安阳、鹤壁、新乡、焦作、濮阳、许昌、漯河、三门峡、南阳、商丘,省辖地区为周口、驻马店、信阳,省直管市为济源市。

二、社会文化

河南是全国第一人口大省,2008 年底总人口 9 918 万人,其中城镇人口 3 573 万人,占全省总人口的 36.03%,农村人口 6 345 万人,占总人口的 63.97%。全省常住人口 9 429 万人。全省人口密度每平方千米 594 人。河南是全国散居地区少数民族人口最多的省份,除汉族外还有 55 个少数民族成分,人口 137.46 万人,占全省总人口的 1.36%,其中回族人口 118.67 万人,居全国第 3 位。

河南是中华民族的发祥地之一。从夏代到北宋,先后有 20 个朝代建都或迁都于此,长期是全国政治、经济、文化中心。中国八大古都河南有四个,即九朝古都洛阳、七朝古都开封、殷商古都安阳、商都郑州。还有国家级历史名城郑州、南阳、商丘、濮阳、浚县等。悠久的历史为河南留下了众多的文物古迹,地下文物和馆藏文物均居全国首位。全省共有国家级重点文物保护单位 100 处,省级重点文物保护单位 666 处,县级文物保护单位 5 091 处,为我国文物保护单位最多的省份。这里有记载着人类祖先在中原大地繁衍生息的裴李岗文化遗址、仰韶文化遗址、龙山文化遗址;有人祖伏羲太昊陵、黄帝故里和轩辕丘;有最古老的天文台周公测景台;有历史上最早的关隘函谷关、最早的禅宗寺院白马寺;有以少林武术发源地名扬四海的"中国第一名刹"嵩山少林寺和闻名中外的相国寺,等等。在河南省重点建设的郑汴洛"三点一线"沿黄旅游线上,全国重点文物保护单位就达 51 处。其中洛阳龙门石窟于 2000 年被列入世界文化遗产名录,安阳殷墟被国家文物考古部门列为 20 世纪中国 100 项重大考古发现之首。河南还是中国姓氏的重要发源地,在中国《百家姓》的姓氏中有 70 多个姓氏源于河南,包括有"陈林半天下,黄郑排满街"之称的海外四大姓氏均起源于河南。近些年来,到河南寻根谒祖的海内外游客络绎不绝。

自古以来,河南大地上孕育的风流人物灿若群星。如古代哲学家、思想家老子、庄子、墨子、韩非、程颐、程颢,政治家、军事家姜子牙、商鞅、苏秦、李斯、刘秀、张良、司马懿、岳飞,科学家、医学家张衡、张仲景、僧一行,文学家、艺术家杜甫、韩愈、白居易、李贺、李商隐、司马光、褚遂良、吴道子,佛学家玄奘等,还有现当代史上的抗日英雄吉鸿昌、吴焕先、杨靖宇,革命先辈邓颖超、彭雪枫、许世友,"县委书记的好榜样"焦裕禄等。他们都为华夏文明的发展和进步作出了不可磨灭的贡献,是中华民族的杰出代表,也是河南人民的骄傲。

三、经济发展

2008 年,河南省实现国民生产总值 18 407.78 亿元,其中第一产业为 2 658.80 亿元,第二产业为 10 477.92 亿元(工业 9 546.08 亿元,建筑业 931.84 亿元),第三产业为 5 271.06 亿元。2008 年河南省共有从业人员 5 835.45 万,按国民经济行业分,农、林、牧、渔业从业人员有 2 847.31 万,制造业为 933.43 万,建筑业 558.23 万,其他行业 1 496.48 万,单个产业中农、林、牧、渔业拥有的从业人员最多。若按城乡分,城镇从业人员为 976.32 万,乡村从业人员为 4 859.13 万。

2008 年河南省全社会固定资产投资总额为 10 490.65 亿元,其中城镇投资为 8 721.19 亿元(工业投资 4 885.10 亿元,基础设施投资 1 750.52 亿元,房地产开发投资 1 206.71 亿元),农村投资 1 769.46 亿元(农户 1 099.83 亿元,非农户 669.63 亿元)。按隶属关系分,中央投资为 361.94 亿元,地方投资为 10 128.71 亿元。从产业投向来看,2008 年河南省第一产业投资为 538.14 亿元,第二产业投资为 5 421.83 亿元,第三产业投资为 4 530.67 亿元。

第二节 河南省经济发展分析与豫津经济合作构想

一、经济发展分析

新中国成立 60 年来,河南人民在建设有中国特色的社会主义,全面振兴河南,加快中原崛起的征程上,经历了不断追求、摸索甚至失误的磨难,取得了巨大成就。

(一)经济总量不断扩大,综合实力显著增强

2008 年,全省实现生产总值 18 407.78 亿元,按可比价格计算比 1949 年增长了 123.9 倍,年均递增 8.5%。人均生产总值在人口净增 5 744 万人的情况下,仍由 1949 年的 50 元增加到 2008 年的 19 593 元,增长了 53 倍,年均递增 7.0%。改革开放以来,随着对传统的计划经济体制的一系列突破,河南经济焕发出新的生机和活力,国民经济不断跃上新台阶。改革开放之初的 1978 年全省 GDP 总量仅为 162.92 亿元,1991 年跨上千亿元台阶,2000 年 GDP 突破 5 000 亿元,2005 年 GDP 突破 1 万亿元大关,未来两三年内有望进一步突破 2 万亿元大关。在全国各省市的排位由 1978 年的第 9 位上升到 2007 年的第 5 位,居中西部地区首位。改革开放 30 年来全省 GDP 以年均 11.2% 的速度增长,高于同期全国平均水平 1.4 个百分点。

(二)经济结构不断调整,工业化进程加快推进

1950—2008 年,全省生产总值年均增长 8.5%,第一产业、第二、第三产业增加值年均分别增长 4.8%、12.6% 和 10.9%,其中,1978—2008 年,三次产业年均分别增长 6.3%、13.9% 和 13.7%。产业结构向高级化演进的阶段性特征更为明显。三次产业增加值在宏观经济总量中的比例关系,也由 1952 年的 62.2:22.8:15.0 演变为 1978 年的 39.8:42.6:17.6,2008 年又进一步演变为 14.4:56.9:28.6。工业经济增长成为近年来全省带动经济高速增长的主要力量。全省第一产业从业人员比重由 1949 年占绝对优势的 94.5% 下降为 2008 年的 48.8%,第二产业由 1.9% 上升为 26.8%,第三产业由 3.6% 上升为 24.4%。河南经济结构诸方面的变动态势符合世

界范围内产业结构演变的一般趋势,反映了河南经济正处于工业化中期发展阶段的基本特征。

(三)基础产业投入力度不断加大,发展后劲不断增强

新中国成立以来,河南进行了大规模的经济建设,为提高全省的生产力水平,增强经济实力,改善人民生活打下了比较雄厚的物质技术基础。特别是1978以后,随着投资体制改革的深入,中央、地方、企业、民间以及利用外资投资格局逐步形成,进一步激发了经济建设的活力,投资规模迅速扩大。从1950年到2008年,全社会固定资产投资完成了47 962.81亿元,年均增长23.2%。改革开放以来的30年,固定资产投资更是取得了令人瞩目的成就。1979—2008年完成全社会固定资产投资47 652.53亿元,占60年完成固定资产投资的99.4%,年均递增22.6%。尤其是2003年以来,随着中原崛起战略的强力实施,河南基础产业、基础建设进一步加强,工农业投资和基础设施投资快速增长。全社会固定资产投资年均增长34.0%,五年累计投资占改革开放以来的比重达到66.9%,对GDP增长的贡献率达到70.2%,成为经济快速增长的重要支撑。

河南经济外向度不断提高,多元要素支撑体系不断健全。新中国成立以后相当长一段时期,河南只有少量对外贸易,基本处于闭关自守的落后状态。改革开放以后,河南积极适应经济全球化、加入WTO以及国内外产业资本加速转移的新形势,不断扩大对外开放的领域,初步形成了全方位、宽领域、多层次的对外开放格局。2008年,全省进出口总额175.28亿美元,其中出口107.14亿美元,比1957年分别增长1 262.8倍和771.4倍,年均增长15.0%和13.9%;1978—2008年均分别增长18.1%和16.8%。进出口总额占GDP的比例由1957年0.6%提高到1978年的1.2%,2008年的6.7%。利用外资从无到有,由少到多,特别是"十五"以后不断取得新突破。1985年以来,全省实际利用外商直接投资167.7亿美元,年均增长33.1%。2004—2008年累计利用省外资金达到110.4亿美元,年均增长46.6%。企业直接融资步伐加快。截至2008年末,河南上市公司已达到61家,在中部六省排名中居第二位。

(四)经济运行的质量和效益明显提高,生态环境不断改善

1. 经济运行态势趋稳

从1952年全省开始大规模经济建设到现在,河南经济增长波动大致经历了8个完整周期。其中又可分为三个阶段:第一阶段是1952年到改革开放前,共经历了4次周期性波动:第一次,1952—1956年;第二次,1957—1961年;第三次,1962—1968年;第四次,1969—1976年。这4次经济周期波动增长的最高点和最低点的峰谷落差分别为5.7、50.2、41.9和18.1个百分点。这一阶段全省经济运行呈现周期较短、大起大落、受政治因素影响明显的态势。第二阶段是改革开放后到1990年,共经历了3次周期性波动:第一次,1977—1982年;第二次,1983—1986年;第三次,1987—

1990 年。这 3 次周期波动经济增长的最高点和最低点的峰谷落差分别为 11.1、19.2 和 10.6 个百分点,这一阶段全省经济波动的幅度与上一阶段相比虽然明显缩小,但仍然呈现波动频繁、起伏较大的态势。第三阶段是 1991 年以来,这一阶段经济的周期性波动仅有 2 次:第一次,1991—1999 年;第二次是 2000 年—2008 年(2008 年开始进入本轮周期的收缩阶段)。第一次波动周期持续 9 年时间,而经济增长率的最高点和最低点峰谷落差已经缩小到 8.9 个百分点。2000 年全省经济进入了新一轮波动周期并持续至今。在经过 2000—2002 三年的调整期后,2003—2007 年全省处于持续上升阶段,2008 年受宏观调控和国际金融危机双重影响,但增速仍达到 12.1%。经济周期出现平滑化、微波化趋势,"山高谷深"、"树高影长"的传统经济波动现象得以克服,河南经济增长的抗衰减能力不断增强。

2. 节能降耗取得积极进展

近年来,河南上下把节能降耗作为调整经济结构、转变发展方式、实现科学发展的重要抓手,明确提出"十一五"期间单位 GDP 能耗降低 20% 的奋斗目标,实行节能减排目标问责制,坚持"一票否决"制。到 2008 年,全省累计关停小火电机组 398 万千瓦,淘汰落后水泥产能近 6 000 万吨,关闭小钢铁企业 280 家,淘汰了 21 座 200 m^3 以下小高炉和 3 座 20 吨转炉。铝工业在全国率先淘汰铝电解自焙槽,率先淘汰 160 kA 以下预焙槽,率先实现 280 kA、320 kA 和 350 kA 大型铝电解槽工业化生产。2008 年全省万元生产总值能耗为 1.219 吨标准煤/万元,居全国第 13 位。弹性系数逐年下降,2008 年为 0.44,相当于 2000 年的 57.1%。目前,全省经济每增长 1 个百分点只需能源消费增长 0.4 个百分点支撑,反映出全省能源利用效率不断提高,河南经济增长对能源消费的依赖作用正逐步减弱。

3. 环境保护和生态建设成效显著

近年来,在经济社会快速发展的同时,河南省委、省政府更加注重环境保护和生态建设工作,工业三废排放增量逐步减少,污染排放出现下降,重点流域水污染得到改善,城市空气质量逐步好转。2007 年,全省主要污染物 COD 和二氧化硫排放量分别减排 3.76% 和 3.7%,首次实现"双下降"。2008 年,全省化学需氧量和二氧化硫排放量分别比 2007 年又下降 6.2% 和 7.17%,污染减排比例位居全国前列。全省工业固体废物综合利用率 83.8%,污水集中处理率 68.4%,生活垃圾无害化处理率 69.5%。2008 年,全省可比的 45 个地表水环境责任目标断面化学需氧量浓度比 2001 年降低 71.6%,断面氨氮浓度比 2002 年降低 54.4%,城市集中式饮用水源地取水水质平均达标率达到 100%,城市环境空气质量优良天数达标率达到 89.3%。全省现有森林面积 270.30 万公顷,森林覆盖率为 16.2%,比 1979 年提高个 3.1 百分点。至 2008 年底,全省已建立各种类型自然保护区 35 处,面积 75.5 万公顷,约占总面积的 4.5%。

(五)城市体系迅速发展,城镇化进程明显加快

新中国成立之初,河南城镇人口只占总人口的 6.4%。新中国成立特别是改革开放以来,河南十分重视城镇化在全省经济社会发展中引领作用,坚持把加快城镇化进程作为全省经济社会发展的主战略,尤其是 1990 年代以后,通过"十八罗汉"闹中原,加快中原城市群发展、加快郑汴融城步伐等战略举措,河南城镇化进入了快速发展的新轨道。2008 年,全省 18 个地级市市区土地面积达到 14 018 平方千米,比 1990 年增加 8 910 平方千米,年均增长 6.1%。建成区面积 2008 年达 1 386.5 平方千米,比 1990 年增加 883.5 平方千米,年均增长 6.2%。2008 年,全省城镇化率达 36.0%,比 1949 提高了近 30 个百分点。其中,1949—1978 年平均每年提高 0.25 个百分点;1979—1994 年,平均每年提高 0.19 个百分点;1995—2000 年平均每年提高 1.25 个百分点;2001—2008 年,平均每年 1.6 个百分点。目前市区非农业人口在 100 万以上的特大城市有郑州、洛阳两个城市,50~100 万人口的大城市有商丘、平顶山、新乡、安阳、焦作、开封和南阳 7 个城市,20~50 万的中等城市有漯河、信阳、濮阳、许昌、鹤壁、驻马店、周口和三门峡 8 个城市。

中原城市群以省会郑州为中心,包括洛阳、开封、新乡、焦作、许昌、平顶山、漯河、济源在内共 9 个省辖(管)市,下辖 14 个县级市,34 个县,土地面积 5.87 万平方千米,人口 3 991 万。中原城市群区位优势明显,经济发展基础较好,自然资源优越,旅游资源得天独厚,各中心城市经济特色鲜明,是实现中原崛起的主导力量。2003—2008 年,中原城市群生产总值年均增长 14.8%,增速高于全省平均水平 1.6 个百分点;在全省经济总量中的比重达到 57.4%,较 2003 年提高 2.3 个百分点。主要经济指标占全省的比重不断提高。2008 年,中原城市群城镇固定资产投资、规模以上工业增加值、社会消费品零售总额、实际利用外商直接投资占全省的比重分别达到 58.2%、62.6%、57.3%、78.7%,所占比重分别较 2003 年提高了 1.6 个、1.3 个、1.4 个、14.7 个百分点,中原城市群的集聚效应不断显现。

(六)社会事业蓬勃发展,经济社会同步发展的态势初步形成

新中国成立前,河南教育事业基础很差,全省文盲率高达 80% 以上,学龄儿童入学率仅 20%。新中国成立后,党和政府十分重视教育事业,兴办了一大批学校。特别是改革开放以来,进一步实施教育优先发展战略,同时改革教育管理体制和办学体制,对教育资源进行优化配置,教育事业在改革中得到发展,已经形成一个拥有 5.81 万所各级各类学校,2 744.41 万名在校生和 125.77 万名教职工,教育人口占全省总人口 29.1% 的大教育格局。全省已全面免除义务教育阶段学杂费,全省基本普及九年义务教育和基本扫除青壮年文盲的目标全面实现。2008 年,全省普通中学在校生 691.46 万人,是 1949 年的 169.48 倍。职业教育规模迅速扩大,实现了从无到有的转变,2008 年,全省有各类中等职业学校 584 所,在校生 72.76 万人,分别是 1980 年的 584 倍和 3 638 倍,占高中阶段在校生的比例由 1980 年的 0.04‰ 提高到 2008 年的 9.5%。高等教育发展实现历史性跨越。2008 年,全省高等教育总规模达到 125.02 万人,较 1978 年增长 44.8 倍。郑州大学、河南大学等一批大学新校区建成投用。高等教育毛入学率达到 20.5%,实现了高等教育大众化的跨越。人口文化素质显著上升,全省每10万人中具有大学文化程度的达到3 850人,具有高中文化程度的达到10 447人,具有初中文化程度的达到43 250人。人口平均受教育年限达到8.7年。

二、河南省与天津市经济合作构想

(一)产业分析

通过对河南三大产业及其内部行业分别计算2000年和2008年的区位商,并据此来分析各个产业及行业的区位优势,大致情况如下。

(1)第一产业2000年区位商为1.41,2008年上升为1.86。第一产业中,农林牧渔业在2000年的区位商分别为1.64、1.35、1.45和0.15,2008年的区位商为2.19、1.40、1.93和0.31,河南省农、林、牧三个产业不论是在2000年还是2008年,从区位商上看都具有区位优势,并且相对于2000年而言,到2008年这个优势得到进一步加强。河南省第一产业竞争优势的提高,源于河南省通过集约化生产,提高了第一产业的生产率。而渔业的区位商一直小于1,则是因其属于内陆省份,辖区内江河湖泊水域面积偏少。

(2)第二产业2000年的区位商为0.99,2008年上升为1.17,其中工业区位商由2000年的0.98上升到1.21,由区位劣势转化为区位优势,而建筑业区位商则由2000年的1.05下降到2008年的0.89,由略具优势转化为劣势。而在工业的各个行业当中,2000年河南省只有三个行业的区位商大于1,到2008年已有14个行业的区位商大于1。通过对不同行业区位商进行分析,河南省2008年具有区位优势的行业可以归为两种类型,一类是高度依赖自然资源的行业,如煤炭开采和洗选业、有色金属矿采选业、非金属矿采选业和非金属矿物制品业。原因在于河南具有丰富的矿产资源,如铝土、钼等储量丰富,是国内有色金属大省。另一类是充分利用第一产业优势,以第一产业产品为原材料的加工制造性行业,包括农副食品制造业、食品制造业、饮料制造业和烟草制造业、木材加工及木竹藤棕草制品业、家具制造业、造纸及纸制品业等。河南省是全国农业大省、第一粮食大省,农产品资源丰富。河南通过发挥产业纵向一体化优势,利用农业林业等第一产业的基础原料来发展下游相关加工制造性行业,从而取得了区位优势。

(3)河南省第三产业在2000年的区位商为0.81,2008年下降到0.71。在第三产业中,批发零售、房地产和金融产业区位商都小于1,可见河南省的第三产业竞争优势偏弱。交通运输、仓储和邮政业区位商由2000年的1.25到2008年下降为1.03,竞争优势也有所下降。近年由于中国加大基础设施投资,一度作为我国铁路枢纽之一的郑州受到一定的影响也是自然的。由于河南有着众多的历史景点,旅游资源比较丰富,因此第三产业中的住宿和餐饮业具有一定的区位优势,2008年该行业的区位商为1.51。

(二)合作现状

以往河南省与天津市的经济合作更多地局限在单个部门或行业之间。如2006

年,河南公路港务局和天津港集团日前正式签订合资合作协议,实行豫津口岸直通的跨区域口岸合作,这标志着河南公路港将成为国内第一个内陆"无水港"。此次豫津合作标志着河南公路港到天津港的"绿色通道"正式开通,即把天津口岸的功能延伸到河南内地,实现真正意义上的口岸直通,将大大方便外贸企业的进出口业务,公路港也因此成为真正意义上的内陆无水港口。但近些年河南省与天津市之间的经贸往来加大了步伐,2009 年 6 月 26 日,由河南省人民政府主办的河南—天津经济技术合作项目洽谈会在天津召开,这是河南省首次在环渤海地区中心城市天津举办经贸洽谈会。洽谈会上,河南省共与环渤海地区及有关省份企业签约合同项目 57 个,总投资 120.2 亿元人民币。签约项目涉及领域广泛,主要集中在基础设施、先进制造、高新技术、农副产品及深加工、旅游等行业领域。本次项目洽谈会签约项目在数量上、质量上和企业投资额上都有显著提高,河南、天津经济交流商贸合作迈出一大步。

(三)合作构想

1. 河南与天津优势产业

区域经济的发展主要靠区域内优势产业的发展来带动,国内许多省市也根据自身的资源条件等现实情况,分别确立了自身的优势产业,通过重点发展优势产业,来提升区域经济的竞争力。因此,在省市之间的经贸合作上,能否促进本省(市)优势产业的发展,应是经贸合作中重点考虑的问题。

河南省"十一五"规划提出要做大做强食品工业、有色金属工业、化学工业、汽车及零配件工业、装备制造业、纺织服装业等六大优势产业。天津的优势产业体现为两大类,一类是工业,一类是金融业。在工业方面,天津陆续推出四批 80 项重大工业项目(如大飞机、大火箭项目等),已成为拉动天津经济发展的重大引擎。由于 80 项重大工业项目的带动,天津工业已经形成了航空航天、石油化工、装备制造、电子信息、生物医药、新能源新材料等八大优势支柱产业。在金融产业方面,最近几年国家对天津滨海新区的金融发展的扶持政策,也激起了天津市做大做强金融产业的豪情壮志。天津拟耗资 2 000 亿在滨海新区建全球最大金融区——于家堡金融区。

2. 河南省与天津市合作建议

河南省与天津市的优势工业之间的关系存在以下几种可能。一种是两者之间的工业存在竞争,如装备制造业,两者都将其当作优势产业来发展,将会呈现较强的竞争态势。虽然天津没把汽车及零配件工业当作优势产业来发展,但它却也是天津的重要工业,因此两者之间也会有较大的竞争。另一种是两者之间工业可能是互补,如有色金属和天津的装备制造业及航空航天工业之间,可能存在上下游企业之间的互补关系。还有一种是产业之间存在承接可能。河南把纺织工业当作优势产业,而天津的纺织工业也有百年的发展历史,在天津的产业转型过程中,纺织产业在经济中的地位将会有所下降,相关的资本、技术和人才或将逐步转移出去。最后还有一种可能是相互之间的影响不大。如河南的食品工业和天津的各个工业之间,相互间影响并不大。

　　而河南的工业企业和天津的金融产业之间,更多的是一种互补关系。虽然两个地区之间都存在金融企业,但通常的银行、证券和保险等金融业务,两个地区之间的竞争关系并不强,原因在于这几种业务通常都会选择本地区的机构或企业来进行。这里所讲的互补是从天津近年兴起的创业投资角度来说的,天津近年的创业投资发展较快,天津的创业投资作为资金的供给方,河南工业企业作为资金的需求方,更容易产生一种互补的关系。

　　因此河南省与天津市的经贸合作,可以从两种途径着手,一是在两者之间的工业企业之间寻找合作机会,而这要视相互的工业地位来决定。由于工业之间存在着竞争、互补甚至承接等关系,区域合作决策比较复杂,但还是应该选择一些互补性的行业进行合作,成功的可能性更大,如天津的航空航天和河南的有色金属工业和装备制造业之间的合作。二是在河南的企业和天津的创业投资等金融企业之间寻找合作机会。这两者之间的合作,因其更多的是一种互补关系,合作起来显然更为容易些。如河南省的食品制造、家具制造等加工制造业,有色金属工业和装备制造业等,应注意开发新的产品,采用新的工艺,争取用较少的资源投入,创造更大的经济价值。河南省在这些行业的发展中,可以借力天津的金融产业,尤其是天津的创业投资基金,为河南省的企业提供创新资金,从而有利于提升河南省这类行业中企业的创新能力,增加产品的经济附加值。而天津也可以借助这些创新型企业,来促进本地金融产业以及本地经济的发展。

第三节　基于创新驱动的豫津区域融创互促发展研究

　　当前,我国投资驱动仍是拉动经济最重要和最直接的方式,大量投资仍主要集中于传统制造业、房地产、基础设施建设等领域,而只有少量投资投向自主创新、技术改造和升级,因此产业结构升级缓慢,在产业链低端环节形成"生产过剩"的趋势。以要素资源为核心的低层次比较优势和规模扩张对增长的效应开始出现递减趋势。同时,"流动性过剩"促使大量资本流向资本市场、房地产等领域,挤占了大量本该投向实体产业的社会财富,这种通过套利获取短期收益的行为助长了过度投机,经济陷入"泡沫经济"的可能性加大。这表明,我国仍在工业化阶段,仍未摆脱投资驱动为主的经济增长模式,同时财富驱动却已经端倪初现。因此,推进经济增长由投资驱动进入创新驱动而避免陷入财富驱动阶段,就成为我国以及各省市发展长期面临的课题。温家宝总理在2010年全国"两会"上所作的政府工作报告中强调,要加快转变经济发展方式,调整优化经济结构,大力推动经济进入创新驱动、内生增长的发展轨道。

　　创新驱动、内生增长,最核心的内容,最本质的要求,就是要充分发挥科技创新在加快发展方式转变中的支撑和引领作用。科技创新的这种支撑和引领作用,集中体现在经济结构调整和优化升级的过程中,特别突出地体现在产业结构调整和优化过程中依靠科技创新培育和发展战略性新兴产业,有效突破我国当前资源约束、激发经济增长的内生动力,这是后金融危机时代我国实现新一轮经济繁荣和可持续发展的根本途径。

一、创新驱动理论综述

20世纪50年代中期,R. M.索洛、T. W.斯旺提出了新古典增长模型,该模型认为投资不能引起长期的经济增长,长期的经济增长主要依靠技术进步。索洛把技术进步看成一个外生变量,认为先进国家有了先进技术,后进国家、发展中国家把先进技术拿过来,就可以加快发展速度。1986年罗默将技术进步内生化,产生了内生经济增长模型,该模型认为在技术进步条件下,只要假定资本边际报酬非递减,就可以使经济体向其稳定状态收敛的过程永远不会停止,从而能够产生内生的永不停止的长期经济增长。在罗默增长模型中,科技进步被作为内生变量,是最主要的投入要素。在他看来,知识积累、科技进步是经济增长的原动力,是经济长期增长的保证。

迈克尔·波特(Michael E. Porter)将国家经济发展划分为四个阶段:生产要素驱动阶段、投资驱动阶段、创新驱动阶段、财富驱动阶段。在生产要素驱动阶段,包括自然资源以及充足廉价的劳动力在内的基本生产要素是推动经济发展的主要因素;在投资驱动阶段,企业和政府的投资意愿和能力大大增强,投资所创造出的良好的发展环境,使经济进入一个快速增长时期;在创新驱动阶段,包括科学技术创新、管理创新、制度创新等在内的创新成为推动经济发展的主导因素,使经济发展势头强劲,经济发展质量显著提高;在财富驱动阶段,由前三个阶段积累下来的财富成为推动经济发展的主导力量,财富大量集中于不动产、证券炒卖等领域,实业投资和创新的行动受到冷落,经济发展呈现下滑趋势。

自1912年熊彼特(Schumpeter)在《经济发展理论》中首次提出了创新理论后,创新被认为是推动经济发展的内在动力,创新对经济的作用以及如何实现创新等问题,受到西方学者的广泛关注。按照熊彼特的观点,所谓"创新"就是"建立一种新的生产函数或供应函数,也就是说,把一种从来没有过的关于生产要素和生产条件的'新组合'引入生产体系"。熊彼特所说的"创新"、"新组合"或"经济发展",包括以下5种情况:①采用一种新的产品或一种产品的一种新的特性;②采用一种新的方法;③开辟一个新的市场;④掠夺或控制原材料后半制成品的一种新的供应来源;⑤实现任何一种工业的新的组织。熊彼特所描绘的五种创新大致可归纳为三大类:一是技术创新,二是市场创新,三是组织创新,但熊彼特的创新概念主要属于技术创新范畴。

国内外学者已经对技术创新的有关问题进行了大量研究,研究的层次涉及国家技术创新、区域技术创新以及企业技术创新。而在微观层面上对技术创新的研究又大致经历了运作方法阶段(operation approach)、结构—行为—业绩方法阶段(a structure-conduct-performance approach)和基于资源方法阶段(resource-based approach)。研究的问题涉及对技术创新概念的界定、技术创新能力的发展模式以及技术创新能力的评价体系、技术创新的驱动因素和技术创新的支持环境等。

一般认为,技术创新获得成功的环境条件包括制度环境、人才环境、资金支持和融资环境等。傅强、邹晓峰(2006)对美国、日本及欧盟技术创新成果产业化促进系统中金融支持与风险投资制度框架产生的背景、制度模式进行了讨论与评述,分析和比较了这三个发达经济体的技术创新成果产业化支持模式的特点。韦秀源、王凯(2007)探讨了金融系统对技术创新的一些功能,提出了技术创新金融体系构筑的一些建议。林德发(2009)对我国技术创新金融支持的现状进行了分析。对于我国国有企业和中小企业的技术创新融资问题,也有一些学者进行了探讨。

二、创新驱动——河南经济发展的必经之路

通过对《河南省统计年鉴》的相关数据进行分析,可以发现河南省的经济发展表现出以下一些特点。

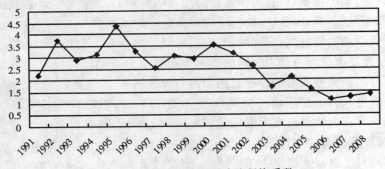

图 5-1　1991—2008 年河南省投资乘数

(一)河南省经济发展主要依赖投资驱动

自从 20 世纪 90 年代以来,河南经济发展取得了辉煌的成绩。从区域经济发展的动力机制来看,主要是以投资驱动为主导的发展模式。主要体现在以下 3 个方面。

1. 投资规模大幅度增长

1990 年河南全社会固定资产投资总额为 206.12 亿元,到 2008 年增加到 10 490.65 亿元,年均增长率为 25%,尤其是最近这几年,增长率都在 30% 以上。

2. 产业和基础设施投资快速增加

以工业和基础设施投资为例,2008 年河南这两项投资总额分别达到 4 885 亿元和 1 750 亿元,分别是 1990 年的 55.65 倍和 59.5 倍,年均增长率均高达 27%

3. 投资成为拉动经济的主要力量,但投资对经济的推动作用在近几年有所减弱

1990—2008 年,河南固定资产投资年均增值率高于 GDP 增长率 6.6 个百分点,高于消费增值率 13 个百分点,成为推动经济增长的主要因素。但投资对经济的拉动作用在近些年却逐渐减弱,1991—2002 年之间,投资乘数都在 2 以上,高的年份甚至达到 4.36(1995 年),但 2005 年以来,投资乘数却下降到 2 以下,2005—2008 年间的

投资乘数分别为 1. 59、1. 16、1. 26 和 1. 37。

(二)财富驱动初露端倪

房地产投资总量和比重不断增加。1994 年,河南省房地产投资额为 49. 61 亿元,2008 年增加到 1 206. 71 亿元,尤其是自 2000 年以来,房地产投资增长率每年都在 30% 以上,个别年份甚至达到 50%。自 1997 年以来,房地产投资在全社会固定资产投资中所占的比率逐年上升,1997 年这一比率仅 4. 44%,2008 年上升到 11. 5%,见图 5-2。

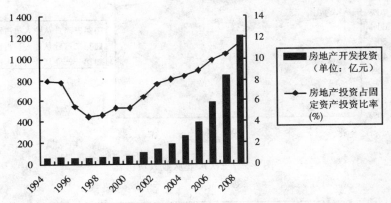

图 5-2　房地产开发投资及其占全社会固定资产投资比率

房地产交易量和交易价格快速增长。1994 年商品房销售面积为 225. 04 万平方米,销售额为 16. 43 亿元,2008 年商品房销售面积增加到 3 191. 98 万平方米,销售额为 746. 46 亿元。销售均价由 1994 年的 730 元/平方米,上升到 2008 年的 2 338 元/平方米。

(三)第一产业从业人员占比较高,产业贡献率较低

河南是个人口大省,也是农业大省,三次产业当中,第一产业吸纳的从业人员最多。自从 1990 年以来,第一产业的从业人员在 3 000 万左右,远高于第二产业或第三产业的从业人员。虽然第一产业的从业人员最多,但却对生产总值的拉动作用最小。第二产业虽然吸纳的从业人员远不及第一产业,但却对生产总值的拉动作用最大。2008 年,第一产业的产业贡献率为 6. 5%,第二产业的产业贡献率为 68. 5%,第三产业的产业贡献率为 25%,三次产业从业人员及产业贡献率分别见图 5-3、5-4。1990 年以来,随着工业化进程的深化,越来越多的从业人员从第一产业转移到第二产业和第三产业。目前,河南在第一产业的从业人员基数依然很大,需要通过不断创新,改变产业结构,将劳动力从第一产业向附加值高的第二产业和第三产业转移。

(四)人均 GDP 偏低

在改革开放之前,各地区的人均 GDP 差距并不大,但改革开放之后,内陆省份和

沿海一些发达地区相比,不但经济总量有较大差距,人均 GDP 的差距也在不断拉大。
1990 年,河南的人均 GDP 为 1 091 元,浙江的人均 GDP 为 2 138 元,2008 年河南省的
人均 GDP 为 19 593 元,而浙江的人均 GDP 却上升到 42 214 元。原因在于河南是个
农业大省,农业人口占比较高,由于农业人口生产率较低,创造的经济附加值更少,因
此人均 GDP 偏低。历年河南与浙江人均 GDP 的比较见图 5-5。

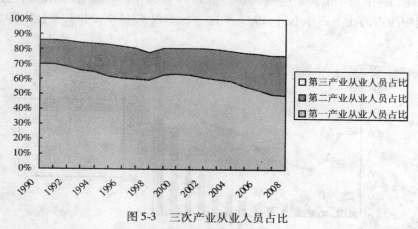

图 5-3　三次产业从业人员占比

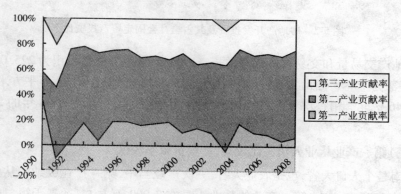

图 5-4　三次产业贡献率

　　以上数据和分析说明了当前河南经济发展主要还是依赖于投资驱动,但投资对
区域经济的带动作用开始下降,已经进入投资驱动阶段的后期,而且也表明了河南经
济发展中正逐步显露出财富驱动苗头。如果不及时扭转,河南经济发展有可能超越
创新驱动阶段,从投资驱动阶段直接跳到财富驱动阶段。

　　河南之所以要转变经济增长方式,原因还在于:一方面,投资不仅对经济增长的
总体带动力下降,而且由于受宏观调控的影响,增幅有可能出现持续性下降;另一方
面,出口受人民币升值和国际贸易环境恶化的影响,增幅有可能出现较大幅度的回
落,对经济增长的促进作用下降。此外,消费由于技术、产品和服务的创新与升级尚
未完全实现而基本处于平稳发展阶段,因此对经济增长的拉动程度有限。在这一背

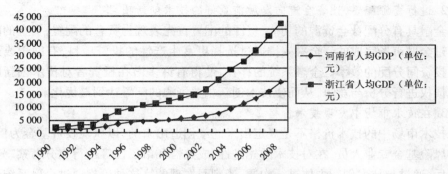

图 5-5　历年河南省与浙江省人均 GDP

景下,河南经济增长后劲不足、动力缺乏的问题逐步显现出来。这就要求河南加强科教兴省主战略的实施,加快经济发展动力机制的转变,加大创新驱动经济增长的力度,通过产业、产品、科技、体制和服务的创新,全面增强河南经济的活力和增长后劲。

将投资驱动的经济增长模式转变为创新驱动,通过不断的科技创新,能为河南的经济发展带来强大的原动力和持续的驱动力。通过创新生产出品质更高和服务更好的产品,以此来创造需求;创新能够节约生产成本,提高经济效益,促进生产投资和刺激消费,创新形成"溢出效应",改善经济增长质量,持续的创新能够促进社会财富良性循环。创新型驱动型经济具有较强的持续性、较强的稳健性和抗周期能力、较强的创新维系能力。可见,通过创新驱动经济增长,是河南省经济发展的必经之路。

三、寻求多层次金融支持体系促进河南技术创新

(一)金融支持体系在促进技术创新中发挥着重要功能

技术创新对经济增长的内在作用机理与巨大贡献,在理论上已经得到精辟的论证与阐述。技术创新不断发展需要一系列的制度结构与其相适应。袁庆明认为,技术创新制度结构的核心功能是解决技术创新的激励问题。而金融创新和金融制度安排则可以大大减少技术创新的不确定性和交易成本,形成有利于技术创新的激励。随着社会经济的发展,金融制度安排对技术创新的影响越来越大,金融体系已经成为影响技术创新发展的重要制度安排之一,技术金融一体化发展趋势日益明显。因而,充分利用金融系统,实现高新技术这一"第一生产力"与资本这一经济发展的"第一推动力"的有效对接,是促进高新技术产业规模化发展的重要条件。金融支持体系在促进技术创新方面具有以下几个功能。

1. 融通资金,解决技术创新资金瓶颈问题

在高新技术产业发展实践中,资金瓶颈问题是制约技术创新顺利进行的重要障碍。而金融体系的基本功能,就是为具有良好经济前景的项目等融资,通过商业银行等金融中介,降低交易成本和信息成本,金融体系能够为技术创新各个阶段的顺利进行提供资金支持。

2. 进行资源配置,让资金流向发展前景好的技术创新项目

金融具有分配社会资源的功能,资源的配置首先表现为资金的配置,资金的配置是通过金融市场完成的。金融安排通过选择更富生产性的投资项目,有助于改进储蓄在投资间分配的效率。金融系统的存在,使得有许多潜在投资者对技术创新所有权或债权进行分析与竞争,从而使技术创新相关资源的配置达到最优化。

3. 在技术市场中发现技术价格

技术市场中的技术价格不是规定出来的或创造出来的,以风险投资基金为例,是通过风险基金专业人员,在对技术的先进性、成熟性和市场性等进行充分考察、分析、判断后,通过与技术创新主体进行沟通、谈判而发现的。这种价格通过金融系统的其他组成部分向外界相关各经济主体传递,从而使这一技术价格成为一种现实价格。

4. 分散和管理技术创新过程中的风险

技术创新活动具有较强的复杂性和很大的不确定性,蕴含着多种类型的风险。在技术创新过程中,创新主体(企业、科研单位等)往往难以独自承担全部风险,为了降低技术创新风险,保证技术创新成功,必须采取措施分散和转移技术创新风险,实现技术创新风险在不同主体之间的合理配置。而金融系统一个重要作用就是配置经济风险。金融安排不仅可降低、分散技术创新风险,而且可为技术创新的风险买卖、风险分享等提供各种金融工具,促进技术创新的顺利发展。

5. 为技术创新投资者提供流动性

技术创新项目往往需要持续的资金投入,通常是一种长期性的资金需求。而出于对未来资产转换成本的担忧,资金提供者更倾向持有短期资金。可通过相应的金融安排,增强市场的流动性,满足技术创新的长期资金需求。

(二)河南面临着创新资金不足的问题

企业自主创新能力不足,原因是多方面的。一是研究开发经费严重不足;二是研究开发机构不健全;三是企业自主创新缺少优惠政策、创新的社会环境和舆论氛围的支持。在这几个原因当中,尤以第一个原因最为关键。事实上,研发经费投入不足正成为企业自主创新乏力的瓶颈。河南省的技术创新活动,也同样面临着创新投入不足的问题。

河南省 2005 年至 2008 年的科技活动经费支出总额分别为 132.91 亿元、188.87 亿元、233.88 亿元和 264.62 亿元,在当年 GDP 中的占比分别为 1.26%、1.53%、1.56% 和 1.44%,见图 5-6。河南省科技活动经费支出总额在 GDP 中所占的比重均低于浙江省和上海市同期数值。创新型国家一般具有较强的自主创新能力和产出能力。目前,世界上公认的创新型国家(地区)有 20 个左右,包括美国、日本、芬兰、韩国等,这些国家(地区)显示出很强的国际竞争力。从创新投入来看,这些"创新型国家"研发投入占 GDP 的比例一般在 4% 以上。而目前河南的科研投入,离这个水平还有较大差距。

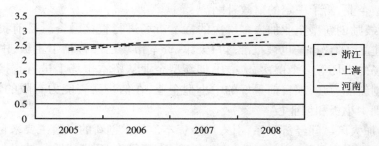

图5-6　近年浙江、上海和河南科技研究与试验发展经费支出占 GDP 比率

（三）通过多元化金融支持体系来解决河南省创新投入不足

目前,包括河南省在内,我国各省市技术创新资金主要来源是政府资金、财政科技拨款和银行科技开发贷款。在美国则来源于个人、大企业、传统金融机构、养老金、国外投资者、保险公司、各种基金和政府投资等多种渠道。相比之下,目前我国技术创新金融支持系统存在以下结构性缺陷:首先,缺乏一个活跃的私人资本市场,主板市场支持企业技术创新的功能弱化;其次,缺乏金融中介机构,这种机构大致上分为中小商业银行、合作性机构和非银行金融机构三类;再次,缺乏为中小企业服务的产权市场;最后,缺乏适当的融资工具。河南省要解决创新投入不足的问题,应该从以下几个方面着手。

1. 建立多层次的融资机制,包括财政性融资机制、金融性融资机制和补充性融资机制

在技术创新财政性融资机制上,政府应该采取行之有效的措施,筹集财政性资金用于企业开展自主创新,建立健全自主创新的财政性融资机制。技术创新金融性融资机制是指间接融资与直接融资相结合的融资机制。金融性融资是科技型中小企业融资的主渠道,在自主创新过程中具有不可替代的作用。技术创新补充性融资机制是指除了单纯的财政性融资机制和金融性融资机制之外,建立的其他补充性融资机制,包括政策性金融、商业信用融资、国际融资、创业投资等。

2. 采取多种有力措施,促进区域内技术创新投入

首先,构建企业创新主体地位,激励企业进行自主创新。企业作为技术创新主体,主要体现在企业要成为技术创新投资的主体、研究开发的主体和技术创新利益分配的主体。可见,产权明晰是企业作为技术创新主体的必然要求。企业的市场价值取向,决定了其进行自主创新的强大内在动力,同时还能做到既关注创新技术的先进性,又考虑其可行性和经济性;既清楚产品开发和大规模生产的技术难点,又能把握产品的市场需求并严格控制成本。因此,只有当企业发挥自主创新的主体作用,成为自主创新的投资者和实施者时,自主创新才最有可能形成有市场竞争力的产业和产品。

其次,加大技术创新的财政支持力度。在健全技术创新基金体系方面,河南省财政要切实加大投入,尽快建立地方性的技术创新基金,对技术创新能力强、应用前景

好的创新型企业,给予一定的财政补贴。

再次,鼓励创新型企业加入多层次的资本市场进行直接融资。目前我国创业板市场已经建立,OTC市场也被批准落户天津,资本市场已经包括了主板、中小板和创业板以及场外市场等多个层次,应鼓励创新型企业从资本市场上进行直接融资。尤其是那些创新能力强,项目前景好的中小型企业,在信贷融资能力有限的情况下,应积极参与到中小板和创业板。

最后,加大区域间经济联系,引入风险资本。技术创新的风险主要来自于六个方面:技术风险、市场风险、资金风险、组织风险、决策风险、环境风险。技术创新高风险的特性决定了其发展不可能完全靠正常的银行贷款来支持,必须引入风险投资机制。美国和以色列等国家通过建立起比较完善的风险投资机制,能组织起各类民间资本,这对中小型高新技术企业的发展能起到巨大的促进作用。风险投资在中国起步较晚,但近年来发展迅速。据凤凰网资讯,2009年已完成募集的136家机构/基金募集的风险资本额为963.29亿元,平均每家机构/基金募集的风险资本规模达7.08亿元,是2008年的1.33倍。这些风险投资基金是私募股权基金中的一种,而在国内私募股权基金又习惯性地称为产业投资基金。随着创业板的定位越来越清晰,各风险投资机构/基金将会调整投资方向,随着创业板的"指挥棒"舞动,会向"两高六新"(所谓"两高六新"即成长性高、科技含量高;新经济、新服务、新农业、新材料、新能源和新商业模式)领域转移,关注重点将倾向于"两高六新"领域的企业。

河南省技术创新能力的提升,一方面要加强本地政府和企业的资金投入,另一方面要借助区域外资金,包括上市融资和引入风险投资等。现今,区域间各经济体间的联系越来越密切,既有知识人才的相互流动,也有资金的相互流动。在黄河—滨海区域内,天津市原本金融产业基础比较雄厚,又有国家政策对滨海新区的大力扶持,金融产业呈现出比较良好的发展势头。河南省在自身技术创新资金缺口较大的情况下,应探索利用滨海新区金融产业条件,吸收更多的金融资金,促进本省的技术创新,从而带动经济的发展。

四、滨海新区金融产业发展的主基调——创新

(一)滨海新区金融创新的政策优势

2006年,国务院颁发了《国务院关于推进天津滨海新区开发开放有关问题的意见》(国发〔2006〕20号),2008年国务院颁发《关于天津滨海新区综合配套改革试验总体方案的批复》,这两个文件的颁发,正式批准天津滨海新区成为全国综合配套改革试验区,先行试验一些重大改革开放措施。金融改革被认为是此次综合配套改革试验的亮点之一。滨海新区将设立全国性非上市公众公司股权交易市场(OTC),作为多层次资本市场和场外交易的重要组成部分,逐步探索产业基金、创业投资基金等产品上柜交易。滨海新区还将开展金融业综合经营试点,允许有条件的金融企业,经批准在天津进行综合经营试点,创新金融产品,整合天津市现有各类地方金融企业的

股权,设立金融控股公司,控股参股银行、保险、证券等各类金融企业。

滨海新区综合配套改革环境下有以下四个突破方向:拓宽直接融资渠道;开展金融机构的综合经营;创新和完善金融机构体系;外汇管理改革。

为了支持滨海新区综合配套改革试验区的发展出台的政策还有:2006 年,国家外汇管理局批复滨海新区进行 7 方面外汇管理制度改革,这 7 项政策具体包括以下几个方面:允许天津滨海新区金融机构开展离岸金融业务;对天津滨海新区作为特殊经济区的外汇政策的整合;在天津滨海新区取消进出口核销制度;在该区实施意愿结售汇;在该区的跨国公司资金集中管理;在技术方面,为该区金融机构建设统一的外汇交易平台系统;为该区境内资金直接投资境外提供方便等。2007 年 11 月 14 日保监会发布了《关于加快天津滨海新区保险改革试验区创新发展的意见》,将天津滨海新区确定为全国保险改革的试验区,在保险企业、保险业务、保险市场、保险开放等方面的重大改革措施,原则上均可以安排在试验区先行先试,以推动试验区的建设和发展。

从这些已经出台的政策可见,天津滨海新区综合配套改革试验区的确立,为这个地区的金融业务发展提供了许多机会,但是改革的重点并不是简单地将原有的业务进行复制,而是鼓励金融机构进行金融创新和开展综合经营。

(二)天津市具有良好的金融创新产业基础

1. 整体金融产业基础雄厚

20 世纪初,本土和外资金融机构的云集,曾铸造了天津作为"中国北方金融中心"的辉煌。近些年随着经济的快速发展,天津的金融业又开始变得活跃起来,国家也对天津发展金融产业给予了大力支持。2006 年 6 月,天津滨海新区被批准为我国的金融改革试点区,允许金融业务先行先试。同时,在《天津滨海新区综合配套改革试验总体方案》中,也对滨海新区的金融业发展提出了要求,即推进金融改革创新,创建与社会主义市场经济体制相适应的现代金融服务体系。

经过多年的发展,天津的金融产业也具备了比较扎实的基础。2008 年,天津市的金融机构共有 3 235 个,其中银行类金融机构 2 218 个,非银行类金融机构 1 017 个。国有独资商业银行的机构数量 2002 年为 1 361 个,2008 年下降到 1 286 个,但是股份制商业银行、天津城市商业银行、渤海银行和中德储蓄银行的机构数增加了不少。外资银行机构的数量有一定增加,2005 年是 14 个,2008 年增加到 19 个。非银行类金融机构中,保险公司的机构数量变化较大,2002 年保险机构数量为 311 个,2008 年为 491 个,保险机构数增长较多。

近些年,天津的金融业务呈现出稳步增长的态势。对于商业银行而言,一个地区存贷款余额是商业银行业务规模的主要指标。天津市 2002 年中资金融机构存款余额为 3 018.26 亿元,贷款余额为 2 519.04 亿元,2008 年存款余额增加到 9 490.11 亿元,贷款余额增加到 7 277.46 亿元,7 年间存贷款余额增加了近两倍(如图 5-7 所示)。

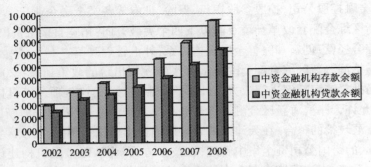

图 5-7　2002—2008 年中资金融机构人民币存贷款余额

而一个地区保费收入增长情况则是反映保险业发展情况的主要指标。2002 年天津全市保费收入为 64.97 亿元,2008 年增加到 175.62 亿元,年均增长约 18.5%,见图 5-8。

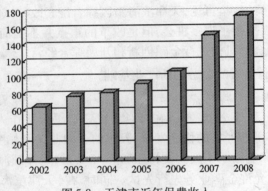

图 5-8　天津市近年保费收入

从以上分析可以看出,最近几年天津的金融业发展还是比较迅速的,天津的金融产业已经具备了较好的基础。

2. 创业投资发展壮大

滨海新区综合配套改革实验区和研发转化基地的定位,极大地促进了天津市创业投资事业的发展。2006 年 9 月 11 日,我国第一支天使投资基金——天津滨海天使创业投资基金在天津滨海新区核心区域天津经济技术开发区注册成立,股东为天津创业投资有限公司和天津泰达科技风险投资股份有限公司,规模为 1 亿元人民币,首期注册资本为 5 000 万元人民币,将重点投资于生物医药、新材料、精细化工、新能源、IT 等领域成长性好的初创期及成长前期企业,同时积极对有上市意愿的成长期企业进行投资,推动天津市优质企业私募、上市等资本运作,做大做强。2006 年 12 月 30 日,我国第一支人民币产业基金——渤海产业投资基金正式在津成立,渤海产业投资基金总规模为 200 亿元人民币,首期基金规模为 60 亿元人民币。2007 年 12

月8日,天津滨海新区创业风险投资引导基金有限公司正式成立,由天津滨海新区管委会与国家开发银行共同设立,公司初期注册资本20亿元,分期注入,双方各出资10亿元人民币,经营期限15年,是目前国内规模最大的政府创业风险投资引导基金。引导基金将重点吸引国内外投资业绩突出、基金募集能力强、管理经验成熟、网络资源丰富的品牌创业投资机构进入滨海新区;重点扶植滨海新区电子信息、生物医药、新材料、新能源等高新技术产业;力争在滨海新区建立各类创业投资基金十家以上,基金规模达到一百亿元以上,带动直接投资500亿元,并实现部分高科技企业在境内外上市。

据天津市创业投资协会统计,截至目前,全市创业投资机构94家,注册资本金84亿元,投资范围涉及信息技术、生物技术、新能源、新材料、软件开发、电子通信及医药等多个领域。

(三)滨海新区通过金融创新促进企业技术创新融资

国务院批准天津滨海新区为全国综合配套改革试验区,并允许在金融企业、金融业务、金融市场和金融开放等方面进行先行先试。金融创新是金融业改革发展的动力,不断推出新的金融产品和金融工具是金融创新的关键,也是当今世界金融发展的潮流。

如同技术创新一样,金融机构和金融企业是金融创新的主体,金融创新的深度和广度依赖于众多金融机构、金融企业的参与。随着天津滨海新区金融"先行先试"优惠政策的逐步实施,近年来天津市政府和在津金融管理部门共同推动,加大了引资和金融组织机构创新力度,滨海新区银行和非银行机构不断增多,业务门类逐渐齐全和完善,金融产品创新的主体也随之不断扩大。一方面是吸引区域外的金融机构和金融企业入驻滨海新区。目前,汇丰、朝兴、日本瑞穗实业银行均已在滨海新区开设分支机构;中国农业银行将设立客户服务中心;中国建设银行有意向设立客户服务中心和数据备份中心;浦发银行有意向设立外汇结算中心和离岸业务中心;英国渣打银行计划在滨海新区投资设立渣打银行在中国唯一的营运中心;在津的股份制银行均在滨海新区设立分支机构。另一方面是在本土创建新的金融机构或金融企业,如渤海产业投资基金、天津港财务有限公司和滨海天使创业投资基金等。

尤其引人注目的是,近些年在产业基金(或称私募股权基金)在天津取得了很大发展,从2005年12月国务院批准在天津滨海新区先行开展产业投资基金开始,渤海产业投资基金、滨海新区创业风险投资引导基金等相继成立,鼎晖投资、弘毅投资、华侨产业投资基金和富兰克林基金等国内外著名私募股权投资基金也纷纷在滨海新区注册。天津已经成为国内私募股权投资基金最为集中的城市。

作为一种新型的投融资方式,私募股权投资基金不仅能够为企业提供资金支持,更有能力依靠专家理财和咨询的优势,改善公司治理结构和管理水平,尤其在创新型中小企业的组织结构、业务方向、财务管理、领导班子建设等方面提供智力支持。私募股权基金投资那些认为有投资价值的非上市公司,尤其是那些市场潜力大的中小创新型企业。天津能吸引众多私募股权基金落户,很大的一个优势是OTC市场的获批。OTC市场的建立,将为私募股权投资基金的项目退出提供一条非常重要的渠道。对于私募股权性质的风险投资基金来说更是如此,选择适当的退出方式是风险投资的重要过程。风险投资的退出方式包括上市、并购、回购及股权转让等。而在国内,交易所公司上市的要求非常严格,并且数量有限,因此私募股权基金在国内退出渠道受到了非常大的限制。这不仅阻碍了私募股权基金的发展,同时还影响了中小企业的融资。而OTC市场可以为私募股权投资基金提供一个新的退出机制,成为未来私募股权投资基金发展的积极因素。

风险投资基金作为私募股权投资基金中的一种,专注于对中小型高新技术企业的投资,对高科技中小型企业的成长有着巨大的推动作用。美国和以色列等发达国家的技术进步经验表明,大力发展风险投资,能为那些高风险、高成长性的中小型企业提供融资和管理咨询,是促进国家创新能力的重要一环。据新华社天津2010年8月1日电,为健全金融办事链,增进科学技术企业迅速成长,天津将大力成长创业风险投资基金和安琪儿投资基金。天津科委表示,天津科学技术金融改革创新重点是,以企业、金融、中介和政府为主线,成立健全企业价值链、金融办事链、中介办事链和政府办事链,同时申办科学技术银行,成长科学技术与金融紧密联合、与科学技术自主创新相顺应的现代科学技术金融办事体系。

与私募股权投资基金的发展同时进行的是大量中小企业在筹集到资金后的快速成长。私募股权投资基金的兴起,也为众多创新型企业注入了大量发展资金,满足了创新型企业的资金需求,促进了企业的成长,将创造一个个诸如微软、苹果等高科技神话。

而创新型企业的成长和当代金融市场的发展也是相辅相成的,成长起来的创新型企业,进入到金融市场完成产权交易,夯实了金融市场基础,提升了金融市场活跃度。同时,风险投资基金等私募股权资金,通过对创新项目或企业股权进行转让,实现了高风险投资项目的高收益,取得了较高的投资溢价,壮大了投资基金,从而又有助于进行后一轮的投资。

五、创新驱动的津豫融创互促发展

河南的自然资源和经济现状决定了河南省应该转变经济发展方式,将过去的依赖投资驱动,转变为创新驱动。企业是重要的创新主体,而资金是实现企业创新的重要条件,河南省企业要提升创新能力,就会对创新资金有大量的需求。天津滨海新区金融产业由于政策因素和良好的产业基础,最近几年获得了很大发展,有可能通过产业投资基金等为河南的中小型企业技术创新提供创新资金,从而促进这些企业的成长。投资的项目或者企业成长后,又通过加入到滨海新区的包括OTC在内的金融市场,从而又促进了天津滨海新区金融产业的发展,这又进一步提升了天津金融企业和金融机构的融投资能力,能够加大对创新型企业的投资,这是一个滚动发展的过程。

这个金融和创新互相促进的机理可以用图 5-9 简单地表示。

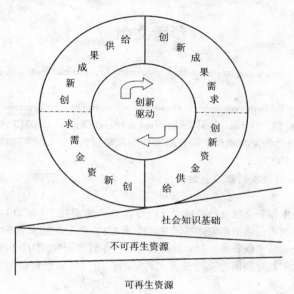

图 5-9　基于创新驱动的融创互促发展

该图可以这样理解：

（1）现代经济中,不可再生资源正在逐渐消减,经济发展更多地依赖社会知识基础。创新的实质是知识的创造,不断的创新为经济的发展提供了内在的驱动力。

（2）创新型企业对创新资金有巨大的需求,创新资金的需求需要通过金融支持体系来实现,金融支持体系通过融资和投资等活动,进行一系列的金融创新,为创新企业提供创新资金。

（3）创新企业获得创新资金后,开展创新活动,创新项目或整个企业发展成熟,这些创新成果可能被放到金融市场上进行交易。

（4）金融市场的发展也需要创新项目或创新企业参与到市场中来,通过对产权的交易,创新企业的投资者实现了投资回报,获得了投资收益。

（5）通过金融企业的金融创新和工业企业的技术创新的相互促进,驱动区域经济的和谐发展。

河南的创业企业和天津的创业投资机构之间通过相互合作,一方面能为河南技术创新提供创新资金,提升河南省的技术创新能力;另一方面也能为天津的金融机构带来投资收益,深化天津金融产业发展。目前,天津市创业投资范围涉及信息技术、生物技术、新能源、新材料、软件开发、电子通信及医药等多个领域。可见,虽然就某个创业投资机构而言,会选择其所熟悉和擅长的领域进行投资,但由于天津市创业投资机构数量较多,因此能投资的行业领域也比较宽泛。合作要取得成功,还需要双方搭建沟通平台,让需要项目的一方和需要资金的一方进行接触了解,实现项目与资金的对接。

参考文献

［1］ PORTER M E. The competitive advantage of nations［J］. Harvard Business Review, 1990(3-4):
74-90.

［2］ NIETO M. From R&D management to knowledge management：An overview of studies of innova-
tion management［J］. Technological Forecasting & Social Change, 2003(7):135-161.

［3］ 傅强,邹晓峰. 发达国家技术创新的金融支持与风险投资——制度框架比较［J］. 科技管理
研究,2006(1):10-13.

［4］ 韦秀源,王凯. 构建技术创新的金融支持体系［J］. 河南金融管理干部学院学报,2007(4):
122-125.

［5］ 林德发. 我国技术创新金融支持的现状分析［J］. 生产力研究,2009(21):9-10.

［6］ 徐晟. 国有企业技术创新的融资体系研究［D］. 合肥:合肥工业大学,2003.

［7］ 李增福. 中小企业技术创新的金融支持研究［J］. 科学管理研究,2007(6):73-76.

［8］ 苏武俊. 论技术创新对我国经济增长方式转变的作用［J］. 财经理论与实践,2001(3):102-
103.

［9］ 袁庆明. 论技术创新制度结构的核心功能及其实现机制［J］. 财经理论与实践,2001(6):94.

［10］ 李建伟. 技术金融一体化趋势及其相关启示［J］. 创投期刊,2002(10).

第六章　山西省篇

第一节　山西省概况

一、自然地理

山西因居太行山之西而得名。春秋时期,大部分地区为晋国所有,所以简称"晋"。战国初期,韩、赵、魏三家分晋,因而又称"三晋"。全省总人口 3 300 万,辖 11 个地级市,119 个县市区。地处华北西部的黄土高原东翼。地理坐标为北纬 34°34′ 至 40°43′,东经 110°14′ 至 114°33′。东西宽约 290 千米,南北长约 550 千米,全省总面积 15.6 万平方千米,约占全国总面积的 1.6%。境界轮廓略呈东北斜向西南的平行四边形。东有巍巍太行山作天然屏障,与河北省为邻;西、南以滔滔黄河为堑,与陕西省、河南省相望;北跨绵绵内长城,与内蒙古自治区毗连。

山西地形较为复杂,境内有山地、丘陵、高原、盆地、台地等多种地貌类型。山区、丘陵占总面积的 2/3 以上,大部分在海拔 1 000～2 000 米之间。最高点为五台山的北台叶斗峰,海拔 3 058 米,最低点在垣曲县境内西阳河入黄河处,海拔仅 180 米。

山西东界太行山,西有吕梁山,北亘北岳恒山、五台山,南耸中条山,中立太岳山。主要河流有汾河、海河两大水系。境内有大小河流 1 000 多条,其中流域面积大于 100 平方千米、河长在 150 千米以上的有 240 条,大于 4 000 平方千米、河长在 150 千米以上的有汾河、沁河、涑水河、三川河、昕水河、桑干河、滹沱河、漳河等。汾河最长,全长 659 千米。被称为中华民族文化摇篮的黄河,北自偏关县老牛湾入境,飞流直下,一泻千里,抵芮城县风陵渡而东折,南至垣曲县碾盘沟出境,途经 19 县 560 个村庄,流程 965 千米。

山西地形多样,高低悬殊,因而既有纬度地带性气候,又有明显的垂直变化。山西地处中纬度,距海不远,但因山脉阻隔,夏季风影响不大,属温带大陆性季风气候。年平均气温 3～14℃,昼夜温差大,南北温差也大。西部黄河谷地、太原盆地和晋东南的大部分地区,平均温度在 8～10℃ 之间。临汾、运城盆地年均温度达 12～14℃。冬季气温全省均在 0℃ 以下,夏季全省普遍高温,7 月份气温介于 21～26℃ 之间。山西无霜期南长北短,平川长山地短,大同盆地为 110～140 天,五台山仅 85 天,忻州盆地以北和东部山区 135～155 天,临汾、运城盆地则长达 200～220 天。全省年降水量在 400～650 毫米,但季节分布不均匀,夏季 6～8 月降水高度集中且多暴雨,降水量占全年的 60% 以上。全省降水受地形影响很大,山区较多,盆地较少。山西有三个多雨区,一是晋东南太行山区和中条山区,二是五台山区,三是吕梁山区。

山西以煤炭为主的矿藏资源得天独厚,分布在全省90多个县(市、区)内。在各种资源中探明储量居全国第一位的有煤、煤层气、铝土矿、金属镁等7种,储量居全国前十位的有34种。煤炭的探明储量达2 600亿吨,占全国总储量的1/3,而且品种齐全,品质优良。其中:炼焦用煤占全国57%,无烟煤占全国43%。煤层气储量丰富,已经探明的储藏量有10万亿立方米以上,占全国已探明储藏量的1/3多。特别是优质焦煤资源储量丰富、品种齐全、煤质优良,而且开采条件好、地理位置优越、交通运输方便。

二、历史文化

山西是中华民族发祥地之一,历史悠久,人文荟萃,拥有丰厚的历史文化遗产,被誉为"华夏文明摇篮"。"女娲补天"的传说就发生在山西。迄今为止有文字记载的历史达3 000年之久,素有"中国古代文化博物馆"之美称。西河度文化和丁村文化遗址表明,早在旧石器时代就已经有了人类在这里繁衍生息。传说中的中华民族的始祖黄帝、炎帝都曾把山西作为活动的主要地区。中国史前三大伟人尧、舜、禹,都曾在山西境内建都立业。中国历史上第一个奴隶制国家政权夏朝也建立在山西南部。商代,山西是商的主要统治区。周代,晋国由山西境内崛兴,晋文公曾为春秋五霸之一。南北朝时期,山西是北朝统治的中心地带,而且北魏曾以平城(今大同)为都,之后的东魏、北齐也曾以晋阳(今太原)为"别都"、"陪都",这对促进山西的发展起了积极的作用。唐太宗李世民起兵太原,建立了大唐王朝,由此,山西被唐太宗认为是"龙兴"之地,一直把山西作为唐帝国的腹脏地区,封太原为唐王朝的"北都"、"北京"。宋辽时期,山西进一步繁荣,是中国北方经济、文化的主要发达地区。元代,大同、平阳(今临汾)、太原三城则成为黄河流域的著名都会。当时山西商业的发达、经济的繁荣、文化的昌明,曾受到当时来中国旅行的意大利伟大旅行家马可·波罗的盛赞。明代,山西的商业迅猛发展,曾领全国之先。特别是晋商十分活跃,威震海内外,其足迹东出日本,北抵沙俄。最著名的山西票号,可谓中国金融之鼻祖。

中国进入半殖民地半封建社会以后,山西的经济、文化发展受到严重破坏。但是,山西人民英勇地抗击了外敌的侵略。特别是抗日战争和解放战争期间,山西人民进行了更加顽强的斗争,在三晋大地上谱写了无数可歌可泣的英雄故事,百团大战、平型关大捷、上党战役永垂青史。1949年4月,全省解放。9月,成立了山西省人民政府。几十年来,山西人民为全国的社会主义建设事业作出为重大贡献。

黄河流经山西,孕育了无数英雄豪杰、仁人志士。在中国的各个历史时期,山西曾涌现出许多政治家、军事家、科学家、文学家、历史学家。最著名的有春秋时期的霸主之一晋文公重耳,有中国唯一的女皇帝、唐代杰出的政治家武则天,有中国的"武圣"、三国时期名将关羽,有唐朝名相狄人杰、裴度,有抗击匈奴而名垂青史的汉朝名将卫青、霍去病,有中国第一部编年体通史《资治通鉴》的作者、宋代著名史学家司马光,有创立"制图六体"的西晋地图学家裴秀,有中国古代四大名著之一《三国演义》的作者罗贯中,有唐代著名诗人王勃、王之涣、王维、王昌龄、白居易,唐代著名的文学家、哲学家、政治改革家柳宗元,有金朝文学家、诗人元好问,有元曲四大家中的三位著名戏曲家关汉卿、白朴、郑光祖,有明末清初的思想家、文学家、医学家、书画家傅山,清末维新派扬泽秀以及戊戌六君子谭嗣同、刘光第等。可以说,山西是人杰地灵,代不乏人。而其中晋商的足迹更是踏遍华夏、享誉全球。

山西是厚重的黄河文化的主要代表之一。古人类文化遗址、帝都古城、宝刹禅院、石窟碑碣、雕塑壁画、古塔古墓、佛道圣地、险堡关隘以及革命文物、史迹等,从北到南、珠串全省,构成了山西古今兼备,丰富多彩的人文景观。目前,全国保存完好的宋、金以前的地面古建筑物 70% 以上在全省境内,具有珍贵价值的国家级重点保护文物就有 119 多处。如佛教圣地五台山、应县木塔、云冈石窟、永乐宫壁画、运城关帝庙、永济普救寺、洪洞广胜寺等在国内外都很著名。山西民歌、民谣舞蹈、民间传说、民间工艺等具有独特的魅力。

三、经济发展

(一)历史发展

山西是中国的能源大省。以煤炭为基础的能源工业在我国的经济建设史上具有重要的历史地位。我们以新中国成立后六十年的经济发展过程为背景,对山西以煤炭能源开发为基础的经济发展模式和道路作些简单思考。

共和国成立到 1956 年社会主义改造完成,我们确立了以统筹计划为核心机制的计划经济体制。而山西在国家经济建设中,因其能源资源(在当时的年代,煤炭作为能源的重要性,远比石油重要得多)优势而被定位为能源基地的角色。从"一五"计划到改革开放后的"八五"计划,山西作为能源大省,其工业建设和经济建设的核心思想都是围绕煤炭资源开采加工和相应的工业产业,并以此为基础,形成了焦化、电力、化工、矿山机械等为绝对基础的经济发展模式。以此,山西"能源供应基地"的经济地位和角色得以确立和巩固。

在计划经济时代,山西作为一个能源供应基地,一切经济建设均紧紧围绕"能源供应"这个核心进行。其他行业的发展几乎不被重视和侧重,即使有所发展,也是更多为了这个"经济核心"进行。而煤炭资源的开发又是典型的国家集权体制:国家根据经济建设需要,制定工业计划,确定煤炭需求,并通过政企完全合一的国有企业以完全服从国家计划安排的方式进行,产品完全由国家计划调配。不可否认,新中国成立后到改革开放初期,高度计划、统一管理的经济体制的确保证了共和国的经济建设能源需求,保证了国家社会主义工业体系的建设和发展,也是在当时国际国内社会政治经济条件下建立社会主义工业体系的一种必然选择。

改革开放后,虽然市场经济得以初步建立,各国营国有地方企业经营自主权也随国有企业的改革重组得到保障,地方政府发展地方经济的自主权也得到扩大。但长期的能源基地建设,已经使山西经济发展的重工业化得以形成并成为山西经济发展过程中的重要考虑因素。以煤炭工业为基础的重工业规模优势形成后,在 GDP 绩效目标的追求下,大、快、多地上项目(煤炭工业项目为主)就成为地方政府发展经济,完成政绩目标的驱动力和选择。以至于,从改革开放到 90 年代中期,煤炭开采、化工、焦化、热电、钢铁、机械、装备制造等成为山西经济发展运行的支柱和基础。相对改革开放前,只是在发展模式上有所变化。从国有企业一支独大,到民营私营和地方政府所有的企业大范围渗透(注:外资企业几乎没有或者很少)。而伴随着改革开放后国内国际市场的能源供应紧张与供应过剩的起伏变化,山西经济也与之相应,经历了几次起伏的高潮和危机时期:能源供应一旦紧张,山西经济形势就一片大好,反之,则相反。山西能源的开发利用确实促进了山西经济的繁荣。但同时,由于能源自身的有限性和不可再生性以及开发利用中的不合理性,使得山西省能源的高附加值得不到有效发挥,行业间无序竞争,经济效益难以显现,造成资源的极大浪费,污染了环境,破坏了生态平衡,阻碍了山西经济的持续、稳定、健康发展。进入到新世纪后,面对全球性的金融危机,山西的经济遭遇到前所未有的负增长,进行经济转型和结构调整、走绿色环保的可持续发展之路已迫在眉睫。

(二)发展现状

山西的转型之路始于 2006 年,经过几年的艰苦努力,山西经济发展的环境仍较为复杂,经济运行中仍面临不少矛盾和困难,仍需着力推进经济结构调整和发展方式转变,保持经济平稳较快发展。其经济发展主要表现为以下特征。

1. 经济规模继续扩大

2009 年山西经济在抵御危机中实现了较快增长。从总量上看,全年实现 GDP 7 365.74 亿元,三次产业分别完成增加值为 477.60 亿元、4 021.19亿元和 2 866.95 亿元;从速度上看,全年 GDP 增长 5.5%,三次产业分别增长 4.2%、2.3%和 10.3%,其中第三产业快于全国平均水平(8.9%)1.4 个百分点;从产业结构看,三次产业结构比为 6.5:54.6:38.9,其中第三产业比重比 2008 年的 37.7%上升 1.2 个百分点。产业结构调整以初见成效。

2. 走出危机的"V"形反转

2009 年山西经济走出了一条顽强的上行曲线。从 2008 年四季度开始,山西经济发展放慢了速度。受金融危机的冲击和影响,2009 年一季度,山西经济继续承接下行走势,出现了深度探底,GDP 增长 -8.1%,这是全国唯一、也是山西有季度核算以来唯一的负增长;2009 年上半年,随着投资的强力拉动和一系列产业振兴规划政策的陆续出台,山西经济开始回暖、触底回升,年中经济增速为 -4.4%;前三季度经济继续企稳回升,GDP 增速为 0.5%,不仅扭转了连续两个季度负增长的局面,且经济回升幅度高居全国第一位,分别比上半年、一季度回升 4.9 和 8.6 个百分点;年末山西经济最终数据为 5.5%,这是山西连续七年实现两位数增长之后的暂时"回潮",更是在年初深度"探底"之后的"反转"。

3. 人均 GDP 稳步增长,实现 3 154 美元

2009 年山西实现人均 GDP 21 544 元,按国家统计局核定的平均汇率计算,人均 GDP 为 3 154 美元,比上年增长 5.0%。新世纪以来,伴随着一轮经济的快速增长,山西人均 GDP 经历了一个较快向上攀升的过程,与全国平均水平的差距进一步缩小,近年来一直名列中部六省首位。面对 2009 年艰难复杂的发展局面,山西人均 GDP 依然保持稳健增长。依照国际经验,人均 GDP 超过 3 000 美元,将是经济生活发生较大转变的"分水岭",将推动产业结构升级和消费结构多元化的步伐,这些变化将给山西未来发展带来较大影响。

4. 服务业比重进一步上升,对国民经济贡献增强

面对 2009 年国际金融危机和国内市场变化带来的不利影响,山西结合其产业特点,出台了一系列措施应对危机,取得了明显成效。作为新兴支柱产业的旅游业,在"十大举措拉动旅游消费"、"扩大旅游消费春季、秋季行动方案"等政策的大力扶持下,旅游业经受了金融危机的考验,成为山西经济发展的最大亮点。2009 年全省旅游业总收入同比增长 20.7%,其中晋中市国内旅游收入增长 37%,位列各市之首。同时高度重视文化产业的发展,提出要像重视煤炭资源一样重视文化资源,像重视煤炭产业一样重视文化产业,把文化产业作为经济发展新的支柱产业,纳入全省经济发展的总体布局中。通过转企改制,激发了文化产业发展壮大的内在动力,打造出一批文化精品,彰显出文化产业应对危机的战略价值。另外,金融业、批发和零售业、住宿和餐饮业、非营利性服务业等行业增加值增速均在 10% 以上。在这些行业的增长和带动下,服务业继续保持较快发展,对国民经济的贡献进一步增强,第三产业对 GDP 的贡献率超过 70%,创近年来新高。在二产回落的背景下,服务业保持稳定较快增长,成为经济增长的领头羊。这得益于山西将转型发展视为实现科学发展的关键,从政策层面出台和完善了一系列引导、鼓励、支持的办法和措施,为山西服务业发展迎来了新的机遇。第三产业的快速发展,不仅在一定程度上弥补了工业增速下降的不利影响,而且对优化产业结构和整体经济结构都具有重要意义。

5. 主要经济指标波幅巨大,构成山西经济的特殊现象

2009 年山西主要经济指标都经历了"过山车"式的体验:工业增加值增长速度从 2008 年 10 月开始由正转负,至 2009 年 5 月,在经历了长达连续 8 个月负增长之后,年末实现 40.5% 的快速反转,比年初加快近 65 个百分点,从年初全国倒数第一跃升至年末全国首位;主要工业产品产量由年初的负增长转至年末的高速增长,其中原煤、机制焦炭等分别加快了 46.9 和 105.9 个百分点;工业用电量由 2009 年 1 月份下降 18.2% 至 12 月增长 21.4%,增长 39.6 个百分点。与 2009 年初工厂歇业、公路车辆稀少形成鲜明对照的是,年末晋煤兼并重组整合取得重大阶段性成果,煤炭企业复产步伐提档加速,工业生产创出了月度历史最好水平,全省工业用电量及增速均重返历史最高运行区间;铁路货运量由 1 月份下降 20.3% 至 12 月份实现 45.8% 的高速增长,增长 66.1 个百分点;财政一般预算收入由 1 月份下降 0.4% 至 12 月份的

78.6%的高增长,增长79个百分点;反映房地产市场变化的商品房销售额实现由1~2月份下降0.9%到1~12月份的17.6%的增长。正是这些主要经济指标的巨幅变化构成了2009年山西经济出现多年少有的特殊现象。

6. 投资力量助推,提振了发展信心

2010年以来,山西省深刻分析和把握经济社会发展实际,把扩大投资作为扩内需、保增长的首要任务,按照"出手要快、出拳要重、措施要准、工作要实"的总体要求,加快推进项目建设,最大限度形成工程项目建设实物工作量,对推动全省经济发展发挥了重要作用。2009年全省全社会固定资产投资完成5 033.5亿元,同比增长38.5%,增幅比上年同期加快14.3个百分点,高于全国平均水平8.4个百分点。其中城镇投资完成4 599.9亿元,同比增长39.5%,增幅比上年同期加快15.8个百分点,高于全国平均水平9个百分点,占全社会投资总量的比重为91.4%。投资速度加快、规模扩大是近年来少有的。同时产业结构得到进一步优化,一、三产业投资明显加快,所占比重继续上升。在城镇固定资产投资中,一、三产业投资分别比上年同期增长120.3%和63.2%,三次产业投资比例关系由上年的2.0:53.7:44.3调整为3.2:44.7:52.1,其中第三产业投资上升了52.1个百分点。投资结构的变化直接影响和带动了全省第三产业的发展和对GDP的贡献。

7. 区域经济发展不平衡,加大了全省经济回升的难度

在经济发展的特殊时期,区域经济发展不平衡的特征则更为凸显,2009年一季度全省11个市有8个市GDP为负增长,且快慢相差20多个百分点,上半年仍有6个市经济处于下行通道,前三季度减少为3个市,从全年看,11个市尽管已经全部走出负增长的阴影,但最高与最低的差距依然超过10个百分点,规模以上工业最高(朔州18.0%)与最低(忻州-12.5%)相差超过30个百分点。在全省经济总体呈上升趋势的同时,区域间回升格局还不平衡。区域经济的不平衡发展增加了全省经济波动的风险和回升的难度,只有保持各地区经济的平稳运行、平衡发展,才能确保全省经济的持续平稳较快回升。

第二节　晋津经济合作

随着山西省经济的高速增长,其经济发展所面临的压力日益增大。在内部,进行经济发展结构调整、推进绿色生态经济已经势在必行;在外部,周边省份所带来的竞争压力与日俱增。天津以滨海新区为龙头,已经逐步成为我国北方对外开放的门户和北方国际金融中心,并且在经济转型、建设生态经济和宜居城市方面具有较大的优势和实践经验。因此,促进山西省与天津市经济交流合作将极大地促进山西省经济转型,提高经济增长率,增强山西省资源利用效率,对山西省的经济发展起到推动作用。

一、基于区位商的山西省产业结构分析

当前我们要想抓住产业转移与承接的新机遇,优化晋津两地的产业结构,促进经济合作,就必须全方位地分析研究晋津两地的产业结构,通过不同层次、不同角度的定量分析,具体阐述两地的产业现状特征,以发现两地优势产业在产业转移和承接上的结合点,积极促进两地的经济合作。

(一)总体分析

根据区位商计算公式和统计年鉴数据,我们计算得到 2000 年和 2008 年山西三次产业区位商。如下表所示:

表 6-1　山西省三次产业的区位商

	2000 年区位商	2008 年区位商
第一产业	0.71	0.86
第二产业	0.77	0.86
第三产业	1.69	1.65

资料来源:根据《中国统计年鉴》(2001)、《中国统计年鉴》(2009)、《山西省统计年鉴》(2001)和《山西省统计年鉴》(2009)相关数据整理。

从表 6-1 中的区位商计算结果可以看出:

1. 第一产业

从总体上看,山西省第一产业区位商历年均小于 1,低于全国平均水平,说明山西第一产业专业化程度不高,产品相对不足,不能满足市场需求,因而为相对弱势产业。从变动趋势看,山西第一产业区位商逐渐扩大,从 2000 年 0.71 的增长到 2008 年的 0.86,发展较为迅速,反映出山西省找准科学技术和生产实际的契合点发展现代农业,转变农业发展方式,由"吃饭农业"向富民产业转变,突出技术创新、集成创新和大面积示范引导的改革思路已见成效。

2. 第二产业

从总体上看,山西第二产业区位商历年均小于 1,说明山西省第二产业专业化程度较低,在全国水平之下,处于比较弱势的地位。同时也意味着山西省第二产业的产出不能满足本区域需求,还要从外部调入,才能满足市场需求。从变动趋势看,山西省第二产业区位商趋于增势,比较优势逐渐变大。说明山西省加速产业结构优化,采取措施进行经济转型,产业优势进一步增强。

3. 第三产业

从总体上看,山西第三产业区位商一直大于 1,说明山西第三产业专业化程度高于全国水平,具有比较优势,对国民经济贡献增强。第三产业的快速发展,不仅在一定程度上弥补了金融危机时期山西省工业增速下降的不利影响,而且对优化产业结

构和整体经济结构都具有重要意义。从变动趋势看,山西第三产业区位商越来越小,2008 年优势有所减弱。主要原因在于山西资源输出型经济特征明显,而这样的经济增长方式很容易受外围经济波动的影响和左右,在 2008 年金融危机特殊时期的影响下,外部需求的下降抑制了山西经济的发展,导致其工业生产的大幅回落,从而使依托于支柱产业发展起来的第三产业增幅下降。但相关数据显示,山西坚持走经济转型的道路,至 2009 年,已走出"V"形反转,经济开始快速回升。

综上分析,山西省的三大产业中,第三产业一直处于比较优势的地位,第一产业和第二产业发展相对滞后。而天津的第二、第三产业具明显的比较优势,分别高于和接近全国平均水平,在三次产业中第二产业发展最快,第一产业不仅低于全国平均水平,而且大大低于山西发展水平。至 2009 年,天津产业结构调整进一步加快,作为我国重要的制造业中心,第二产业快速增长,产业优势进一步加强,和山西省形成了比较明显的互补优势,产业转移和承接条件成熟,具备广阔的经济合作前景。

(二)山西省产业内部分析

根据区位商计算公式和统计年鉴数据,我们分别计算得到 2000 年和 2008 年山西三次产业内部区位商。

1. 第一产业内部分析

从表 6-2 中可以看出,2000 年的农业、林业和 2008 年农业的区位商均大于 1,具有比较优势;2000 年的牧业、渔业和 2008 年的林牧渔区位商均小于 1,但林业、牧业接近于全国水平,证明其为山西的潜力优势产业。渔业处于较为劣势的地位。这与山西自然资源的特点分不开,山西地形较为复杂,境内多为山地、丘陵、高原、盆地,水面所占比例很小,因此,渔业是山西的弱势产业,区位商不到 0.1。

表 6-2　山西省第一产业内部区位商

	2000 年区位商	2008 年区位商
农业	1.22	1.27
林业	1.05	0.92
牧业	0.94	0.88
渔业	0.05	0.08

资料来源:根据《中国统计年鉴》(2001)、《中国统计年鉴》(2009)、《山西省统计年鉴》(2001)和《山西省统计年鉴》(2009)相关数据整理。

2. 第二产业内部分析

从表 6-3 中可以看出,煤炭开采和洗选业区位商 2000 年为 13.09,而 2008 年更高达 13.91,显示山西全国能源基地的特点。而与此产业息息相关的电力、热力的生产和供应业及专用设备制造业 2000 年和 2008 年的区位商均大于 1 且更有上涨趋势。这反映近年来能源及相关产业仍是山西的主导产业,发展较为迅猛,具有较大规模优势,尤其是煤炭开采和洗选业区位商远远高于 1 的水平,不仅在山西当地更在全国具有较大的比较优势。这与山西作为全国的煤炭能源基地的经济现状相吻合。其他区位商大于 1 的具有较明显优势的产业还有黑色金属冶炼及压延加工业、有色金属冶炼及压延加工业、水的生产和供应业,此三项产业优势虽然呈现递减趋势,但到2008 年仍然高于全国平均水平。这些行业均属重化工业,显示在山西的发展具有较好的传统优势。石油加工、炼焦及核燃料加工业、化学原料及化学制品制造业、医药制造业这四个产业,2000 年的区位商均大于 1,但是到了 2008 年的区位商均下降至小于 1,除了受到 2007 年开始的金融危机的影响,产业发展受阻外,此三项产业的优势正在逐步丧失,说明随着山西产业结构的不断调整和升级,部分产业发展面临着技术**升级**以及产业转移的问题。

表 6-3 山西省第二产业内部区位商

	2000 年区位商	2008 年区位商
煤炭开采和洗选业	13.09	13.91
石油和天然气开采业	0.07	0.08
黑色金属矿采选业	2.19	0.30
有色金属矿采选业	0.28	0.37
非金属矿采选业	0.81	0.02
其他采矿业	0.00	0.00
农副食品加工业	0.39	0.02
食品制造业	0.44	0.06
饮料制造业	0.72	0.48
烟草制品业	0.30	0.46
纺织业	0.42	0.02
纺织、服装、鞋帽制造业	0.05	0.05
皮革、毛皮、羽毛(绒)及其制品业	0.02	0.00
木材加工及木、竹、藤、棕、草制品业	0.01	0.00
家具制造业	0.24	0.01
造纸及纸制品业	0.19	0.00
印刷业和记录媒介的复制	0.42	0.15
文教体育用品制造业	0.15	0.01
石油加工、炼焦及核燃料加工业	1.24	0.87
化学原料及化学制品制造业	1.24	0.75
医药制造业	1.10	0.11
化学纤维制造业	0.28	0.00
橡胶制品业	0.73	0.25

续表

	2000 年区位商	2008 年区位商
塑料制品业	0.13	0.02
非金属矿物制品业	0.95	0.20
黑色金属冶炼及压延加工业	3.15	2.31
有色金属冶炼及压延加工业	2.78	1.13
金属制品业	0.67	0.05
通用设备制造业	0.59	0.16
专用设备制造业	1.07	1.50
交通运输设备制造业	0.37	0.19
电气机械及器材制造业	0.28	0.11
通信设备、计算机及其他电子设备制造业	0.04	0.02
仪器仪表及文化、办公用机械制造业	0.14	0.07
工艺品及其他制造业	0.02	0.02
废弃资源和废旧材料回收加工业	0.00	0.00
电力、热力的生产和供应业	1.97	2.53
燃气生产和供应业	0.88	0.09
水的生产和供应业	1.29	1.21

资料来源:根据《中国统计年鉴》(2001)、《中国统计年鉴》(2009)、《山西省统计年鉴》(2001)和《山西省统计年鉴》(2009)相关数据整理。

3. 第三产业内部分析

从表 6-4 中可以看出,交通运输、仓储和邮政业、住宿和餐饮业的 2000 年和 2008 年的区位商均大于 1,具有比较优势,其中交通运输、仓储和邮政业的比较优势最明显。批发和零售业、金融业、房地产业处于比较劣势地位。这反映出山西煤炭资源大省和旅游资源丰富的特点,与这两个行业密切相关的产业均在全国占有明显的优势。

表 6-4   山西省第三产业内部区位商

	2000 年区位商	2008 年区位商
交通运输、仓储和邮政业	1.51	1.46
批发和零售业	0.90	0.93
住宿和餐饮业	1.30	1.31
金融业	0.52	0.57
房地产业	0.53	0.68

资料来源:根据《中国统计年鉴》(2001)、《中国统计年鉴》(2009)、《山西省统计年鉴》(2001)和《山西省统计年鉴》(2009)相关数据整理。

二、晋津经济合作基础

山西省是重要的煤炭基地,也是环渤海经济圈重要的战略资源腹地,其不仅为天津市的快速发展提供煤炭、电力等基础能源,并且山西省的绿色生态建设所形成的生态屏障,有利于保障京津地区的空气质量提高和生态环境改善。山西省可积极承载天津高科技产业的扩散辐射。

(一)产业梯度转移与承接

产业梯度转移必须具备一定的条件和前提,需要承接方具有产业结构的垂直分工以及一定的产业平行分工,特别是承接高技术产业转移的一方必须充分具备产业嫁接的基础。天津与山西的产业结构均表现为第二产业比重大,均超过60%,均处于工业化中后期。但天津的优势在于拥有先进的制造技术和手段,完备的制造产业和制造业基础,高新技术产业发展快,成果多。并且滨海新区在着力打造现代制造业研发与转化基地。同时天津市作为以第二产业为主导的工业城市,第三产业相对不够发达。未来,天津市作为北方金融中心和经济中心,大力发展第三产业的同时,第二产业的发展必然经过转变和提升,部分工业部门和制造部门将会向中部地区转移。

山西省作为环渤海经济圈的重要资源基地,具备一定的工业基础,拥有部分高素质的技术人才和产业工人队伍。在此基础上,对山西省的原有工业企业进行部分调整和战略改造,使之具备承接天津的工业产业转移和高新技术产业扩散的能力。由此,改变山西省传统资源大省的面貌,加快调整优化产业结构和转变经济增长方式,在承接滨海新区先进科技及理念以及高新技术产业转移的基础上,建设成为国家新型能源和工业基地。

(二)两地优势互补性

山西出省煤炭占到全国煤炭出省量的80%,已经形成的煤炭产量占全国煤炭产量的25%,是环渤海地区重要的煤炭资源基地,保证了煤炭资源的供应。然而多年来所形成的低水平以量扩张的粗放型经济发展战略思想造成了资源的极大浪费,同时由于科技因素、研发能力等制约了其很大一部分生产产能的提高,严重地影响了能源的开发利用效果,资源利用的高附加值得不到有效发挥。近年,山西着力推进煤炭工业循环经济,加速14个循环经济园区的建设,破解单一煤炭产业发展模式。

天津滨海新区经过了近10年的努力,实现了新能源、新材料等新兴产业规模化的快速增长,并在风力发电、绿色储能、太阳能光伏、燃料电池、海水淡化、电动汽车、智能电网等新兴战略产业领域具有非常强的竞争力。这些新能源产业规模增长迅速,产业创新能力、企业技术水平均处于全国前列,使得滨海新区成为中国新能源产业重地及高新技术聚集区。并且在产业结构和能源结构调整方面,天津滨海新区发展迅速,大力发展低污染、低能耗的新兴产业,淘汰落后产能,降低单位能耗。国家发改委在2008年公布的全国各地区节能目标责任评价考核结果中,天津万元生产总值综合能耗同比下降 6.85%,降幅居全国第三;"十一五"节能目标完成进度为72.58%,位居全国第二。

同时,天津市知识密集度为全国的 2.8 倍,具有人才、科技和信息方面的优势,可以为山西经济转型发展提供更多的人才和科技要素及信息服务,还可以将天津的科研成果在山西转化为生产力,弥补山西经济转型快速发展的缺口。尤其是天津市在低碳经济发展和资源能源利用方面上具有先进的技术和经验,可以协助山西省经济由单一能源模式向新型工业经济迈进。因此,山西省应充分利用天津滨海新区的技术优势,结合自身的产业状况,促进煤炭、化工、电力等产业向高科技方向转移,与滨海新区合资建厂、学习先进技术、提高研发能力,为京津地区多送洁净能源,开辟具有自身特色的绿色经济发展道路。

(三)区位条件基础

山西省作为我国中部内陆省份,并不具有沿海省份的天然优势。长期以来,山西省对外贸易进出口主要依赖于各沿海城市口岸。尽管山西省目前已经具有太原航空口岸和陆运口岸两个进出口岸,但是并不能解决山西作为内陆省份没有可利用港口的劣势。山西在物流运输、产品出口等方面面临越来越多的制约。缺乏临港基地,大多产品加工出来却运不出去,在引进人才、扩大出口等方面也多有拘囿。

天津港是国内重要的港口之一,山西省近些年越来越多地把天津作为对外开放的重要窗口和出海口,并以此为依托,不断加强合作。目前,山西每年出海货物 60%以上经过天津港,数据显示,在天津口岸出口商品的货值占全省出口总额的年均比例均超过 60%。在天津口岸报关出口的商品品种主要是焦炭、金属镁、钢铁及制品等,这几类产品均是山西出口创汇的主力。2010 年上半年山西省进出口总值 58.1 亿美元,与上一年同期相比增长 67.3%,其中钢材、焦炭、金属镁出口增长明显,其中出口焦炭 116.9 万吨,同比增长 7.5 倍。尤其是随着环渤海经济圈的形成,山西省的高速公路、铁路等基础设施建设加速发展。这不仅为山西加快融入环渤海区域提供了有利条件,更对山西省通过天津作为进出口岸发展对外经济贸易起到了极大的促进作用。

山西省与天津市展开经济合作,以天津为口岸,推动山西省经济发展,不仅能够促进天津与山西的商贸流通和文化娱乐的发展,为两地提供旅游、环境等新的经济增长点,并且能够带动山西经济摆脱落后的模式,以更加灵活的步伐向前发展。

三、晋津经济合作现状

随着环渤海经济圈经济合作的不断加强以及滨海新区的快速发展,近些年来,晋津间合作愈加受到重视,两地各层面的合作不断增多,合作的深度不断深化,取得了一些实质性的成果。

(一)政府层面的交流合作

两省市政府高度重视合作,不断加以推进。如 2005 年 8 月,以市委副书记、市长戴相龙为团长的天津市代表团在山西省考察访问。代表团一行出席了晋津经济合作座谈会，召开了与山西省部分企业座谈会，就进一步加强双方经贸联合与协作，进行了深入广泛的会谈。戴相龙和山西省委副书记、代省长于幼军出席座谈会并讲话，签署了两省市巩固发展长期全面经济合作关系的协议。内容包括：发展优势产业合作与升级，拓展港口与口岸合作，开展科技、人才合作与交流，加强能源、流通领域合作，推进区域交通体系建设，构建区域性旅游"黄金走廊"，加强合作交流机制建设等。再如2010年8月，山西省委书记、省人大常委会主任袁纯清率山西省党政代表团赴天津市学习考察，学习天津大发展经验。这被看作是山西牵手天津，主动融入环渤海经济圈，加速山西经济转型发展的标志性事件。双方表示在已有的基础上，加强优势互补，实现互利共赢，推动两省市交流合作向宽领域、深层次发展，尤其是加强在环保、能源、科技、旅游等方面的交流合作，推动两省市共同发展。

（二）企业层面的交流合作

1. 投资合作

投资项目的往来，最能体现出双方合作关系的良好及经济上互补的动态。山西与天津在投资方面的合作，从近些年的合作数量及合作规模上来看，都有了进一步的提升，双方的投资意愿也在逐渐加强。2008年，山西省在滨海新区的第一个重要工程——银谷中心项目正式开工，这也是山西省对外形象展示和发扬晋商精神的窗口；同年2月，滨海新区临港产业区与太原重型机械集团签署合作协议，太重集团选择在临港产业区投资建设重型装备研制基地，是双方优势互补、实现共赢的重要举措，对于提升滨海新区产业结构，推动产业升级具有重要意义；2008年3月8日，由山西合作方输出资金、天津合作方输出建设模式、沧州合作方提供土地和政策支持的"沧州靖烨科技园"正式启动，该项目坐落沧州经济技术开发区，总投资1.2亿元人民币，这个项目的合作三方都同属环渤海地区，这是区域合作取得的共同成果。

2. 交流合作

2009年7月23日，天津考尔煤炭交易市场同山西省重要煤炭焦化基地之一的孝义市双方正式签署合作意向书。双方合作为孝义市焦化企业服务，利用考尔电子交易平台，实现焦炭的长期稳定销售。这是山西与天津跨区域合作的实质性深化与拓展。

2009年12月1日，在山西举办了"津晋合作交流恳谈会"，这是天津与山西企业的首次合作交流恳谈会。双方企业家以同处"大环渤海区域"的津晋两省市为主题，提出在产业、金融、旅游、口岸、科技等领域要加强合作，互促互补，共赢发展。

2010年1月8日，天津考尔煤炭有限公司与山西煤焦集团天津仓储有限公司签订了煤焦商品合作意向书，后续工作已顺利展开。该项目将为天津提供优质煤炭资源，缓解天津煤炭需求紧张局面。除煤炭供应外，双方在投资、进出口以及企业合作交流方面均有长期的合作。

2010年3月19日，为优化山西—天津两地进出口通关环境，推进两地"大通关"

建设和山西"无水港"建设,共同促进对外贸易便利化和区域经济更好更快发展,山西检验检疫局与天津检验检疫局建立进出口货物检验检疫直通放行协调合作机制,共同确定对富士康精密电子太原有限公司等14家山西企业首批实施检验检疫直通放行。

四、晋津经济合作构想

晋津"地缘相近、血缘相亲、文缘相承、商缘相连",面对绿色经济背景下的经济及产业转型,无论是推进自主创新、实现技术跨越,还是促进资源节约、加强环境保护,或者是优化产业布局、合理产业分工,晋津间都存在着很多利益共同点,有着很大的合作空间。只要科学规划,加强指导,政府推动,政策支持,机制完善,晋津合作将会取得更大成效。尤其是将加快实现山西省的"三转变"和"三跨越",即由资源依赖型发展向创新驱动型发展转变,由规模数量型增长向集约效益型增长转变,从传统工业化向新型工业化转变,实现由煤炭大省向新型能源和煤化工大省的跨越、由老工业基地向新型工业基地和精品原材料基地的跨越、由自然人文资源大省向经济强省和文化强省跨越。

(一)双方共建生态发展模式

山西经济发展中从经济结构到发展模式都需要转型,必须转变其资源型的经济结构和过度依赖资源的经济发展模式。而天津滨海以节能环保和新材料新能源为代表的绿色产业也在滨海新区日渐崛起,循环经济以及节能环保技术取得了许多成果。为了实现环境和经济的协调,转变经济增长方式成为发展中的必然选择。为了确保两省市生态环境质量和经济转型的加速进行,实现从传统工业向新型工业化的转变,晋津双方应尽快建立生态环境和减污治污合作机制。在双方政府的共同监管和两地企业的共同配合下,建立长效机制,形成专项基金,为晋津两地的绿色生态发展创造良好的外部环境,为国家的经济和环保事业贡献两省市的力量。

(二)利用区域优势,形成区域规划框架

根据中国社科院和社会科学文献出版社发布中国区域发展蓝皮书,即《2006—2007年:中国区域经济发展报告》的观点,晋津两地发展的总体结构应采用"点—轴"发展模式。晋津城市群"点"的发展是以核心城市和次中心城市等为主要"节点",统筹发展;"轴"的发展就是城市群内外主要交通走廊和产业带的发展。在轴线的规划内形成合作面,在此基础上进行辐射,涉及周边地区,防止出现边缘化区域,不能共享晋津协同发展的利益。两个地区根据自身的强势项目、优势资源、科技实力等特长方面进行配合,如山西的资源优势和文化旅游优势,天津滨海的政策优势、产业优势、技术优势、科技人才和地缘优势等,各城市应该充分利用各自的比较优势,协同发展,共同带动晋津两地绿色生态经济的发展,促进生产要素的优化组合,使晋津合作有条不紊的展开,最终形成资源共用、信息共享、优势互补的经济圈。

(三)加强政府指导,形成连续政策体系

晋津两地是基于优势互补的目的走到一起来的,如果只以市场来协调双方的利益关系,促进晋津经济合作的发展是不现实的。因此政府指导和相关政策法规就显得尤为重要。

在充分考虑区际利益自主权的基础上,制定一系列有利于区域经济协调发展的政策、法规,调动各方生产的积极性,注意协调好利益关系,积极承担社会责任,切实做到和谐整合,对晋津经济合作发展将会产生重大影响,起到积极的促进作用。晋津两地是一个由多城市组成的复合型经济地区,一直存在着区际竞争和相对较大的经济落差,合作过程也是一个协调和统筹的过程。在区域市场转型中,塑造"市场拓展型政府"以帮助区域市场的创生成为必然选择。

(四)整合环保政策、区域定位、政府政策,促进持续协同发展

在晋津可持续发展的战略规划中,环境上可持续发展,区域协调合作发展,政策要有连续性就构成了支撑晋津协同可持续发展的三个必须要素。这三个要素不是相互独立的,而是相互制约,相互联系的,应该在发展规划中同步进行。环境上的可持续发展是重要的外部环境,更是"十二五规划"的必然要求;区域的协调合作发展是在发展过程中,充分、全面地考虑晋津两地的所有地区,尤其是部分边缘化的贫困和欠发达地区,最终形成两地内地区的共同发展;政策的连续性是制度保证,由于跨省份进行经济合作,两个地区的独立实体必然存在经济增长点的竞争,那么如何协调竞合,平衡经济利益,共享经济成果,就成为政府政策制定的指导原则。

综上所述,晋津两地经济合作的发展不仅关系到天津滨海经济的稳定持续发展,同时对山西省各个城市的绿色生态经济转型的发展速度和深度更会产生相当大的影响。加强晋津合作既存在理论上的必然性,又是区域经济发展到一定阶段后的必然要求,因此建立"政策互利,产业合作,环境同治,信息共享"的可持续协同发展至关重要。在晋津合作的可持续发展过程中,要全面落实科学发展观,突出增长的平衡性、增长的节约性和可持续性及增长的环境友好性,通过加强晋津合作交流,努力实现区域统筹、协调发展,完善经济发展体系,最终实现晋津经济合作大于竞争的绿色生态可持续发展。

第三节 山西经济转型中的晋津合作机制研究

山西省过去的自我定位相对简单,即国内的能源中心,但目前的山西已经不堪过去粗放的发展方式带来的重负,正在寻求一条转变之路。"主动融入环渤海,充分利用京津冀的辐射带动优势,发挥在国家战略布局中的承东启西、沟通南北的交通枢纽作用,加强与京津冀地区的互补合作"已成为山西省的发展目标。山西省正努力成为天津滨海新区向西辐射的重要节点,创建开放型的经济圈。

学习天津大发展经验，主动融入环渤海经济圈可以看作是山西未来经济大发展的必经之路。山西需要学习的不仅是如何尽速发展，创造较高 GDP，更重要的是，在这个过程中如何同时实现经济结构的不断优化和实现低碳绿色成长。

天津之于山西，并非只是精神窗口。天津为山西提供包括出海口等诸多山西发展迫切需求的资源。山西在物流运输、产品出口等方面面临越来越多的制约，同时，由于缺乏临港基地，很多产品加工出来却运不出去，在引进人才、扩大出口等方面也多有拘囿。天津滨海新区的建成，进一步加速了其本身的发展，对外的辐射能力也越来越强。山西的经济要发展，产业结构要转型，除了自身的调整，也要积极"走出去"，利用天津的各项优势，弥补自身的不足，加强与天津的合作。

一、山西省经济转型的必要性

山西省作为我国的能源大省，自然资源丰富，能源的开发和利用在很大程度上促进了山西经济的繁荣。然而，由于能源自身的有限性和不可再生性以及开发利用中的不合理性，使得山西省能源的高附加值得不到有效发挥，行业间无序竞争，经济效益难以显现，造成资源的极大浪费，污染了环境，破坏了生态平衡，阻碍了山西经济的持续、稳定、健康发展。山西经济转型也成了一条必然之路。

（一）经济发展模式单一，资源型经济发展方式亟须转变

山西作为传统的能源大省，长期以来以资源和能源输出作为经济增长和创造财富的主要手段。这种多年来所形成的低水平以量扩张的粗放型经济发展战略思想造成了资源的极大浪费，严重地影响了能源的开发利用效果。

山西出省煤炭占到全国煤炭出省量的 80%，当前全省大大小小的合法煤矿有3 800 多个，加上在建的煤矿共有 4 200 多个。已经形成的煤炭产量占到全国煤炭产量的 25%，加上在建的煤矿达到了 8 亿吨，如不加以控制，将很快突破 10 亿吨大关。据有关部门预测，中国 2020 年的煤炭需求量下位是 21 亿吨，上位是 29 亿吨。国家对煤炭产量的总指标是到 2010 年控制在 21 亿吨。目前，中国煤炭供应的三大省山西、陕西、内蒙古占到全国煤炭生产总量的 80% 以上。在提倡资源节约的今天，单纯以不可再生资源开发作为经济发展的主要增长点已经不再适应时代的要求。山西省经济必须由传统的资源型向工业化迈进。

（二）科技含量不足，资源的高附加值得不到有效发挥

山西经济发展中的这种粗放型的经济发展思想，使得资源利用科技含量极为低下，资源利用的高附加值得不到有效发挥。山西几乎将煤炭的开采、外运销售当成了山西经济的重要支柱，在煤炭的深加工方面仅仅限于煤炭的炼焦、发电这种比较粗浅的加工利用。而且山西焦化工业的无序建设，也使得山西焦炭市场步入了前所未有的困境，从 2005 年开始几乎形成了全行业性的亏损。在全省各地所建的焦化厂中，大量采用了无回收型焦炉，使得高附加值的有机化工产品伴随着煤气的燃烧而烧掉，

造成了资源的极大浪费。据有关资料介绍,山西省每年排空燃烧的焦炉煤气多达80多亿立方米,仅煤焦油一项每年就要烧掉100万吨,其他化工原料损失达50万吨,直接经济损失达29亿元。这种低效能的煤炭产业发展模式,不仅使经济效益无法提升,而且已经到了生态环境难以承受的程度。

(三)环境污染,阻碍山西经济的可持续发展

山西煤炭资源的无序开采,不但使资源经济遭到极大破坏,经济效益难以提高,而且这种煤炭的过度开采,对周边的环境造成了极大的污染。散布在大大小小煤矿周围的煤矸石,像小山一样堆积着,不但占用了大量的土地,有的甚至占用了大量的农田,而且煤矸石堆的自燃所产生的大量有害气体弥漫于广阔的区域,对周边地区的居民、牲畜、农作物、地表水及农田构成了极大危害,使周边的自然生存环境、生态环境遭到极大破坏。同时,煤炭洗选业的蓬勃发展所带来的煤矸石和废水,也将这种污染带给了城市的周边区域。再加上焦化行业的无序竞争,无回收焦炉的大量建设,更使得山西环境污染雪上加霜,环境恶化急剧加速。

山西省经济发展过程中存在的问题,除了自身的资源结构、产业结构外,也受到其他多方面因素的影响,如地理因素、人才吸引、物流成本等问题。山西省"十二五"规划明确了发展的方面和目标,对比天津"十二五"规划的内容,可以从中找出未来山西发展过程中可借鉴天津的经验,以及两地进行合作交流的可行性。

二、晋津"十二五"规划纲要比对

"十二五"即将到来,天津市与山西省均制定了"十二五"规划纲要,通过对比两地的"十二五"发展纲要和寻找未来两地发展的侧重点,能够发掘出山西省在经济转型的关键时期可借鉴的天津发展经验,以及可获得的天津帮助与扶持。

(一)山西"十二五"规划纲要

编制山西省"十二五"规划的要点是:一是围绕工业新型化,谋划布局传统产业全循环、新型化、清洁化,装备制造和新材料产业高端化;二是围绕农业现代化,谋划布局农业产业化、县域工业化、农业社会化服务体系建设和促进农民增收;三是围绕市域城镇化,谋划布局以"一核一圈三群"为主体的城镇化推进方式和途径;四是围绕城乡生态化,谋划布局绿化山西、气化山西、净化山西、健康山西的推进途径和重点;五是围绕加快建设中西部现代物流中心和生产性服务业大省,谋划布局现代物流、文化旅游、服务外包等产业的发展;六是围绕健全基础设施,谋划布局公路、铁路、民航、水利、通信等领域建设重点;八是围绕资源型经济转型,把推进山西省综合"试验区"建设方案与"十二五"规划充分衔接。

(二)天津"十二五"规划纲要

"十二五"时期是天津加快转变发展方式,全面实现城市定位的关键时期。天津市的"十二五"规划不仅要与"十一五"规划相衔接,并且要与国家和周边地区"十二

五"规划相接,实现区域统筹协调联动发展。

天津市"十二五"规划,关键要突出转变经济发展方式这条主线,其考虑的主要问题是:一是发展目标。综合分析各种发展因素,在发展中更加注重质量和效益。二是调整优化产业结构。加快产业结构战略性调整,明确产业发展重点和主攻方向。三是统筹城乡发展。继续坚持以示范小城镇建设为龙头,推进农民居住社区、示范工业园区和农业产业园区"三区"联动发展。四是基础设施建设,完善城镇体系。五是社会事业发展。加快教育、卫生、文化、体育等各项社会事业发展,更加注重经济社会协调发展。六是环境保护。建设低碳经济示范区,加快循环经济发展,调整能源结构。七是国计民生。城乡居民生活水平要有大的改善。八是体制机制创新。加快重点领域和关键环节改革,增强经济发展活力与动力。

(三)天津市与山西省"十二五"规划纲要比较

从以上对比可以看出,晋津两地"十二五"规划纲要中既存在着发展阶段上的差异,又存在着发展侧重点上的联系。

第一,从共同点来看,天津市与山西省"十二五"规划中都对环境保护、绿色生态经济建设、民生建设以及基础设施等进行了规划发展。

第二,在工业方面,山西省提出围绕新型工业化路线,调整产业结构,大力发展装备制造业,同时承接产业转移。而天津作为传统的工业强市,工业发展进入新的时期,工业发展道路对山西存在一定的借鉴意义。另外,天津"十二五"规划中提出大力发展第三产业,加快现代服务业发展,因此,相对于山西提出承接产业转移,存在一定的契机,将部分产业和工业部门进行梯度转移,促进山西工业发展。两地经济所处的发展阶段差异使之具有合作与互相帮助的可能。

第三,在生态方面,山西省提出"围绕城乡生态化,建设绿色山西"的目标。作为传统的资源省份,山西省的生态破坏较为严重,并且作为京津地区的"上风向"区域,山西省的生态植被破坏直接关系到京津地区的空气和环境质量。因此,保护生态环境不仅仅对山西省未来发展有利,更是为京津地区的环境改善提供了重要保障。天津滨海新区在循环经济发展、能源结构调整方面处于国内领先地位,具有一定可借鉴的经验。山西省可以向滨海新区学习改造经验,对环境加以整治,建设生态型经济。

第四,山西省"十二五"规划中提出"特色型城镇化"概念。天津市规划中提到"以小城镇为龙头,居住社区、示范工业园区和农业产业园区协调发展"。目前,位于天津东丽区的华明镇用新的理念和办法,通过"三区建设",使农民的生活方式和生活水平得到了极大的提高,为山西乃至全国统筹城乡发展提供了范例,也为山西的特色城镇化发展路子提供了借鉴经验。

第五,在新的国际、国内产业分工格局中,必须立足实际,发展一批绿色的、不污染的加工贸易。充分利用国际、国内两个市场引进一批世界大企业,发展一批具有山西优势的重型装备制造业、新材料工业、新型能源等工业。而这一思路,与天津滨海进一步调整产业结构,加快能源结构调整步伐,着重建立有利于节约能源资源的产业体系,实现产业链向高端转移的方向的选择不谋而合。面对山西经济发展方向和转型发展重点,由于具有的相应的政策优势、产业优势、人才优势和技术优势,天津的发展先行一步,具有一定的示范效应,如能加强两地的交流与合作,山西的经济转型则可以少走弯路,实现快马加鞭。

三、山西经济转型中的晋津合作机制构建的对策建议

综上所述,晋津在经济转型中不仅具有加强合作的必要性,更有其合作基础与较大的合作空间。立足于自身的资源状况与优势,在优势产业升级与合作、港口与口岸合作、科技及人才合作与交流、能源及流通领域合作以及旅游"黄金走廊"打造等方面均大有可为。然而对于区域和不同省市间的合作,合作机制的构建与完善至为关键,是经济合作能否顺畅和有序进行,能否真正取得实效的保证。

(一)明确合作的基本方向

晋津政府层面合作需明确基本方向:一是落实激励问题,即要能够充分调动晋津两地合作者的积极性;二是处理好成本问题,即要搞好制度设计,实现两地合作的帕累托最优;三是解决好和谐问题,使晋津两地不仅达到经济利益最大化,更要最终实现社会和谐发展。在区域经济合作中,一个地区的最高利益,并不必然是另一个地区的最高利益。地区之间的合作能够产生效益,但在经济合作中,地方政府行为始终呈现出双重性:政府发挥着对市场经济发展的促进作用,但又有许多来自于政府的障碍;政府在积极贯彻落实党和国家各项方针、政策,推动区域经济高速发展的同时,又作为区域经济的利益主体,追求自身利益最大化。因此,立足于长远发展,协调好区域利益关系至关重要。合作的基本原则应首先平等协商,在此基础上利益共享。

(二)健全运行机制

1. 建立科学的政府考评机制

我国现有的对地方政府及官员的政绩考核制度,一方面过于偏重对地方政府GDP任务的衡量,另一方面又特别关注任期内业绩这一指标。在这一制度安排下,作为理性的经济人,地方政府及官员为追求业绩以及本地区经济快速增长,往往热心于市场分割与保护、过度竞争、重复建设等,结果造成了诸多负面影响。因此,在推进区域经济合作中,应改革现阶段地方政府的政绩考核制度,适当调整片面强调GDP增长及任期内业绩的考核标准,可将区域经济合作成效作为政府政绩评价指标之一,具体可采用经济发展区域相关率指标、对内开放度指标、区域合作项目指标等作为评价政绩的必要标准,从根本上形成合作激励机制,鼓励各级政府扩大对内开放,进而推动晋津经济合作发展。

2. 建立新型风险防范机制

区域经济合作的结果并不必然使得各合作方同时达到利益最大化,对各合作方来说,在合作过程中有可能实现利益增进,但同时也存在着负面风险。这一问题的出

现除历史原因外,在很大程度上属于政策所带来的结果,这就涉及建立利益补偿制度问题,利益补偿制度属于区域合作中风险防范机制的重要内容之一。

3. 建立完善的法律保障机制

随着经济发展理念的转变和经济发展的客观所需,晋津间的区域经济合作、晋津与环渤海经济圈各省市的合作以及与其他区域的合作必将进一步扩大。因此,鉴于晋津合作以及这些区域经济合作绝大部分属于市场行为,缺乏相应的政策、法规来予以规范,特别是合作各方正当权益及利益分配等没有可靠的法律保障。因此,建议晋津两地的地方人民代表大会及其常务委员会可从区域协调发展的实际情况出发,在不违背宪法、法律、行政法规的前提下,抓紧研究、制定相应的地方性法规,依法约束和保障晋津以及环渤海经济圈经济发展中各方的经济行为,加强在发展规划、基础设施、环境保护、市场准入、要素流动等方面的协调互动力度,革除资源重复配置、竞争盲目无序等弊端,为两地经济的发展提供强有力的法律保障和支持。

4. 建立高层协调机制

一是首先要设定晋津经济合作的目标,作为合作的推动力。确立明确的合作目标和合作事项,为实现这个目标确定计划安排,通过单边行动和多边行动来落实计划。这样合作目标本身就成为其合作的推动力。

二是分步骤、分领域缔结一些协议,逐步推动晋津经济合作机制的制度化。有了共同缔结的协议,才会对合作各方有约束力。协议的缔结要采取渐进的方式,先从某些容易合作的领域开始,随着合作的深化和不断拓展,使协议便于执行,也能培养合作各方对协议约束的习惯。

三是建立一套制度化的议事和决策机制。定期召开高层会议,为两地政府就经济发展问题进行协商并达成共识。它既有灵活性又有一定的约束力,即任何共识一旦达成,形成议程或者承诺以及达成协议,就必须完成。

四是建立晋津经济合作常设机构。负责日常联络及相关管理、协调研究、分析和组织。

5. 建立信息交流机制

信息流动机制是晋津经济合作的重要支撑与保障。在两地间疏通各种信息传递渠道,建立政府之间及企业之间的信息交流平台和信息交流机制,促进两地经济信息的高效、有序流动。两省市应该通过这一机制,建立高层领导的定期会晤,加强政策协调,改善市场环境,促进对外开放。机制可就主要基础设施的建设和使用,筹建重大项目的信息(包括引进外资的项目),建立合理的产业分工与合作等不定期地进行信息交流。此外,就克服行政区划带来的体制障碍进行协调。

综上所述,尽管两地政府所面临的具体问题各有不同,但在政府职能如何发挥,乃至于更深层次的政府治理理念方面,还需要沟通,达到统一,这或许才是决定合作机制能否真正建立的根本所在。

参考文献

[1] 黄栋,李怀霞.论促进低碳经济发展的政府政策[J].中国行政管理,2009(5).

[2] 史利国.京津冀区域经济发展问题的初步思考[J].北京规划建设,2009(1).

[3] 梁慧超,金浩.新形势下的京津冀发展关系研究[J].商业研究,2008(7).

[4] 辛章平,张银太.低碳经济与低碳城市[J].城市发展研究,2008(4).

[5] 庄贵阳.低碳经济:气候变化背景下中国的发展之路[M].北京:气象出版社,2007.

[6] 何兆凯.山西产业结构的调整与发展趋势分析[D].太原:中北大学,2007.

[7] 黎鹏,王培县.环渤海地区经济合作战略思路述评[J].环渤海经济瞭望,2008(10).

[8] 郭丽君.浅谈口岸建设与山西社会经济发展[J].中北大学学报(社科版),2009(4).

[9] 马海龙.天津经济增长的资源环境代价及对策研究[J].消费导刊,2009(18).

第七章　陕西省篇

第一节　陕西省概况

一、陕西省基本状况

(一)自然环境概况

陕西省简称"陕"或"秦",位于中国内陆腹地,地处东经 105°29′至 111°15′,北纬 31°42′至 39°35′之间。东邻山西、河南,西连宁夏、甘肃,南抵四川、重庆、湖北,北接内蒙古,居于连接中国东、中部地区和西北、西南的重要位置。中国大地原点就在陕西省泾阳县永乐镇。全省总面积为 20.58 万平方千米。

陕西地域狭长,地势南北高、中间低,有高原、山地、平原和盆地等多种地形。南北长约 870 千米,东西宽 200 至 500 千米。从北到南可以分为陕北高原、关中平原、秦巴山地三个地貌区。其中高原 926 万公顷,山地面积为 741 万公顷,平原面积 391 万公顷。主要山脉有秦岭、大巴山等。秦岭在陕西境内有许多闻名全国的峰岭,如华山、太白山、终南山、骊山。作为中国南北气候分界线的秦岭山脉横贯全省东西。秦岭以北为黄河水系,主要支流从北向南有窟野河、无定河、延河、洛河、泾河(渭河支流)、渭河等。秦岭以南属长江水系,有嘉陵江、汉江和丹江。

陕西横跨三个气候带,南北气候差异较大。陕南属北亚热带气候,关中及陕北大部属暖温带气候,陕北北部长城沿线属中温带气候。其总特点是:春暖干燥,降水较少,气温回升快而不稳定,多风沙天气;夏季炎热多雨,间有伏旱;秋季凉爽较湿润,气温下降快;冬季寒冷干燥,气温低,雨雪稀少。全省年平均气温 13.7℃,自南向北、自东向西递减:陕北 7~12℃,关中 12~14℃,陕南 14~16℃。1 月平均气温 −11~3.5℃,7 月平均气温是 21~28℃,无霜期 160~250 天,极端最低气温是 −32.7℃,极端最高气温 42.8℃。年平均降水量 340~1 240 毫米。降水南多北少,陕南为湿润区,关中为半湿润区,陕北为半干旱区。

(二)历史、文化环境

陕西是中华民族及华夏文化的重要发祥地之一。早在 80 万年前,蓝田猿人就生活在这里。1953 年在西安城东发现的半坡村遗址,展示出 6 000 年前母系氏族社会的进步和文明。坐落在陕北黄陵县的轩辕黄帝陵,成为凝聚中华民族精神的象征。

先后有西周、秦、西汉、前赵、前秦、后秦、西魏、北周、大夏、隋、唐等十余个政权在陕西建都,时间长达1 000余年,是我国历史上建都朝代最多、时间最长的省份,长期成为中国政治、经济、文化中心,留下了极为丰富的历史文化遗产。省会西安是全国六大古都之一。两千多年前,以古长安为起点的"丝绸之路"开通,使陕西成为全国对外开放的发源地,都城长安成为闻名中外的中西商贸集散地。唐代,陕西成为中国与日本、朝鲜及东南亚国家和地区的文化交流盛地。迄今,周语、秦装、唐礼的遗风在这些国家和地区犹存。近现代以来,陕西是响应辛亥武昌首义宣布独立的首批省份之一,特别是1935年到1948年,中共中央在陕北领导了抗日战争和解放战争,奠定了新中国的基石,培育了光照千秋的延安精神。

"秦中自古帝王州"。陕西在历史长河中不仅展现了朝代更替的变化历程,铸造了民族盛衰、强弱易势的历史印迹,同时,也孕育和创造了丰富深邃的物质文明和精神文明,造就了一大批光照千古的文化巨匠,他们为人类留下了灿烂的文化艺术成果。从西周"制礼作乐"的周公旦,到秦代创制隶书的程邈;汉代大史学家司马迁及班彪、班固、班昭,关中经学大师马融;唐代大诗人王维、白居易、杜牧,大书法家柳公权、颜真卿,画家阎立德、阎立本,训诂学家颜师古等等:他们的不朽著作和业绩,树起了人类文化史上的巍巍丰碑,广为世人敬仰。

(三)资源状况

1. 水资源

陕西横跨黄河、长江两大流域,全省多年平均降水量676.4毫米,多年平均地表径流量425.8亿立方米,水资源总量445亿立方米,居全国各省(市、区)第19位。全省人均水资源量为1 280立方米,最大年水资源量可达847亿立方米,最小年只有168亿立方米,丰枯比在3.0以上。水资源时空分布严重不均,时间分布上,全省年降雨量的60%~70%集中在7~10月份,往往造成汛期洪水成灾,春夏两季旱情多发。地域分布上,秦岭以南的长江流域,面积占全省的36.7%,水资源量占到全省总量的71%;秦岭以北的黄河流域,面积占全省的63.3%,水资源量仅占全省的29%。

2. 土地资源

陕西地带性自然土壤包括粟钙土、黑垆土、褐土、黄褐土和棕壤等,由于长期耕种和自然力的侵蚀,已演变成复杂多样的农业土壤。全省农业用地(耕地、林地、园地、牧草地)2 772万亩,未利用土地1 503万亩。土地资源主要特点为山地多而川原少,全省海拔800米以下河川、台原、山前洪积扇等仅占土地总面积的10%,土地类型主要有山地、丘陵、原、川地、沙地、沼泽等六大类。

3. 植物资源

陕西生态条件多样,植物资源丰富,种类繁多。据全国第六次森林资源连续清查成果数据,陕西现有林地670.39万公顷,森林覆盖率32.6%;天然林467.59万公顷,主要分布在秦巴山区、关山、黄龙山和桥山。秦岭巴山素有"生物基因库"之称,有野生种子植物3 300余种,约占全国的10%。珍稀植物30种,药用植物近800种。中华猕猴桃、沙棘、绞股蓝、富硒茶等资源极具开发价值。生漆产量和质量居全国之冠。

红枣、核桃、桐油是传统的出口产品,药用植物天麻、杜仲、苦杏仁、甘草等产量在全国占有重要地位。省内草原属温带草原,主要分布在陕北,类型复杂,是发展畜牧业的良好条件。

4.动物资源

陕西野生陆生脊椎珍贵动物众多,现有野生动物604余种,鸟类380种,哺乳类147种,均占全国的30%;两栖爬行类动物77种,占全国的13%。其中珍稀动物69种,大熊猫、金丝猴、羚牛、朱鹮等12种动物被列为国家一级保护动物。

5.矿产资源

陕西地质成矿条件优越,许多矿种在全国占有重要地位。全省自然资源丰富,矿产多,储量大。陕北蕴藏优质盐、煤、石油、天然气等矿产;关中有煤、钼、金、非金属建材、地热等矿产;陕南产出有色金属、贵金属、黑色金属及各类非金属矿产。全省已查明资源储量的矿产93种,其中能源矿产6种、黑色金属矿产5种、有色金属矿产10种、贵金属矿产2种、稀有稀土金属及稀散元素矿产10种、冶金辅助原料非金属矿产9种、化工原料非金属矿产13种、建材及其他非金属矿产36种、水汽矿产2种。已列入陕西矿产资源储量表的矿产有87种,矿区726处。全省列入矿产资源储量表的矿产保有资源储量潜在总值超过42万亿元,约占全国的三分之一,居全国之首。查明储量居全国前10位的矿种60多种。源储量居全国前列的重要矿产有:盐矿、煤、石油、天然气、钼、汞、金、水泥用石灰岩、玻璃石英岩,不仅资源储量可观,且质量较好,在国内、省内市场具有明显的优势。

二、陕西经济发展概况

(一)综合

2009年,陕西全年全省生产总值8 186.65亿元,比上年增长13.6%。其中,第一产业增加值789.63亿元,增长4.9%,占生产总值的比重为9.6%;第二产业增加值4 312.11亿元,增长14.7%,占52.7%;第三产业增加值3 084.91亿元,增长14.1%,占37.7%。人均生产总值21 732元,比上年增长13.3%。

2009年,陕西省积极应对金融危机,通过落实中央一揽子宏观调控政策措施,全力以赴保增长,全年实现生产总值8 186.65亿元,人均生产总值21 732元,按汇率折算超过3 000美元(3 005美元)。

改革开放以来,陕西人均GDP快速增长。全省人均GDP从100美元增长为1 000美元,用了26年(1978—2004年);从1 000美元增长到2 000美元,用了3年时间(2004—2007年);从2 000美元到3 000美元,仅用了2年时间(2007—2009年)。这表明每千美元人均GDP产出速度大大提高,经济效率提高较为明显。

(二)工业

全年全部工业增加值3 578.98亿元,比上年增长12.7%。其中,规模以上工业企业完成工业增加值 3 288.24 亿元,比上年增长 14.8%。分轻重工业看,规模以上工业中,重工业增加值 2 797.38 亿元,增长 14.2%;轻工业 490.86 亿元,增长18.9%。

规模以上工业完成工业总产值 8 332.09 亿元,比上年增长 13%,工业产品销售率为 96.93%,比上年提高 0.1 个百分点。八大支柱产业完成 8 142.32 亿元,增长12.7%。其中,能源化工工业 3 750.79 亿元,增长 4.2%;装备制造业 1 939.23 亿元,增长 21.7%;有色冶金工业 935.36 亿元,增长 19.7%;食品工业 715.88 亿元,增长22.4%;非金属矿物制品业 301.16 亿元,增长 48.7%;医药制造业 216.95 亿元,增长25.5%;纺织服装工业 108.38 亿元,增长 12.4%;通信设备、计算机及其他电子设备制造业 174.57 亿元,下降 9.4%。

(三)农业

全年粮食总产量为 1 131.4 万吨,较上年增长 1.8%。其中夏粮产量 426 万吨,秋粮产量 705.4 万吨。

(四)固定资产投资

全年全社会固定资产投资 6 553.39 亿元,比上年增长 35.1%。其中,城镇固定资产投资 6194.86 亿元,增长 37.0%;农村固定资产投资 358.53 亿元,增长 9.3%。

在城镇投资中,第一、第二、第三产业投资分别完成 162.33 亿元、2 465.18 亿元和 3 567.34 亿元,分别比上年增长 78%、42.7% 和 32.5%。在第一产业中,农业投资34.04 亿元,林业投资 25.51 亿元,分别比上年增长 77.1% 和 38.1%。在第二产业中,工业投资 2 289.17 亿元,增长 35.1%。其中,采矿业投资 611.99 亿元,增长43.8%;制造业投资 1 290.61 亿元,增长 37.5%;电力、燃气及水的生产和供应业投资 386.56 亿元,增长 17.1%。在第三产业中,信息传输、计算机服务和软件业投资58.24 亿元,增长 37.4%;卫生、社会保障和社会福利业投资 60.24 亿元,增长53.1%;水利、环境和公共设施管理业投资 700.90 亿元,增长 63.2%。

(五)国内外贸易

全年全省实现社会消费品零售总额 2 699.67 亿元,比上年增长 19.7%。城市市场消费品零售额 1 802.07 亿元,增长 19.8%;县及县以下市场消费品零售额 897.60亿元,增长 19.4%。批发和零售业零售额 2 348.37 亿元,增长 19.8%;住宿和餐饮业零售额 305.69 亿元,增长 19.5%。

全年全省进出口总值 84.01 亿美元,比上年增长 0.9%,其中,进口 44.16 亿美元,增长 49.8%;出口 39.85 亿美元,下降 25.9%,实现贸易逆差 4.31 亿美元。在进出口总值中,一般贸易进出口 55.88 亿美元,下降 9.5%;进料加工贸易进出口 22.78亿美元,增长 40.6%。

(六)金融

金融运行年末全省金融机构(含外资)本外币各项存款余额 14 043.44 亿元,同比增长 28.5%,增幅提高 1.6 个百分点,比年初增加 3 115.37 亿元,同比多增 796.89 亿元;各项贷款余额 8 457.65 亿元,同比增长 36.4%,增幅提高 12.96 个百分点,比年初增加 2 258.77 亿元,是 2008 年全年增加额的 1.85 倍。年末金融机构(含外资)本外币存贷比为 56.9%,同比上升 1.39 个百分点。

(七)居民生活和社会保障

全省城镇居民人均可支配收入 14 129 元,比上年增加 1 271 元,增长 9.9%;人均消费支出 10 706 元,增长 9.6%。城镇居民人均住房建筑面积 27.92 平方米,居住设施不断完善。农村居民人均纯收入 3 438 元,比上年增加 302 元,增长 9.6%;人均生活消费支出 3 349 元,比上年增长 12.4%。农村竣工住宅面积 1 894.10 万平方米,比上年下降 15.5%。年末全省城镇单位从业人员为 348.98 万人,比上年增加 4.59 万人。全年新增就业人数 38.87 万人,登记失业人数 21.48 万人,下岗失业人员实现再就业人数为 16.27 万人,年末登记失业率为 3.94%。

全年全省城镇单位从业人员劳动报酬总额 1 027.74 亿元,比上年增加 155.92 亿元,增长 17.9%。城镇单位在岗职工平均工资为 30 293 元,增长 16.8%。全年参加失业保险职工人数 331.3 万人,比上年减少 0.92 万人;企业基本养老保险新增参保 29.81 万人,参加养老保险人数 458.84 万人,其中参加养老保险职工人数 327.88 万人,离退休人员参保人数 130.96 万人;参加城镇基本医疗保险人数 890.04 万人,其中参加医疗保险的职工人数 463.28 万人,参加居民医疗保险人数 426.76 万人;工伤保险参保人数 264.8 万人,增加 17.19 万人;生育保险参保人数 164.4 万人,增加 16.8 万人。年末全省纳入城市低保 38.3 万户、86.3 万人,平均保障标准 177 元,支出资金 19.4 亿元;纳入农村低保 68.4 万户、228 万人,支出资金 16.7 亿元。全省有农村五保对象 14.2 万人,供养标准最高每人每年 5 400 元,最低每人每年 1 856 元,农村五保供养服务机构 846 个,其中,农村敬老院 568 所,村级五保集中供养点 278 个。全年累计实施城市医疗救助 43 万人次,人均救助 962 元,实施农村医疗救助 303 万人次,人均救助 936 元。

第二节　陕西省与天津市经济合作构想

一、陕西省经济发展趋势

在今后几年,在中国经济持续健康发展的大环境下,在我国加强中西部经济发展的整体布局下,预计陕西将会得到更大的发展。

(一)经济快速增长

陕西省国内生产总值年均增长 11% 左右,2010 年将突破 6 000 亿元,人均达到 16 000 元;财政收入突破 1 000 亿元,年均增长 15% 左右;全社会固定资产投资累计达到 1.7 万亿元,利用外资超过 100 亿美元,其中吸收外商直接投资 80 亿美元;进出口总额超过 300 亿美元。

(二)结构优化升级

在未来几年,陕西省优势特色产业对经济发展的支撑作用明显增强,工业增加值占生产总值比重达到 43%,三次产业结构调整为 7:53:40,非公有制经济比重达到 60%,城镇化水平达到 45%;全社会研究与开发经费占生产总值比重提高到 3.5%,科技创新能力和成果转化率明显提高;信息化水平与全国保持同步;关中、陕南、陕北三大区域互动协调发展。

(三)社会和谐发展

人口自然增长率控制在 6‰以内,2010 年年末全省总人口控制在 3 830 万人以内;高中阶段和高等教育毛入学率分别达到 85% 和 30%;城乡医疗设施进一步改善,万人拥有医生数达到 20 人以上,新型农村合作医疗覆盖面达到 80% 以上;城乡社会保障体系进一步完善,城镇职工参加基本养老保险人数 450 万人,城镇登记失业率控制在 5% 以内,累计增加城镇就业 125 万人,转移农村劳动力 450 万人;文化艺术、广播电视、文物、体育、出版等社会事业进一步发展;城乡公共服务、人均收入和生活水平差距扩大的趋势得到遏制,贫困人口继续减少;民主法制建设和精神文明建设取得新进展,社会治安和安全生产状况进一步好转。

(四)基础设施和生态环境明显改善

新建铁路 1 000 千米,新增高速公路 1 800 千米;建设"两引八库"等一批水源工程,供水紧张矛盾有所缓解;渭河综合治理、汉丹江水源地保护取得明显成效;五年新造林 2 200 万亩,累计治理水土流失面积 3 万平方千米,森林覆盖率达到 41%;城乡公共设施不断完善,城市人均公共绿地面积达到 6 平方米。

(五)可持续发展能力增强

资源节约利用水平逐步提高,单位生产总值能源消耗比"十五"期末降低 20% 左右;大中城市空气质量二级以上天数达到 280 天以上,全省城镇生活垃圾无害化处理率达到 70% 以上、污水集中处理率超过 60%,工业固体废物综合利用率达到 50%,万元工业增加值用水量降低 30%;农业灌溉用水有效利用系数提高到 0.55,耕地面积保持在 5 800 万亩;防灾减灾和应急处置突发事件能力不断增强,公共安全水平进一步提高。

(六)人民生活水平提高

到 2010 年,城镇居民人均可支配收入达到 12 500 元,农民人均纯收入达到 3 300 元,城乡居民居住、出行和享受服务的条件明显改善,社会主义新农村建设步伐加快。

二、聚势合作共赢——陕西与天津合作的基础

省际经济合作是区域互动发展得以实现的重要方式。从区域经济合作的实践来看,区域合作是社会经济发展到一定阶段的产物。进入 21 世纪以来,随着我国经济持续快速发展,在国内,经济的区域化和信息化加剧了市场变化,并影响着区域企业的决策和运作。在这样的背景下,陕西、天津企业孤立经营的传统格局已被打破,企业进入了从孤立生产向协作经营、从生产型向关系型、从独立发展向互联合作的大转变时期,企业的竞争正进入利益共享的合作—竞争时代。同样,各个省市的产业发展也越来越呈现出你中有我、我中有你的互动发展局面。

自身的产业发展越发受到全国,特别是区域内其他省市产业发展的影响。产业政策、产业规划不再是关起门来做自己的事。

同时,随着中国经济的发展,资源与发展的中心越来越向东部沿海倾斜,区域经济发展不协调、经济差距越来越大已经成为我国区域发展的主要问题之一。东部沿海在发展中需要西部的资源、劳动力和市场,而中西部则需要东部沿海的技术、资金。因此加强区域经济合作已成为促进各省市经济发展的共识。通过区域经济合作,发挥各个省市的经济优势,相互取长补短,或优势互补,扩大经济优势的影响力。这样,才能形成区域经济发展的合力,创造出单个省市无法获得的经济效益。

随着天津滨海新区开发开放上升到国家战略,发展步伐的增速,其北方经济中心、北方金融中心、国际航运中心、国际物流中心的作用日益显现。经过近年来大力扶持,天津市形成了航空航天、石油化工、装备制造、电子信息、生物医药、新能源新材料、国防科技、轻工纺织等八大优势支柱产业,每一个产业都有若干大型企业为"龙头",这些企业产值占整个工业的比重超过了 90%。目前,天津滨海新区正在部署实施"十大战役",成为天津市新的经济增长点。据初步估算,"十大战役"总投资将达到 1.5 万亿元,从 2009 年下半年开始,将用一年半的时间加快响螺湾和于家堡中心商务区、中新生态城、东疆保税港区、临港工业区等十个区域的基础设施建设。十大战役不仅为滨海新区带来了巨大发展空间,也为天津市企业带来巨大商机。

2009 年开春以来,随着国家产业振兴规划方案的陆续出台,作为西部大开发桥头堡的陕西省也随之启动了自己的产业振兴计划。陕西已形成了以机械、航空、航天、电子、纺织、医药、化工、能源、食品等为主体的门类齐全的工业体系。随着经济结构调整步伐的加快,高新技术产业、旅游业、果业、畜牧业、装备制造业和能源化工业等六大产业,已经成为推动陕西迅速崛起的特色产业。

天津是重要的北方城市,将成为我国发展的第三极,而陕西是内陆重要经济省份,是西部大开发桥头堡,在全国经济发展的背景下,两地经济互补性很强,有很大的合作空间。

三、基于区位商的陕津合作分析

利用区位商分析法,可以清晰地找出陕西的优势产业和劣势产业,在此基础上,结合天津的区位商,本着优势互补原则,我们可以为探寻陕西、天津对接点和合作空间找到理论支持。

本部分以 2000 年和 2008 年统计数据为基础对陕西的产业发展状况进行分析。计算数据来自 2001 年、2009 年《中国统计年鉴》和《陕西统计年鉴》。

(一)第一产业内部分析

2000 年和 2008 年陕西第一产业内部区位商如表 7-1 所示。

表 7-1　陕西第一产业内部区位商

	2000 年区位商	2008 年区位商	差值
农业	1.27	1.26	− 0.01
林业	1.56	0.87	− 0.68
牧业	0.77	0.85	0.08
渔业	0.07	0.05	− 0.02

从表 7-1 中可以看出,从 2000 年到 2008 年的发展过程中,农业在结构调整中基本保持平稳发展。在第一产业结构中,农业继续保持优势,高于全国水平。牧业取得了一定得发展,渔业受到陕西自然资源与条件的影响处于劣势地位。

(二)第二产业内部分析

陕西工业内部各行业区位商如表 7-2 所示。

表 7-2　陕西工业内部各行业区位商表

	2000 年区位商	2008 年区位商	差值
煤炭开采和洗选业	1.11	3.57	2.45
石油和天然气开采业	4.00	7.35	3.35
黑色金属矿采选业	0.22	0.42	0.19
有色金属矿采选业	4.35	2.06	− 2.29
非金属矿采选业	0.35	0.28	− 0.08
其他采矿业	0.51	—	− 0.51
农副食品加工业	0.61	0.67	0.06
食品制造业	1.03	0.95	− 0.08
饮料制造业	1.07	1.65	0.59

续表

	2000 年区位商	2008 年区位商	差值
烟草制品业	1.66	1.49	-0.17
纺织业	0.71	0.27	-0.44
纺织服装、鞋、帽制造业	0.15	0.07	-0.08
皮革、毛皮、羽毛(绒)及其制品业	0.18	0.01	-0.16
木材加工及木、竹、藤、棕、草制品业	0.51	0.09	-0.42
家具制造业	0.65	0.09	-0.56
造纸及纸制品业	0.71	0.43	-0.29
印刷业和记录媒介的复制	1.98	1.01	-0.98
文教体育用品制造业	0.01	0.03	0.02
石油加工、炼焦及核燃料加工业	1.00	2.77	1.77
化学原料及化学制品制造业	0.66	0.54	-0.13
医药制造业	2.50	1.51	-0.99
化学纤维制造业	0.16	0.06	-0.10
橡胶制品业	0.22	0.19	-0.03
塑料制品业	0.18	0.22	0.04
非金属矿物制品业	0.71	0.68	-0.04
黑色金属冶炼及压延加工业	0.28	0.46	0.18
有色金属冶炼及压延加工业	0.84	1.34	0.49
金属制品业	0.42	0.24	-0.18
通用设备制造业	0.73	0.65	-0.08
专用设备制造业	1.49	1.07	-0.42
交通运输设备制造业	1.43	1.48	0.05
电气机械及器材制造业	0.77	0.62	-0.14
通信设备、计算机及其他电子设备制造业	1.16	0.60	-0.56
仪器仪表及文化、办公用机械制造业	0.97	0.94	-0.03
工艺品及其他制造业	—	0.15	0.15
废弃资源和废旧材料回收加工业	—	0.06	0.06
电力、热力的生产和供应业	1.13	1.09	-0.04
燃气生产和供应业	0.39	0.97	0.58

注:"—"代表无相应区位商数据

　　从表 7-2 可以看出:在工业内部,2000 年和 2008 年区位商均大于 1 的行业有:煤炭开采和洗选业、石油和天然气开采业、有色金属矿采选业、饮料制造业、烟草制品业、医药制造业、印刷业和记录媒介的复制、专用设备制造业、交通运输设备制造业及其电力、热力的生产和供应业等 10 个行业,前面一些行业得益于丰富的自然资源,而医药制造业、专用设备制造业、交通运输设备制造业及其电力、热力的生产和供应业则得益于陕西的军工基础和丰富的高校人力资源。

在这些产业中,2008 年陕西煤炭开采和洗选业、石油和天然气开采业的区位商达到 3.57 和 7.35,可见陕西已经在能源产业方面占据重要地位。目前,陕北的延安市已探明石油储量 13.8 亿吨,而作为建设中的国家级能源化工基地——榆林地区已发现的矿产潜在价值超过 46 万亿元人民币,特别是煤、气、油、盐资源富集一地,探明储量则占全省已探明储量的 86%,占全国已探明储量的 12%。依赖陕西丰富的煤炭和石油资源,2008 年陕西石油加工、炼焦及核燃料加工业区位商达到 2.77,比 2000年增加 1.77。

(三)第三产业内部分析

从表 7-3 可以看出,与 2000 年比较,陕西的批发、零售、物流餐饮业、金融保险业和房地产业有了很大的发展,区位商增加了 0.45、0.33 和 0.16,其在全国份额逐渐加大,其中批发、零售、物流餐饮业区位商超过 1,这主要得益于陕西近年来加大力度发展物流业,订立了合理可行的物流规划,物流设施有了很大的改善,同时物流业也成为陕西未来几年重点扶持的产业之一。陕西的旅游业一直是支柱产业,科学的旅游管理、开发丰富的旅游资源和文化底蕴支撑着陕西旅游业,使其近年来一直居于全国前列,但是 2008 年的区位商较 2000 年下降 0.49,这反映出陕西新兴的休闲旅游和商务旅游的开发相对滞后,陕西是旅游大省而不是旅游强省,在旅游上进行区域合作与交流势在必行。

表 7-3　陕西第三产业内部行业区位商

	2000 年区位商	2008 年区位商	差值
交通运输仓储邮电业	1.51	1.02	-0.49
批发、零售、物流餐饮业	0.65	1.10	0.45
金融保险业	0.43	0.76	0.33
房地产业	0.51	0.68	0.16
其他服务业(旅游业)	1.34	1.11	-0.23

四、陕西、天津合作构想

(一)结合产业发展优势,承接产业衔接

全面把握陕西、天津产业现状,在错位经营和配套服务上下工夫,找准产业对接空间。要成立专门正式组织,在对陕西、天津总体规划、产业规划和发展趋势的研究

基础上，捕捉陕西与天津现有产业和未来产业的基本信息，提高产业对接的针对性。

1. 优势制造业衔接

陕西航空、机械、电子产业具有技术优势，但是近年来有下滑的趋势，区位商从 2009 年的 1.16 降低到 2000 年的 0.60。陕西应该立足走新型工业化道路的需要，继续利用高校密集的人力资源优势，争取与天津的大飞机、大火箭、大造船、大机车等大项目进行产业衔接和配套生产，形成互补的产业链条。对此，鼓励天津和陕西的相关制造企业通过资金、产权等资本形式形成企业集团。同时以这些可行的大项目的产业衔接，带动陕西、天津其他相关企业的合作，将各自的优势制造业有机衔接推向纵深。

2. 能源衔接

陕西的能源十分丰富，"十一五"以来，陕西省大力实施项目带动战略，相继建成了一批能源重点项目，加快了煤油气产能及电源建设步伐，为建设我国重要的能源接续区奠定了基础。其中煤炭新增产能 9 432 万吨。石油新增探明储量 5.8 亿吨，新增产能 1 000 万吨。天然气新增探明储量 2 300 亿立方米，新增产能 40 亿立方米。对此在陕西与天津合作中，应充分考虑利用陕西能源与天津的大乙烯、大炼油等项目进行上下游衔接。同时鼓励大港油田与陕西能源企业积极展开战略合作。

3. 物流业的经济合作

天津物流业发达，经过多年的建设，天津港已成为北方第一大港，其港口经济的"场辐射"作用日益增强，已成为带动腹地经济发展新增长极。同时最重要的是天津港依托天津、北京两大直辖市，该地区将是我国未来一段时间经济最具活力的地区。

陕西外向型经济趋于活跃，可与天津在整体物流规划上进行深度合作。陕西工业外贸借天津港入海，形成以天津港为龙头的陕、津物流走廊。依托天津物流发展优势加速发展陕西省物流业，促进开放性经济的发展。而天津也可经西安这个"丝绸之路"起点，将产品销往西亚，从而实现陕津合作共赢。

此外、还可考虑在汽车制造、制药等领域找到合作的空间，以作为双方经济的增长点。

4. 旅游文化的合作

陕西是我国旅游资源最丰富的省份之一，其文物景点密度之大、数量之多、等级之高，均居全国首位，同时陕西山川秀丽、景色壮观，生活在这片黄土地的人们也创造了古朴、独特的民俗、民风和民间艺术。天津休闲旅游别有风格，旅游市场潜力巨大。陕西与天津文化和旅游有极强的互补性，应建立专业的协调机制与平台、互推旅游资源，打造精品旅游路线，通过资源整合联合推广、信息共享，建立旅游交流和合作的长效机制，共同推进两地旅游发展。

（二）结合产业发展层次，承接产业转移

虽然纺织业等产业目前还是天津的支柱产业，但从发展的观点来看，由于在工资、房租、地租、原材料价格、能源等方面存在着很大的区域差，天津的纺织、冶金、建

材等产业的转移只是一个时间的问题。2008年以来,我国区域经济增长的梯度转移特征明显,中西部地区积极承接东部产业转移,陕西在经济发展中,应抓住国内产业调整和转移的趋势,主动承接一些劳动密集型产业转移。产业的转移首先应是产业上的全面合作,实现产业链相互延伸和对接。

(三)产业衔接和转移中的协调机制

由于陕西、天津都有自己相对独立的经济权益,合作实际上是为了更好地追求和维护自己的经济权益。更重要的是,合作必须给参与的各方都带来比单独发展更多的经济效益,或者说参加合作的各成员收益的提高至少要等于由于参加经济合作而引起的各成员的直接收益损失。否则,合作就缺乏凝聚力,不可能长期维持,各成员将失去参与经济合作的动力。区域经济合作形成的充分条件是合作各方能够通过有效磋商,协调彼此之间的利益分配,并最终达成有约束力的利益分配协议,约束彼此的经济行为。因此陕西、天津在产业经济合作中应该建立起专门的协调机构,共同制定协作发展规划并监督实施。

陕西、天津很多产业有合作的空间和潜力,产业衔接点较多。目前,旅游业和物流业的合作就操作性上看已经具备了基础,因此接下来将对陕西省和天津市的旅游业和物流业的合作做重点分析。

第三节　天津与陕西区域经济合作重点之旅游业

旅游业是天然的绿色产业,被誉为"无烟工业"和"生态工业",不仅能源消耗低,环境污染小,而且关联带动性强,具有"一业兴、百业旺"的乘数效应,在促进最终消费、加快经济转型中具有不可替代的作用,发展前景十分广阔。据统计,旅游业涉及国民经济上百个产业、行业和部门,每增加就业1人,可带动其他行业就业5人;每增加1元收入,可带动相关行业增收4.3元;每增加1元投资,可带动其他行业投资5元。因此,我国很多省市也把旅游业作为重要的支柱产业和先导产业来培育。当前,旅游产业已成为世界上最大的产业之一。

一、陕西、天津旅游业发展现状

(一)天津旅游业发展现状

1. 天津的旅游资源

1)人文景观资源特色明显

看秦汉史到陕西,看明清史到北京,看近代史到天津。天津是中国近代史的"缩影"。许多珍贵历史遗迹、名人故居和多国风格的建筑,如大沽口炮台、天后宫、独乐寺、石趣园、霍元甲故居、石家大院、古式教堂等都体现着天津的近代特色。另外,五大道风情区保存着大量具有民族风格的古建筑和西洋建筑,荟萃了"万国建筑博物馆"的精华;周邓纪念馆承载老一辈革命家拳拳报国的民族之魂。

2)自然旅游资源丰富

天津拥有盘山国家级风景名胜区、黄崖关长城、九龙山国家级森林公园、八仙山国家级自然保护区、翠屏湖风景区等景点,另外,海河风景线也为天津市增添了国际大都市的风采,古海岸与湿地国家级自然保护区资源更是别具一格。同时天津濒临渤海,海上观光、海上休闲度假资源丰富。

2. 天津的旅游产业运行

2008 年末,全市有 A 级景区 38 个,工农业旅游示范点 14 个。全年接待国际旅游者 122.04 万人次,比上年增长 18.2%,其中外国人 103 万人次,增长 18.6%。旅游创汇 10.01 亿美元,增长 28.6%。全年接待外省游客人数比上年增长 14.8%,国内旅游收入增长 18.2%。全年全市 20.1 万人次出国出境旅游,增长 11%,旅游支出 27.38 亿元,增长 13%。2009 年接待海外游客突破 141 万人次,旅游外汇收入 11.8 亿美元,同比分别增长 16% 和 18%;接待国内游客 8 000 万人次,国内旅游收入 950 亿元,同比分别增长 15% 和 17%。2010 年上半年,全市共接待海外旅游者 82.33 万人次,同比增长 16.8%;旅游外汇收入 6.87 亿美元,同比增长 18.9%;接待国内旅游人数 4 600 万人次,同比增长 15.2%;国内旅游收入 575 亿元,同比增长 21.1%,各项旅游经济指标创历史同期最好水平。

3. 天津旅游业发展中存在的问题

首先,天津具有国际和国内知名的景区景点不多,景点特色不足,城市旅游形象不鲜明,多数景区未形成品牌。天津特色的旅游产品档次、品位低,没有形成规模。旅游经济是典型的"注意力经济",品牌效应至关重要,天津旅游空泛的现象反映了天津旅游策划、旅游宣传的落后,同时也映射出天津大部分景区(点)偏重资源的硬开发,忽视品牌建设的事实。

其次,旅游资源综合开发力度不够,整体规模效益较小,天津旅游企业"小、散、弱",缺乏龙头企业整合资源。

最后,天津旅游业重视有形旅游资料开发,忽视潜力巨大的无形旅游资源的充分开发及文化内涵的挖掘展示。可以说,旅游也是一种文化活动和文化现象,文化的影响力的缺乏使"近代中国看天津"的效能难以发挥。

(二)陕西旅游业发展现状

1. 陕西旅游资源

陕西是中国旅游资源最富集的省份之一,资源品位高、存量大、种类多、文化积淀深厚,地上、地下文物遗存极为丰富,被誉为"天然的历史博物馆"。全省现有各类文物点 3.58 万处、博物馆 151 座、馆藏各类文物 90 万件(组),文物点密度之大、数量之多、等级之高,均居全国首位。浏览这座"天然历史博物馆",随处可看到古代城阙遗址、宫殿遗址、古寺庙、古陵墓、古建筑等,如"世界第八大奇迹"秦始皇兵马俑,中国历史上第一个女皇帝武则天及其丈夫唐高宗李治的合葬墓乾陵,佛教名刹法门寺,中国现存规模最大、保存最完整的古代城垣西安城墙,中国最大的石质书库西安碑林及72座古代帝王陵墓。全省各地的博物馆内陈列的西周青铜器、秦代铜车马、汉代石雕、唐代金银器、宋代瓷器及历代碑刻等稀世珍宝,闪烁着耀眼的历史光环,昔日的周秦风采、汉唐雄风从中可窥一斑。

陕西省不仅文物古迹荟萃,而且山川秀丽,景色壮观。境内有以险峻著称的西岳华山、气势恢宏的黄河壶口瀑布、古朴浑厚的黄土高原、一望无际的八百里秦川、婀娜清秀的陕南秦巴山地、充满传奇色彩的骊山风景区、六月积雪的秦岭主峰太白山等。

目前省内有世界文化遗产1处,即西安的秦始皇陵及兵马俑坑;国家级风景名胜区5处,即华山风景名胜区、临潼骊山风景名胜区、宝鸡天台山风景名胜区、黄帝陵风景名胜区、合阳洽川风景名胜区。陕西省共有中国优秀旅游城市6座,中国旅游强县4个。各类等级(A级)旅游景区81处,其中5A级景区3处,4A级景区18处,3A级景区31处,2A级景区23处,1A级景区6处。

2. 陕西的旅游产业运行

2005—2008年,陕西省累计接待国内旅游者3亿人次,旅游收入1 713亿元,年均分别增长14.7%和19.0%;接待境外旅游者447.8万人次,外汇收入22.3亿美元,年均分别增长9.3%和15.4%,发展速度超过全省GDP增速、服务业增速和全国旅游产业的平均增速,2008年旅游业规模已占全省经济总量的8.9%,拉动和支撑全省发展的作用越来越突出。

2009年,陕西省积极开发旅游产品,努力提升产业素质和产品的市场竞争能力。在法门寺文化旅游景区、西安临潼旅游景区、延安红色旅游区、黄帝陵旅游区、金丝峡旅游区、秦岭国家中央公园旅游区、巴山(汉江)旅游区、榆林沙漠生态旅游区等骨干旅游产品的开发工作上,加大了文化内涵的挖掘力度和产品的升级换代进程。截至2009年年末,陕西省接待境内外旅游者11 555.08万人次,同比增长25.8%。其中接待入境旅游者145.08万人次,同比增长15.4%,高出全国平均增长水平18.13%;接待国内旅游者11 410万人次,同比增长26%。旅游业总收入767.94亿元人民币,同比增长26.5%,高于全省GDP增幅(13.6%)12.9%。其中旅游外汇收入7.71亿美元,同比增长16.7%;国内旅游收入715.28亿元人民币,同比增长27.5%。旅游业总收入约占全省GDP的9.4%,同比增长了0.5个百分点。

3. 陕西旅游存在的问题

陕西旅游业在近年来取得了长足发展,但也应看到,陕西旅游业发展也存在一些障碍和不足,主要表现为以下几个方面。

第一,陕西是旅游大省,但不是旅游强省,在全国旅游中份额降低,客源增速放缓。陕西省旅游还没有把拥有丰富的旅游资源的优势完全发挥出来,同其他旅游强省相比还有不小差距。如2008年,江苏旅游总收入达3 200多亿元,是陕西的5倍,但其旅游资源并不比陕西丰富。同时,陕西受到周边四川、河南等省旅游业的强烈竞争,旅游客源增速放缓,这一点在入境游上尤为明显。2008年陕西入境旅游人数从全国第9位滑落到第12位。

第二,旅游市场营销中存在促销方法单一的问题。目前,陕西省旅游市场营销仍然是广告、报纸、宣传品,缺少创新性的营销方式,如电影、电视剧、大型歌舞等传播范围更广的手段。

第三,陕西自然旅游景观开发还很不到位。陕西省17个国家4A级旅游区中,只有华山风景名胜区、太白山国家森林公园及翠华山旅游风景区三个景点属于非历史人文景区,在陕西省拥有的4A级景区中比例不到18%。而事实上,陕西南北地理跨度较大,坐拥秦岭山脉和黄土高原,拥有丰富的自然旅游资源,自然旅游产品开发还有很大空间。自然山水游开发滞后已成为陕西旅游发展一大障碍。

第四,旅游产品层次需要丰富、结构需要完善。随着人们收入水平提高和闲暇时间的增多,休闲经济逐步发展,旅游消费心理也日渐成熟,休闲游、体验游已成为旅游业新的发展方向。陕西省在普通休闲游上发展较慢,同时在与会展经济相联系的商务旅游和高端休闲度假旅游开发力度不够。

第五,旅游产业链延伸相对滞后。旅游业的发展会带动相关产业的增长,但是其他相关产业也会反作用于旅游产业。陕西旅游在很大程度上仅止步于旅游,关于后续的旅游产品深度开发、文化深度开发以及旅游创意、文化在其他产业上延伸还有相当的差距,没有形成旅游业与其他产业相互促进、共同发展的格局。

二、陕西、天津旅游业合作的必要性与可行性

(一)陕西、天津旅游业合作的必要性

旅游是一个开放性的产业,开放性决定旅游业对外经济合作的必要性。如今区域旅游合作成为我国旅游业发展的一种趋势,区域旅游合作已经成为提高旅游竞争力、改善区域旅游总体形象,促进旅游业持续、健康、快速发展的重要途径。在经历了景点竞争、线路竞争、城市竞争阶段后,我国各地区之间的旅游竞争也已经进入区域竞争时代。区域旅游合作成为我国旅游业发展的一大主题,并且已经成为应对激烈市场竞争和提高旅游竞争力的有力手段。

1.区域旅游经济合作已逐渐成为各地发展区域旅游业的共识

为了合理开发旅游资源,发展区域旅游业,许多地方开始打破地域界限,寻求合作共同构建多层次、逐级推进的旅游经济圈,建立区域旅游合作组织,重组区域旅游资源,打造无障碍旅游区,促进区域旅游经济的发展。如长三角区域沪、浙、苏、皖等省率先成立了"长三角旅游城市合作组织";泛珠三角区域的《泛珠江三角区域旅游合作(广州)宣言》;京、津、冀三地共同签署《京津冀旅游合作协议》;中部的鄂、渝两省市签署《关于加强长江三峡区域旅游经济合作协议》;湘、鄂、赣、豫、皖五省旅游管理部门共同签署了《赤壁宣言》;西部的川、滇、藏三省区达成共同建设"中国香格里拉生态旅游区"协议;川、陕、甘三省共同签署了《陕川甘区域旅游市场恢复合作协议》等等。这种合作,可以实现区域旅游资源的重组,推进区域旅游产业的优化,推

动区域旅游市场一体化,促进区域旅游经济的发展。可见,建立区域旅游经济联盟意义重大,在这个问题上人们开始达成共识。

2.局部、零星、松散的区域旅游经济合作逐渐走向高层次、全方位、紧密型的区域旅游经济联盟

如今,区域旅游经济合作已经逐渐走出理论论证阶段和政府例会强调重要性阶段,很多区域旅游经济合作组织已经走向实质性的合作框架构建,和具体操作细节的实施阶段。如一年一度的长三角旅游城市高峰论坛,每年都有相应的主题,不断推进区域旅游合作的深化,最大限度地实现合作和共赢。"长三角旅游城市高峰论坛"也已成为国内区域合作的典范和品牌,得到了国务院和国家旅游局有关领导的充分肯定。

实践证明,随着经济全球化的快速发展,区域经济一体化的程度日益加深,区域旅游互为客源地和目的地的特征更加明显。只有打破行政区划界限,强化旅游区域合作,致力打造无障碍旅游区,才能推进区域旅游业的跨越式发展,才能使区域旅游向着更加协调、更有效率、更具国际竞争力的方向发展。

(二)陕西、天津旅游业合作的可行性

从陕西、天津旅游业的发展现状可以看出,陕西、天津旅游业存在巨大的合作空间。

1.天津需要陕西成功的旅游市场推介经验

陕西是旅游大省,丰富的历史文物,深厚的文化底蕴,再加上多年成功的旅游宣传、推介使陕西旅游具有鲜明品牌形象,享誉世界。同时,陕西旅游也形成品牌延伸的溢出效应,使以类似兵马俑等世界级景点为核心的周边游容易开展,边际成本大幅降低。

而天津旅游至今仍然没有打开局面,天津"山、河、湖、海、泉"齐备,北洋文化独树一帜,但是多年一直难以扭转天津旅游形象空泛的状况,对外知名度、享誉度较差。

因此,陕西可以凭借丰富的旅游管理、开发的经验,合作开发天津的旅游业。

2.陕西需要深度开拓天津旅游者市场

旅游是一个开放式的文化活动,边际成本极低,对游客资源的竞争开发十分敏感。近年来陕西旅游虽然取得骄人的成绩,接待中外游客数量节节攀升,但是在全国很多地区都在大力发展旅游业、提升自身旅游竞争力的背景下,陕西也要先行一步,在全国各地开拓游客市场。

资料表明,陕西近年来大力开展旅游形象宣传和境内外旅游市场营销活动。2009年,陕西省在境内外先后组织开展了1 148余场次的各类旅游宣传促销活动。在境外先后赴德国、日本、韩国、墨西哥、美国、古巴进行宣传促销和市场开拓。在国内先后赴北京、广东、福建、天津、甘肃、重庆、青海、云南、四川、台湾等地举办旅游推介会和交流活动。但实践证明,这种非政府及无当地正式组织参与的旅游市场营销活动效果往往大打折扣。

天津近年来经济高速发展,人们生活水平不断提高,旅游需求市场潜力巨大。陕西可以与天津市结成政府层面的旅游合作协议,通过有针对性的旅游产品、旅游线路设计及一些优惠刺激等手段发掘天津游客资源。

3.陕西与天津的旅游业各具特点、互补性很强,可以取长补短

天津的休闲游、会展游是强项。2005年,天津制定城市旅游发展新规划,明确提出把天津建设成为环渤海乃至北方地区最具吸引力的休闲旅游中心城市,同时得益于"中国经济第三极"滨海新区快速健康发展,天津的商务游、会展游开展得有声有色,积累了大量的经验。但天津的历史文化游、观光游一直是天津旅游业的短板。

而观光旅游一直是陕西的强项,但休闲游、体验游、会展游等开发相对滞后。因此,陕西提出从单一传统观光旅游向文化旅游、休闲旅游、度假旅游、会展旅游、商务旅游相结合转变,从单纯注重经济功能向更加注重发挥旅游业经济、文化、社会、生态综合功能转变。这样陕西与天津在旅游层次与结构、产品与市场上差异明显、互补性强。天津与陕西在旅游上表现出更多的是合作潜力,而不是竞争。

同时,陕西与天津也存在共同的发展课题:如何深度挖掘文化(陕西的汉唐文化和天津的北洋文化);如何借助丰富的影视文学作品宣传本地旅游;如何把旅游业发展与其他产业发展衔接起来;如何做到旅游资源的开发与环境保护相结合等等,在这些问题上都有合作的空间和意愿。

4.陕西和天津旅游企业合作的空间巨大

陕西和天津在旅游业发展的过程都遇到了同一个问题,就是旅游企业地域性强,只能发展本地化。同时旅游企业规模小,实力弱,市场竞争力差。对此,陕西和天津除了应该加强本省市旅游企业的优化重组外,要可以考虑加大国有旅游企业改革力度,天津和陕西两地企业通过兼并重组、引进战略合作伙伴等多种形式,推进股权多元化,打造一批具有较强综合实力的跨区域发展大企业、大集团,改变陕西和天津旅游市场主体散、弱、小的问题。

三、陕西、天津旅游经济合作的几点设想

(一)旅游业对接点

1.秦汉文化与北洋近代文化交汇

历史文化是中华民族延绵不绝、繁荣昌盛的足迹,从汉唐到明清,再到近代文化,都是中华民族的瑰宝。历史的传承性、延续性,应该是旅游经济合作中重点关注的焦点。秦汉文化看陕西,近代中国看天津,陕西、天津旅游经济合作可以首先主打文化延续、文化传承这块牌,通过文化实现对接。在两地的旅游经济合作中,主动有意识地通过各种宣传途径,渲染这种文化的传承与交汇,引导游客产生文化联想。

可通过陕西、天津及黄河—滨海区域其他省份共同参与,文化寻根,以"中国母亲河"为主题,整合中国汉唐(西安)、宋元(洛阳开封)、明清(北京)和北洋(天津)文化历史遗存,开发和拓展黄河沿线省市文化和旅游资源。循着中国历史发展的脉络

把黄河—滨海区域的文化游穿成一条线,形成一个有机的整体。

陕西、天津及黄河—滨海区域其他省份可以组织文化团体、学生等潜在旅游客源不定期在黄河—滨海区域文化交流旅游,把母亲河历史文化传承宣传出去、扩大国内外游客对该线路的关注度。

2. 文化底蕴与休闲度假交汇

文化底蕴的内涵是人或人群所秉持的长期积累下来的独特地域性文化。其中,文物古迹、民俗传统等历史文化的沉淀必然是城市文化底蕴中不可或缺的一部分。

发展旅游业是陕西赶超东部发达省份的捷径。而深厚的历史文化底蕴一直是陕西旅游的核心。西安是中国历史上建都朝代最多、历史最悠久的城市,先后有西周、秦、西汉、新、东汉(献帝初)、西晋(愍帝)、前赵、前秦、后秦、西魏、北周、隋、唐等13个王朝在这里建都。自公元前1057年至公元904年,西安曾长期是古代中国的政治、经济与文化中心。西安境内史前文化遗址囊括旧石器时代、新石器时代母系氏族公社、父系氏族公社等人类社会演进各历史阶段的多种类型,构成人类社会进化史上举世罕见、层次清晰的完整系列。西安所在的关中地区被称"中华民族摇篮",不仅是中华民族的重要发祥地,也是整个亚洲重要的人类起源地和史前文化中心之一。同时丝绸之路的起点西安也是"丝绸之路"的起点、佛教文化中心。除了兵马俑、大雁塔、碑林等世界著名人文景区外,陕西通过政策和资金双重引导,将深入挖掘周秦汉唐等古文化内涵,加快开发建设周文化城、秦始皇陵遗址公园、汉阳陵博物苑、五陵塬汉文化旅游区、法门寺旅游区、汉长安城遗址、大明宫遗址、大唐西市遗址、大唐不夜城等历史文化景区。加快建设以延安为中心的"陕甘宁红色旅游区"和全国及省级爱国主义教育基地。2008年零点研究咨询集团正式公布《中国最具文化底蕴城市排行榜》,古都西安位居第二。

近年来,天津一直致力于打造休闲度假旅游产业链条,市政府提出发展海上旅游和海滨度假旅游,振兴邮轮、游船、游艇及相关海洋休闲产业是今后旅游业的重点。

随着我国经济的持续增长,人们物质生活质量提高,相当一部分人对旅游也提出新的要求,旅游的舒适性、享受性成为一种诉求,旅游的产品、方式也必须适应这一发展需求。目前,国际邮轮适时进入中国,打造全新的海上浪漫度假方式,人们只需购买一张船票,就能享受这邮轮"海上移动度假村"里提供的住宿、餐饮、娱乐等各项服务。在国际上邮轮这种旅游方式早已风行,在国内还属于起步阶段,是一种极具发展前途的旅游新方式。

天津港继上海、香港后成为国际邮轮母港,也是北方第一个邮轮母港。天津港国际邮轮母港规划面积160万平方米,岸线长度2 000米,可安排6个大型国际邮轮泊位。一期开发面积70万平方米,建设两个大型国际邮轮泊位及配套客运站房,码头岸线长625米,可停靠目前世界上最大的邮轮,设计年旅客通过能力50万人次。目前,亚洲最大的邮轮母港——天津港国际邮轮母港一期工程完成,于2010年6月26日开港。环球嘉年华旗下"歌诗达浪漫"号成为在这里起航的首艘国际豪华邮轮,之后皇家加勒比国际邮轮公司旗下的"海洋神话号"也以天津港为母港，两公司分别开始 10 个航次和 8 个航次的日韩航线，预计今年将有近 5.5 万名旅客从这里开启他们的海上奢华假期。此外，其他国际邮轮公司也将目光聚焦天津港，这里将迎来 40 艘国际邮轮，带来 10 万人次的国际旅客到京、津等地旅游观光，助推滨海新区"邮轮经济"发展，对天津市旅游经济起到重要的拉动作用。

国际豪华邮轮青睐天津港的同时，为了吸引更多的国际豪华邮轮挂靠以及世界顶级船公司落户，滨海新区出台相关政策并设立专项资金，大力发展邮轮产业。如国际邮轮公司挂靠的收费优惠和便利通关等政策，对于邮轮公司将根据其设立在东疆保税港区的经营机构性质、开设的航线类别、数量、增幅给予一定的资金支持，最高每年 100 万元的支持资金。此外，滨海新区还给予天津港国际邮轮母港国外入境邮轮乘客中转免签的便利政策，有效地提高了通关效率。

天津作为环渤海区域的重镇，交通发达、港口设施优良、客源丰富，且环渤海区域旅游资源丰富，随着环渤海地区及陕西、山西、内蒙古等经济的快速发展，我国北方邮轮市场蕴藏巨大的潜力可待开发。

据天津旅游业的经验，60% 入境游客到天津旅游是通过邮轮实现的，国际游客和国内游客可通过天津和陕西旅游合作具体策划的旅游产品和线路实现旅游衔接，通过这种信息共享，旅游合作开发实现陕西深厚的文化底蕴游和天津现代休闲游相结合。

3. 秦腔与茶馆相声激情碰撞中的文化交融

秦腔是我国历史最悠久的剧种之一，秦腔是陕西的艺术瑰宝，也是中国的文化物质遗产。秦腔的表演朴实、粗犷、细腻、深刻，以情动人，其中苦音腔最能代表秦腔特色，深沉哀婉、慷慨激昂。秦腔的表演自成一家，角色体制有生、旦、净、丑四大行，各行又分多种，统称为"十三头网子"。国家非常重视非物质文化遗产的保护，2006 年 5 月 20 日，秦腔经国务院批准列入第一批国家级非物质文化遗产名录。2007 年 6 月 8 日，陕西省西安秦腔剧院获得国家文化部颁布的首届"文化遗产日奖"。

天津号称是曲艺之乡，相声是天津人的音乐，天津有孕育相声的肥沃土壤。相声一直有"生在北京，长在天津"之说，而茶馆相声是最贴近民间的大众娱乐，最能够代表天津特色。"长衫还是那件长衫，折扇还是那把折扇，'贯口儿活'在岁月里尽显绵长"。天津这座城市的平和包容，是相声这门艺术存在和发展必备的基础。

陕西和天津可以以民间艺术游为主线，推动两地文化的交融。

（二）陕西、天津旅游业对接要解决的问题

1. 建立专门的旅游经济合作组织

陕西、天津西安在旅游经济合作框架内，必须建立专门的旅游经济合作组织。同时，为了实现区域旅游合作机制的制度化、长期化，还必须由这个专门组织负责协调，然后统一制定本区域旅游业发展的方针政策，协调区域旅游合作中出现的问题。可以说，专门的旅游经济合作组织为陕西、天津旅游业合作奠定了组织基础。

2.建立旅游信息共享机制

当今区域旅游合作要进一步向纵深发展,首先需要在各自不同区域之间建立旅游信息的互动关系,形成一个综合性的旅游信息数据库,建立信息交互机制和信息平台,以期达到联动表现区域旅游资源的多样性和互补特色,形成区域旅游客流,促进各旅游区旅游目的地的共同发展,从而有利于在世界范围内推广各区域鲜明的联合旅游形象,树立国际性旅游区域品牌,在国际主要旅游客源市场中形成强大的推广之力。

3.建立旅游人才交流机制

人才合作交流机制也是一个不可忽略的重要方面。因此,应建立人才合作交流机制,为实现人才资源共享,实现人才流动合作无障碍,提供人才支持和保障。通过旅游人才资质互认、建立各层次培训合作机制、完善区域旅游人才信息网络等手段,为区域旅游业的发展提供智力支持和人才保证。

第四节　天津与陕西区域经济合作重点之物流业

作为天津现代物流发展的引擎和北方第一大港,天津港物流技术先进,经营意识灵活,业务增长迅猛,需要开拓内陆物流市场。同时,近年来环渤海经济合作经验表明,天津港口经济的"场辐射"作用日益增强,已成为带动腹地经济发展新增长极。

而陕西经济活跃,发展势头良好,但在外向经济方面还有很远的路要走,配套性的外贸物流业亟须加强,因此,在这一关键点上,可与天津在整体物流规划上进行深度合作。陕西工业外贸借天津港入海,形成以天津港为龙头的陕、津物流走廊。依托天津物流发展优势加速发展陕西省物流业,促进开放性经济的发展。实现陕、津合作共赢。

一、陕西省发展外贸经济中物流的制约因素

(一)对外贸易发展现状

投资、消费、出口被称为拉动经济增长的三驾马车。英国经济学家诺克斯认为,对外贸易是经济增长的发动机。我国改革开放的成功实践也证明了这一点。随着经济全球化进程加快,对外贸易在经济社会发展中的作用日益突出。

陕西省作为西部大开发战略中具有重要意义的一个省,近几年对外贸易取得了长足发展并呈现高速增长态势,对全省经济增长的作用也越来越明显,其特点具体表现为以下几点。

1.对外贸易持续稳定增长

2007 年全省货物贸易进出口总值实现 68.88 亿美元,同比增长 28.5%,完成全年预期目标 62 亿美元的 111.1%,比 2006 年净增加 15.28 亿美元。其中出口 46.72 亿美元,增长 28.7%。进口 22.16 亿美元,增长 28.06%。2008 年,全省对外贸易保

持稳定增长,规模突破 80 亿美元,再创历史新高。2008 年全省货物贸易进出口总值 83.68 亿美元,同比增长 21.48%,完成全年预期目标 76 亿美元的 110.1%,比 2007 年净增加 14.8 亿美元。其中,出口 54.07 亿美元,增长 15.72%;进口 29.61 亿美元, 增长 33.64%。在全球金融危机的影响下,2009 年全年全省进出口总值 84.01 亿美 元,比上年增长 0.9%,其中,进口 44.16 亿美元,增长 49.8%;出口 39.85 亿美元,下 降 25.9%,实现贸易逆差 4.31 亿美元。在进出口总值中,一般贸易进出口 55.88 亿 美元,下降 9.5%;进料加工贸易进出口 22.78 亿美元,增长 40.6%。

2. 出口商品、市场和经营主体结构不断改善

陕西省的出口商品结构已由农副产品出口发展为目前的以机电产品、矿产品、纺 织品、农产品为主的出口格局。而且机电产品和高新技术产品进出口继续保持较快 的增长势头。2008 年增速分别高出全省进出口平均增速 28.77 和 44.96 个百分点, 成为陕西省外贸进出口的最大亮点。陕西省出口市场也由最初的 20 多个国家和地 区发展到目前的 180 多个,进出口企业也由最初的十几家专业外贸公司发展为目前 的 1 717 家(不含外资企业),其中私营进出口企业也迅速上升至 1 191 家。

3. 私营、外资等非国有企业对进出口增长的贡献进一步增大

2007 年,非国有企业进出口总值 35.58 亿美元,净增加额达到 12.18 亿美元,对 全省进出口增长的贡献率达到 79.7%以上,成为外贸发展的主导力量。而同期国有 企业进出口净增加额仅为 3.1 亿美元。从占比情况看,非国有企业进出口总值比国 有企业的 33.3 亿美元还多 2.28 亿美元,占比达到 51.66%,超过半壁江山,比 2006 年提高 8 个百分点,首次超过国有企业占比。

(二)物流业发展滞后,已成为制约陕西省对外贸易发展的瓶颈

陕西省对外贸易近几年虽然取得了新发展、新突破,但依然存在多个方面的问 题。而其中物流业发展滞后,瓶颈制约矛盾日益加剧,是影响对外贸易发展的一个重 要原因。陕西省地处内陆,口岸建设相对滞后,交通和现代物流业发展缓慢,加之产 业配套能力弱,制约了商品流、资本流、客源流、项目流的顺畅进入。随着近年陕西省 货物贸易进出口的快速发展,国际物流瓶颈制约矛盾日益加剧。目前陕西省物流业 发展存在以下几个方面的问题。

1. 物流基础设施建设薄弱

陕西省近几年交通基础设施虽投入力度较大,状况有明显改善,但与东部发达省 份相比仍然滞后。与西部 12 省(市)相比,陕西的公路里程与等级公路里程均落后 于云南、四川、新疆。特别是省内三大经济区公路发展水平差异很大,陕北、陕南公路 里程少,尤其是高等级公路少。从各区城市公路统计来看,陕北的延安、榆林两市高 速公路总里程 286 千米,只占全省的 29%,陕南三市只有 55 千米,占不到 6%。省内 经济区间公路交通条件亟待改善。物流结点建设明显滞后。大多数工商企业自办物 流现象突出,形成企业"麻雀虽小五脏俱全"的局面。这些企业内部的仓储设施规模 小、层次低,非常分散,很难对其进行有效利用,造成了资源浪费。而社会上现有的各

类交易市场、仓储、站场等布局也不合理,环境条件差,设施设备陈旧简陋,服务功能单一,这些都严重地影响了物流效率的提高。

2. 物流社会化、专业化、市场化程度低

由于物流观念没有真正深入人心,自办物流现象突出,导致物流外包需求不高,物流业的发展内在动力不足,市场化程度低,难以形成大型的第三方物流企业。陕西主要以中小型物流企业为主,且仅局限在较小范围内经营,难以形成规模化运营,造成成本偏高,无法实现物流的真正价值。目前,大多数物流企业只能提供单项或分段物流服务,物流功能主要停留在运输、仓储、市内配送等基础性服务上,且这些服务占其物流收入的大部分。而增值服务,如仓储的延伸服务、运输的延伸服务、配送的延伸服务等都做得不够。更高一级的增值服务,如库存管理与控制、市场调研与预测、产品回收等就更谈不上。另外,陕西目前众多的物流企业仍沿用传统的管理手段和人工操作技术,单位时间内的物流量少,单位空间内的物流处理能力低,信息量十分有限。加之,新技术和新设施往往投资巨大,且要求与客户之间建立接口,不少企业对此望而却步。这种现状极大地制约了新型物流企业的培育,影响了企业综合竞争实力的提高。

3. 物流人才短缺

物流人才是提高物流管理的根本,而在这方面陕西差距非常大。陕西是我国的教育大省,拥有众多的普通高校,但目前也只有西安交通大学和长安大学开设了物流专业,其他学校只是筹划开设物流课程。因此,物流人才短缺是制约陕西现代物流发展的重要因素。

(三)陕西省发展现代物流业的基础条件和发展的前景及潜力

1. 优越的区位条件

陕西位于我国腹地的中心地带,具有承东启西、连接南北的区位之便,自古以来就是重要的物资集散地。其省会西安历史上曾是全国政治、经济、文化和交通的中心,也是"丝绸之路"的起点,东方贸易的大都会;现在是陇海、兰新新经济带的核心区,是新亚欧大陆桥经济带中国段最大的中心城市。陕西已形成陕北能源重化工、关中高新技术和陕南现代中药三大各具特色的产业开发区和一个渭北绿色果品基地。其能源与水果产量在全国占有重要地位(煤占全国比重4.3%、原油占8.7%、水果占4.8%),并构成了陕西主要的输出流体。另外,物流的发展要以经济增长为依托,陕西在人口、生产总值、货运量等经济指标方面处于西部省份的前几位,创造了大量的物流需求。这种经济上的发展强劲势头与地域上强聚集和远辐射的特殊地理区位优势,在发展现代物流产业中显得尤为突出和重要,使陕西有条件成为西部大开发的"桥头堡"和"第一级阶梯"。随着西部大开发的不断深入,陕西在沟通东西部交流方面的桥梁、纽带作用更加突出。物流业的发展将为陕西的经济注入新的活力,有利于提升陕西区位优势,为中西部的发展带来新的契机。

2. 政策支持与导向

加快发展物流业是陕西省经济结构调整的一项重大战略。省政府专门成立了全省物流业发展领导小组,抓紧制定物流发展总体规划。早在 2003 年 3 月,西安就通过了《现代物流产业发展规划》,提出了"1610"计划,即从 2006 年到 2010 年建设 1个物流园区、6 个物流中心、10 个配送中心。2008 年 6 月 27 日,陕西省商务厅与香港豪德集团签订了投资 100 亿元人民币的"西部现代综合物流园区"项目协议,要在陕西打造一个立足陕西、辐射西北地区乃至全国的大型综合商贸物流园区。2009 年召开的陕西省贯彻落实物流业调整和振兴规划实施方案工作座谈会,陕西省将按照省政府出台的物流业调整和振兴规划实施方案的总体思路把陕西省早日建成全国承东启西、沟通南北的重要节点,大力实施发展大物流、大交通的战略,通过构建"物流网络和设施、物流公共信息、物流研发"三大平台,成为物流集散地。

3. 发展机遇

目前,加快发展陕西现代物流业有以下几点优势机遇。一是陕西具有广阔的空间,对区域经济发展产生重要支持;二是能吸收培养大量劳动力,对构建和谐社会具有重要的作用;三是大规模发展陕西现代物流业,也体现了陕西东联西进的战略地理位置,有利于促进区域经济发展;四是加快陕西现代物流业有利于发挥新亚欧大陆桥的作用,有利于形成公路、铁路、海运等多种方式联运的国际物流平台,形成沿海港口国际物流功能在陕西的延伸,对陕西经济走向全球具有重要的战略影响。

二、天津物流业发展的优势

天津市政府非常重视物流业对于全市经济的推动作用,不断加强物流基础设施建设,使天津发展物流业的基础条件有了明显改善。

(一)区位优势

天津地处环渤海湾的中心、山东半岛与辽东半岛交汇点上,是连接海内外,辐射华北、东北、西北的重要枢纽,是中国北方对内对外开放的两个扇面的轴心。滨海新区作为环渤海经济带和京津冀都市圈的交汇点,便于参与城市带中产业、成本、技术、劳动力等要素的开发利用,拉动环渤海地区经济发展。不仅如此,天津的滨海新区还是开放度最高、投资环境最完善、经济实力最雄厚、增长速度最迅猛的天津经济技术开发区和天津港保税区的所在地。作为未来高水平国际物流中心,它具有十分明显的地理环境优势。

天津港已跻身于世界十强港口之一,是我国北方重要的综合性港口,包括集装箱物流中心和散货物流中心。天津港是全国海运主枢纽,与世界 170 多个国家 300 多个港口有贸易往来,同时也是在欧亚大陆桥运输上路径最多、运距最短的通道。面对全球金融危机给我国沿海港口带来的不利影响,天津港的货物吞吐仍逆势走高。截至 2009 年底,天津港口的货物吞吐量突破 3.8 亿吨,集装箱吞吐能力达到 870 万标箱,两项指标分别同比增长 6.7% 和 2.4%。在经营方面,天津港在实现集约化经营的过程中,不断拓展港口在加工、物流、交易等方面的功能;在港口周边大力发展原油、冶金、钢铁、电力等临港工业;进一步加快集装箱物流中心,以及化肥、钢材、矿石等多个分货类分拨中心建设;通过货物交易大厦,引进金融等相关服务机构,进一步完善交易服务功能,努力为客户提供综合性物流服务。

(二)交通优势

天津滨海国际机场作为国内干线机场,是我国四大航空货运基地之一,是国家民航总局重点培育的两大航空货运基地和快件集散中心之一,是现代航空物流的重要节点。天津机场现有航线56条,每周航班623班次,货邮吞吐能力达9.3万吨,客运吞吐量已达到200万人次。随着天津空运物流区的建成,天津将成为中国第一个提供空转空、空转地的国际物流区,这将大大提高天津在全国物流网络中的中心地位。

天津铁路贯通南北,是全国重要的铁路枢纽之一,是京哈、津浦、京九、京秦四大铁路干线的枢纽。众多的地方铁路将天津与其他铁路干线连接成整体,客货运输可到达全国各地,轻轨铁路将市区与新区沟通。天津铁路枢纽已形成服务天津港,辐射东北、华北及华东地区的铁路运输系统,并可经蒙古人民共和国转口到欧洲,是欧亚大陆桥的重要通道之一。天津铁路分局管辖内有干线5条,支线10条,联络线29条,车站24个,主要货场14处,总面积152.6万平方米,年发送货物量超亿吨。

天津公路四通八达,交通基础设施建设有了长足发展。市区道路建设有了突飞猛进的进步,中环线、外环线的通行能力不断提高,多条道路被拓宽,已建成的东南半环快速路进一步加强了市区道路的通行能力。滨海新区组建以来,重点加强了交通道路、桥梁工程的建设,区内贯通12条骨干道路,道路总长度410千米,并与市内主要干道和国家干道相连接,目前已基本形成了新区内部交通顺畅,新区与天津市区交通方便,并辐射全国主要大中城市的公路网络。天津的公路网中有以客、货运为中心的公路枢纽,公路密度为91千米/百平方千米,路网等级水平为3.23,居全国先进水平。公路网里程数达到1.0835万千米,其中干线2134千米,高速路603千米,主要公路运输场站45个,货运车辆6.5万部,货运能力4亿吨。天津有四条通道可到达欧洲,其中天津至二连浩特铁路是我国沿海各港中距离最短的一条通道。此外,天津还可以借助北京作为全国铁路、公路交通中心向内地辐射的便利条件,利用北京交通网络的优势,顺畅辐射到广大内陆地区。

(三)信息网络优势

信息技术是发展现代物流业的关键,第三方物流企业就必须利用互联网来汇集运输、储存、装卸、包装、加工、配送等众多合作伙伴的信息,根据企业的需要选择每一个环节最合适的合作伙伴,并能及时满足客户的需求,这就要求物流企业要有很强的信息收集、储存和处理的能力。近年来,天津滨海新区信息网络建设不断完善,信息化水平日益提高,建成了滨海宽带网。目前政务、商务、口岸工作基本实现了电子化。随着海关、检验检疫、外汇、税务等信息化平台的建设,天津港、开发区、保税区建设数字化区域,国家级电子商务与现代物流示范工程项目的投入使用,以及企业电子平台的接入,搭建具有世界先进水平的电子通关系统已成为可能。此外,各行政区域健全完善了城区网络系统,建成了信息网络中心。总体而言,滨海新区信息网络体系已基本满足了建设国际物流中心的需要。

(四)政策优势

作为北方重要的经济中心和港口城市,天津市对现代物流产业的发展予以高度重视,将现代物流产业列为五大支柱产业之一,制定了一系列政策措施发展物流产业。从各种有关物流方面政策的出台可以看出,政府决策部门的高度重视大力推进了天津现代物流产业的快速发展,也为天津现代物流产业的健康发展提供了有力保障。

三、港口与腹地的经济互动——陕津物流合作的基础

物流市场体系的成熟和完善单独依靠一个或某几个城市的努力是无法完成的,而要放在更大的社会经济背景下来考虑。天津的经济在环渤海地区以至在全国都具有重要的地位。因此,结合本地区或区域经济发展状况打破地区分割和行政垄断,发挥各地资源优势,形成区域内的优势互补,培育完善的市场体系,从而扩大物流市场的需求。天津港口作为资源运输集散的枢纽,是为整个腹地服务的,是腹地区域经济发展的门户。而港口操作技能和水平又是以港口所在区域的文化教育、科学技术、工业和第三产业的综合发展水平和效能为基础的。港口区域经济发展越快,文化科技发展水平越高,港口的现代化水平也越高。因此,港口与腹地区域相互依存、相互促进。要充分发挥港口城市的优势,必须促进腹地的共同发展。因为港口经济的发展有赖于港口腹地的广度及其经济发达程度。由此,我们要促进港口城市的经济增长,必然要加强与腹地之间的互动关系。

随着国家"西部大开发"战略的实施,天津港间接腹地的经济和社会发展水平将会显著提高。社会生产力、综合经济实力将再上一个大台阶,对外贸易和货物运输发展潜力巨大。西部大开发政策实施以来,中国西部地区发生了翻天覆地的变化。作为天津港间接腹地的重要省份之一,陕西省是能源、果品、农副产品、科技和旅游大省。随着陕西省经济的不断繁荣,果品、能源等的开发,产业结构、产品结构的调整,人民生活水平的提高,贸易和物资交流的增加,对现代物流的需求就会愈加强烈。陕西矿产资源较为丰富。已发现有用矿产 130 种,探明储量的 91 种。全部矿产潜在经济价值超过 8.24 万亿元,居全国第 4 位。陕西省应充分利用自身的物流资源和天津港不断增长的物流需求,把握机遇,与天津深入开展现代物流业合作。

四、陕西、天津物流合作设想

(一)进一步加快运输基础设施建设,形成与天津港直接快速对接区域

打造北方的国际航运中心和国际物流中心,是天津市按照中央"十一五"规划所

进行的主要工作。为了成为内陆省份的出海口,在天津规划的思路中,将在天津港港区为北方内陆省份设置直接对接的区域,从而使内陆省份拥有一个相对意义上的出海口。

这一规划的发展思路为"通过公路、铁路,自己没有出海口的内陆省份,将他们的贸易货物运到天津港直接对接区域,然后经天津港出海,完成国际贸易或者国内贸易,在促进天津港发展的同时,促进了内陆省份的贸易发展水平,双方共同获益"。

陕西省应进一步加快全省运输基础设施建设,对现有铁路、公路、民航等运力资源进行整合,积极发展多式联运,实现与天津港区及其周围交通网络的快速衔接。

(二)加快内陆"无水港"建设,加强与天津港的多方面合作,促进现代物流业发展

天津港是滨海新区对外开放的一个门户,滨海新区要建设成为国际航运中心和国际物流中心,首先要有一个强大的港口作为支撑,要有大量的货物和船舶在此流动来往,天津港所起的就是这样一个核心载体的作用。天津港的生存与发展,在于为腹地服务。天津港不断完善港口功能,实现规模化、国际化和现代化,将对区域经济发展产生巨大的辐射力、影响力和带动力,同时天津港口功能也得到了扩展和延伸。陕西省作为天津港腹地重要省份之一,应加强与天津港的多方面合作。通过在内陆建立无水港物流中心,或者在港口合资建立现代仓储中心等各种方式,加快货物流通速度。建立与天津港间更加方便、快捷的物流网络。

目前,陕西省为更快与国际接轨,发挥西安作为第二欧亚大陆桥沿线经济带的中心节点城市的作用,规划和建设西安国际港区。正在建设的西安国际港区,作为以内陆地区为主体组建的"无水港",将沿海港口的服务向内陆转移,将以西安为中心的西部地区进出口货物直接与航空、铁路、公水路进行对接,西安将成为国际物流网络中重要的枢纽节点。

(三)与天津加强物流方面人才交流和技术合作,加快物流人才培养

现代物流是一项跨行业、跨部门、跨地区甚至跨越国界的系统工程,需要掌握现代知识的复合型人才。因此,应把人才战略作为首要战略,一方面要引进和培养人才;另一方面要加强人才资源的开发和管理工作,有计划地进行培训,尽快抢占人才制高点,取得人力资源上的优势。

目前,物流人才的严重短缺是制约陕西现代物流业发展的重要因素之一。为解决陕西物流人才不足的矛盾,应加强与物流业发展较为迅速的天津地区人才和技术等方面的交流。一方面适当引进部分物流人才;另一方面,充分交流、学习天津地区物流人才培养的模式。采取正规教育和在职培训相结合等方式多层次、多方面地培育物流人才。利用天津地区的高校资源和物流企业实战环境,使理论研究和实际应用相结合。

总之,要坚持长期的人才交流和技术合作,提高物流人才整体素质,加快物流专业技术人才和管理人才的培养,造就一大批熟悉物流运作规律,并有开拓精神的人才

队伍。

参考文献

[1]　刘慧宏.区域旅游合作利益协调机制分析[J].宁波大学学报,2009(11).

[2]　陈浩,陆林.国内外旅游合作关系研究进展[J].地域研究与开发,2010(2).

[3]　余丽曼,王妙.天津旅游经济影响研究[J].河南社会科学,2008(7).

[4]　金丽.天津旅游业发展的制约因素与对策[J].经济地理,2005(9).

[5]　罗永泰.天津旅游资源系统整合与深度开发战略构想[J].城市,2005(6).

[6]　余丽丽,陶文杰.天津旅游业国际竞争力研究[J].商场现代化,2007(8).

[7]　刘重.我国北方国际物流与航运中心的发展模式[J].交通企业管理,2009(5).

[8]　陕西青年管理干部学院课题组.关于加快陕西物流信息化建设的调研报告[J].理论导刊,2006(6).

[9]　马骊.加快陕西现代物流业发展的思考[J].广西金融研究,2007(3).

[10]　赵新伟,杨倩.陕西省外贸发展现状对策分析[J].商场现代化,2008(7).

第八章　内蒙古自治区篇

第一节　区域概况

一、自然地理

（一）地理概况

内蒙古自治区位于中华人民共和国的北部边疆，由东北向西南斜伸，呈狭长形。经纬度西起东经97°12′，东至东经126°04′，横跨经度28°52′，相隔2 400多千米；南起北纬37°24′，北至北纬53°23′，纵占纬度15°59′，直线距离1 700千米；全区总面积118.3万平方千米，占全国土地面积的12.3%，居全国第3位。东、南、西依次与黑龙江、吉林、辽宁、河北、山西、陕西、宁夏和甘肃8省区毗邻，跨越"三北"（东北、华北、西北），靠近京津；北部同蒙古国和俄罗斯联邦接壤，国境线长4 221千米。

（二）资源环境

1. 矿产资源

目前，在世界上已查明的140多种矿产中，内蒙古已发现120多种，在列入储量表的72种矿产中，有40多种储量居全国前10位，20多种名列前3位，7种居全国首位，特别是煤炭资源极其丰富，且品种优良，种类齐全，易于开采。目前内蒙古储量在10亿吨以上的大煤田有15个，其中储量100亿吨以上的煤田有6个。国家"七五"期间新开采的五大露天煤矿，有4个在内蒙古。

石油天然气的蕴藏量也十分可观，全区已探明13个大油气田，预测石油总资源量为2 030亿吨，天然气的最高远景储量可达10 000亿立方米，世界级的大油气田陕甘宁油气田的主体就在内蒙古的鄂尔多斯盆地。

此外，铍、钽的探明储量也分别居世界的第1、2位；黑色金属、有色金属和贵重金属、建材原料和其他非金属以及化工原料等矿产资源，有相当部分在全国也名列前茅。据有关专家估算，全区矿产储量潜在价值（不含石油、天然气）达13万亿元，居全国第3位，具有巨大的开发价值。主要矿产资源及位次见表8-1。

表8-1　内蒙古主要矿产资源表

名称	稀土	天然碱	铌	芒硝	硫铁矿	煤炭	铬
位次	1	1	1	1	1	2	2

　　需要说明的是,自然资源的富集仅仅是相对的。以稀土为例,人们一直认为包头白云鄂博矿床稀土氧化物储量占全国 90% 和世界 80% 以上,并引以为豪。然而,我国学者侯宗林 2005 年的研究结果显示,随着澳大利亚、俄罗斯、巴西等国稀土资源勘察、研究的不断发现,使中国稀土资源在世界总量中所占的比重大幅度下降,由 20 世纪 70 年代的 74% 下降到目前的 40% 左右,高品位的稀土只占 15%,排在澳大利亚、俄罗斯、美国、巴西之后,名列第五,实际的稀土资源丰富地位并不存在。

　　2. 农林牧资源

　　内蒙古不仅地域辽阔,历史悠久,而且资源丰富,是一块被誉为"聚宝盆"的特殊经济区域,人们形象地称之为"东林西铁,南粮北牧,遍地矿藏"。农牧林业是内蒙古最大的资源优势,在 3 个方面居全国第一。

　　1)人均耕地居全国第一

　　全区共有可利用耕地 549.14 万公顷,人均耕地面积 0.24 公顷,是全国人均耕地的 3 倍。富饶美丽的河套、土默川、辽河和松嫩平原,有"谷仓"和"塞外米粮川"之称,不仅是内蒙古主要粮食和经济作物产区,也是国家农业开发的重点地区。

　　2)草场面积居全国五大牧场之首

　　东起大兴安岭山地,西至居延海,广袤无垠的草原东西绵延 2 000 多千米,总面积达 8 667 公顷,其中可利用草场面积 6 800 万公顷,占全国可利用草场面积 1/5 以上。呼伦贝尔、锡林郭勒、科尔沁、乌兰察布、鄂尔多斯和乌拉特等著名草原,孕育出丰富多样的畜种资源,著名的三河牛、三河马、草原红牛、乌珠穆沁肥尾羊、敖汉细毛羊、内蒙古细毛羊、阿尔巴斯白山羊、阿拉善驼等优良品种,在区内外闻名遐迩。依托资源优势,内蒙古自治区的畜牧业也有了较快发展,自治区以畜产品为原料的加工制品种类达 26 种,牛奶、细毛羊、羊绒、羊肉产量均居全国第一位,奶制品、无毛绒、羊绒制品、牛羊肉、活羊、地毯等产品畅销国外。目前,自治区已形成一批畜产品加工知名企业与品牌,畜牧业产业化走在了全国的前列。以蒙牛、伊利为代表的乳制品加工业已经跃居全国前 1、2 名,以小肥羊、伊盛、蒙羊为代表的肉类产品加工业和餐饮连锁企业遍布大江南北,以鄂尔多斯、鹿王、维信和兆君为代表的绒纺制品加工业在全国享有很高知名度。

　　3)森林面积居全国之冠

　　以内蒙古东部被誉为"祖国绿色宝库"的大兴安岭为主的森林面积达 1 407 万公顷,占全国森林面积的 1/9,林木蓄积量 11.2 亿立方米,占全国总蓄积量的 12%,是国家重要的林业生产基地。

　　3. 野生动植物资源

　　内蒙古有各类植物 2 351 种,其中野生植物 2 167 种,引种栽培的有 184 种。这些植物已分属于 133 科、720 属,被列为第一批国家保护的珍稀野生植物的有 24 种。野生植物按经济用途可分为十几类。纤维植物有樟子松、落叶松、大叶草、芦苇、红柳等 70 多种。中草药有人参、天麻、麻黄、肉苁蓉、柴胡、甘草等 500 多种。榛子、山杏、金莲花、松子等几十种植物的种子是榨油的好原料。酿造的重要原料有越橘、笃斯、悬钩子、山樱桃等。几十种食用植物中尤以猴头、口蘑和发菜最负盛名。内蒙古兽类分属于24科,有114种,占全国兽类450种的25.3%。兽类中具有产业价值的50余种,珍贵稀有动物10余种。鸟类分属于51科,有365种,占全国鸟类的31%。被列入国家一、二、三类保护的兽类和鸟类共同49种。蒙古野驴和野骆驼属于世界上最珍贵的兽类,驯鹿是内蒙古特有的动物,还有百灵鸟是自治区区鸟。全区有啮齿动物54种,约占全国种数的1/3,多属害兽。

二、经济发展

2009年,全区各族人民在自治区党委、政府的正确领导下,以邓小平理论和"三个代表"重要思想为指导,深入学习实践科学发展观,努力构建社会主义和谐社会。面对国际金融危机对我国的严峻挑战,自治区各地结合实际认真贯彻落实中央和国务院应对危机刺激经济发展的各项政策措施,全区经济增长下滑趋势得到有效遏制,国民经济总体形势回升向好,民生状况不断改善,社会各项事业全面进步。

初步核算,全年生产总值9 725.78亿元,按可比价格计算,比上年增长16.9%。其中,第一产业增加值929.02亿元,增长2.3%;第二产业增加值5 101.39亿元,增长21.4%;第三产业增加值3 695.37亿元,增长15%。第一产业对经济增长的贡献率为1.3%,第二产业对经济增长的贡献率为62.2%,第三产业对经济增长的贡献率为36.5%。全区生产总值中三次产业比例由上年的10.7:51.5:37.8调整为9.6:52.4:38。按常住人口计算,全年人均生产总值40 225元,比上年增长16.5%,按年平均汇率折算达5 888美元。

从表8-2中可以看出,全年居民消费价格总水平比上年下降0.3%。其中,食品类价格上涨1.3%,烟酒及用品类价格上涨0.8%,医疗保健及个人用品类价格上涨1%,其他消费品和服务类价格均比上年下降。工业品出厂价格和原材料、燃料及动力购进价格分别比上年下降3.8%和0.9%,固定资产投资价格下降1.5%,农产品生产价格下降0.3%。

表8-2　居民消费价格变动情况

类别	2009年
居民消费价格指数(上年=100)	99.7
城市	99.7
农村牧区	99.8
食品类	101.3
粮食	106.5
肉禽及其制品	92.9

类别	2009 年
蛋	101.9
水产品	98.0
鲜菜	115.2
鲜果	107.2
烟酒及用品	100.8
衣着类	99.7
家庭设备用品及服务	99.3
医疗保健及个人用品	101.0
交通和通讯	97.2
娱乐教育文化用品及服务	98.7
居住	98.0
服务项目	99.0
城市	98.1
农村	100.5

年末全区就业人员 1 142.21 万人,比上年末增加 38.92 万人,增长 3.5%。其中,城镇就业人员 439.24 万人,比上年末增加 24.34 万人,增长 5.9%。城镇私营个体从业人员 193.67 万人,比上年末增加 23.6 万人,增长 13.9%。全年领取再就业优惠证的下岗失业人员再就业 12.35 万人,比上年减少 2.03 万人。年末城镇登记失业率为 4.05%,比上年末下降 0.05 个百分点。

全年完成地方财政总收入 1 378.12 亿元,其中地方财政一般预算收入 850.75 亿元,分别比上年增长 24.5% 和 30.7%。全年地方财政支出 1 925.13 亿元,比上年增长 32.3%。公共与民生领域成为支出的重点,其中,一般公共服务支出 299.83 亿元,比上年增长 24.1%;社会保障和就业支出 274.57 亿元,增长 43.4%;医疗卫生支出 102.09 亿元,增长 70.7%;教育支出 243.32 亿元,增长 17.9%;环境保护支出 96.99 亿元,增长 21.7%。

国民经济和社会发展中存在以下几方面主要问题。一是经济持续向好的基础还不稳固。部分行业和企业生产经营还比较困难,经济效益尚未明显改善。二是结构性矛盾依然比较突出。产业结构单一,优势特色产业发展不协调,非资源型产业发展滞后,多元发展、多极支撑的产业体系尚未建立;产业延伸不足,"原字号"和初级产品比重高,资源精深加工能力不强;农牧业基础仍然比较薄弱;服务业发展水平有待进一步提升。三是居民收入增长与经济增长不协调,城乡居民收入在国民收入中的比重不断下降。四是协调发展和可持续发展水平需要进一步提高。城乡差距不断扩大,地区间发展差距明显,社会事业有待加强;生态脆弱的局面没有根本改变,部分地区生态环境仍在退化,生态保护建设任重道远。

第二节　内蒙古经济发展分析与蒙津合作构想

一、自治区经济发展分析

进入新世纪以来,内蒙古自治区经济社会得到快速发展,综合实力显著提升,民生得到不断改善,取得了全面建设小康社会的重大阶段性成果,为全面协调可持续发展创造了良好条件。"十二五"是自治区全面建设小康社会的关键时期和攻坚阶段,是工业化中期向工业化后期转化的关键时期,也是城镇化加速发展的重要时期,科学分析当前发展的条件和环境,探讨推进经济社会又好又快发展的总体战略,具有重大的意义。

(一)机遇与挑战并存

未来一个时期,自治区经济社会保持又好又快发展面临着较为复杂的国内外环境,总体来看,机遇与挑战并存。

1. 面临的机遇

1)我国经济仍将保持快速增长态势

我国工业化和城镇化的任务尚未完成。2008年,我国人均用电量大致相当于美国的1/7,日本的1/4,韩国的1/3;人均生活用电量大致相当于美国的1/20,日本的1/10。又如,2008年,我国的城镇化率仅为45.68%,同发达国家的70%水平有较大的差距。按此计算,我国至少还有40年以上的城镇化进程。工业化和城镇化水平的提高将产生旺盛的需求,无疑为自治区经济发展提供了有利的市场环境,为资源优势的发挥创造了有利条件。

2)新科技革命孕育着新兴产业

一般而言,世界经济的每一次大的危机常常伴随着一场新的科技革命。而由国际金融危机引发的经济危机,将导致以能源技术革命为核心的新一轮技术和工业革命。新能源领域将形成以光伏能源、风力发电、生物柴油、燃料乙醇为代表的新兴产业;新材料领域将形成以纳米技术为支撑的新产业;生物医药领域将形成以基因工程、细胞工程、酶工程为代表的现代生物技术产业。自治区具有发展新能源、新材料、新医药的资源优势、空间地理优势和区位优势。新能源领域,自治区风能资源居全国首位,太阳能资源居全国第二位。目前,风电装机及并网装机容量均居全国首位。新材料领域,自治区稀土资源丰富,稀土新材料的科研、生产在全国占有重要位置。新医药领域,虽然自治区生物医药产业还没有形成,但具备发展生物医药的研发基础和一定的产业基础。因此,面对全球新一轮科技革命的挑战,自治区完全有条件在若干关系长远发展的领域抢占新科技革命的制高点,在以"三新产业"为代表的战略新兴产业的发展上取得重大突破。

3)国内外产业转移加快

目前,长三角、珠三角等发达地区产业发展已进入升级阶段。受土地、融资、劳动力成本以及能源原材料价格逐年增加和环境容量指标逐年削减等因素的制约,部分产业加速向中西部地区转移,这给自治区经济加快发展带来了难得的机遇。自治区具备大规模承接发达地区产业转移的优势和条件。产业基础不断增强,基础设施日趋完善,政务环境进一步优化,政策法规日益健全,为吸引众多产业大规模加速向自治区转移提供了有利条件。

4)国家针对西部和民族地区的发展政策进一步完善

国家实施西部大开发、振兴东北地区等老工业基地、加快少数民族地区发展等区域发展战略,为自治区经济社会发展开辟了新的广阔空间,是支撑自治区"十五"以来快速发展的重要外部条件。"十二五"期间,国家将继续实施上述发展战略,为自治区实现经济快速发展带来了重大历史机遇。支持少数民族和民族地区加快发展是中央的一项基本方针,中央比任何时候都更加重视少数民族地区的发展,基础设施建设、民生改善都将是国家支持的重点。这些都有利于自治区把国家的扶持政策同自身实际紧密结合起来,充分发挥自身优势和潜力,推动经济社会又好又快发展。

2. 面临的挑战和制约因素

1)产能过剩使自治区面临产业结构调整的挑战

近年来,我国钢铁、水泥、平板玻璃、煤化工、多晶硅、风电设备等六大行业出现了产能过剩或重复建设。一方面,产能过剩使得项目运营面临激烈的市场竞争;另一方面,国家将严格产能过剩行业的市场准入,进一步加强项目审批管理,强化环境监管,严格依法依规供地用地,实行严格的有保有控的金融政策。由于这些产业大多数是自治区着力培育的优势特色产业,因此,"十二五"时期自治区产业选择面临严峻挑战,产业结构调整面临新的更高的要求。

2)节能减排和应对全球气候变化的压力越来越大

"十二五"期间国家将在努力降低能源消耗水平和污染物排放的同时增加对各地温室气体排放的限制,并对各地提出温室气体减排的约束性要求。自治区正处于资源大规模开发和加工转化的时期,是国家重要的能源、重化工基地以及冶金、有色、建材等原料生产和输出基地,工业的重型化特征突出,节能减排和应对气候变化的任务很重。

3)保持社会和谐稳定面临新的挑战

如果继续保持往年的增长速度,到 2010 年,人均地区生产总值将超过 6 000 美元,社会结构、社会组织形式、社会利益格局都将发生深刻变化,社会建设和管理面临诸多新的任务。一是由发展水平提高引发的人民对发展目标的新期待。人民群众除了物质生活水平的提高外,对社会公平正义、社会保障公共服务等方面的要求将越来越强烈,解决社会发展滞后于经济发展的问题会显得更加迫切。二是城镇化步伐加快,传统的城乡二元结构向现代社会结构的快速转型,在深刻改变人们的生活方式和社会阶层结构的同时,也会给社会组织和社会管理带来压力。三是不同社会群体的利益分化明显。当前一个非常突出的问题是牧民收入增长滞后于其他社会群体。四是自治区将由于人口的快速老龄化而进入人口红利的消退期,对加快建立适应人口老龄化的社会建设模式和社会保障制度提出了新的要求。五是体制改革进入攻坚阶段,继续深化改革将触及深层次的利益调整,利益主体多元化,不同利益群体对不同利益的诉求和矛盾可能进一步凸现,社会突发事件增多。

4)生态和基础设施承载产业、保护发展的能力亟待提高

西部大开发战略实施以来,自治区生态环境呈现出"整体遏制、局部好转"的良好局面。但生态脆弱的基本面仍未得到根本改变。中度以上生态脆弱区域占全区国土面积的62.5%,其中重度和极重度脆弱的占36.7%。荒漠化和土壤侵蚀现象严重,约2/3的耕地处于水土流失区域,大多数地区贫水,承载能力较差。生态文明以尊重和维护自然为前提,以人、自然、社会和谐共生为宗旨,以建立可持续的生产方式和消费方式为内涵,引导人们走可持续发展道路。自治区生态文明建设与发达地区相比还有较大的差距。中国社科院公布的2009年全国各省区市生态文明排序看,自治区被列入最低水平组。在此背景下,生态环境的脆弱性和生态文明的低水平,给经济布局和产业选择带来了明显的约束。

基础设施瓶颈制约明显。全区公路、铁路路网密度分别是全国平均水平的33%和85.8%,高等级公路仅占全区公路总里程的11.1%。自治区作为重要的国家"西煤东运"的重要基地,目前铁路外运能力不足2.5亿吨,运能缺口达2亿多吨。随着电子、高载能、化工等产业的发展,仅"呼包鄂"地区的运输需求就达1亿吨以上。随着自治区煤化工等产业的发展,大量液体产品需要安全快捷运输,对管道运输设施的建设将提出紧迫的要求。京津地区是自治区中西部向发达地区开放最近的区域,但通往这个地区的运输通道建设还不尽如人意,距离安全快捷的要求还有相当大的距离。

目前,自治区作为我国煤炭资源最丰富的省区之一,在我国火电发展上具有举足轻重的作用,目前外送电量全国第一。但是,自治区电网建设一直比较滞后,现有500千伏电网输送能力不能满足大范围电力资源优化配置和电力市场的要求。此外,存在电力密集地区电网短路电流控制困难、长链型电网结构动态稳定问题突出、受端电网存在多直流集中落点和电压等问题。因此,自治区作为我国重要的电力生产和输出大区,加快建设超高压、特高压输电线路刻不容缓,有必要在互动电网、智能电网建设上走在前面。

5)水资源短缺的矛盾越来越突出

自治区水资源相对短缺,时空分布不均衡。降水呈季节性,主要集中在7、8、9三个月。水资源东多西少,地表径流量的90.4%集中在东部呼伦贝尔、兴安、通辽、赤峰四个盟市。据统计,呼和浩特、包头、满洲里、二连浩特等14座城市水资源存在供

需矛盾,广大农村牧区有近300万人需要解决饮水问题。部分农牧业地区仍然处在靠天等雨、靠天养畜的被动局面中。同时,水利建设面临的突出问题是工程性缺水与资源型缺水并存。2008年自治区有效灌溉面积为4 300万亩,占耕地面积的39.1%,低于全国平均水平8.9个百分点;全区可灌溉草场面积却只有320多万亩。不少骨干建筑物已经老化、损坏,大型排灌泵站老化损坏率较高。

(二)"十二五"发展总体战略的思考

内蒙古"十二五"及到2020年经济社会发展战略,可以概括为:一条主线,五大定位,五大目标。

1.一条主线:富民强区

强区是富民的保障,富民是强区的基础和最终目的。要按照"发展为了人民、发展依靠人民、发展成果由人民共享"的要求,紧紧围绕改善民生的这一科学发展的落脚点和出发点,始终把富民作为头等大事,坚持富民优先,强区为本,在经济发展和综合实力不断增强的基础上,把发展的成果更多地体现在全区各族人民的共同富裕上,采取有效措施提高人民群众的生活水平。

2.五大定位

1)我国重要的现代战略产业基地

资源禀赋和区位条件决定了自治区在某些重要战略产业发展上具有独特的优势。"十二五"期间,自治区可以通过推进创新,促进现代战略产业加速集聚,加快形成以能源重化工业产业、绿色农畜产品生产加工业、战略新兴产业为重点、具有核心竞争力的现代战略产业集聚区。此外,内蒙古将继续致力于发展以煤炭、电力为重点的能源工业,以及农畜产品加工、冶金工业和机械化工工业,为缓解国家和滨海黄河沿岸及黄河沿岸地区的能源、原材料"瓶颈"制约作出贡献。

建设能源重化工业基地,可以发挥自治区的比较优势:一是可以充分利用丰富的资源。2008年,自治区已探明煤炭储量占全国的近一半,居全国第1位;石油、稀土、有色金属储量居全国前列。二是可以缓解能源资源运输压力和降低运输成本。2007年,自治区外运煤炭2亿吨,按大秦铁路653千米路段和0.12元/(吨·千米)运价计算,每吨煤的运价为78.36元,少运2亿吨煤可以减少156.72亿元的运输成本。三是可以提高资源利用效率。以准格尔煤田为例,原煤中氧化铝含量相当于中级品位的铝土矿。实施粉煤灰提取氧化铝,可以大幅度地替代进口铝土矿和氧化铝,有效地缓解我国铝资源供求矛盾。四是可以充分发挥环境容量优势。以"北电南送"为例,送出1亿千瓦,可以使东部地区少排二氧化硫326万吨、氮氧化物73万吨、二氧化碳1.4亿吨。五是可以发挥现有产业优势。因此,从我国经济的可持续发展出发,亟须遵循能源重化工产业布局规律,优先在内蒙古等能源资源富集区布局重化工业,建设国家重要的能源重化工基地。

自治区农牧业发展条件良好,生态环境有利于有机农产品、绿色农产品的生产,发展绿色农畜产品生产加工的潜力仍然很大。"十二五"以及更长的时期,要继续按照农牧业产业化发展的要求,有效保护农牧业生产环境,在"绿"字和"特"字上下工夫,有效提高农牧业的综合竞争力,同时为国家粮食安全作出更大的贡献。

为应对后国际金融危机时代的国际竞争,自治区应积极创造条件,重点发展新能源、新材料和新医药,在全国战略性新兴产业的发展中抓住机遇,确定优势,使之成为自治区经济发展的新动力。

2)我国重要的经济增长极

经过西部大开发10年的建设,自治区已经具备了成为国家重要增长极的条件。一是经济总量迅速扩大。2008年,全区完成生产总值7 761.8亿元,居全国第16位,西部第2位,生产总值占全国的比重由1.6%提高到2.4%;人均生产总值达到32 214元,居全国第8位,连续6年保持西部第1位。2006—2008年,内蒙古地区生产总值的增量相当于全国增量的2.99%,相当于西部各省市区之和的12.5%,是西部地区最多的省区。如果"十二五"经济继续保持较快的增长速度,可以为全国经济实现平稳较快发展作出重要贡献。

3)祖国北疆生态屏障和安全稳定屏障

西部大开发战略实施以来,自治区为维护国家生态安全作出了重大贡献。到2007年,荒漠化、沙化土地面积首次实现双减少;森林面积、林木蓄积实现了持续双增长,森林面积居全国第一位;自然保护区面积达到国土面积的11.2%。同时要看到,自治区大部分地区属于干旱半干旱气候类型,特殊的地理环境和气候特点决定了生态系统的脆弱性和不稳定性,也决定了生态保护与建设的艰巨性和长期性。自治区加快生态保护与建设,建立祖国北方重要生态屏障,不仅关系到北疆人民的安居乐业,更牵系着华北、东北地区乃至全国的生态安全和粮食安全。因此,"十二五"期间,要确立和积极贯彻生态立区战略,进一步筑牢祖国北疆生态安全屏障,生态环境保护和建设由初见成效转变为明显改善。

4)我国重要的沿边开放经济带

中俄、中蒙双方具有较强的产业互补性,这为我国加强与俄蒙的经济贸易合作提供了可能。自治区与蒙古和俄罗斯交界,分布有19个陆路、航空口岸,口岸基础设施相对完善。拥有2座欧亚大陆桥,是我国向北开放最有优势的地区。"十二五"期间,自治区应充分发挥地缘、产业等方面的优势,进一步加大向北开放力度,拓展经济贸易合作形式,建设成为我国重要的沿边开放经济带。

5)我国草原文明的重要承载区

草原文化是中华文化的三大主源之一,草原文化提倡人与自然和谐共处,可以促进自治区经济社会可持续发展;草原文化是原生态文化,可以促进自治区更好地发展绿色经济;草原文化可以使自治区更好地实施"民族文化大区"战略,以新的体制和机制为推动力,使文化产业成为民族文化大区建设的重要支撑点和经济发展新的增长点。从未来自治区发展趋势看,应突出地区和民族文化特色,搞好文化发展布局规划,挖掘整合各地区文化资源,打造各具优势的文化产业品牌,形成布局合理、各具特色、相对集中、城乡联动的区域文化产业发展格局,把自治区建设成为草原文化的重要载体,为草原文化传承作出积极贡献。

3.五大目标

1)保持经济平稳较快发展

进入新世纪以来,自治区经济增速连续 7 年在全国领先。2001—2008 年,自治区国内生产总值年均增长 17.6%,比同期全国增速快 7.3 个百分点。从经济发展的内在条件和外部市场看,在"十二五"期间继续实现平稳较快发展是可能的。鉴于内蒙古同滨海黄河沿岸经济圈已具备深层关联,内蒙古将本着主动接轨、全面融入、发挥优势、实现共赢的原则,积极拓展与滨海黄河沿岸各省市在更多方面的经济技术合作,实现经济的双赢对接。

2)率先在西部地区建成更加全面的小康社会

"十二五"期间,要更加突出"以人为本"的核心理念,在经济发展和综合实力不断增强的基础上,调整国民收入分配格局,把发展的成果更多地体现在全区各族人民的共同富裕上,打好全面建设小康社会的关键战役,在西部地区率先建成更加全面的小康社会。一是城乡居民收入大幅度提高。"十二五"期间,要在经济快速增长的基础上,努力提高城乡居民收入。二是公共服务水平明显改善。社会建设加快,国民平均受教育年限增加,医疗卫生体制改革基本完成,公共卫生和医疗服务体系比较健全。以基本养老、基本医疗、最低生活保障为重点的社会经济覆盖全社会。社会治安、食品安全、生产安全得到切实保障,社会主义民主得到发扬,公民政治参与有序扩大,人民对经济社会发展重大问题,关系切身利益的法规、公共政策的知情权、参与权、表达权、监督权得到保证。

3)率先转变经济发展方式

自治区应抓住宏观经济处于大调整期的有利时机,在西部地区率先实现发展方式转变。一是在产业结构优化升级方面取得重大突破。在工业平稳快速发展的基础上,现代服务业在经济总量中的比重得到明显提升,现代农牧业稳步推进;传统优势特色产业得到改造提升,战略新兴产业、现代制造业、文化产业等得到较快发展。二是在投资继续保持较快增长的同时,推动消费需求在需求结构中的地位稳步上升。三是自主创新能力不断提高,由主要依靠增加物质资源消耗向主要依靠科技进步、劳动者素质提高、管理创新转变。

4)绿色经济发展取得突破性进展

加快建立绿色发展的体制机制,加大绿色投资,掌握低碳技术,倡导绿色消费,促进绿色增长,推动绿色经济和低碳经济成为自治区经济发展的主要形态。一是把推动新能源、清洁能源和节能环保产业作为重要突破口,加快建设以低碳排放为特征的工业、建筑和交通体系,创造以低碳排放为特征的新的"绿色经济"的经济增长点。风能、太阳能等清洁能源在能源消耗中的比重明显提高。实施绿色保险、排污权交易和生态补偿等环境经济政策,碳排放强度有所下降,绿色产品市场占有率有效扩展。

二是加速林业发展,森林覆盖率稳步提高,自然保护区面积基本稳定;生态系统稳定性明显提高,草原退化、沙漠化、耕地盐碱化等问题明显改观,山清水秀、环境优美。三是主要污染物排放得到有效控制,单位 GDP 能耗和二氧化硫和化学需氧量排放总量持续下降。

5)实现由草原文化大区向文化强区的跨越

围绕推动文化大发展大繁荣,发掘文化内涵,努力建立健全有利于面向群众、面向市场的全新现代文化管理体制和运行机制,推动民族文化大区向民族文化强区跨越。一是文化品牌在全国有较强的影响力。二是高素质文化人才群体在全国有较高的知名度。营造良好的人才环境,努力培养造就一批坚持正确方向、精通专业、德艺双馨、受群众拥护的文化人才。三是文化产业在经济发展中的地位明显提高。以文艺演出、文化会展、文化娱乐、工艺美术品、民族音像为主体,各业并举,协调发展的文化产业格局更加完善。

二、蒙津经济合作构想

近年来,区域政府层面的合作不断深化。特别是 2004 年以来,区域各地方政府多次召开区域合作高层会议和论坛,形成了许多共识,并确定了"市场主导、政府推动、统筹协调、优势互补、互利共赢"的经济合作发展的基本原则,对区域经济合作起到了积极的推动作用。国家发改委、商务部和环渤海经济圈相关省市达成了《区域合作框架协议》。

2004 年 5 月,各地政府领导达成"北京共识",正式建立区域合作机制。会议商定成立区域合作机制的三层组织架构,负责推进合作发展。第一层架构是确立由各省省长、直辖市市长、自治区主席担任合作机制轮值主席,每年举行一次联席会议的制度,研究决定区域合作重大事宜。第二、三层架构是建立政府副秘书长协调制度和部门协调制度。这些都为内蒙和天津两地经济的进一步合作奠定了很好的基础。同时,天津及滨海新区的相关政策措施也为内蒙经济发展带来了一定的机遇。

(一)合作的机遇

1.政策的机遇

目前,《国务院关于推进天津滨海新区开发开放有关问题的意见》(以下简称《意见》)批准给滨海新区发展扶持政策包括五项:一是综合改革实验,在金融体制创新、行政管理体制、科技创新体制等方面给滨海新区先行先试的权力,这就给了滨海新区一个广泛的创新空间;二是实行东疆保税港,提高对外开放的等级;三是给予必要的财税优惠政策,对于高科技产业的鼓励、自主研发产业的鼓励等;四是金融改革方面的政策;五是土地的流转、出让、转让等方面,以及小城镇的建设会给予一定的优惠。将天津滨海新区纳入国家战略,标志着我国改革开放的重心在由南向北转移,环渤海经济圈及黄河流域将面临进一步开发和开放的良好机遇,这也意味着身处其中的内蒙将在经济战略重心转移的过程中获得更多发展机会。

2. 产业的机遇

滨海新区的加快发展,意味着金融业、先进制造业、能源和物流等相关产业的加快发展,将给内蒙带来新的机遇与挑战。

一是制造业和能源:《意见》明确提出,将滨海新区建设成为北方高水平的现代制造业和研发转化基地,天津滨海新区现代制造业基地的定位,将会极大地增加对能源资源的需求量,这给内蒙的能源产业发展带来了一定的机遇。目前,两地能源产业的合作已有良好开端,内蒙古自治区锡林郭勒盟国联资源发展有限公司日前已与天津国能投资有限公司合作签约,双方今后将努力把锡林郭勒盟打造成世界级的锗生产和研发基地,从而建设中国锗都。据内蒙古自治区煤田地质局勘查结果,锡林郭勒盟胜利煤田锗资源储量高达3 748吨,占全国锗资源储量的35%,是中国目前最大的煤锗共生矿床。这一勘探成果使中国拥有锗资源储量跃居世界前列。相信未来在可再生能源、新能源等领域还将有更广泛的区域合作前景。

二是金融业:在金融改革方面,国家确定将天津滨海新区作为金融改革的综合试验区,在金融企业所有制、产业发展基金、离岸金融业务等敏感前沿的金融领域进行综合试验,目的是将天津发展成为北方重要的产业金融、创业金融和离岸金融中心,这将吸引更多的国际资本更快地向天津、向滨海新区聚集,同时也可以为内蒙古自治区的能源发展提供必要的金融支持。

三是港口物流业:天津滨海新区的定位是北方国际航运中心,国家已经批准在滨海新区建立东疆保税港区,这会提高天津港的吞吐能力,扩大天津港在国际中转、国际配送、国际采购、国际转口贸易和出口加工业务等方面的优势。目前,天津市口岸办已与内蒙古二连浩特口岸正式签订天津—二连口岸区域合作议定书,促成口岸区域合作机制的建立,推动中西部及环渤海地区区域经济发展。

双方就天津口岸到内蒙古过境集装箱运输、跨关区货物中转、今后大陆桥运输的发展趋势及如何加强两地口岸部门合作进行了深入研究和探讨。天津口岸表示全力支持内蒙古少数民族地区经济建设,提供优惠政策,营造宽松环境,创造有利条件,采取便捷措施,积极开展港口、海关、检验检疫、海铁联运等与内蒙古口岸部门联动合作,加强调研和信息沟通力度,协调各方解决内蒙货主在天津口岸通关遇到的实际问题。这标志着天津口岸作为内蒙古等腹地及毗邻内陆国出海口的作用将日趋显著,必将为促进区域经济发展提供有力支持。

综上所述,内蒙经济的发展,不仅需要自治区内周边城市的推动,也需要黄河—滨海区域中其他核心城市的带动,区域间的经济合作能够推动自治区经济更加快速健康地发展。

(二)合作的产业基础

内蒙古自治区是典型的资源型区域,资源型区域的资源开采量和利用程度关系着区域经济发展的前景,资源型产业是我国工业化进程的主要动力源,资源型区域成矿条件比较好,分布相对集中,因此具有大规模开发和区域合作的潜在经济价值。为实现蒙津区域产业的有效对接,本部分计算基于2001年、2009年《中国统计年鉴》和《内蒙古自治区统计年鉴》。

基于2000年和2008年统计数据,利用区位商测量模型对内蒙古产业现状进行分析。

1. 第一产业内部分析

2000年和2008年内蒙古自治区第一产业内部区位商如表8-3所示。

表8-3　内蒙古第一产业内部行业区位商

	2000 年区位商	2008 年区位商
农业	1.00	0.97
林业	1.16	1.28
牧业	1.28	1.29
渔业	0.10	0.09

从表8-3可以看出,从2000年到2008年的发展过程中,农业在结构调整中基本保持平稳发展,尽管在这几年中自治区农牧业遭受了罕见自然灾害的影响,但农牧业生产仍能够适应市场需求变化;林业生产有所增长,但增幅不很明显,以退耕还林为主的生态建设得到重视和加强;畜牧业生产增长相对稳定;渔业增长稍有下降。总体看来,内蒙古自治区林业和牧业一直处于比较优势地位,而渔业区位商小于1,处于劣势地位。

2. 工业内部各行业分析

内蒙古自治区工业内部各行业区位商如表8-4所示。

表8-4　内蒙古工业内部各行业区位商

	2000 年区位商	2008 年区位商
煤炭开采和洗选业	5.08	5.55
石油和天然气开采业	0.63	0.46
黑色金属矿采选业	1.88	3.40
有色金属矿采选业	2.78	4.68
非金属矿采选业	1.41	2.42
农副食品加工业	1.42	1.36
食品制造业	1.93	3.74
饮料制造业	1.51	1.07
烟草制品业	0.40	0.49
纺织业	1.53	0.79

	2000 年区位商	2008 年区位商
纺织服装、鞋、帽制造业	0.40	0.13
皮革、毛皮、羽毛(绒)及其制品业	0.18	0.16
木材加工及木、竹、藤、棕、草制品业	0.15	1.03
家具制造业	0.04	0.19
造纸及纸制品业	0.66	0.29
印刷业和记录媒介的复制	0.23	0.13
文教体育用品制造业	—	—
石油加工、炼焦及核燃料加工业	0.67	0.64
化学原料及化学制品制造业	0.84	0.84
医药制造业	0.60	0.71
化学纤维制造业	0.04	0.00
橡胶制品业	0.28	0.02
塑料制品业	0.17	0.28
非金属矿物制品业	0.73	0.80
黑色金属冶炼及压延加工业	3.39	1.70
有色金属冶炼及压延加工业	1.88	2.28
金属制品业	0.31	0.16
通用设备制造业	0.26	0.20
专用设备制造业	0.15	0.89
交通运输设备制造业	0.21	0.22
电气机械及器材制造业	0.12	0.09
通信设备、计算机及其他电子设备制造业	0.15	0.13
仪器仪表及文化、办公用机械制造业	0.00	0.00
电力、热力的生产和供应业	2.50	1.87
燃气生产和供应业	0.66	4.89
水的生产和供应业	0.92	0.92

注:"—"代表无相应区位商数据。

从表8-4可以看出,在工业内部各行业当中,2000年和2008年区位商均大于1的产业有:煤炭开采和洗选业、黑色金属矿采选业、有色金属矿采选业、非金属矿采选业、农副食品加工业、食品制造业、饮料制造业、黑色金属冶炼及压延加工业、有色金融冶炼及压延加工业和电力、热力的生产和供应业10个行业,其中,有6个行业基本属于矿产型资源行业,这说明内蒙古自治区的资源优势还非常明显,在今后的经济发展中仍应继续发挥这种资源优势。

在区位商均大于1的10个行业中,前后比较增幅较大的行业有黑色金属矿采选业、有色金属矿采选业、非金属矿采选业和食品制造业,说明在这几年的产业结构调整中,资源能源产业仍然具有较强的专业化优势,应作为进一步区域经济合作的重点。

区位商大于2比较优势非常明显的行业在2008年有煤炭开采和洗选业、黑色金属矿采选业、有色金属矿采选业、非金属矿采选业、食品制造业、有色金属冶炼及压延加工业和燃气生产和供应业7个行业,其中燃气生产和供应业较2000年有了飞速发展,从相对劣势产业转化为优势产业。

3. 第三产业内部分析

第三产业内如区位商如表8-5所示。

表8-5　内蒙古第三产业内部行业区位商

	2000年区位商	2008年区位商
交通运输、仓储和邮政	1.59	1.80
批发和零售业	1.10	1.11
住宿和餐饮业	0.05	1.66
金融业	0.28	0.46
房地产业	0.64	0.61

从表8-5看,内蒙古自治区第三产业内部发展并不均衡,交通运输、仓储和邮政、批发和零售业区位商一直大于1,说明这两个行业具有比较优势;住宿和餐饮业近年发展迅速,增幅较大,而金融业和房地产业区位商一直小于1,处于比较劣势地位。

4. 一、二、三产业分析

运用上述方法,结合相关统计数据得出内蒙古自治区三大产业区位商如表8-6所示。

表8-6　内蒙古三大产业区位商

	2000年区位商	2008年区位商
第一产业	1.66	1.03
第二产业	0.86	1.13
第三产业	0.35	0.83

从表8-6可以看出,2000年内蒙古自治区的第一产业具明显的比较优势,而第二、三产业均低于全国平均水平,尤其第三产业尚未到全国平均水平的一半。针对存

在的问题,自治区在保持经济稳定发展的前提下积极进行了产业结构调整,并取得了较好成效。至2009年,产业结构调整进一步加快,第二、三产业实现了快速增长,分别高于和接近全国平均水平,在三次产业中,第二产业发展最快。

综上所述,内蒙古自治区三次产业发展还存在不均衡现象,其中第二产业具有相对发展优势,而其中的资源能源产业具有明显的比较优势,可作为未来滨海—黄河区域产业合作的重点。

(三)合作的构想

依托自治区产业优势,实现蒙津合作可以着重考虑如下几方面。

1. 完善两地统筹协调工作机制

建立领导保障机制,两地可以考虑成立产业合作发展领导小组,负责产业合作的决策方针政策、发展规划、合作项目以及需要共同争取的国家相关政策支持等重大问题,并建立实质性的工作机制。

2. 共同构建蒙津统一市场体系

两地共同营造有利于吸引市场主体进入的良好环境,加快建立开放、规范、竞争、有序、统一的产品市场,从体制和机制上破除妨碍产品及生产要素自由流动的壁垒,降低产品跨区域销售成本;构建要素无障碍流动机制,促进产业互动、利益共享;加强统一的信息平台建设,推动两地企业信息资源共享。

3. 建立更深层次的产业协作机制

为增强蒙津两地的经济合作,需要培育跨地区、多行业的产业合作机制,并使之成为联系两地的"纽带"。实施产业差异化发展战略,根据产业优势状况、经济技术水平和市场发育程度,两地主导产业的发展应体现互补性,实现产业转移和产业链延伸,从而提升区域合作的成效。

4. 加强两地人才无缝交流合作

"国以人兴、政以才治",蒙津两地的发展也同样需要人才的支撑。两地可通过联合培养,建立良好的人才培养体系;积极建立有利于人口合理流动的劳动力市场,完善流动人口的社会保障体系,引导人才的合理流动和资源的优化配置,实现两地人才优势互补,共同构建支撑区域经济合作与发展的人才体系。

第三节 借力滨海新区,促进区域能源可持续发展

内蒙古已经进入了一个经济快速增长期。能够有这样的发展,与内蒙古积极参与黄河—滨海区域经济合作是分不开的。长期以来,内蒙古与黄河—滨海区域各省市本着互惠互利的原则,始终保持密切的协作关系。在今后的发展中,自治区还要继续发挥其能源资源优势,以确保黄河—滨海区域的可持续发展,实现双方发展的有效对接,及时把握发展态势,推动区域合作持续、稳定、健康发展。

一、内蒙古自治区能源发展现状分析

(一)外部影响因素分析

根据内蒙古自治区的能源发展所面临的一系列机会和威胁,并邀请相关专家对这些因素进行讨论分析和筛选,综合大家的评选结果,最终确定出如下影响能源产业发展的关键因素,见表8-7。

表8-7 外部关键因素表

机会(a)	a_1:国内经济发展迅速
	a_2:加入 WTO 的机遇
	a_3:我国中西部大开发
	a_4:国内外对能源可持续发展的重视
	a_5:滨海黄河区域合作的机遇
	a_6:国内外学者对可持续发展理论的深入研究
威胁(b)	b_1:经济综合实力和竞争力相对较弱
	b_2:国际及区域竞争日益激烈
	b_3:能源技术产业化难度
	b_4:周边地区的竞争

根据确定的关键因素,借助层次分析法来确定每个因素的权重。由专家评议打分建立判断矩阵,并由此确定出各因素的权重,见表8-8,因素的权重反映了各因素影响成功的重要程度,并最终构建外部因素评价矩阵。

表8-8 外部因素评价矩阵

	关键外部因素	权重	评分	加权评分
机会(a)	a_1:国内经济发展迅速	0.037	1	0.037
	a_2:加入 WTO 的机遇	0.021	1	0.021
	a_3:我国中西部大开发	0.037	2	0.074
	a_4:国内外对能源可持续发展的重视	0.21	3	0.63
	a_5:黄河—滨海区域合作的机遇	0.11	3	0.33
	a_6:国内外学者对可持续发展理论的深入研究	0.086	4	0.344
威胁(b)	b_1:经济综合实力和竞争力相对较弱	0.24	2	0.48
	b_2:国际及区域竞争日益激烈	0.044	1	0.044
	b_3:能源技术产业化难度	0.14	4	0.56
	b_4:周边地区的竞争	0.078	3	0.234
	合计	1.0		2.754

根据上述评价分析,内蒙古自治区能源发展所面临的外部环境,机会和威胁均等,即机遇和挑战并存。从表8-8中可以看出,影响内蒙古自治区能源发展战略最重要的因素为经济综合实力和竞争力相对较弱、国内外对能源可持续发展的重视、能源技术产业化难度、黄河—滨海区域合作的机遇,它们的权重分别为0.24、0.21、0.14、0.11。内蒙古自治区对国内外学者对可持续发展理论的深入研究、能源技术产业化难度等因素作出了很好的反应,它们的评分均为4。总加权分数为2.754,说明在利用外部机会和回避外部风险方面高于平均水平。

(二)内部影响因素分析

与外部因素分析矩阵的构建过程类似,可以得到内蒙古自治区能源战略发展的内部影响因素评价矩阵(表8-9)。

表8-9　内部因素评价矩阵

	关键内部因素	权重	评分	加权评分
优势(c)	c_1:资源能源丰富	0.063	2	0.126
	c_2:能源产业有良好的基础	0.021	1	0.021
	c_3:内蒙古自治区政府对能源发展战略的重视	0.12	4	0.48
	c_4:内蒙古自治区已形成较完善的能源发展战略	0.11	2	0.22
	c_5:重视科学技术的开发和区域经济合作	0.14	3	0.42
	c_6:内蒙古近年来经济飞速发展	0.046	2	0.092
劣势(d)	d_1:资源浪费较为严重	0.18	4	0.72
	d_2:环境污染较为严重	0.12	2	0.24
	d_3:产业结构存在矛盾	0.094	2	0.188
	d_4:工业布局不合理	0.058	3	0.174
	d_5:区域经济发展不平衡	0.048	1	0.048
合计		1.0		2.729

根据上述评价分析,影响内蒙古自治区能源发展战略的主导内部因素是资源浪费严重、重视科学技术的开发和区域经济合作、环境污染较为严重、内蒙古自治区政府对能源发展战略的重视、内蒙古自治区已形成较完善的能源发展战略,它们的权重分别为0.18、0.14、0.12、0.12、0.11,总加权数为2.729,表明其内部总体战略地位高于平均水平。因此,在内蒙古自治区能源战略发展过程中,应该在节约资源浪费、控制环境污染、加快科学技术的开发与区域经济合作等方面加强管理和规划,为有效制定和执行能源发展战略奠定良好的基础。

二、内蒙古自治区能源发展战略评述

(一)内蒙古自治区能源发展战略

自从改革开放以来,关于内蒙古能源发展的研究越来越多,而且很多都具有战略价值,把内蒙古的能源发展置于全国经济发展需要的大格局、大背景中,立足优势、思考问题、展开论证、提出对策。内蒙古社会科学院在对内蒙古能源资源、生产、消费、利用中存在的问题进行了全面深入分析的基础上,撰写了《内蒙古能源发展战略初探》。书中提出了内蒙古能源发展战略设想,明确了自治区的能源发展战略的指导思想是"积极、合理地开发、利用、保护能源资源,满足国家现代化建设和内蒙古经济社会发展的需要"。

进入新世纪,内蒙古自治区的能源研究随着能源产业的大发展,有了很大的进步。2002 年国务院发展战略研究中心完成了"呼包银—集通线经济带开发战略研究"和"鄂尔多斯能源重化工基地研究"两个课题。前一项研究报告提出要把以内蒙古为主体的呼包银—集通线经济带"建设成为 21 世纪国家能源接续基地和储备基地",规划长期(10~20 年)目标是把这一地区"基本建成国内最大的集煤炭、火电、天然气和水电及对外输出于一体的能源资源综合开发及加工基地,为我国北方地区国民经济和社会持续健康快速发展提供稳定、清洁、安全的能源保障"。另一项"鄂尔多斯能源重化工基地研究"是基于内蒙古能源资源分布特点和近年来区域经济迅速发展现状而开展的,提出了在鄂尔多斯市建设由"亿吨级煤炭基地、千万千瓦级电力基地、200 亿立方米天然气基地和煤液化基地、高载能工业基地、化工基地、建筑材料基地构成的我国重要的能源重化工基地"的主张。

通过参照国家的可持续能源发展战略,借鉴国外的先进经验,结合内蒙古自治区本身的特点和情况,以下几点针对内蒙古的主要可行性能源战略可供参考。

1. 以市场为导向,加强区域经济合作,实现能源资源优化配置

随着我国加入 WTO 和市场化进程的加快,能源产业发展决策将会从由国家计划向由市场因素决策转变。市场经济的实践证明了市场经济对经济发展具有积极的作用,同时对能源的发展也有促进作用,其重要功能表现为资源配置功能、市场调节功能和市场竞争功能。能源资源作为经济增长的重要投入要素,必须依靠市场机制来优化配置,实现效率的提高。价格机制是市场经济的先导,能源发展要走市场化的道路,就是要建立能够充分反映市场供求状况的价格运行机制,通过竞争市场的价格机制作用,指导能源消费,对能源供求关系进行双向调节,最终实现资源的有效配置。

目前,内蒙古应加快能源市场化进程,完善能源价格机制,理顺各种价格关系,避免行政垄断定价行为,减少直至取消政府对能源价格的行政干预。其次,建立规范统一的能源市场体系,形成市场化的价格形成机制。只有完善了上述市场化机制,才能真正实现内蒙古能源资源的优化配置。

此外,还应抓住区域合作的机会,尤其是黄河—滨海区域的区域经济合作,寻求

各种支持,加快能源产业的健康快速发展。

2. 实施节能战略,发展低碳经济

内蒙古工业经济对能源依赖程度相当之高,是典型的"能源繁荣经济"的省区。2004 年每万元 GDP 所消耗的能源为 2.99 吨标准煤,距全国能耗平均水平仍有距离,同世界平均水平相比更是相差甚远,节能潜力巨大。因此节能降耗是发挥内蒙古经济的后发优势,缓解能源消费对环境污染的重要举措和提高效益的主要途径。实施节能优先战略就是要采取"技术上可行,经济上合理,环境和社会能接受"的一切措施,以提高能源利用效率为核心,改善落后的生产方式和消费模式,形成企业和社会自觉节能的机制。以能源有序开发和合理适度消费的理念为先导,走一条跨越式发展道路。

3. 实施新能源战略,开发利用新能源和可再生能源

内蒙古自治区新能源资源十分丰富,新能源开发利用有巨大的市场潜力。内蒙古自治区地处我国北部风能丰富区,季节变化和日变化规律基本上与生产和生活用电规律相吻合,且大部分地区为平坦的草场,十分适宜建设大型风电场。内蒙古地区太阳年日照时间长,范围广。而且在内蒙古很多地区,风能和太阳能资源有互补特性。丰富的风能、太阳能资源将成为 21 世纪内蒙古自治区能源发展战略的双翼之一。目前最主要的任务就是要从解决生活用能为主向生活、生产用能相结合,从单一能源为主向多能互补相结合转变,不断增加新能源在全区能源消费中的比重,实现"发展洁净生产,供应洁净能源"的目标。同时,应根据内蒙古新能源主要集中于广大农牧地区,比较分散的分布特点,对人均收入低的广大农牧民采取各种优惠措施,加强新能源装置的推广,建立健全服务体系,使内蒙古的风光资源得到充分的开发利用。

4. 共享国际能源资源,开发境外能源,实施能源储备战略

内蒙古自治区在积极开发本身资源的同时,应加强对国际能源资源的开发利用,尤其是对内蒙古相邻的蒙古国和俄罗斯的能源的开发。这样必将延长内蒙古能源开发的年限,提升能源开发的巨大市场潜力,实现能源的可持续发展,有利于把内蒙古打造为国家的能源储备中心和战略重心。例如可以通过二连浩特和满洲里两大口岸及其他边界贸易组织实现原油的进口,增加对境外能源的开发和消费。据统计,2004 年内蒙古各口岸共进口原油 573.86 万吨,进口总值达 15.81 亿美元,约占全国进口总量的 5.08%,成为我国最大的原油进口陆路口岸,有效地缓解了国内经济发展对能源供给的压力。

5. 实现科技兴能和人才强能战略,努力提高科技进步对经济增长的贡献率

科学技术是第一生产力,是经济发展和社会进步的主导力量,是加快经济结构调整的强大动力。能源的有效开发利用需要科技、人才的支持和大量资金的投入。内蒙古自治区处于我国中西部,科技水平较低,科技人才缺乏,能源产业的科技含量不高,导致了科技对经济增长贡献的严重滞后。因此,自治区现阶段必须加快技术创

新,重点对"煤炭开发,煤炭洁净利用与环境保护,油气资源的勘探开发,新能源的利用,能源开发的科学化管理"等五大领域的共同技术、关键技术和前沿技术组织科技攻关,培育其自主知识产权的核心技术和主导产品,提高科技对能源开发的贡献率。另外还必须积极培养、引进各类优秀人才,通过政策调整,经济激励,建立人才汇集机制,提高能源领域劳动者的素质和科技人员的比重,充分发挥人力资本的作用,为自治区经济的发展提供强大的智力支持。

6. 实施能源开发集群化战略,打造蒙东、蒙中、蒙西三大能源基地

内蒙古的煤炭资源、大型电厂主要分布于蒙东的呼伦贝尔市,蒙中的锡林郭勒盟和蒙西的鄂尔多斯市等盟市。因此,根据能源的丰度、开发程度,将内蒙古分为蒙东、蒙中、蒙西三大能源基地,它们组成了带动内蒙古经济发展的"三驾马车",成为内蒙古三条顺次相接的经济发展带。

自治区现阶段应加紧整合三大能源基地的能源企业,建设大型能源集团,依托重点地区、重点企业、重点工业园区,运用市场机制,加快产业布局的调整,实施产业集群化战略,打造"能源硅谷",发挥"马太效应",凸显集群化优势;集中各能源基地的资金、技术、人才资源,提高资源的利用率,减少资源的浪费和对环境的压力,实现经济效益、环境效益与社会效益的协调发展。

7. 加强政府对能源开发利用的宏观管理

由于内蒙古经济发展程度较低,市场化程度较为落后,市场机制尚未健全,市场在资源配置中难以全面发挥基础性作用,因此,发挥政府的调节作用十分必要。自治区政府应做好全区能源发展的宏观预测与战略规划,建立统一、独立、权威的能源管理机构。做好一次能源资源的科学勘查和合理规划,最大限度地避免和制止人为的、短视的、掠夺性的资源开采。

(二)内蒙古自治区能源发展战略评价体系

所谓能源发展战略综合评价体系就是指用来评价能源发展战略实施而采用的标准和尺度的一个指标体系。

建立内蒙古自治区能源发展战略综合评价体系,一方面需要以现有的各项统计制度和资料为基础;另一方面,能源发展战略综合评价体系并不是传统的经济、社会、环境等领域的指标的简单照搬、相加和堆积,而是原有指标的有机综合、提炼、升华和一定程度的创新。

参考亚洲开发银行项目业绩评价指标体系(部分社会评价指标),本部分建立了能源发展战略综合评价体系。该指标体系共分3层,最上一层为总体指标,分为经济、社会和环境三方面;中间层是对第一层的进一步分解,又分为社会经济效率、居民经济生活水平、科技进步贡献、社会相互适应性、自然资源的节约、环境污染损失、生态治理效益七大方面;最下面一层则是每个方面的具体的指标,其中有定性的,也有定量的。具体框架图见下表8-10所示。

表 8-10　能源发展战略综合评价体系

对社会经济的影响	社会经济效率	单位 GDP 能耗 能源利用效率 固定资产投资占 GDP 的比重 产业结构高度化指标
	居民经济生活水平	居民人均生产总值(人均 GDP) 居民人均收入增长率 社会恩格尔系数 基尼系数变化率 通货膨胀变化率
对社会环境的影响	科技进步贡献	科技成果转化率 科技进步贡献率 新能源开发利用比重
	经济对接适应性	与国家方针政策的符合程度 与区域合作发展政策的符合程度 效果的持续性
对自然资源和生态环境的影响	自然资源的节约	自然资源消耗系数 自然资源综合利用效益 自然资源综合节约效益
	环境污染损失	对自然环境的污染破坏 对绿化地森林的破坏 对水土流失的影响 对野生动植物的影响
	生态治理效益	环保投资增长率 环保投资效益

(三)内蒙古自治区能源发展战略综合评述

　　根据非结构性模糊决策支持系统(NSFDSS),并结合已建立的综合评价体系,构建如图 8-1 所示的内蒙古自治区能源发展战略综合评价模型。

　　并根据以上的综合评价模型,可以构建内蒙古自治区能源发展战略模型,如表 8-11 所示。

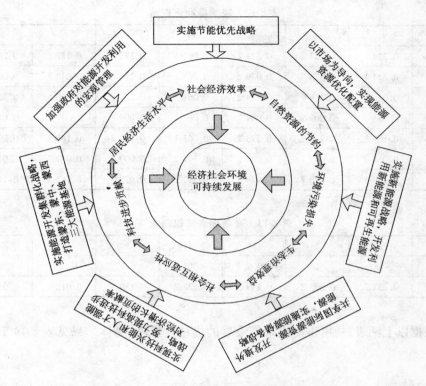

图 8-1　内蒙古自治区能源发展战略综合评价模型

表 8-11　内蒙古自治区能源发展战略模型

C	决策约束因素集	D	决策集
c_1	社会经济效率	d_1	以市场为导向，加强区域经济合作、实现能源资源优化配置
c_2	居民经济生活水平	d_2	实施节能战略，发展低碳经济
c_3	科技进步贡献	d_3	实施新能源战略，开发利用新能源和可再生能源
c_4	社会相互适应性	d_4	共享国际能源资源，开发境外能源，实施能源储备战略
c_5	自然资源的节约	d_5	实现科技兴能和人才强能战略，努力提高科技进步对经济增长的贡献率
c_6	环境污染损失	d_6	实施能源开发集群化战略，打造蒙东、蒙中、蒙西三大能源基地
c_7	生态治理效益	d_7	加强政府对能源开发利用的宏观管理

借鉴数学方法，通过对所有约束因素进行两两比较，可以得出每一项发展战略决策的重要程度（权重），如表 8-12 和 8-13 所示。

表 8-12　决策标准化权重

	c_1	c_2	c_3	c_4	c_5	c_6	c_7
d_1	0.324 7	0.224 2	0.224 2	0.061 1	0.373 7	0.187 8	0.264 2
d_2	0.324 7	0.373 7	0.079 2	0.061 1	0.224 2	0.043 3	0.066 1
d_3	0.036 0	0.079 2	0.224 2	0.061 1	0.224 2	0.390 5	0.264 2
d_4	0	0.009 7	0.009 7	0.061 1	0.009 7	0	0.014 0
d_5	0.139 3	0.224 2	0.373 7	0.061 1	0.079 2	0.167 5	0.264 2
d_6	0.036 0	0.009 7	0.009 7	0.347 2	0.009 7	0.043 3	0.014 0
d_7	0.139 3	0.079 2	0.079 2	0.347 2	0.079 2	0.167 5	0.113 3

表 8-13　准则因素集权向量 W

	1	2	3	4	5	6	7
W'	1	1	0.6	1	0.6	0.053	0.053
W	0.232 2	0.232 2	0.139 3	0.232 2	0.139 3	0.012 3	0.012 3

根据以上两表,便可得出决策集最后的优越性排序,具体结果见表 8-14 和图 8-2。

表 8-14　决策评价结果

优先权重	决策号	具体决策
0.231	1	以市场为导向,加强区域经济合作,实现区域能源资源优化配置
0.220	2	实施节能战略
0.167	5	实现科技兴能和人才强能战略,努力提高科技进步对经济增长的贡献率
0.157	7	加强政府对能源开发利用的宏观管理
0.111	3	实施新能源战略,开发利用新能源和可再生能源
0.094 6	6	实施能源开发集群化战略,打造蒙东、蒙中、蒙西三大能源基地
0.019 3	4	共享国际能源资源,开发境外能源,实施能源储备战略

由以上示例可以看出,内蒙古自治区当前的几点能源战略的重要度优先级排序为:以市场为导向,加强区域经济合作,实现区域能源资源优化配置;实施节能优先战略;实现科技兴能和人才强能战略,努力提高科技进步对经济增长的贡献率;加强政府对能源开发利用的宏观管理;实施新能源战略,开发利用新能源和可再生能源;实施能源开发集群化战略,打造蒙东、蒙中、蒙西三大能源基地;共享国际能源资源,开发境外能源,实施能源储备战略。

内蒙古在资源、资金、人力、精力有限的情况下,可以参照上述排序来有所侧重地

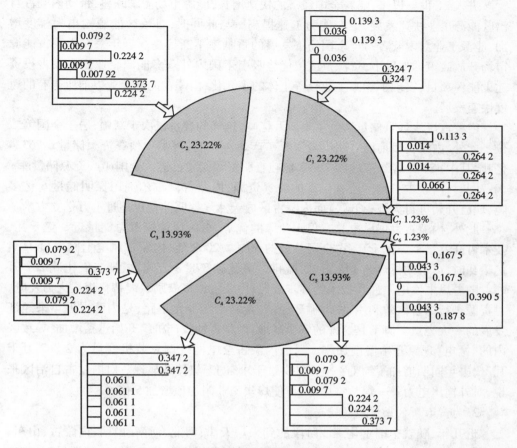

图 8-2　内蒙古自治区能源发展战略权重分配图

实施以上能源战略,抓住黄河—滨海区域经济合作机遇,大力加紧实施优先度最高的战略;在资源充裕的条件下,也要逐步加快实施优先级较后的能源战略。只有这样,内蒙古自治区才能在我国经济、社会、文化、环境全方位快速发展的同时,全面、健康、快速地实现其能源战略的可持续发展。

三、加强与滨海新区经济合作,实施区域能源可持续发展战略

(一)利用内蒙古自治区资源高地优势,做好向滨海地区的能源输送

1. 内蒙古自治区资源高地优势

从地缘优势和市场优势看,内蒙古自治区地域辽阔,地跨东北、华北、西北地区,毗邻 8 省。其中西部地区紧邻京津唐这一全国政治、文化、经济中心,东部则与东北老工业基地相接,具有承东启西的区位优势。加之内蒙古全区土地、劳动力、建筑材料价格相对较低,因而其能源工业具有极其显著的发展优势。

进入 21 世纪以来,随着全国经济的快速增长,能源市场需求旺盛,带动内蒙古自治区能源工业快速发展,生产能力迅速提高。与此同时,自治区能源输出大幅度增加,能源工业对内蒙古乃至全国经济发展的贡献率不断提高。近年来在内蒙古能源市场开放政策的鼓励下,资源及区位优势吸引了国内外众多能源企业到内蒙古投资建设能源项目,实现了能源工业投资主体的多元化,内蒙古能源工业以前所未有的速度快速发展。

内蒙古煤炭远景储量达到了 1.2 万亿吨,这样的容量仅次于新疆,居于全国第二位。此外,内蒙古目前已查明煤炭资源矿产地 446 处,查明和预查资源储量 6 763.4 亿吨,其中 422 处煤炭产地的 2 892 亿吨查明资源储量已进入全国矿产资源储量库。

同时,内蒙古自治区还有丰富的油气资源,内蒙古海拉尔油田探明储量 6 亿多吨,现已开始进行大规模开采;而内蒙古区内天然气探明储量也超过 1 万亿立方米。

此外,内蒙古发展风电具有得天独厚的优势,全区风能资源总储量近 9 亿千瓦,技术可开发量 1.5 亿千瓦,占全国总量的 50%。2008 年,内蒙古风电上网电量 41.4 亿千瓦时,可节约标煤约 145 万吨,减排二氧化碳 378.8 万吨,减排二氧化硫 2.7 万吨。随着风电发电条件和技术的逐步成熟,内蒙古积极鼓励风能替代煤炭火力发电,对资源进行综合高效利用,发展循环经济,走新型工业化道路,是内蒙古近年来经济发展的一大亮点。脚下是这样的资源高地,内蒙古的投产机组开始迅猛增加,导致区内的"窝电"现象开始慢慢加剧。目前内蒙古全电网统调总装机容量为 2 867 万千瓦,比去年同期增加了约 1/4,电力"供过于求"的态势持续显现。对内蒙古自治区来说,对外输出电力——煤从空中走,可使煤炭工业附加值增加 5 倍。

2. 为滨海新区做好能源输送

近几年,随着中国重化工业阶段的到来。天津、河北、河南、山西、内蒙古、山东、青海、甘肃等省、区、市组成的黄河—滨海区域资源优势和重工优势正逐渐显现出来。对于环境和资源承受能力已经超载的区域来说,重化工的火线上马更加剧了煤、电、油、气等能源的需求量。而日益膨胀的城市化,也同样加剧了对于能源的依赖性。

在内蒙古自治区周边的省份"吃不够",而内蒙古又"吃不了"的情势下,内蒙古自治区对此区域的其他省份而言,不亚于一个"能源新大陆",周边省份都将内蒙古自治区划为自己的战略能源储备地,这尤以京津冀地区的需求更为明显,而在能源品类上,又以煤炭最为抢手。

煤炭是黄河—滨海区域经济圈未来发展的重要战略资源。内蒙古煤炭保有储量是 2 233 亿吨,远景储量是 1.2 万亿吨,均居全国第二位。除了储量丰富外,内蒙古的煤炭普遍具有埋藏浅、开采成本低的特点,发展煤电和煤化工产业具有得天独厚的优越条件。在此基础上形成的以低廉电价为主要优势的电力供给,必将为黄河—滨海区域的发展创造良好条件。

黄河—滨海区域看中的还有内蒙古的油气资源。如:鄂尔多斯盆地的天然气已供应华北 14 个大中城市,其中黄河—滨海区域的北京、天津、石家庄等城市就是其中重要的"输入地"。而随着低碳经济提出,国家的发展会更加科学。内蒙古自治区位于西部、北部这样一个狭长的低端,有丰富的风电资源。这些清洁能源可以输送到黄河—滨海区域乃至全国各省市,促进节能减排。

(二)利用滨海新区高科技服务体系,建立内蒙古自治区绿色能源基地

1. 将内蒙古自治区绿色能源基地建设上升为国家战略

作为国内煤炭拥有量、风能资源技术可开发利用量以及太阳能年日照时数在全国数一数二的省区,将内蒙古绿色清洁能源基地建设上升为国家发展战略,不仅对内蒙古的发展十分必要,对国家能源安全和科学规划发展也有重要意义。

内蒙古得天独厚的立体资源优势,决定了其建设绿色能源基地的条件具有唯一性。内蒙古煤炭、煤层气、天然气、石油等能源资源储量丰富,碳汇拥有量约占全国的17%,是国内碳汇拥有量最高的省区。从空间资源看,内蒙古地处西风带,属温带大陆性气候。冬季受蒙古高压影响形成强劲的偏西偏北风,夏季受大陆低压和副热带高压影响为偏南风和偏东风,是我国风能最丰富的省区之一。全区风能资源储量为10.1亿千瓦,其中可开发利用的风能功率为1.01亿千瓦,占全国的39%,居全国首位。全区年平均风速为3.7米/秒,年可利用风时在4 380小时以上。有的地方年平均风速达6.2米/秒,年可利用风时在7 200小时以上。风能丰富和较丰富的盟市占全区总面积的80%。内蒙古的太阳能资源也很丰富,总辐射量在4 800～6 400兆焦耳/平方米之间。年日照时数为2 600～3 200小时,其中巴彦淖尔及阿拉善盟系全国高植区,太阳能总辐射量高达6 490～6 992兆焦耳/平方米,仅次于青藏高原,处我国的第二位。这些自然条件加上内蒙古人口少、经济总量小的因素,具备建设可形成重要支撑作用的绿色清洁能源基地的不可替代的优势条件。

内蒙古毗邻东北、华北、西北8省区,北邻俄罗斯、蒙古国。这一极其优越的地理区位优势决定了其辐射国内外能源需求区和提供区的广泛性,内蒙古建设绿色清洁能源基地将会加快其成为我国经济发展的重要支点。

此外,内蒙古已具备的能源产业基础和重要位置决定了内蒙古建设绿色清洁能源基地具有现实可行性。在传统能源产业领域中,自治区煤炭产量已占全国的1/5强,鄂尔多斯盆地是国家重要油气资源开发利用地区。在新能源领域中,内蒙古在风能和太阳能发电方面能都具有较大优势。

另外,内蒙古在打造绿色清洁能源产业方面已逐步形成思路和构架。目前,发挥能源优势和能源产业基础的优势,打造绿色清洁能源产业,已经成为全区今后扩大经济总量、调整经济结构、实现产业升级、保持又好又快和可持续发展的必由之路和自觉要求。"十一五"以来,自治区对传统能源工业改造、提升和新能源工业大力发展进行了大量的工作准备。同时,还将全力推进煤制甲醇、二甲醚替代汽、柴油等多项绿色能源产业构架项目,统筹推动绿色清洁能源产业的形成。因此,把内蒙古绿色清洁能源基地建设上升为国家发展战略的时机和条件是适当的。目前,这些新能源项目的实施还需要相应必要的技术支持。

2. 依托滨海新区高科技服务体系,打破能源发展技术瓶颈

1)滨海新区应成为内蒙古的新能源研发转化基地

滨海新区的意义从来都不仅仅局限于天津,它已经建成50多个国家级和省部级工程中心、90多个企业技术研发中心、80多个博士后科研流动站,成立了26家科技企业孵化器。作为环渤海经济圈的重要组成部分和核心力量,它的能量应该辐射到中国北方,乃至于东北亚地区,并充分发挥其研发转化基地的作用。

目前在滨海高新区已经汇集了众多新能源开发领域的龙头企业和研究单位,围绕贮能电池、风力发电、太阳能电池和燃料电池四大板块发展,形成了具有竞争力的产业集群。在天津开发区,以维斯塔斯、东汽风电、京瓷太阳能为代表的绿色企业集群发展势头强劲,新能源产业已成为开发区主导产业之一。这些新能源产业规模增长迅速,产业创新能力、企业技术水平均处于全国前列。

这些科研机构和技术平台,将成为滨海新区企业的创新动力和亮点之源,使滨海新区的高科技服务体系更为完善,是滨海新区搭建高科技服务的"基础设施"平台的重要内容之一。为构筑高端化、高质化、高新化产业结构,发展优势支柱产业提供更好支撑,滨海新区通过建设超算中心、研究院所、技术中心等公共技术平台,提升核心竞争力,加快推进自主创新领航区建设,为加快科技创新,调整优化新区产业结构打下坚实基础。而这些也必将为内蒙古自治区的能源发展提供必要的技术支持。

2)滨海新区可为内蒙古提供生产性服务

以科研机构和技术平台为主要形态的专业技术服务业正是滨海新区发展生产性服务业的主要着力点。滨海新区要加快经济方式转变,遵循突出特色和发挥比较优势的原则,全面推进产业功能区产业能级的提升和产业结构的进一步优化,培育战略性新兴产业,着重发展现代制造业、高新技术产业和生产性服务业。

以知识密集型为特点的生产性服务业不仅指研发新技术、新产品,还包括为推进生产经营管理方式的转变提供服务。在发展知识型服务业方面,一批包括能源管理、节能技术咨询等方面的公司更多地聚集在滨海新区,推动企业向集约化、高端化发展。

滨海新区目前正着力从两个方面推进新区自主创新工作,促进新区知识型生产性服务业发展。

一是深化调整区域经济和产业结构。初步建成国家重要的产业技术研发中心。初步建成国家重要的高新技术成果转化应用中心。初步成为海内外高层次人才聚集高地。滨海新区自主创新实力明显增强。

二是发挥科技支撑作用,推动战略性高端产业发展。落实一批科技基础条件平台建设项目,壮大一批国家级科技创新平台、重点实验室、工程技术中心,启动一批滨海新区高新技术产业化重大项目。

因此,内蒙应充分利用滨海新区科技人才、研发能力的优势,将内蒙的高新技术产业的研发移入滨海新区,在滨海新区设立研发中心,加快内蒙新能源高新技术产业

的发展,同时可以借助滨海新区的咨询公司,对现有的或即将上马的能源企业提供生产性服务,从生产制造的角度,致力于改善企业生产效率,以达到提高管理水平、降低能耗,提高效率、节约成本的目的。

(三)利用滨海新区金融优势,促进内蒙古自治区能源可持续发展

能源金融是通过能源资源与金融资源的整合,实现能源产业资本与金融资本不断优化聚合,从而促进能源产业与金融产业良性互动、协调发展的一系列金融活动。由于能源和金融在经济发展中的特殊地位,能源金融不仅是能源和金融发展中的战略问题,也是经济发展中的核心问题。

近年来,内蒙古能源产业与金融对接过程中,表现出金融服务体系滞后,整体金融密集度较低,金融市场化程度低,尚未形成多层次、多元化的能源金融市场体系等问题,严重制约了能源产业的发展和产业链的提升。资本市场的融资功能没有得到良好的发挥,诸多融资手段和方式没有得到有效利用,尤其是股票、债券的融资渠道没有较好地与内蒙古优势产业——能源紧密结合,对信托、租赁等非银行金融工具的运用较少,金融衍生产品的运用基本空白,至于保险业在能源产业的风险释放功能更没有得到应有的发挥。

为解决上述内蒙古能源开发与金融对接中存在的问题,充分发挥其依托黄河—滨海区域城市群、对接天津滨海新区、服务环渤海的重要作用,可以考虑不断拓宽融资渠道,构建全方位、多层次的融资体系,为内蒙古基础设施建设、企业发展提供资金支持,促进内蒙经济又好又快发展。

1. 加大银行贷款支持力度

首先,积极争取政策性贷款,加快能源基础设施建设。有关部门应积极主动做好项目筛选工作,向国家政策性银行提报急需开工建设、资金不足且符合贷款条件的重大项目,用于能源基础设施建设。如果有条件,也可以争取地区性和世界性政策性银行的支持。

其次,提高商业性贷款规模。地方政府可与商业银行签署战略合作协议,进一步加大商业银行信贷资金投放力度,用于支持内蒙古重点项目的开发建设。尤其应加强与地方城市商业银行的合作,促进银企结合,缩短贷款审批程序,为中小企业引进充足的发展资金。

2. 引入内蒙古能源产业投资基金

从内蒙古产业投资基金的发展情况看,目前,正处于刚刚起步阶段,内蒙古可借鉴滨海新区设立渤海产业基金的经验,由省政府和省直大企业以及区域相关各市(县、区)和区内大企业共同出资,设立内蒙古能源开发基金。在此基础上,吸纳金融资本、产业投资资本、市场流动资金和国外战略投资,逐步扩大融资规模,争取设立内蒙古产业投资基金,为重点项目、重点企业和成长性好的中小企业提供资金支持。

第一,设立内蒙古能源开发基金。借鉴滨海新区设立渤海产业基金的经验,内蒙古应尽快成立能源开发基金。建议由内蒙古两家以上的能源集团企业会同金融机构

(由商业银行、保险公司、证券公司、社保基金和企业年金组成)作为共同发起人,组建注册资本在2亿元以上、具有法人资格的能源开发基金,通过公开发行基金受益凭证或债券的形式筹集资金,按照《信托法》的要求进行基金管理,主要用于内蒙古能源项目的开发利用。政府部门在基金的运作过程中主要承担提供服务和加强监管责任,必要时进行干预。成立能源基金是能源产业与金融融合的有效途径,不仅有利于能源产业融资渠道的拓展,更有利于能源产业可持续发展和产业结构调整;不仅有利于实现能源产业资本的快速扩张,也有利于社会资本有序地进入能源产业,分享能源产业发展带来的财富效应。

第二,设立内蒙古能源风险投资基金。由于能源项目的勘探开发、能源化工(煤变油、煤液化等)以及输电设备的研制开发等项目具有技术性高、风险大等特点,且资金需求多,符合风险投资的特点。对于能源风险投资机制,主要采取符合国际标准的"入口—运行—出口"模式。在入口阶段,建议以政府出资为主,通过一定阶段的发展,由建立风险投资基金和风险投资公司过渡到以企业出资和富有的个人出资为主,最终发展到以成熟的机构投资者出资为主要阶段。在运作模式上,资金从投资者流向风险投资公司,形成风险投资基金,经风险投资公司对风险项目进行筛选,注入风险企业中,经风险企业的运作,实现项目的资本增值,从而实现投资者、风险基金和风险企业三位一体的完整的风险资本循环体系。在出口模式中,建立风险投资的IPO、兼并与回购、清算等多种退出方式,这一过程主要在创业板市场和产权交易市场进行。

第三,设立内蒙古节能技术贴息基金。近几年,在能源企业的短期利益追逐中,表现为注重能源的开发而轻视节能环保投入,而且,因技术改造的资金量大、资本成本高造成能源企业技术创新积极性不高的被动局面。为鼓励能源企业主动进行技术改造,加大对节能环保型项目的投入,建议由财政(中央和地方)划出专项资金,设立节能技术贴息基金,重点用于能源企业的节能项目,并制定优惠性政策(在税收方面加以鼓励),推动全区能源行业的技术创新。这一举措将有助于内蒙古能源产业的升级换代和产业链的提升,有助于能源产业由粗放型向集约型转变。

3. 加快项目融资模式运用

可借鉴深圳特区、浦东新区、滨海新区项目融资经验,通过黄河—滨海流域区域经济竞合加快内蒙古项目融资模式运用,如安排投资者直接融资;投资者通过项目公司安排融资;签订设施使用协议融资;利用杠杆租赁融资;通过生产支付融资;采取BOT、TOT、PPP 、PFI、ABS等新型的多元化投融资方式,拓宽能源项目融资来源。

4. 建立以政府为主导的多层次融资平台

首先,发挥政府引导作用,积极争取中央、省预算内投资专项资金及省基建基金的支持,设立支持区域开发建设专项资金,进行重点能源建设,鼓励和支持装备制造、高新技术产业、环保产业、循环经济等优先发展。同时,加大地方财政投入力度,调整优化财政支出结构,切实发挥财政资金引导、拉动投资,带动内蒙古能源产业发展的作用。

其次,借鉴滨海新区"泰达模式",鼓励企业在政府支持下实现跨系统、跨行业的资产重组,不断涉足交通、能源、环保、金融、贸易、公用事业等产业领域,代表内蒙古行使国有资产投资经营职能,以低廉的生产资料价格吸引省内大型国有企业,特别是省国资委管理的特大型国有企业,投资内蒙古,待投资者获利后通过政府税收补贴给开发者,为内蒙古能源开发筹集资金。

5. 建立健全融资担保体系

首先,加快设立内蒙古开发担保公司,服务内蒙古生态开发建设。开发担保公司应坚持"小额、分散"的原则,主要面向内蒙古开发重大基础设施项目和工商企业,重点为成长性好的中小企业和高新技术企业提供贷款担保,着力扩大客户数量和服务覆盖面。设立内蒙古开发担保公司后,将以往银企两方合作转变为为银行、担保公司、中小企业三方合作,一方面避免中小企业违约行为的发生,另一方面能促进担保业发展,使得内蒙古中小企业融资难的问题得到有效解决。

其次,利用已有担保机构,满足中小企业融资需要。要鼓励担保机构与大企业合作,壮大经济实力,建立现代企业制度;充分发挥市融资担保协会的作用,与专门信用管理机构合作,从营运风险、风险管理、资产质量、资本充足性、业务开展情况等五个方面进行信用评级,督促担保机构加大信用建设力度;引导金融机构与担保公司合作,建立完善的融资担保服务体系,切实解决企业融资难的问题。

6. 依托滨海新区金融优势,建立内蒙古能源社区银行

滨海新区近年来加快金融体制改革和金融创新,已成为一个与北方经济中心相适应的现代金融体系和全国金融改革创新基地。滨海新区现已基本形成具有行业领先水平和国际竞争力的多元化金融机构体系,国内外投资者共同参与、具有国际影响力的金融市场体系,与经济发展需要相适应的金融产品创新体系,保障金融业可持续发展、规范严格的金融风险防范体系,符合国际通行规则、规范有序的金融发展环境。它更加注重对经济的支持和服务。其中,支持经济发展、项目建设、中小企业发展、投融资平台建设等方面内容占很大比重,对经济的提升和拉动作用将更加明显。

内蒙古自治区可依托滨海新区在金融市场、金融产品等方面的优势,在滨海新区建立内蒙古能源社区银行,从金融角度专门研究内蒙古的能源发展方向和战略取向,以此加强能源与金融的融合,为能源产业的长远发展做好全方位的金融服务。为此,应积极引导国外战略投资者、国内机构投资者和有资金实力的民间资本有序地进入能源产业领域,并在国家有控制权的基础上,引进外资商业银行、外资投资银行等金融机构以股权形式进入社区银行。

参考文献

[1] 内蒙古统计年鉴.北京:国家统计局,2009.

[2]　康虎彪,刘传庚,等.能源产业基地综合环境承载力评价研究[J].中国能源,2010,3(32):26-29.

[3]　刘晶.内蒙古能源与经济发展关系的实证研究[J].中外能源,2010(1):23-28.

[4]　付瑞利.内蒙古可再生能源发展现状及前景[J].内蒙古统计,2008(2):19-20.

[5]　韩凤永.制约内蒙古能源产业发展的主要因素分析[J].经济论坛,2009(6).

[6]　田磊.区域能源发展战略的模式分析与评价[D].天津:天津大学,2007.

[7]　潘跃飞,吕永波.能源行业整合中的博弈机理与策略研究[J].科学学与科学技术管理,2010,6(31):171-174.

[8]　孟浩,陈颖健.基于层次分析法的新能源产业发展能力综合评价[J].中国科技论坛,2010(6):51-58.

[9]　中国科技信息网,http://www.chinainfo.gov.cn.

[10]　新华网,http://www.xinhuanet.com.

[11]　何文渊,吴云海.我国能源科技发展思路[J].中国能源,2005,27(3):5-10.

[12]　郭云涛.中国能源:突破与超越[M].北京:中国经济出版社,2005.

[13]　胡鞍钢,王亚华.国情与发展[M].北京:清华大学出版社,2005.

[14]　王家诚.中国和平崛起道路下的能源发展战略[J].当代石油石化,2005,13(11):1-7.

[15]　张文泉.我国能源产业战略发展方略探究[J].科技和产业,2004,4(1):10-13.

[16]　吴巧生,王华,成金华.中国能源战略评价[J].中国工业经济,2002(6):13-21.

[17]　李文彦.21世纪前期我国能源战略的若干问题[J].经济地理,2000,20(1):7-12.

[18]　符慧林.我国现阶段能源问题和未来战略选择[J].商场现代化,2006(6):70-71.

[19]　张孝德.新一轮经济增长与内蒙古经济战略的新定位[J].北方经济,2006(5):7-10.

[20]　王亮军.中国能源战略及规划要点浅谈[J].科技情报开发与经济,2006,16(6):86-88.

[21]　李泊溪.中国加入WTO与能源战略[J].中国电力,2000,33(9):5-6.

[22]　杨刚强,余瑞祥,贾凤珍.内蒙古能源战略与经济发展[J].工业技术经济,2006,25(6):19-23.

[23]　徐振川.基于可持续发展的地域能源战略研究[D].天津:天津大学,2002.

[24]　张坤民.可持续发展论[M].北京:中国环境科学出版社,1997.

[25]　世界环境与发展委员会.我们共同的未来.王之佳,柯金良,等,译.长春:吉林人民出版社,1997.

[26]　叶文虎.可持续发展的原理、方法和实践[J].今日科技,2001(7):20-22.

[27]　国务院环境保护委员会.中国21世纪议程,1994年7月.

[28]　董大海.战略管理[M].3版.大连:大连理工大学出版社,2006.

[29]　赵涛,齐二石.管理学[M].天津:天津大学出版社,2004.

[30]　杜纲.管理数学基础:理论与应用[M].天津:天津大学出版社,2002.

[31]　陈守煜.工程模糊集理论与应用[M].北京:国防工业出版社,1998.

[32]　李珀松,朱坦.滨海新区能源消费环境库兹涅茨曲线的实证分析[J].环境污染与防治,2010(5):85-88.

[33]　姜海勇.中国能源现状及未来发展战略[J].深圳特区科技,2006(4):42-44.

[34]　李珀松.滨海新区经济增长与能源消费响应关系初探[J].上海环境科学,2010(2):66-69.

［35］ 邹玉娟.低碳化与天津滨海新区发展新优势[J].北方经济,2010(8):68-70.

［36］ 冯朵.滨海新区"副中心"定位的思考[J].环渤海经济瞭望,2010(5):9-12.

［37］ 中国国际工程咨询公司.中国投资项目社会评价指南——世界银行亚洲开发银行资助项目[M].北京:中国计划出版社,2004.

［38］ 张友国.内蒙古能源工业发展与环境问题[J].中国能源,2007,29(2).

［39］ 天津滨海新区:推进自主创新领航区建设.中国日报网,2010-03-26.

［40］ 张启智.内蒙古能源金融产品创新与发展[J].北方经济:综合版,2009(5).

［41］ 孙鹏芳,吴静.内蒙古能源发展与产业结构调整研究[J].北方经济:综合版,2007(5).

［42］ 柯俊,何秀萍.内蒙古能源经济可持续发展与新能源的开发利用[J].中国科技论坛,2007(5).

［43］ 王秉军.着力解决瓶颈制约,有序推进内蒙古"风电三峡"建设[J].北方经济:综合版,2008(9).

［44］ 关于内蒙古能源产业发展的金融支持对策.中国民主建国会网,2009-1-6.

第九章 甘肃省篇

第一节 甘肃省概况

一、甘肃基本情况

（一）甘肃概况

甘肃古属雍州，省会兰州。地处黄河上游，位于我国的地理中心，介于北纬32°31′至42°57′、东经92°13′至108°46′之间。它东接陕西，南控巴蜀青海，西倚新疆，北扼内蒙古、宁夏，是古丝绸之路的锁匙之地和黄金路段，并与蒙古国接壤，它像一块瑰丽的宝玉，镶嵌在中国中部的黄土高原、青藏高原和内蒙古高原上，东西蜿蜒1 600多千米，纵横45.37万平方千米，占全国总面积的4.72%。人口2 600万（1949年968万人），有汉族、回族、藏族、东乡族、裕固族、保安族、蒙古族、哈萨克族、土族、撒拉族、满族等民族。其中，东乡族、裕固族、保安族是甘肃特有的少数民族。

甘肃一名始于11世纪，是取甘州（今张掖）、肃州（今酒泉）二地的首字而成。由于西夏在其境分置十二监军司，甘肃为其一，元代设甘肃省，简称甘；又因省境大部分在陇山（六盘山）以西，而唐代曾在此设置过陇右道，故又简称为甘或陇。

甘肃省地处黄土高原、青藏高原和蒙古高原三大高原交汇地带。境内地形复杂，山脉纵横交错，海拔相差悬殊，高山、盆地、平川、沙漠和戈壁等兼而有之，是山地型高原地貌。从东南到西北包括了北亚热带湿润区到高寒区、干旱区的各种气候类型。

甘肃省气候干燥，气温日较差大，光照充足，太阳辐射强。年平均气温在0~14℃之间，由东南向西北降低；河西走廊年平均气温为4~9℃，祁连山区0~6℃，陇中和陇东分别为5~9℃和7~10℃，甘南1~7℃，陇南9~15℃。年均降水量300毫米左右，降水各地差异很大，在42~760毫米之间，自东南向西北减少，降水各季分配不匀，主要集中在6~9月。甘肃省光照充足，光能资源丰富，年日照时数为1 700~3 300小时，自东南向西北增多。河西走廊年日照时数为2 800~3 300小时，敦煌是日照最多的地区，所以敦煌的瓜果甜美，罗布麻、锁阳等药材非常地道；陇南为1 800~2 300小时，是日照最少的地区；陇中、陇东和甘南为2 100~2 700小时。

全省总土地面积45.44万平方千米（据国务院勘界结果为42.58万平方千米），居全国第7位，折合6.8亿亩。其中，农用地为3.81亿亩，建设用地0.14亿亩，未利用地2.87亿亩。人均占有土地26.31亩。人均占有耕地2.71亩，比全国人均占有量高出一倍多。省内山地多，平地少，全省山地和丘陵占总土地面积的78.2%。全省土地利用率为 56.93%,尚未利用的土地有 28 681.4 万亩,占全省总土地面积的 42.05%,包括沙漠、戈壁、高寒石山、裸岩、低洼盐碱、沼泽等。

(二)自然资源

甘肃省自然资源丰富。土地资源总量为 4 544.02 万公顷,人均占有量 2 公顷,居全国第 5 位;除沙漠、戈壁、沼泽、石山裸岩、永久积雪和冰川等难以直接利用的土地外,尚有 2 731.41 万公顷土地可用于生产建设,占土地总面积的 60.11%。各种林地资源面积 396.65 万公顷,白龙江、洮河、祁连山脉、大夏河等地有成片的原始森林,森林中的野生植物达 4 000 余种,其中有连香树、水青树、杜仲、透骨草、五福花等珍贵植物;野生动物中列入国家稀有珍贵动物的达 54 个种或亚种,如大熊猫、金丝猴、羚牛、野马、野骆驼、野驴、野牦牛、白唇鹿等。各类草地资源面积 1 575.29 万公顷,占土地资源总面积的 34.67%,其中天然草地 1 564.83 万公顷,占草地总面积的 99.34%,是中国主要的牧业基地之一。水力资源理论蕴藏量 1 724.15 万千瓦,居全国第 10 位,可能利用开发容量 1 068.89 万千瓦,年发电量 492.98 亿千瓦小时。矿产资源种类多而储量丰富。能源矿产中,煤、石油、油页岩、天然气、地热水均有储量,仅煤炭就包括无烟煤、一般用煤、焦煤、褐煤等几大类;黑色金属有铁、锰、钒、铬等及冶金辅助原料矿产熔剂灰岩、熔剂白云岩等 14 种,大部分已探明储量,铬铁矿、钒矿、菱镁矿及铸型用黏土等储量在中国居前 5 位;有色金属矿产包括了有色金属、贵金属、稀有金属和分散元素矿产共 28 种已探明了储量,其中铜、镍、钴、铅、锌、锑、铂族、硒和碲等矿产是甘肃的优势矿产;此外尚有硫、磷、蛇纹岩、芒硝等非金属化工原料矿产 9 种和石棉、白云母、石膏、石灰岩等非金属建材原料矿产 14 种均已探明了储量。

甘肃是矿产资源比较丰富的省份之一,矿业开发已成为甘肃的重要经济支柱。境内成矿地质条件优越,矿产资源较为丰富。截至 2006 年底已发现各类矿产 173 种(含亚矿种),占全国已发现矿种数的 74%。甘肃省查明矿产资源的矿种数有 97 种,其中:能源矿产 7 种、金属矿产 35 种、非金属矿产 53 种、水汽矿产 2 种。列入《甘肃省矿产资源储量表》的固体矿产地 891 处(含共伴生矿产),其中,大型矿床 77 个、中型 202 个、小型 612 个。据全国主要矿产资源储量通报(2005),在查明矿产资源储量的矿种中,甘肃省列全国第一位的矿产有 10 种,前五位的有 25 种,前十位的有 49 种。亚洲最大的金矿——甘肃阳山金矿的发现,是我国近年来探矿业的一个壮举。据悉,阳山金矿累计探获黄金资源量 308 吨,是亚洲最大类卡林型金矿。据估算,阳山金矿已探明的黄金资源量潜在经济价值达 500 亿元。

甘肃省水资源主要分属黄河、长江、内陆河 3 个流域、9 个水系。黄河流域有洮河、湟河、黄河干流(包括大夏河、庄浪河、祖厉河及其他直接入黄河干流的小支流)、渭河、泾河等 5 个水系;长江流域有嘉陵江水系;内陆河流域有石羊河、黑河、疏勒河(含苏干湖水系)3 个水系。全省自产地表水资源量 286.2 亿立方米,纯地下水 8.7 亿立方米,自产水资源总量约 294.9 亿立方米,人均 1 150 立方米。全省河流年总径流量 415.8 亿立方米,其中,1 亿立方米以上的河流有 78 条。黄河流域除黄河干流纵贯省境中部外,支流就有 36 条。该流域面积大、水利条件优越。但流域内绝大部分地区为黄土覆盖,植被稀疏,水土流失严重,河流含沙量大。长江水系包括省境东南部嘉陵江上源支流的白龙江和西汉水,水源充足,年内变化稳定,冬季不封冻,河道坡降大,且多峡谷,蕴藏有丰富的水能资源。内陆河流域包括石羊河、黑河和疏勒河 3 个水系,有 15 条,年总地表径流量 174.5 亿立方米,流域面积 27 万平方千米。河流大部源头出于祁连山,北流和西流注入内陆湖泊或消失于沙漠戈壁之中。具有流程短,上游水量大,水流急,下游河谷浅,水量小,河床多变等特点,但水量较稳定,蕴藏有丰富的水能资源。

虽然甘肃省气候干燥,气象灾害危害重,但干旱气候区丰富的光能、热量、风力资源、大气成分资源等气候资源,是可再生利用的。可以根据甘肃省气候资源的分布状况,开展气候资源的分区规划,并根据各区的气候特点,开发利用气候资源,为甘肃的经济建设、社会发展作出贡献。

(三)甘肃经济概况

甘肃农业经济中种植业居突出地位,主要种植小麦、玉米、马铃薯、糜子、胡麻、油菜子、甜菜、棉花、大麻、烟叶、当归、党参等,此外还有各种蔬菜瓜果种植栽培,形成了种类繁多、布局合理的种植体系,很多产品已成为甘肃省的名优特产,如河西甜菜(含糖率居全国第二位)、敦煌长绒棉、敦煌罗布麻、山丹油菜子、兰州水烟、黑瓜子、天水花牛苹果、秦安蜜桃、岷县当归、纹党、潞党等。畜牧业是仅次于种植业的农业经济部门,畜禽品种齐全,大家畜有马、牛、驴、骡、骆驼,小畜禽有猪、羊、鸡、兔等,有 28 个优良畜禽品种,其中河曲马、山丹马、岷县黑裘皮羊、合作猪、静宁鸡、甘肃双峰驼等是闻名中国的优良畜种。随着多种经济的发展,利用 2 万余公顷宜养鱼水面发展了渔业生产,共养殖 100 多个鱼种,其中虹鳟鱼、细鳞鲑、大鲵、甲鱼、黄河鲤鱼、鸽子鱼、石花鱼为名优特水产品。依靠省境森林资源和宜林土地资源积极发展林业生产,形成了以用材林、防护林、特用林、经济林、薪炭林为结构,以冷杉、云杉、油松、华山松、栎类林、杨桦林等为优势种的林业生产体系,活立木总蓄积量 1.74 亿立方米。工业是甘肃国民经济的主导产业,利用丰富的优势资源,重点发展了基础工业,形成了以重工业为主,轻重工业协调配合,包括煤炭、石油、电力、冶金、机械、化学工业、建材、森林、食品、纺织、造纸等十几个部门在内的生产体系,已成为中国有色金属、电力、石油化工、石油机械制造和建筑材料的重要基地。

二、甘肃经济发展现状

(一)总体概况

2008 年,甘肃省积极应对外部环境恶化和严重自然灾害的双重影响,保持了经济稳定发展的势头,但经济社会中发展多年积累的深层次矛盾还没有根本解决,受到国际金融危机的严重影响又出现了新的困难,面临一些突出的矛盾和问题,主要表现在：一是经济增速减缓，经济发展的压力加大，2008 年生产总值下降了 1.8 个百分点。二是工业效益严重下滑。石油化工、有色冶金等支柱产业效益大幅下降，规模以上工业实现利润总额下降 60% 左右，财政收入增长乏力。三是结构调整任务艰巨。经济增长方式以粗放型增长为主，企业自主创新意识不强。四是农民增产增收压力加大。农资涨价加上农产品价格下降、销售受阻等原因造成农民因灾返贫现象严重。五是就业矛盾突出。农民工返乡，企业用工减少，就业压力进一步加大。经过 2009 年的恢复和发展，2010 年上半年甘肃生产总值达 1 573.61 亿元，增长 13.9%，经济形势有所好转。工业增长 21.8%，工业企业综合效益指数提高 40.53 个百分点，规模以上工业实现利润总额增长 87.41%。2010 年一季度农村居民家庭收入增长为 16.2%，同期城镇居民家庭收入增长 11.95%。但是从绝对数来说，农民家庭总收入 924.74 元，城镇家庭总收入 3 624.22 元。农村与城市居民相比收入差距较大。

（二）全要素生产率

生产率就是产出与所用投入的某种指数之比。人们通常关注一种形式或另一种形式的"全要素生产率"（total factor productivity，简称 TFP）[1]。这一指标一般用来衡量各要素投入之外的技术进步导致的产出增加，可以认为全要素生产率即是广义的技术进步指标。本文根据 DEA 的分析方法估算了全国及甘肃的全要素生产率[2]，估算结果见图 9-1。

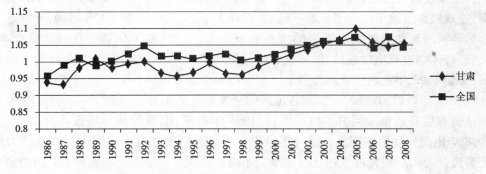

图 9-1　甘肃及全国 1986—2008 年全要素生产率

从结果看来，甘肃的平均全要素生产率增长了 0.25%，低于全国。其水平值在样本期的大多数年份内都低于全国平均水平。从变动趋势来看，以 1993 年为界，我国全要素生产率增长率的发展变化可以分为两个阶段，经济繁荣期内，全要素生产率的增长率都达到了高点，如 1984 年、1988 年、1992 年、2004 年。经济衰退期内，全要

---

① 其中所考虑的投入已不仅仅是劳动，还包括资本服务的度量，有时甚至涉及原材料和其他投入物的使用，反映的是各种投入的综合产出效应水平。这样，生产率的增长实际上是一种余值的增长，即扣除总投入增长的影响后又额外得到的产出增长。生产率的增长是指这个比率在单位时间内的变化。

② 具体核算方法见相关文献。

素生产率的增长率都跌入谷底，如 1986 年、1989 年、1994 年、1998 年。总的来看，1993 年之前呈现涨跌互现的波动情形，而且波动较为频繁。1993 年之后则波动较为平缓。除了 1987、1989 和 1990 年之外，其他时期甘肃省的全要素生产率的变动同全国趋势基本一致，那么甘肃省的基本情况应该和全国这些年的体制变化有关。

在 1993 年前的这个阶段正是我国经济体制和市场条件发生频繁变化的时期。1981—1984 年是改革开放的初期。这一时期的经济政策，如家庭联产承包责任制和国有企业放权让利，使生产力得到极大解放从而促进全要素生产率增长。1984 年国务院批准改进计划体制，部分行业的产品价格开始放开，开放了 14 个港口城市，增加外汇使用额度和外汇贷款，对经济特区和沿海 14 个港口城市减征、免征企业所得税。这一年的体制改革导致经济迅猛发展，但是到了年底，负面影响已开始出现。信贷基金和消费基金增长过猛，工业增长速度过快，货币发行量过多，进口控制不严，国家外汇结存急剧下降，导致社会总需求急剧膨胀，社会经济生活开始出现某些不稳定因素。GDP 和全要素生产率的增长在 1986 年降到最低。1987 年工业均衡增长，国际收支有所改善。以 1987 年 9 月党的十三届三中全会提出实行治理整顿方针为标志，我国由十年改革时期进入新中国成立以来第三次国民经济调整时期。1988 年我国生产要素、金融和外汇调剂市场不断扩大，经济增长和全要素生产率的增长都达到一个小高峰。对外开放的广度和深度都有开拓性进展。但是这一年的宏观调控体系出现一定程度的失控状态，市场秩序混乱。这些问题在 1989 年开始显现，投资总量下降，宏观经济紧缩中出现了流通不畅、企业开工不足、就业压力增大等问题，导致这一年的经济增长和全要素生产率的增长达到谷底。1990 和 1991 年国民经济稳步增长，经济体制改革出现成效，国际收支状况得到改善，整个国民经济向着好的方向发展，促使 1992 年宏观经济形势和全要素生产率都达到顶峰。

1993 年以后的阶段，全国及各地区的全要素生产率趋于稳定下降，并于 1998 年到达低谷后开始稳步回升。究其原因，1993 年以来，宏观经济形势逐步降温，致使1998 年出现通货紧缩现象。这一年停止福利分房制度并且下岗职工再就业压力加大导致低收入居民家庭生活比较困难。东南亚出现金融危机也影响到了我国的金融市场。多年重复建设，大多数行业生产能力偏大，产品供过于求，经济结构矛盾突出。从 1999 年开始，我国重视地区差距问题，加大转移支付的力度以促进区域经济协调发展，农村经济和农民问题、速度和效益问题受到重视，可持续发展战略得到全社会的广泛肯定。近年来，全国和各地去经济增长和全要素生产率得以稳步增长。

从贡献率来看，作为欠发达地区的甘肃与全国相比，经济发展存在较大的后发优势，技术进步率及其贡献相对较高。样本期甘肃全要素生产率对经济发展所作贡献为 11.3%，而此时的全国水平为 5.4%。从各要素所作贡献对比来看，甘肃经济同全国一样，主要依赖于资本投入增长，是一种投资驱动型经济增长。同全国一样，劳动力对甘肃增长的贡献较小。甘肃经济增长的这些特点与经济发展阶段较为适应，比较符合经济增长方式转变的阶段性规律。

(三)产业结构

甘肃省自新中国成立以来至改革开放后,在国家计划经济体制环境下,建立起了符合甘肃省实际情况和符合国家总体生产力布局的产业结构体系,以重工业为主,以能源和原材料为主的产业结构体系,第一、第三产业一直比较落后。改革开放至西部大开放期间,国家对甘肃省的投资力度明显减小,国家的生产力布局开始走向市场经济环境下的市场调节。第一产业在国民经济中的比重由 1978 年的 20.4% 变为 2007 年的14.3%,下降了 6.1 个百分点,截至 2010 年上半年,第一产业比重仅为 8.5%。第二产业则由 60.3% 演变为 47.5%,2010 年上半年比重为 55%。第三产业则由 19.3%稳步上升至 38.2%,上升 18.9 个百分点,至 2010 年第二季度末,其比重为 36.5%。

甘肃产业结构在取得巨大成绩的同时,甘肃经济还面临一些发展难题。与全国平均水平相比,存在不小差距,人均 GDP 仅为全国平均水平的 55.45%。截至 2010年第二季度末,全国第一、二、三产业 GDP 结构分别为 7.7%、50%、42.3%。甘肃第二产业中高能耗、高污染和资源型工业和传统产业比重大,新兴产业比重较小。大多数工业发展受到资源、环境等客观条件的制约,分布在劳动密集型、低技术产业中,初级产品加工业比重大,深加工、精加工的行业比较少。另外,大多数企业规模较小、抗风险能力差;产品结构单一,科技含量低。另一方面甘肃重工业超前发展,其在工业总产值中的比重高达 70% 以上,轻工业以及重工业内部加工工业发展水平低,工艺技术水平落后,上游产业与下游产业存在技术断层,原材料产品结构与加工工业对原材料的需求结构之间存在严重错位,大部分原材料外输,而加工工业所需的大部分原料又从区外输入。第三产业虽然增长较快,但是主要都集中在餐饮、批发零售行业,而房地产业、保险业以及移动通信等现代服务业则发展不足。整个服务业仍然是一种过渡生产型的结构。2007 年有学者对全国各省区现代服务业的综合评价结果显示:甘肃现代服务业的发展水平全国排名 29 位,综合实力全国排名 30 位。

产业结构与就业结构不协调。第一产业结构偏离度呈现下降趋势,说明甘肃第一产业就业结构和产业结构不协调性得到改善,但是还需要继续努力;第二产业结构偏离度呈现上升趋势,表明甘肃省第二产业就业结构与产业结构极不协调,并有加剧趋势;第三产业结构偏离度波动式下降,表明甘肃第三产业就业结构与产业结构的不协调性逐步改善。

第二节 甘肃省经济发展分析及甘津合作构想

一、甘肃与天津合作基础分析

(一)自然条件差异

天津和甘肃的自然资源禀赋状况不同,这就制约了两地区的经济活动和产业类型及效率,进而影响到它们之间的区域分工格局、各自在区际分工中的地位和利益分配的多寡。甘肃资源丰富,是全国重要的石化、有色、能源生产基地。长期以来,甘肃省重工业的比重一直都很高,重工业中采矿业、冶炼业和初级产品加工业又占了绝大部分。从两地区自然资源丰度来看,甘肃具有自然资源的绝对优势,无论从水资源、能源资源、矿产资源还是土地资源上来看,资源的拥有量占全国的比重都要高于天津。从比较优势上来看,天津具有能源资源的比较优势,这主要是天津的海洋油气资源丰富,已经发现45个含油构造,储量十分可观。所以甘肃发展的产业主要以资源型产业和资源初加工产业为主。这是一种根源于自然资源禀赋状况的区际分工。

(二)甘肃与天津的产业基础差异

甘肃是我国的老工业基地之一,经过50多年的开发建设,特别是20多年的改革开放,形成了较为完备的工业体系。总体来说具有以下特点:

1. 甘肃和天津的工业化道路的特点不同

甘肃工业化道路具有丰富的资源优势。甘肃的传统产业是石油化工、冶金和有色金属等以资源为基础的传统支柱产业。自2001年以来,比重最高的是石油加工、炼焦及核燃料加工业,一直在15%～20%之间;其次是有色金属冶炼及压延加工业,比重在14%～19%;第三是电力、热力的生产和供应业。甘肃作为我国的有色金属、重化工业、能源和原材料生产基地,主要依靠能源矿产等自然资源形成了制造产业集群。这些产业集群改革前后都曾得到国家宏观产业政策的重视,黄河上游系列电站、玉门油田、长庆油田、酒钢、白银与金昌有色金属基地,兰炼、兰化等一大批大型骨干企业得到了长足的发展。

天津一直以来都是我国的重要工业基地,是我国近代工业的发祥地之一。天津在自然资源禀赋上不占有绝对优势。天津工业致力于结构调整、技术创新和对外开放,对国有工业进行了大规模的嫁接改造调整,发展了电子信息等优势产业,产业集群和产业链初具规模。拥有石油套管、夏利轿车、聚氯乙烯、锂离子电池、半导体分立器件、皮质激素、工程机械等一批拥有自主知识产权的名牌拳头产品。

2. 技术水平存在差异

甘肃工业大多是50—60年代发展起来的,工业门类基本上属于传统产业,多采用常规技术。工业普查资料表明,在全省工业产值中,传统产业与新兴产业所占比重分别为89.1%和10.9%,而同期的全国水平为82%和18%。这表现为甘肃省产业布局、专业化分工不合理。主要因为甘肃现代工业主要是在国家大规模投资推动下,从外部移入而形成的以能源和原材料为主的重工业,而这些企业又主要集中分布在中心城市和工矿城市。改革开放以来,国家发展战略东移,国家投资转移,导致工业技术升级换代迟缓,设备更新乏力,进而造成经济效益下滑。另外,人才培养环境较差,从业人员受教育整体偏低,技术熟练程度不及东部平均水平。天津高新技术产业占全市规模以上工业总产值的比重达到33%,工业结构表现出"技术集约化"趋势。

3. 优势产业不同

甘肃工业的特色优势产业主要有:石油加工、炼焦及核燃料加工,有色金属冶炼及压加工业、电力热力的生产和供应业,黑色金属冶炼及压延加工业,有色金属矿采选业,烟草制品业,石油和天然气开采业,化学原料及化学制品制造业,煤炭采选业、饮料制造业、食品加工业、医药制造业、皮革、毛皮、羽毛(绒)及其制品业、服装及其他纤维制品制造、金属制造业、专用设备制造业、电气机械及器材制造业。天津的特色优势产业主要有:电子信息产业、化学工业、冶金工业、生物技术和现代医药产业、新能源及环保产业。产业发展是区域经济发展的核心内容,产业结构的差异是不同地区之间产生经济联系的主要因素,也是一地区对外联系的原动力。根据工业结构相似系数①,我们测算天津和甘肃的工业结构相似度为 0.35。这说明天津和甘肃的产业同构现象并不严重,这是天津和甘肃合作的产业基础。

(三)区位差异

区位是影响区域经济发展的一个重要因素。它反映了一个区域在全国经济发展总体格局中的地位,以及与市场、其他区域的空间关系的总和。正是这种关系总和直接或者间接影响了区域的经济发展机会和发展的空间。

改革开放,我国实行的是以沿海地区为优先发展的宏观区域发展战略,在这个战略中,天津等沿海地区因为具有对世界开放的良好地理位置和经济社会基础,因而获得了前所未有的发展机遇,而甘肃等内陆地区在这个战略中处于次要的地位。因此沿海各区域在经济体制改革、对外开放、吸引外资等诸多方面都得到了中央的支持和优惠政策,其经济发展也就自然是内地所不能相比的。再者,沿海地区中的多数区域本身就长期是全国的经济重心所在,是全国重要的市场,这里孕育的发展机遇也比内地多得多。加上在环西太平洋经济带中,沿海地区比内地更有条件接受香港、台湾以及日本、韩国等国家和地区的经济辐射,相互开展经济交流与合作②。

东部地区在经济更上一层楼的过程中,不断向中西部地区提供资金、技术支持,并向中、西部地区让渡市场,而中西部地区则不断为东部地区提供所需的产品。因此,东西部地区的协调发展,不仅仅是一个缩小差距的问题,更重要的是使东西部地区之间形成建立在发挥优势基础上的分工。

(四)甘肃省区位商分析

本书通过对甘肃省各产业区位商进行计算和分析,来考察甘肃的优势产业。数据来源于相应年份《中国统计年鉴》和《甘肃统计年鉴》。各产业区位商计算结果见表 9-1。

---

① 这一指标的计算方法见下篇的相应部分。
② 田禾:《区域互动与我国区域经济协调发展研究》,武汉理工大学博士学位论文,2007。

表 9-1　甘肃省产业区位商

行业	2000 年区位商	2008 年区位商
农业	1.65	2.42
林业	1.14	1.34
牧业	0.93	1.05
渔业	0.04	0.02
煤炭采选业	1.21	1.05
石油和天然气开采业	1.34	2.05
黑色金属矿采选业	0.65	1.21
有色金属矿采选业	3.21	1.99
非金属矿采选业	3.24	0.63
木材及竹材采运业	0.01	0.00
食品加工业	0.43	0.59
食品制造业	0.69	0.50
饮料制造业	0.94	1.23
烟草加工业	0.67	1.78
纺织业	0.28	0.07
服装及其他纤维制品制造	0.13	0.02
皮革毛皮羽绒及其制品业	0.21	0.21
木材加工及竹藤棕草制品业	0.11	0.03
家具制造业	0.49	0.03
造纸及纸制品业	0.30	0.13
印刷业记录媒介的复制	0.44	0.23
文教体育用品制造业	0.10	0.02
石油加工及炼焦业	2.48	4.70
化学原料及制品制造业	1.31	0.70
医药制造业	0.82	0.66
化学纤维制造业	0.01	0.36
橡胶制品业	0.08	0.03
塑料制品业	1.19	0.25
非金属矿物制品业	1.02	0.55
黑色金属冶炼及压延加工业	1.10	1.39
有色金属冶炼及压延加工业	5.74	4.25
金属制品业	0.43	0.19
普通机械制造业	0.43	0.24

行业	2000 年区位商	2008 年区位商
专用设备制造业	0.63	0.58
交通运输设备制造业	0.10	0.10
电气机械及器材制造业	0.36	0.21
电子及通信设备制造业	0.30	0.04
仪器仪表文化办公用机械	0.22	0.04
电力蒸汽热水生产供应业	2.01	1.61
煤气的生产和供应业	0.38	0.54
自来水的生产和供应业	0.74	0.80
交通运输、仓储	0.74	1.48
批发零售和餐饮业	1.25	0.99
金融业	0.86	0.50
房地产业	1.19	0.86
第一产业	3.83	1.29
第二产业	0.23	0.95
第三产业	0.82	0.98

从计算结果可得到,甘肃第一产业的区位商在 2000 年约为 3.83,2008 年则为 1.28。第二产业区位商由 2000 年的 0.23 到 2008 年的 0.95。第三产业区位商 2000 年为 0.82,2008 年为 0.98。这说明甘肃省的产业结构发生的转变,农业从全国来看具有比较优势,但这一优势正在逐步减弱。第二和第三产业的竞争力逐渐增加,但是与全国相比仍然不具有优势。这也解释了甘肃经济增长缓慢的一个重要原因,工业化的进程仍然有很长的路要走。

从第一产业内部结构来看,农业和林业区位商均大于 1,尤其是农业,而渔业的区位商仅有 0.02。这是因为甘肃地处内陆,没有海洋和湖泊,所以渔业产品需要大量从外地购买。农业经济中种植业居于突出地位。畜牧业是仅次于种植业的传统产业。由于境内独特的宜林土地资源,林业发展具有比较优势。

从第二产业内部结构来看,甘肃地区工业以矿产资源型为主。其中石油及天然气开采业的区位商为 2.05,黑色及有色金属采选业的区位商均大于 1。这与甘肃现实相吻合,甘肃石油矿产资源丰富。在此基础上甘肃形成了黑色、有色金属及石油加工业的比较优势。其中石油加工及炼焦业的区位商为 4.7,有色金属冶炼及压延加工业区位商为 4.25,黑色金属冶炼及压延加工业区位商大于 1。这两年,除有色金属比较优势有所下降外,石油和黑色金属的开采及加工业的比较优势都有所增加。另外,甘肃这两年烟草加工优势增加也比较明显,2008 年区位商大于 1。

从第三产业内部结构来看,第三产业内部发展变动比较明显。交通运输及仓储行业的区位商由 2000 年的 0.74 变动为 2008 年的 1.48。批发零售和餐饮业的发展与全国相比优势减弱,金融业和房地产业的发展与全国相比,不具有比较优势。

总的来看,甘肃和天津存在着产业差异和资本结构的差异,从而为处于不同工业化发展阶段的省、区之间提供了垂直分工和水平分工的合作空间。

二、甘肃与天津合作现状

区域互动,是指推动区域间相互协调、相互促进、实现优势互补、共同发展的一个动态过程。健全市场机制,实现生产要素在区域间的自由活动,引导产业转移,是健全区域协调互动机制的基础。区域合作与区域分工是区域经济的永恒主题,没有区域合作与分工,区域经济也就不复存在。

甘肃是天津的对口援建地区。自 1996 年对口帮扶甘肃以来,天津高度重视对口帮扶和东西协作,对甘肃贫困地区的整村推进扶贫、产业开发、劳务培训输转和文教卫生等倾力相助。具体表现在以下方面。

(一)经济互助

截至 2006 年,天津市累计为甘肃省捐助财政资金 1.15 亿元,社会捐资 2 100 多万元,甘肃省利用这些资金,围绕农村增产增效、农民增收,进行整村推进项目,新修梯田,建成了一批集雨水窖,解决了约 3.4 万人的饮水困难。

除了直接的资金支持之外,天津还帮扶当地政府、村领导班子继续完善帮扶计划,提高项目质量水平,进一步创造更大的经济和社会效益,使农民生活更加富裕。比如天津市投资 60 万元对口帮扶天水市秦城区中梁乡何家庙村,这一善举为该村 299 户 1 393 人的脱贫致富和新农村建设发挥了巨大的推动作用。天津对口帮扶何家庙村的建设项目主要涉及基础设施,增收项目,项目培训三大类 8 个子项目。项目的确定,是区扶贫办贯彻落实科学发展观,开展深入调研活动的结果,也是区、乡各级领导高度重视和该村群众积极参与的结果。目前,已建成砖混结构占地 101 平方米澡堂一处,并配套 4 个太阳能和淋浴器 20 个,澡堂可同时容纳 20 人洗澡。一条长 400 米、宽 6 米的通村主干道已搞好了路基整治和水渠、涵管等设施。村内共 4 条总长 600 米宽 2～3 米不等,纵横交织的主巷道硬化工程已全部规划完毕,部分段已硬化。净化了村里的卫生环境的同时配套太阳灶 280 个,户均 1 个。建成以增收为主的果园 500 亩,规划韭菜大棚 100 座。天津对口帮扶秦城区何家庙村实施的项目建设,对于改善村容村貌,引导村民养成良好的卫生习惯,加速全村产业化进程和致富的步伐,推进社会主义新农村建设,发挥积极的示范带动作用。另外,天津对天水市高新技术示范区在无土栽培、种苗繁育等技术方面给予了帮扶和支持。截至 2006 年,已完成 16 个整村推进项目,新修梯田 10 万多亩。

(二)劳务培训输转

2009 年 4 月 28 日,天津 12 家企业代表、10 所技校与甘肃省 12 个州市劳务办代表及 10 所技校签署了《劳务输转暨培训合作协议书》。根据劳务输转暨培训合作协议规定，在扩大劳务输出方面，甘肃省把天津市作为重要的跨省输出地区，天津市把甘肃省作为重要的劳动力资源储备库。甘肃省要加大对外出农民工的培训力度，提高劳务输出人员的综合素质和市场竞争能力，天津市要鼓励和支持企业积极吸纳甘肃省农民工。2009 年，甘肃省城乡劳动力在天津市务工人数达到 10 万人。

在加强劳务合作方面，双方商定，建立甘肃省和天津市劳务协作长效机制，鼓励和促进甘肃省各市州与天津市各区县结对，建立稳定的对口协调关系，实现甘肃省劳动力资源与天津市用工企业无缝对接，实现长期的劳务合作关系。天津市支持和帮助甘肃省政府驻津办事处和省劳务办驻津劳务管理不断加强两地劳务合作对接，传递用工信息。

在加强劳务基地建设方面，双方商定，在巩固和稳定甘肃省在天津原有劳务基地的基础上，由甘肃省 12 个市州劳务工作机构与天津市滨海新区 12 户大型企业签订用工协议，建立劳务基地，不断扩大劳务输出规模，力争全年输转 5 000 人。

在促进劳务培训交流方面，一是加强校校合作。采取联合办学、师资交流、实训设备支持、教学管理合作等方式，安排甘肃省 12 所技工学校与天津市 12 所职业学校开展劳务培训合作，力争全年联合培养 4 000 人。二是加强校企合作。采取订单培训、合作培养、定向输转培训等方式，安排甘肃省 12 所技工学校和天津滨海新区 12 户大型企业开展对口合作，为天津市用工企业提供合格劳动力，力争全年向天津市企业输送 5 000 名甘肃省技校毕业生。三是加强校地合作。由甘肃省 12 个市州与天津市 12 所职业学校开展对口合作，培训甘肃籍农村两后生，共同开发劳动力资源，力争全年向天津市职业学校输送 5 000 人。

在建立农民工工作协调机制方面，甘肃省劳动保障厅与天津市劳动保障局联手合作，通过建立信息通报制度；共同维护农民工与用工企业的合法权益；加强农民工的职业技术培训、职业道德教育和法制观念教育等方法，共同做好农民工的服务与管理工作。

此协议签订以后，为深入履行协议内容，2010 年 3 月甘肃—天津劳务合作与职业培训对接会上，甘肃省劳务办与天津市开发区又签署了一项劳务输转大订单：包括摩托罗拉等世界知名企业在内的诸多天津企业今年将向甘肃省投放 3 万多名技能型用工订单。根据双方此次达成的协议，甘肃省各级劳务部门将组织省内相关人力资源供给基地、培训学校等机构，向天津市开发区企业提供人力资源供给信息。而天津市开发区将优先对甘肃省劳动力向开发区企业输送提供支持，拓宽在天津的就业渠道。为切实保障天津开发区劳动力资源供给，天津开发区专门制定了对普通劳动力资源供给进行专项补贴的扶持政策，明确对甘肃省劳动力资源供应基地和学校，一次输送数量达到 50 人以上的，每名劳动者可获得 200 元的专项补贴。此外，甘肃省与天津大型制造企业建立联合培养、定向输送机制的技工学校，也将给予劳动力资源专项补贴。经联合培养后，每输送一名劳动者，学校可获得 400 元补贴，该项费用将由天津市企业和开发区财政各负担一半。

(三)教育

多年来,天津市非常重视对甘肃省的教育对口支援工作,早在20世纪80年代初期,天津与甘肃两省市就建立了学校对口支援工作关系。从1985年开始,天津市每年都派出一批基础教育的优秀教师赴甘肃,为当地有关学校进行高中三年级把关,并培训当地师资。特别是从1996年津甘两省市正式建立帮扶关系以来,学校对口支援工作又迈上新台阶。2000年开始,天津市响应党中央、国务院关于"东部地区学校对口支援西部贫困地区学校工程"的号召,签署《天津对口支援甘肃教育工作协议书》。几年来,天津市教委先后从14个区(县)的100所中小学选派了500多名敬业精神强、业务水平高的中小学教师到甘肃省定西、陇南、天水3市13个县的100所中小学任教。主要学科为中学英语、数学、语文、物理、化学、政治、计算机;小学管理、语文、数学、英语等学科。每期支教时间为一至三年。天津教师的支援有效缓解了甘肃省农村贫困地区教师紧缺的状况;优化了受援学校教师队伍的整体结构;为提高甘肃农村贫困地区教师的专业素质起到了积极作用。

天津市教委在三期的对口支教工作中,先后为甘肃省各贫困县区学校捐助资金共1 000多万元。图书50多万册、计算机800台、衣物80万件、仪器和体育器械800台、学习用具14万件、资助贫困学生5 000多人、援建希望小学26所。有效改善了甘肃省13个县的农村贫困地区义务教育阶段的办学条件。其中,在二期支教过程中,天津市东丽区、河北区、宝坻区为甘肃天水市的甘谷县、清水县、武山县共捐助资金122.19万元,用于援建希望小学、改善办学条件和资助贫困学生。还为7所学校各捐助电脑1台;为清水一中等12所学校捐助1万元体育器械、图书6 000余册、学习用品8 000余件。

天津市在甘肃省贫困地区开展了一系列教师培训活动,将先进的教育理念和精湛的教育方法融会到教师培训中,有效地提高了甘肃省贫困地区教师队伍的专业素质,并使两地教育管理者、教师结下了深厚的友谊。天津市教委在甘肃省开展了多次以新课程教师培训为主要内容的巡回讲学活动,除对天水、陇南、定西三个教育对口支援帮扶的(地)市外,还在酒泉、武威、金昌等市开展讲学活动。这些活动对甘肃省基础教育课程改革实验工作起到了积极的推动作用。

从2000年起,天津、甘肃两地扩大了两省市之间中等职业学校合作办学的范围,甘肃省为天津中等专业学校在甘肃招生提供方便。天津市对口帮扶甘肃省受援县职业技术学校建设,开展职业技术学校管理干部和教师之间的挂职交流和短期培训。天津师范大学、天津职业技术学院等高等院校为甘肃省18个民族县培养本科生和"专升本"教师300多名。职业教育从省到县走出了联合办学和联合招生的好路子,支持了甘肃省重点职业学校的发展。甘肃省各受援县职教中心和天津市对应职教中心,积极开展了联合办学的尝试。

(四)医疗卫生

2009年4月,甘肃省卫生厅厅长刘维忠赴天津市,就利用天津市医疗卫生资源优势,开展医疗卫生专业技术和管理领域的帮扶交流活动,与天津市卫生局和有关医疗卫生单位达成若干协议,并签订了备忘录。

根据《天津市卫生局、甘肃省卫生厅关于进一步加大卫生对口支援促进卫生事业发展备忘录》(以下简称《备忘录》),两省市今后帮扶项目有10项:甘肃省每年派出100名中级以上职称的市、县医疗卫生机构卫生专业技术人员,20名左右科级以上职务的卫生行政管理人员,到天津市医疗卫生机构和卫生行政部门,开展为期6个月的进修培训学习;应甘肃省卫生厅要求,天津市每年派出10名副高级以上职称的卫生专业技术人员,采取灵活方式,到甘肃省医疗卫生机构开展10~20天的手术带教、学术讲座等活动;根据甘肃省医疗卫生事业发展的需要,天津市随时派出医疗卫生(医院)管理专家对甘肃省重点发展医疗卫生机构或困难医疗卫生机构进行管理咨询、管理诊断等智力支持;在天津市医疗卫生单位建立5~8个甘肃省医学院校护理专业学生实习基地,甘肃省每年从省内医学院校选派300名左右的护理专业学生,到天津市进行一定时间的教学实习。天津市接受实习学生的医疗单位免收实习费用;扩大两省市医疗、预防、卫生科研教育机构和学术团体之间的省际交流与合作,每年举办2~3场专业性学术论坛,适时开展"中医药文化宣传周"、"医学科技成果展"等活动,资源共享,优势互补,共同提高医学科研和学术水平;天津市卫生局选派相关专家组成专家服务团对甘肃省重大医学科技项目评审、重点学科建设评估、药品集中采购等重点工作推进等进行技术援助;应甘肃省卫生厅要求,天津市卫生局随时派遣相关专家到甘肃省有关医疗机构进行疑难、重症等疾病的会诊,开展相关手术指导;天津市卫生局派出急救专家,帮助甘肃省进行全省医疗急救网络体系建设,开展相关技术培训;天津市卫生局发挥天津市环渤海、沿海开发开放优势,在加强国际卫生交流与合作方面对甘肃省给予帮助和支持;加强两省市中医药合作与交流,在加速两地中医药研究、研发、应用推广等方面相互支持,共同发展。

《备忘录》提出,两省市帮扶项目的实施时间为2009年至2013年,连续5个周期。天津市卫生局负责天津市派出人员的选派、甘肃省进修学习人员接收单位的协调。甘肃省卫生厅负责甘肃省进修学习人员的选派、天津市帮扶人员接收单位的协调。两省市有关卫生行政部门、医疗卫生单位和学术团体负责相关具体项目的实施和落实。

按照卫生部城乡卫生对口支援工作安排,天津市对口支援甘肃卫生工作,根据甘肃省实际需求,首批确定敦煌、靖远、秦安、泾川、临夏、东乡、永靖、通渭、甘谷、庄浪等10所县级医院为受援医院。按照卫生部要求,天津市将从天津医科大学总医院、天津市第一中心医院、天津市人民医院、天津市第三中心医院等三级医院抽调副高级以上专业技术人员,组成医疗队,到甘肃省确定的10所县级医院开展为期1年时间的技术支援。同时,分期、分批免费接收甘肃省受援医院人员前往天津进修学习。通过开展对口支援工作,将使受援县级医院提高服务能力和水平,通过3年的对口支援,使受援县级医院整体达到二级甲等医院标准,担负起辖区内常见病、多发病和部分危急重症的医疗救治工作。

(五)旅游

甘肃省是我国的旅游大省,物华天宝,人杰地灵,旅游资源丰富,是中华民族灿烂文化的发祥地之一,是海内外游客向往的旅游目的地。天津与甘肃旅游合作有着良好的基础,汶川地震以来甘肃又是天津对口支援的对象,两地旅游合作,对于应对国际金融危机,进一步深化旅游合作,实现资源共享、优势互补、客源互动、合作共赢具有十分重要的意义。

敦煌至天津旅游航班已经正式开通,为甘肃、天津两地旅游市场对接架起空中桥梁,减少两地游客出游的中间环节,降低旅游成本,方便旅行社组团,将为游客出行提供更多方便。同时还开通了天津—甘南—九寨沟的旅游线路,丰富了天津游客的旅行行程。根据协议,两地将互相加大在对方城市的旅游宣传和营销力度,积极组织本地区的旅游企业和新闻媒体,参加对方城市举办的大型旅游节会及相关的旅游宣传展示活动;共同探讨开发和宣传旅游精品线路,为彼此在旅游方面的合作积极创造便利和优惠条件;积极促进两地旅游企业之间的友好合作,引导和鼓励两地旅行社、宾馆、饭店缔结友好合作关系,拓展业务合作,建立客源信息网络,相互交流行业管理经验,并通过多种方式实现旅游信息的互动和互联旅游网络,做到信息资源共享。

三、甘肃与天津合作中存在的问题及构想

甘肃和天津的交流和合作已经经历了较长的一段时期,多年来两省市的联系更加密切,各领域的合作不断深入,但其中仍然存在着一些需要改善的地方。

(一)合作范围需要拓展

甘肃和天津内部的合作领域在不断扩大。天津和甘肃的要素禀赋和经济发展水平存在着较大的差异,区域经济合作的空间极其广阔。除了上述五个领域的合作之外,可以从其他方面进行合作。甘肃是自然资源富集的地区,天津大型企业集团可以把产业链条延伸到甘肃,在甘肃建立企业,开发能源和原材料资源。这种甘肃和天津合作开发资源解决了西部资金短缺、开发力量薄弱的问题,实现了优势产业的启动,而天津则能继续扩大相关资源的利用率和相关产品的使用范围,确保企业不断发展。在契约约束下,甘肃确保了资金、技术、管理等生产要素的供给,天津获得了稳定的能源、原材料的来源。另一方面,甘肃具有许多特色农牧产品、中药材等资源,天津投资者可以在甘肃兴办小型加工企业,开发适合市场需求的产品。甘肃的农产品实现了深层次的加工、增值。

(二)合作模式需要多样化

目前甘肃和天津的合作模式较为单一,两地区应该利用优势要素。除了资源开

发模式之外,利用专业化分工的方式进行合作。由于甘肃劳动力、土地成本低廉,天津大型企业将生产产品的某个环节在甘肃寻找配套协作企业,提供原材料、零部件组装生产,或者直接设厂生产。结合天津产品的高科技含量、先进的加工组装流水线、广阔完善的市场网络等优势,使甘肃现有的生产能力得到充分发挥,也为天津产品成本的降低和竞争力的提高提供良好的途径。天津企业也可以通过承包、租赁的方式,获得对甘肃企业的经营管理权,开拓甘肃市场。兴办专业市场集散商品的模式可以刺激甘肃的消费需求的同时,实现天津产品的市场扩张。除此之外,两地也可以采取工程承包模式。工程承包是一种以团队形式进行的劳务输出,并且承包工程队通常受过劳动技术训练,能够较好地承担某方面的专业建设。在西部资金短缺又急需进行大规模基础设施建设的情况下,应以项目为核心利用建设—经营—转让的模型进行合作。除此之外还有委托管理模式、并购重组模式、技术创新模式和合作工业园区模式等可供选择。

(三)合作层次尚需深入

从东西部区域经济合作的发展历程来看,合作具有渐进性和阶段性的特征。目前,甘肃和天津由于地理位置上看相距较远,合作受到限制。合作可以分为以下三个阶段。第一阶段是利用优势要素、开发消费和投资需求阶段。这一阶段生产合作主要是依据甘肃自然资源的绝对优势,另一个特征则是天津企业对甘肃消费和投资需求的开发,如投资基础设施建设、开办专业市场。第二阶段则是生产要素重组阶段。伴随着天津成熟产业拓展产品市场以及区域内部产业结构的调整,生产要素必然要在全国范围内寻找合适的组合。这一阶段也即产业转移阶段。第三阶段则是生产要素创新集聚阶段。随着科技、交通通讯的日益发达,尤其是信息技术的发展,可以突破传统的地域限制,甚至是要素短缺的限制。具体表现为管理、技术和创新要素对西部生产要素利用能力的增强和生产能力的提高。

(四)合作主体需要扩大

目前,甘肃和天津的合作主要是地方政府之间的合作,来自民营企业之间的合作较少。应该鼓励建立各类半官方及民间的跨地区的民间组织。各级政府应积极推进体制改革,打破阻碍民间组织发展的制度障碍,为民间组织发展创造良好的制度环境,组建跨地区的民间组织,以民间的力量自下而上的推进区域合作,进而实现区域经济一体化。以民间力量推动经济合作,不仅具有成本低、见效快的优势,而且各方面的限制较少。

民间组织的形式可以为:一是建立以各地经济专家为主体,如"黄河滨海经济一体化发展咨询委员会"、"黄河滨海经济协调联合会"、"黄河滨海经济一体化促进会"等组织。这些组织机构不同于一般的研究机构,它应该成为各地方政府决策的咨询参谋机构。二是发挥行业组织在区域产业合作中的积极作用。各种行业协会需要突破行政区划的障碍,组成跨区域的行业联盟,共同制定区域行业发展规划、区域共同市场规则,推进区域市场秩序的建立,探索区域各类市场资源的连接和整合等。三是可以组建跨地区股份制区域性集团公司。这种集团公司是打破两地封闭格局的最好方式,可以优化资源配置,增强综合竞争力。可以探索通过跨地区强强联合组成具有规模和竞争力的龙头企业,再通过对龙头企业联合、控股区域内的上下游配套企业,形成巨型企业集团。

第三节　天津与甘肃经济互动及甘肃经济绩效研究

一、引言

天津拥有优越的地理位置、港口优势和丰富的资源,近年来在对外开放中发挥着龙头作用,有力促进了环渤海地区产业结构的调整和升级,并通过滨海地区的辐射作用带动了黄海沿线省区的发展。作为天津对口支援省份的甘肃,近两年改革开放和现代化建设步伐不断加快,各方面发生了明显变化,天津和甘肃的全面战略合作进入了新的阶段。实际上,近些年关于区域经济互动的研究日益增多,当时大多是研究着眼于相邻区域的研究,基于对口援助城市的经济互动研究鲜见。

为保证经济增长,不仅需要资本和劳动力的积累,生产率的进步更是必不可少的条件。如果产出和投入的数量是精确地测量的,总产出的增长基本上可由总投入的增长来解释。生产率就是产出与所用投入的某种指数之比。一般是指资源(包括人力、物力、财力资源)利用的效率,在总量层次上,它等于国民经济总产出与各种资源要素总投入的比值。这样一种度量的意义和性质依赖于它的成分的定义和性质,并依赖于具体的公式和把各个分量加总成一个产出或一个投入指数所用的有关权数。本文拟通过基于经济绩效的视角研究甘肃经济与天津的互动,试图提出实现两地区互动发展的政策,为甘肃地区的发展提供科学依据。

二、相关研究综述

对区域经济增长关系的分析主要是扩散和回流效应。扩散效应理论假设领先地区会产生知识扩散到其他地区,其他地区因此受益从而缩小地区差异;而另一种理论则认为回波和溢出可能同时存在,即增长极吸引周边的资源从而抑制了周边地区经济发展。如果回波效应高于扩散效应,则地区差距可能会扩大。除此之外,国内外众多研究者对中国经济差距问题进行了多角度、广泛而深入的探讨,重点分析了中国地区经济差距的演变过程及发展趋势、探究地区经济差距形成的原因及影响因素,并提出如何缩小地区经济差距的对策建议。王小鲁、樊纲(2004)认为各地区资本和劳动力的流动及配置状况、市场化进程、城市化程度是影响地区经济差距的主要因素。谭小芬等(2004)认为主流观点有以下几点:历史自然因素说(王绍光、胡鞍钢,1999)、政策倾斜说(Fleisher & Chen,1997)、发展战略说(林毅夫、刘培林,2002)、财政分权与转移支付说(Chow,2000)、知识科技进步说(王绍文,1995)等。

这些研究从各个方面揭示了地区差距的原因,越来越注重地区差异性,但是对于地区经济增长互动的相关研究较少。王舒健、李钊(2007)对中国地区经济增长的互动关系进行了研究,但是他们的研究对象是中西部两大区域。孙海燕(2001)则探讨了山东省与天津滨海新区区域合作机制的构建,主要从制度和产业两个层面进行分析。林森(2009)则通过集聚与扩散作用探讨辽宁沿海经济带同腹地互动协同发展的路径。魏丁等(2009)则从环渤海、长三角和珠三角的制造业产业结构出发,利用协整理论研究三大区域制造业发展间的相互影响机理和区域间制造业的扩散及对周边的带动作用。

已有研究在以下几个方面尚显不足:一是研究对象上,主要是三大区域的互动或者是点轴互动,缺乏两个省区之间的互动研究;二是空间上,主要是相邻两个区域之间的互动关系研究,缺乏对口援助城市之间的互动研究;三是研究内容上,大多探讨了制度、产业、路径等内容,鲜见关于经济发展绩效的研究;四是研究方法上,定性研究居多,缺乏定量研究。本书试图弥补以上不足,探讨天津与甘肃经济绩效的互动,并研究1986—2008年甘肃经济绩效的影响因素。

三、研究方法及数据说明

(一)全要素生产率的估算

我们采用数据包络分析来计算全要素生产率。自1978年Charnes等人利用线形规划模型测量效率以来,数据包络分析(DEA)被广泛应用于测量生产率的变化(Silva,2006)。Malmquist指数是不变替代弹性(CRS)技术,利用DEA的分析方法去计算全要素生产率指数(见Färe等,1994)。DEA模型的主要优势是无须设定生产函数的具体形式和假定企业的行为,允许企业之间存在技术异质,从而避免了较强的理论约束。采用这种方法进行效率分析,要依据一定的标准构造前沿面,被评估的决策单元与该前沿面的差距就是它的效率。其评估效率的优势在于无须认为给定各指标的权重,也无须预先设定理论假设约束。而一般情况下,相关投入和产出的数据比较容易获得,而要素价格等信息的获取通常比较困难。这种方法的劣势是将每一观测点与其他观测点进行对比,任何一个观测点都会影响到生产率的测量。

本文将每个省作为一个决策单元,在时期 $t = 1,2,\cdots,T$ 有一种投入 $x_{k,t} = (X_k)$ 生产一种产出 $y_{k,t} = (Y_k)$。 $k = 1,2,\cdots,28$,代表我国各个省区。不需要任何的函数形式设定,我们用非参数的数据包络分析方法从产出角度来构造 t 时期的不变规模报酬(CRS)的技术前沿:

$$L_c^t = \left\{ (x_t, y_t): \sum_{k=1}^{28} z_k y_k^t \geq y^t; \sum_{k=1}^{28} z_k x_k^t \leq x^\tau; z_k \geq 0; k = 1,2,\cdots,28 \right\}$$

$$(9\text{-}1)$$

Z表示每一个横截面观察值的权重。根据技术前沿可定义相应的 k 省区的产出

距离函数,如(2)式:

$$D_x^t(x^{k,t}, y^{k,t}) = \{\max[\theta : (x^{k,t}, \theta y^{k,t}) \varepsilon L_x^t]\}^{-2} \tag{9-2}$$

此产出距离函数是求解一个线性规划,使 θ 最大。在投入给定的情况下,使投入达到最大。当且仅当 $D_c^t = 1$ 时,生产在技术上是有效率的。若 $D_c^t > 1$,则在时期 t,观测点 (x_t, y_t) 在生产前沿面的内部,即在目前的技术水平上生产是无效率的。

根据 Färe 等(1989),基于产出的 Malmquist 生产率变化指数可以定义为:

$$M_{(k,t,t+1)}^t = \left[\frac{D_c^t(x^{k,t+1}, y^{k,t+1})}{D_c^t(x^{k,t}, y^{k,t})} \cdot \frac{D_c^{t+1}(x^{k,t+1}, y^{k,t+1})}{D_c^{t+1}(x^{k,t}, y^{k,t})}\right] \tag{9-3}$$

如果 $M_{(k,t,t+1)}^t$ 大于 1 表明全要素生产率的改进,小于 1 表明生产率的退化。

(二)计量模型

产业发展是区域经济发展的核心内容,产业结构的差异是不同地区之间产生经济联系的主要因素,也是一地区对外联系的源动力。因此可以通过分析区域间产业结构的差异度来衡量其经济联系的大小。如果我们面对的是一种简单的结构,比如一、二、三产业,一般通过计算产业构成比例就可以一目了然了看出地区间产业结构的相似程度,但如果我们面对的是 39 个工业大类行业,这样就很难看出问题。这就需要采用工业结构相似系数:

$$S_{ij} = \frac{\sum x_{in} x_{jn}}{\sqrt{(\sum x_{in}^2)(\sum x_{jn}^2)}} \tag{9-4}$$

式中,i 和 j 表示两个地区,x_{in} 和 x_{jn} 分别表示部门 n 在区域 i 和区域 j 的工业结构中所占比重。$0 \leqslant S_{ij} \leqslant 1$,当 $S_{ij} = 1$ 时,说明两个区域的工业结构完全相同;当 $S_{jn} = 0$ 时,说明两个区域的工业结构完全不同。联合国工业结构相似系数法是研究区域工业结构相似问题时经常采用的方法,从总体上反映了地区间工业结构的相似或者差异程度。这种分析方法同样适用于更大范围的产业分析。如果两个地区的产业结构相似系数高,则说明两个地区的产业结构趋同,经济联系紧密。这一指数的目的主要是揭示出两个地区的相互作用、相互依赖的关系。

Romer(1990)的内生增长理论运用知识生产函数表达了广义的技术进步率与经济增长之间的内在联系:

$$A = \delta H^\lambda A_i^\Phi \tag{9-5}$$

式中 A 为技术进步增长率,H^λ 代表研究与开发活动,A_i^Φ 为可利用得知识存量。Romer 模型中的 $\lambda = \Phi = 1$,表明创新增长率是研究与开发部门努力程度的函数,式(9-5)反映了一个可持续的增长率。对内生增长模型参数的争议从未中断,Furman 等人(2002)在考察一个国家创新能力的影响因素时,将该国的创新基础设施、产业集群创新环境都纳入到内生增长模型中去。

式(9-5)中的 A 可以看作是广义的技术进步,也可以用来衡量一个国家和地区的经济发展绩效。基于上述考虑,笔者认为直接将天津的全要素生产率作为甘肃经济绩效的一个影响因素，不足以反映天津与甘肃之间的经济联系。为找到关键变量来揭示二者之间的关系，本文构建如下模型：

$$\ln Y = \alpha + \beta_1 \ln(S + Y_T) + \beta_2 \ln rd + \beta_2 \ln open + \beta_4 \ln agr + \varepsilon \qquad (9-6)$$

模型中，Y 表示甘肃全要素生产率，α 为截距项，β 为待定系数，S 是工业结构相似系数，Y_T 是天津的经济绩效变量（即天津地区全要素生产率），rd 为甘肃地区研究与开发指标，$open$ 为对外开放指标，agr 为第一产业占地区生产总值的比重（表征产业结构），ε 为误差项。

（三）计量模型数据说明

本章的全部数据来自于《中国劳动统计年鉴》相应年份，《中国统计年鉴》相应年份、历年人口普查资料，《新中国五十年统计资料汇编》和各省区的统计年鉴①。由于数据不足，此处的样本只包括除海南和西藏外的 28 个省（市、区），重庆和四川的数据合并。数据采用 1978 年的不变价进行核算。资本存量数据采用"永续盘存法"，直接来源于张军等（2004）的结果，并利用其方法更新至 2008 年。将就业人员作为劳动力的衡量指标，年末从业人员数来源于相应年份各个省区的统计年鉴。工业各行业增加值数据来源于天津统计年鉴和甘肃年鉴相应年份。R&D 投入指标采用各地区科技活动经费筹集额占地区生产总值的比重进行核算。1989 之后数据来源于相应年份中国科技统计年鉴，1989 年以前数据来自于中国统计年鉴及统计公报推算而来。衡量开放度的指标采用各地区出口总额占当年地区生产总值中的比重来计算。

四、实证分析

（一）计量模型全要素生产率

根据式（9-1）~（9-3），我们利用 Matlab 7.0 软件，选取基于投入导向的规模报酬不变的 DEA 模型，以资本存量和劳动力作为投入变量，以全国 28 个省区作为决策单元计算了天津和甘肃 1986—2008 年的全要素生产率，计算结果见图 9-2。

在整个样本期内，天津的全要素生产率基本都大于 1，甘肃全要素生产率在 2000 年以前基本为小于 1，从 1998 年开始逐年递增。从平均值来看，天津的全要素生产率年平均值为 1.05，甘肃为 1.005。从水平值来看，甘肃全要素生产率从 1987—1989 年缓慢上升，1988 年我国的对外开放有开放性进展，因此这一年的全要素生产率有所增加。由于市场秩序混乱，投资总量下降，1990 年全要素生产率下降。1992 年邓小平南巡以后，全国形势一片大好，但是在甘肃等地经济体制改革意味着中央政府在这些地区的投资的减少。这也解释了为什么这段时期甘肃与天津及全国的全要素生

① 自 2004 年经济普查之后，各省区 2005 年之前的某些年份的 GRP 数据有所调整，为了确保数据的真实有效，这些年份的数据来自 2006 年各省区的统计年鉴。

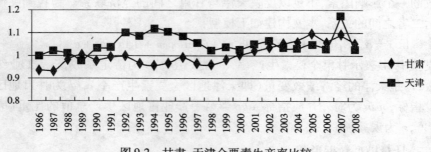

图 9-2　甘肃、天津全要素生产率比较

产率表现相反。

(二)协整分析

是什么因素导致全要素生产率率长期增长及变动？根据式(9-6)，笔者以甘肃的全要素生产率作为被解释变量，以影响全要素生产率诸因素为解释变量建立回归模型。本章采用的是时间序列数据，选取的变量又都是宏观意义上的经济变量，这样的序列大都可能是不平稳的。用非平稳经济变量建立回归模型会带来虚假回归问题，所以在模型建立之前，需要对各个经济变量序列做平稳性检验。本章采用 ADF 单位根检验方法，当序列中含有单位根时，就是非平稳的序列。运用计量软件 Eviews 6.0 作出的结果整理如表 9-1。

表 9-1　单位根检验结果

变量	t 值	概率	变量	t 值	概率
$\ln Y$	-3.42	0.073 6	$\triangle \ln Y$	-5.13	0.003 2
$\ln s \times Y_T$	0.75	0.955 1	$\triangle \ln s \times Y_T$	-8.54	0.000 0
$\ln rd$	-0.25	0.584 5	$\triangle \ln rd$	-4.27	0.000 3
$\ln open$	-0.57	0.460 2	$\triangle \ln open$	-2.04	0.042 2
$\ln agr$	-0.87	0.992 5	$\triangle \ln agr$	-4.95	0.001 1

注：△表示一阶差分。

ADF 检验原假设是有单位根。从检验结果可以看出所有变量水平数据都非平稳，而一阶差分数据在 10% 的水平上显著，即所有序列经过二阶差分后是平稳的。因此，各序列是一阶单整的，可以进行协整检验。

对于非平稳数据建模通常采用的方法是用差分方法消除序列中含有的非平稳趋势，使序列平稳化后再建立模型，但是变换后的序列限制了所讨论经济问题的范围，并且有时变化后的序列由于不具有直接的经济意义，使得化为平稳序列后所建立的时间序列模型不便于解释。因此本文通过判断各非平稳序列的线性组合是否存在长期稳定的均衡关系即是否存在协整关系，来判断是否可以直接对非平稳数据建立模型。检验结果见表9-2。

表9-2　协整检验结果

协整个数	特征值	迹统计量	5%临界值	概率
无*	0.99	272.61	117.71	0.000 0
至少1个*	0.98	169.22	88.80	0.000 0
至少2个*	0.92	92.67	63.88	0.000 0
至少3个	0.64	41.88	42.92	0.063 2
至少4个	0.54	21.26	25.87	0.168 7
至少5个	0.25	5.85	12.52	0.479 3

注:*表示5%显著性水平上拒绝原假设。

协整检验结果表明各变量之间存在着至少2个协整关系。协整方程估计结果如下(括号内为标准误):

$$\ln Y = 0.87 + 0.002\ 5\ln(x \times Y_T) + 0.32\ln rd + 0.053\ln open - 0.087\ln agr$$
$$(0.090\ 2)\qquad(0.000\ 7)\qquad(0.048\ 7)\qquad(0.025\ 3)\qquad(0.019\ 7)$$

从方程拟合的结果来看,变量前的系数符号都符合预期。我们可以判断天津的经济绩效的好坏对甘肃存在影响,尽管影响比较小,变量前的系数为0.002 5,这意味着天津的经济绩效与两地之间的工业相似系数的混合指标每增加1个百分点,将会使甘肃的经济绩效增加0.002 5个百分点。研究与开发对甘肃全要素生产率的影响最大,这一指标每增加1个百分点,将会使得甘肃的全要素生产率增加0.32个百分点。对外开放对被解释变量的影响为正,这意味着对外开放指数每增加1%,会使得甘肃全要素生产率增加0.053%。产业结构的升级对甘肃经济绩效的影响为正。第一产业占总产值的比重越低,第二和第三产业所占比重越高,甘肃的全要素生产率越高。

(三)脉冲响应函数分析

协整分析证实了甘肃和天津的全要素生产率增长、研究与开发、对外开放和产业结构升级之间存在着长期关系,彼此之间相互影响,相互制约,可建立向量自回归模型,并可在向量自回归模型的基础上用脉冲响应函数来研究它的动态性质。VAR的一般模型的数学表达式为:

$$Y_t = A_1 Y_{t-1} + \cdots + A_p Y_{t-p} + B_1 X_t + \cdots B_r X_{t-r} + \varepsilon_t \tag{9-7}$$

其中,Y_t是m维内生变量向量,X_t是d维外生变量向量,$A_1, \cdots, A_p$和$B_1, \cdots, B_r$是待估计的参数矩阵。ε_t是随机扰动项,与同时刻的元素可以彼此相关,但不能与自身滞后值和模型右边的变量相关。在实际应用中,通常希望滞后期足够大,以完整反映所构造VAR的动态特征。但滞后期越长,模型中待估计的参数就越多,自由度就越小。因此,我们需要在滞后期和自由度之间寻求一种均衡状态。经过 AIC 法则的检验结果表明,滞后期为 2 时效果最好。

从方程的检验结果来看,判定系数大于 0.9,拟合效果较好,说明 VAR 模型可以真实反映了各变量之间的相互影响程度。

在 VAR 模型的基础上,通过使用脉冲响应函数可以衡量来自随机扰动项的一个标准差变动对变量现值及未来取值的影响,以及其影响的路径变化。脉冲响应函数试图描述这些影响的轨迹,以显示任意一个变量的扰动如何通过模型影响所有其他变量,最终又反馈到自身的过程。

图 9-3 是由 VAR 系统生成的甘肃和天津全要素生产率的对数值之间的脉冲响应函数合成图。在图中,横轴表示冲击作用的滞后期间数,纵轴分别表示各因变量的变化,由于各因变量均取对数,所以,各图纵轴系数代表弹性。首先,考察甘肃全要素生产率对其他变量的一个标准新息扰动的响应路径。图 9-3 显示它对自身的一个标准差新息有较强的反应,全要素生产率增加了约 0.05,第二期迅速降到 0.02,第三期以后开始缓慢回落。来自天津全要素生产率的一个标准新息对甘肃的影响忽升忽降,第一期到第二期上升到 0.017,第二期到第三期又出现回落,第三期到第四期又上升到 0.01,如此反复波动,但波动幅度越来越小。其次,考察天津全要素生产率对其他变量的一个标准新息扰动的响应路径。图中显示它对自身的一个标准差新息有显著的反应,第一期到第二期迅速由 0.07 下降到 0.013,第二到第三期又迅速上升到 0.04,之后下降到 0.18。这一路径也呈现出波动现象,但是波动幅度要远大于天津全要素生产率对甘肃的影响。来自甘肃全要素生产率的一个标准新息则对天津的影响由第一期的 0.28 上升为第二期的峰值 0.29 后持续下降。

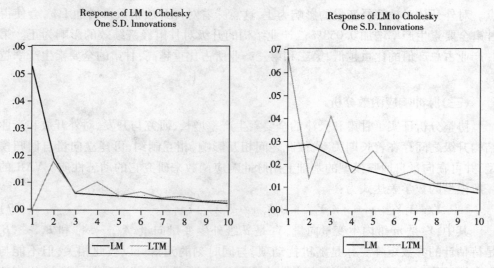

图 9-3　甘肃和天津对一个标准差新息扰动的响应路径

五、结论

本章首先对天津和甘肃1986—2008年的全要素生产率进行了估算,在此基础上利用协整分析方法研究了甘肃全要素生产率的影响因素,并对天津和甘肃全要素生产率的互动进行了脉冲响应分析。结果如下:

第一,从平均值来看,样本期甘肃和天津的全要素生产率都大于1,甘肃全要素生产率小于天津。从水平值来看,甘肃全要素生产率在2000年以前基本为小于1,从1998年开始逐年递增。

第二,天津的全要素生产率增长对甘肃的全要素生产率有正向的影响,尽管影响较小。研究和开发投入对甘肃经济绩效的影响最大。这表明增加对科技投入的支持力度是提高甘肃经济绩效的关键。对外开放对甘肃经济绩效的影响为正,甘肃需要继续扩大对外开放,积极引进外商投资,增强本地企业的竞争力。实证结果表明,产业结构升级促进了甘肃经济绩效的提高。甘肃需要继续调整产业结构,促进产业升级和高度化。

第三,甘肃全要素生产率对自身的一个标准差反应迅速而且显著,远大于天津全要素生产率对它的影响。天津对甘肃全要素生产率的影响在第二期达到最大,之后呈现出波动下降的趋势。甘肃对天津全要素生产率影响的峰值同样出现在第二期,但之后呈现出缓慢平滑下降的趋势。

参考文献

[1]　李晓蕴,朱传耿,仇方道.江苏省沿江经济带与沿东陇海线产业带的互动发展研究[J].经济地理,2005(6):783-786.

[2]　王丹,吕靖.辽宁省沿海经济带与内陆城市互动发展战略研究[J].工业技术经济,2007(3):7-9.

[3]　王舒健,李钊.中国地区经济增长互动关系的脉冲响应分析[J].数理统计与管理,2007(3):385-390.

[4]　林森.辽宁沿海经济带与腹地互动协同发展的路径分析[J].财经问题研究,2009(10):119-123.

[5]　孙海燕.山东省与天津滨海新区区域合作机制的构建[J].国土与自然资源研究,2001(2):3-5.

[6]　魏丁,孙林岩,何哲.中国三大区域制造业增长极互动关系研究[J].科技管理研究,2009(8):390-393.

[7]　谭小芬,李羽中.中国地区经济差距成因问题的研究综述[J].经济学动态,2004(2).

[8]　王小鲁,樊纲.中国地区差距的变动趋势和影响因素[J].经济研究,2004(1).

[9]　李国平,陈安平.中国地区经济增长的动态关系研究[J].当代经济科学,2004(2).

[10]　田禾.区域互动与我国区域经济协调发展研究[D].武汉:武汉理工大学博士学位论文,

2007.

[11]　刘伯霞.甘肃产业结构中存在的问题及调整对策[J].开发研究,2009(6).

[12]　郝丽萍.天津市工业优势产业的选择与培育[D].天津:天津大学硕士学位论文,2006.

[13]　郭锦超.近代天津和华北地区经济互动的系统研究[D].天津:南开大学博士学位论文,
　　　　2004.

[14]　戚德艳.甘肃工业特色优势产业的选择及对策研究[D].兰州:兰州大学硕士学位论文,
　　　　2008.

[15]　李廉水,周彩红.区域分工与中国制造业的发展[J].管理世界,2007(10).

[16]　甘肃省发展和改革委员会.2009年甘肃省国民经济和社会发展报告[M].兰州:甘肃人民出
　　　　版社,2009.

第十章 青海省篇

第一节 青海省概况

一、自然地理

(一)地理、地貌

    青海省位于中国西北地区中南部,东经89°35′~103°04′北纬31°39′~39°19′,全省面积72.23万平方千米,东西长1 200多千米,南北宽800多千米,周边与西藏、新疆、甘肃、四川四省区接壤,约占全国总面积的7.51%,居全国第四位。全省辖西宁市、海东地区,以及海南、海北、黄南、玉树、果洛5个藏族自治州和海西蒙古族藏族自治州。其中省会西宁市是全省的政治、经济、文化中心。

    青海处于青藏高原的东北部,地势西高东低,西北高中间低,全省平均海拔在3 000米以上,最高海拔6 860米,最低海拔1 600米。东北部由阿尔金山、祁连山数列平行山脉和谷地组成,平均海拔4 000米以上,蕴藏着丰富的冰雪资源。位于达坂山和拉脊山之间的湟水谷地,海拔在2 300米左右,地表为深厚的黄土层,是青海主要的农业区。西北部的柴达木,是一个被阿尔金山、祁连山和昆仑山环绕的巨大盆地,海拔600至3 000米,东西长800千米,南北宽200至300千米,面积20万平方千米,盆地南部多为湖泊、沼泽,并以盐湖为主。南部是以昆仑山为主体并占全省面积一半以上的青南高原,平均海拔4 500米以上。青海独特复杂的地形特征,形成了其独具特色的高原大陆性气候,日照时间长并且空气稀薄。此外,青海作为长江、黄河、澜沧江三大河流的发源地,省内湖泊众多,地表径流从东南到西北递减,西部高山冰川广布。境内有全国最大的内陆咸水湖——青海湖,青海省也因此而得名。

(二)资源状况

    青海资源十分丰富,许多矿藏储量在全国居于首位。已发现矿产120余种,探明储量的有110种,其中许多矿产属于国内外急需的资源。闻名遐迩的柴达木盆地,素有"聚宝盆"的美誉,拥有盐湖有33个,已探明总储量700亿吨,已初步探明氯化钠储量3 263亿吨、氯化钾4.4亿吨、镁盐48.2亿吨、氯化锂1 392万吨、锶矿1 592万吨、芒硝68.6亿吨,上述储量均居全国第一位,其中氯化镁、氯化钾、氯化锂等储量均占全国已探明储量的90%以上。溴储量18万吨、硼矿1 157万吨,居全国第2位。柴达木地区的盐湖资源不仅储量大,而且品位高、类型全、分布集中,资源组合好,开采条件优越。青海的石油天然气资源主要分布在柴达木盆地西北部,目前共发现16个油田、6个气田。石油资源量达12亿多吨,已探明2.08亿吨;天然气资源量2 937亿立方米,已探明663.29亿立方米。青海省的水能资源优势明显,蕴藏量达2 165万千瓦,可开发利用的为1 800万千瓦,年发电量770亿千瓦时。

此外,青海天然草原辽阔,是我国五大牧区之一,可利用草场面积5亿亩,畜牧业物质基础雄厚。全野生植物1 000余种,贮藏量大、种类多、用途广、高原特色显著,大部分可开发利用,药用价值极高。青海的旅游资源也相当丰富,有"百鸟的王国"的青海湖鸟岛,"高原的西双版纳"孟达自然保护区,藏传佛教著名寺院湟中塔尔寺,伊斯兰教西北四大清真寺之一的东关大寺,阿尼玛卿大雪山等,是登山、旅游的好去处。"海藏咽喉"日月山和全国最大的人工水库龙羊峡、都兰国际狩猎场、坎布拉森林公园等旅游景点都是拉动旅游业发展的重要景观。

二、社会文化

(一)人口民族

青海是一个多民族聚居的地区,主要少数民族有藏族、回族、蒙古族、撒拉族、土族,少数民族人口占全省总人口的42.76%,其中藏族是青海少数民族中人口最多、居住最广的一个民族。统计数据显示,青海藏区面积69.9万平方千米,占全省总面积的95%以上,全省藏族人口118万人,占青海总人口的22%,占全国藏区总人口的25%,是西藏以外全国最大的藏族聚居区。

2008年末全省常住人口554.3万人。区分城乡,城镇人口226.5万人,占常住人口的比重为40.9%;乡村人口327.8万人,占59.1%。区分性别,男性人口279.3万人;女性人口275万人。区分年龄,0~14岁人口123.5万人,占常住人口总数的22.3%;15~64岁人口395.7万人,占71.4%;65岁及以上人口35.1万人,占6.3%。全年出生人口8.01万人,出生率为14.49‰,比上年下降0.44个千分点;全年死亡人口3.39万人,死亡率为6.14‰。全年自然增加人口4.62万人,比上年减少0.22万人,人口自然增长率为8.35‰,比上年下降0.45个千分点。年末全省就业人员303.93万人。其中,城镇就业人员103.35万人,比上年增加5.29万人,增长5.4%。城镇登记失业率为3.9%。

(二)教育状况

改革开放以来,特别是中央实施西部大开发战略以来,青海教育得到了迅速发展,取得了前所未有的成就。截至2008年底,全省共有小学教育机构2 841处,其中包括6年制小学、3年制学校和非正规学校的教学点三种形式,分布在全省72万平方千米的国土面积上,基本实现了乡村小学的全覆盖。普通高中141所,年内招生3.85万人,比上年增长3.8%,在校生10.74万人,增长4.2%,毕业生3.18万人,增长8.5%;初中学校354所,年内招生7.36万人,在校生21.95万人,毕业生7.0万人;普通中专学校10所,年内招生0.64万人,比上年增长42.2%,在校生1.21万人,增长34.4%,毕业生0.26万人,增长23.8%;中等职业教育学校45所,年内招生3.09万人,比上年增长45.8%,在校生5.46万人,增长47.9%,毕业生0.92万人,增长16.5%;全省有研究生培训单位5个,年内招生538人,在学研究生1 401人,毕业生295人;普通高等教育院校8所,年内招生1.19万人,比上年增长0.84%,在校生3.77万人,增长4.7%,毕业生0.95万人,增长10.5%;小学2 727所,年内招生10.08万人,在校生53.12万人,毕业生7.05万人;特殊教育学校招生327人,在校生2 696人。年末幼儿园在园幼儿8.9万人,比上年增加0.1万人。

(三)宗教信仰

青海省是一个少数民族聚居的省份,少数民族人口占到总人口的46.32%,同时,青海也是一个宗教影响相当广泛的省份,截至2005年底,全省共有寺观教堂2 130座,宗教教职人员2.96万人,信教群众222.2万人,分别占全省总人口的0.5%和40.93%。其中,藏传佛教对青藏高原的影响程度最深和影响范围最广。据统计,2006年全省共有藏传佛教寺院694座,教职人员2.73万人,信教群众132.5万人,分别比1996年增长4.2%、11.43%和5.58%。因此,宗教对当地居民特殊精神心理素质的形成以及民族文化的发展都起到了决定性的作用。长期的宗教价值观念影响,使得人们热衷于追求来世幸福的宗教消费,从对宗教的消费中来获取生活的满足感。尤其是在牧区,一些群众尽管生活还不太富裕,有的甚至非常贫困,但仍以向寺院布施作为最大的心理满足。

(四)特色文化

青海的民族民间歌舞十分丰富。据20世纪80年代普查统计,全省民族民间舞蹈有1 400种左右,民歌近万首。目前,青海各民族舞蹈多姿多彩,土族舞蹈热情纯朴;撒拉族舞蹈柔美抒情;汉族舞蹈欢快喜庆;藏族舞蹈浪漫豪放,其中玉树歌舞是青海民族歌舞中的突出代表,其种类繁多,风格迥异,久负盛名。

青海有以花儿会、赛马会、纳顿节、六月歌会为代表的民族民间节庆文化。青海河湟地区素有“花儿的海洋”之誉,有许多场面宏大、特色鲜明的“花儿会”。赛马是青海牧区最盛大的节日活动之一。尤其是久负盛名的玉树赛马会,集骑术、服饰、歌舞表演于一体,规模宏大、场面壮观,每年都能吸引数以万计的海内外游客。“纳顿节”是土族人民的节日盛会,极具民族特色,每年从盛夏开始,至秋季结束,持续两个多月,被称为世界上历时最长的狂欢节。藏乡“六月会”是同仁地区最富有民族特色的民间群众活动,原始文化气息极为浓厚,至今已延续了四五百年,已成为该县文化旅游的重要组成部分。

以热贡艺术为代表的绘画和造型艺术。热贡艺术是藏传佛教艺术的一个重要流派,距今已有700多年的历史,被称为“我国民族艺术宝库中的一颗瑰丽明珠”。青海的刺绣艺术地域特色浓郁,品种丰富,花样繁多,土、回、撒拉、藏等民族妇女都擅长刺绣。1987 年,青海民间刺绣艺术展览在北京民族文化宫展出,引起强烈反响。1988 年,作为国家对外文化交流项目,赴非洲的索马里、马里、塞内加尔三国展出,被誉为东方艺术珍品。

三、经济发展

(一)青海省经济发展现状

目前,青海省深入贯彻落实中央"保增长、调结构、扩内需"的一揽子政策措施,进一步坚持发展循环经济、走新型工业化道路,坚持在保护中发展、在发展中保护,坚持改善民生,不断增强发展的惠民性,经济运行平稳,社会全面发展。

2009 年,青海省经济保持了较快的发展。经济总量方面,全省实现生产总值 1 081.27 亿元,按可比价格计算,比上年增长 10.1%。分产业看,第一产业增加值107.40 亿元,增长 5.0%;第二产业增加值 576.34 亿元,增长 11.3%;第三产业增加值 397.53 亿元,增长 9.8%。第一、第二和第三产业对 GDP 的贡献率分别为 4.6%、57.8% 和 37.6%,与 2008 年相比,第一、第三产业贡献率分别提高 1.7 和 2.1 个百分点,第二产业贡献率下降 3.8 个百分点。三次产业结构由 2008 年的 10.4:54.7:34.9转变为 2009 年的 9.9:53.3:36.8。全年人均生产总值 19 454 元,增长 9.6%。

财政方面,2009 年全年全省财政一般预算收入 166.46 亿元,比上年增长21.9%。其中,地方一般预算收入 87.74 亿元,增长 22.6%;中央一般预算收入78.72 亿元,增长 21.2%。实现增值税 62.77 亿元,企业所得税 26.71 亿元,个人所得税 7.79 亿元,分别比上年增长 6.5%、18.9% 和 20.6%。全年财政一般预算支出486.68 亿元,增长 33.9%。其中,社会保障与就业支出 93.74 亿元,增长 43.0%;教育支出 61.85 亿元,增长 26.7%;医疗卫生支出 32.50 亿元,增长 31.8%;环境保护支出 29.13 亿元,增长 49.0%;农业支出 26.87 亿元,增长 35.3%;文化体育与传媒支出 15.65 亿元,增长 58.3%;科学技术类支出 4.76 亿元,增长 19.9%;城乡社区事务支出 23.01 亿元,增长 12.3%;一般公共服务支出 54.65 亿元,下降 21.3%。

物价方面,全省居民消费价格总水平 2009 年比上年上涨 2.6%。分城乡看,城镇居民消费价格上涨 3.2%,农村居民消费价格上涨 1.7%。农业生产资料价格比上年下降 2.2%。工业品出厂价格下降 8.7%,其中生产资料价格下降 9.1%,生活资料价格上涨 1.2%。原材料、燃料、动力购进价格下降 0.2%。固定资产投资价格上涨0.9%。西宁市房屋销售价格上涨 4.4%,其中,新建商品住宅上涨 4.3%,二手住宅上涨 4.6%。西宁市房屋租赁价格上涨 1.9%。

就业方面,2009 年年末全省就业人员 321.58 万人,比上年末增加 4.40 万人,增长 1.4%。其中,城镇就业人员 118.14 万人,比上年末增加 4.32 万人,增长 3.8%。年末城镇登记失业率为 3.8%。

可见,青海省近些年经济发展取得了较大的成绩,经济发展速度较快,总量、财政贡献、社会就业等方面均保持了相对高位的增长,为青海省经济的进一步发展奠定了基础。当然如果对比国内经济发展较快区域,青海省的经济发展水平仍然相对落后,这既源于其特殊的地理环境、脆弱的生态系统和薄弱的基础设施,也与青海长期以来经济发展的基础有关,所有这些都有待于进一步改善和提高。

(二)青海省经济发展的区域分布状态

青海省辽阔的地域使各地区自然条件与资源差异较大,经济和社会发展水平不平衡,根据各个地区的经济发展状况、资源禀赋和特点大致可以划分为:东部核心经济区、环青海湖生态保护区、柴达木盆地工业区和青南牧业生态保护区。

东部核心经济区以西宁为中心,主要包括西宁市及大通、湟中、湟源三县,海东地区六县(平安县、民和县、乐都县、互助县、循化县、化隆县),海北藏族自治州的门源县,海南藏族自治州的贵德县,黄南藏族自治州的同仁县、尖扎县。该区在青海各经济区域中经济总量、人口规模、产业密集度和布局等方面都占有明显优势,在青海省区域经济的发展中处于核心地位。国内生产总值占全省的56%,人口约占全省的80%以上,面积约占全省总面积的7%。以黄河文化和民俗风情为主体的旅游资源很丰富;交通便利,劳动力富余,产业相对集中,企业具备一定的数量和规模。农业资源丰富,是青海省重要的农业和油料生产基地,粮食产量占到全省的3/4,油料产量占到全省的2/3。综合开发潜力大。西宁市是全省的经济、政治、文化、科技中心和交通通信的枢纽,也是国家确定的内陆开放省会城市和国家级高新技术开发区所在地,基础设施、产业链接相对较好,科技力量和各类人才相对集中,发展条件较好。

环青海湖生态保护区主要包括海西蒙古族藏族自治州的天峻县,海北藏族自治州的海晏、刚察两县和海南藏族自治州的共和县。该地区以青海湖为中心,国内生产总值约占全省的4.16%,面积约占全省总面积的8%,人口约占全省总人口的3.9%。是农牧交错地带,畜牧业生产水平相对较高,特色农产品生产有一定优势,水能资源和煤炭资源比较丰富;金银滩、青海湖、鸟岛等旅游景点为发展生态旅游业提供了良好的条件。

柴达木盆地工业区包括格尔木市、德令哈市、海北藏族自治州祁连县、海西蒙古族藏族自治州乌兰县、都兰县以及大柴旦、茫崖和冷湖三个行政工委。以格尔木市为中心,国内生产总值占全省的12.75%,面积约占全省总面积的40%,人口约占全省总人口的5.3%。该区是全省资源富集区,现已探明的矿产潜在价值占全省的90%以上,石油天然气资源、有色金属以及石棉、黄金资源十分丰富,盐湖资源得天独厚,具有良好的工业发展基础。从柴达木地区工业发展现状看,已经培育形成了石油天然气、有色金属、煤炭、盐湖化工等一批特色优势产业,建成了一批能源、交通、水利、通讯等重大基础设施项目,具有较好的工业发展基础和发展空间。2005年10月,青海省柴达木循环经济试验区获批成为国家首批循环经济产业试点园区。特别是"十五"以来,柴达木资源开发步伐明显加快,开发力度加大,开发领域拓宽,开发方式由粗放型向集约型、由单一型向综合开发利用型转变,产业不断升级,企业自身微循环体系不断完善,循环经济开始显现。目前柴达木循环经济实验区正着力构建四大循环经济工业园,即以盐碱化工和新建材为特色的德令哈工业园、以盐湖化工为特色的格尔木工业园、以盐湖、煤炭等资源综合利用为特色的大柴旦工业园,以及以煤炭资源综合利用、配套盐湖资源开发为特色的乌兰循环工业园。

青南牧业生态保护区包括玉树藏族自治州,果洛藏族自治州及海南藏族自治州的兴海县、同德县、贵南县、黄南藏族自治州的河南县、泽库县、格尔木市管辖的唐古拉山乡。该地区国内生产总值约占全省的 6.68%,面积约占全省总面积的 45%,人口约占全省的 12.9%。这一地区是长江、黄河、澜沧江发源地,是我国著名的三江源头地区,被誉为"中华水塔",是我国乃至世界上重要的生态区。这里地势高峻、寒冷缺氧、平均海拔 4 000 米以上,自然条件恶劣,社会发育程度低,交通不便,人口分散。地区经济发展水平相对比较落后,在发展过程中已经造成了对生态和环境的巨大破坏,生态环境十分脆弱,是发展条件最差、发展难度最大的地区。

(三)青海省经济发展的产业状况

产业发展是支持经济发展的基础,在产业发展的基础上适时地进行产业结构优化,是实现经济持续、快速、高效发展的必经之路。近年来随着青海省经济快速发展和现代工业的建立,青海的产业结构发生了深刻变化。三次产业结构从 1978 年的 23.6∶49.6∶26.8 调整为 2009 年的 9.9∶53.3∶36.8,基本上形成了第一产业为基础、第二产业为主导、第三产业居重要位置的产业结构。

首先,农业和畜牧业:2009 年全年农作物总播种面积 514.06 千公顷(771.09 万亩),比上年增加 0.43 千公顷(0.65 万亩),增长 0.1%。全省草食畜共产仔畜786.79 万头(只),与上年基本持平;育活仔畜 702.92 万头(只),比上年增长 1.4%,成活率 89.3%,比上年提高 1.4 个百分点;成幼畜死亡 40.32 万头(只),比上年下降32.5%,死亡率 2.0%,下降 1.0 个百分点;肉用畜出栏 649.11 万头(只),比上年增加 11.28 万头(只),出栏率 32.8%,提高 0.7 个百分点。年末全省生猪存栏 109.77万头,增长 2.4%;全年出栏生猪 134.78 万头,增长 9.1%。可见,2009 年青海省农业和畜牧业有了较大的发展。

其次,工业和建筑业:2009 年,青海省全部工业增加值 471.34 亿元,比上年增长10.2%。规模以上工业增加值 440.10 亿元,比上年增长 11.0%。在规模以上工业中,四大支柱产业增加值 290.84 亿元,比上年增长 10.1%;四大优势产业增加值62.32 亿元,增长 13.4%。从经济类型看,国有企业增长 12.9%,集体企业增长 1.0倍,股份合作企业增长 99.4%,股份制企业增长 9.6%,外商及港澳台投资企业增长39.2%。从轻重工业看,轻工业增长 26.2%;重工业增长 9.8%。规模以上工业企业产品销售率 95.7%,比上年提高 0.6 个百分点。主要产品产量保持增长。规模以上工业企业主营业务收入 1 087.95 亿元,比上年增长 6.3%,利润 90.10 亿元,比上年下降 51.2%。全年全社会建筑业增加值 105 亿元,比上年增长 16.9%。具有资质等级的总承包和专业承包建筑企业 440 个,利润总额 5.53 亿元,比上年增长 54.5%,按建筑业总产值计算的劳动生产率为 16.37 万元,比上年增长 10.5%。这些数据显示,2009年青海省工业和建筑业较之上年有了长足的进步。

最后,第三产业:2009年,青海省第三产业发展取得了不小的成绩。其中,交通运输、仓储和邮政业全年实现增加值49.32亿元,比上年增长9.0%。年末民用汽车保有量36.82万辆,比上年末增长63.2%,其中私人汽车保有量26.31万辆,增长1.0倍;全年邮电业务总量91.67亿元,比上年增长31.2%;2009年全年接待国内外旅游人数1108.6万人次,比上年增长22.5%。金融和保险业方面,2009年末金融机构人民币各项存款余额1785.78亿元,比上年末增长29.1%。全年财产保险公司保费收入8.4亿元,比上年增长27.1%。教育和科学技术方面,2009年全省学龄儿童入学率99.5%,比上年提高0.1个百分点;普通初中毛入学率100.4%,提高4.6个百分点。此外,文化、卫生和体育事业等第三产业均得到了一定的发展。

以上数据证明青海省的经济正以较快的速度发展,且已经取得的成果为进一步发展奠定了基础。但从数据中也可以看出,青海省的三次产业间仍然不协调、产业内部结构尚不合理,产业结构层次仍然较低,经济增长主要靠粗放型外延扩大再生产实现,产业结构高度化进程缓慢,结构性矛盾仍然比较突出。这些问题要求青海省一方面要在自我调整、自我发展的过程中逐步解决,另一方面也需要不断改革、开放,将眼光放到更广阔的区域经济发展以及与外界相关省市的合作上,经济联合与协调发展,是解决发展中的障碍、弥补不足和共同发展的捷径。

第二节　青海省经济发展分析及青津合作构想

一、青海省经济发展趋势分析

青海省境内资源丰富,是我国重要的战略资源接续地。同时青海省落后的经济发展水平、脆弱的生态系统、特殊的地理环境和薄弱的基础设施,决定了青海省的发展必须结合本地区的实际情况发挥其比较优势。因此,充分发挥青海省的资源优势,大力发展特色经济、生态经济、循环经济是青海省未来经济发展的战略选择。

发展特色经济是青海省经济发展的战略选择。青海省的省情决定了经济发展必须在选择特色上下工夫。青海省地处偏远,区位条件差;基础设施薄弱,交通通信不畅;科学教育落后,人口素质偏低;自然条件严酷,生态环境脆弱。必须要结合自身的比较优势发展特色经济,才能保证青海省在同其他省份的竞争中处于相对优势地位。同时,青海省地域辽阔,省内各地区之间差异性也很大。因此,青海省以及省内外不同地区应当对产业发展进行区域调整和区域布局,突出地方特色,发挥自身的比较优势,这样,才能在竞争中站稳脚跟,并逐渐发展壮大。而且青海省自身蕴藏着丰富的水资源、生物资源和矿产资源,这些丰厚的特色资源为青海省发展特色区域经济奠定了得天独厚的基础和条件。只要善于开发这些优势资源,就能够形成具有青海省特色的产业发展模式。依据省情,青海省特色经济的构建可以从四个方面展开。第一,重点发展中藏药业、有机食品加工业、色食品业和高原生态农牧业,逐步形成国内具有影响力的产业链。第二,着力发展壮大盐化工业,逐步形成具有国际竞争力的产业链。第三,以发展特色旅游业为龙头,推进现代服务业发展。在保护自然生态和历史文化的基础上,有规划、高水平地面向市场开发各类旅游资源发展水电、有色金属、石油天然气和特色高新技术产业,逐步形成在西部地区具有竞争力的产业链。

发展循环经济是青海省经济可持续发展的长远战略。循环经济的低投入、高利用和废弃物的低排放,是最适合青海省的经济发展模式。青海省发展循环经济,主要以减少废弃物排放量和提高资源利用率为目标,以制度创新和技术创新为动力,强化节约资源和保护环境意识,加强法制建设,发挥市场机制作用,促进经济与资源、环境的协调发展。在青海省循环经济实践中,较成功的经济体有锡铁山铅锌矿循环经济共生企业群,其产业链主要由西部矿业公司锡铁山分公司铅锌矿及选矿厂、青海创新矿业公司的硫酸厂、中汇矿业铁金矿、海西化建有限公司水泥生产厂、大柴旦硼矿、大柴旦地区的八家硼酸厂以及拟建的硼镁肥厂和余热综合电站组成。根据核心产品特点,该产业链中包含以锡铁山铅锌矿开采为核心的铅锌矿生产生态工业群落、以青海创新矿业公司硫酸产品为核心的硫酸生产生态工业群落和以海西化建有限公司水泥生产厂为核心的水泥生产生态工业群落。该企业群每年产生 1 000 余万元的循环经济效益,同时也带来了良好的环境效益和显著的社会效益。

发展生态经济是青海省经济持续发展的根本选择。青海省是长江、黄河、澜沧江的发源地,是亚洲孕育大江大河最多的区域,起着江河水文循环的重要作用。青海省生态十分脆弱,水土流失、沙化现象日益严重。尤其是湟水流域、青海湖流域和三江源地区生态环境日益恶化,已经成为青海省发展特色经济的严重阻碍和最大的隐患。因此,在青海省未来的发展中必须把保护和建设生态作为根本任务。首先,积极推动农牧区能源结构调整。青海省石油天然气、电力资源丰富,在农村牧区有条件的地方逐步推广用电用气取暖、做饭,替代传统的烧柴烧草习惯,把林草效益转化为养殖效益,这对保护生态、净化空气都有重大意义。其次,加大退耕还草工程力度。草业的发展是一个国家的农业走向现代化的标志。草业的发展可以兴起一个大产业,推动产业化发展。种草本身(从种草到加工、储存、销售、繁育草籽)能创造出较高的经济效益,同时拉动畜牧业。在退耕还草的同时,要把着眼点放在高效农牧业上。在农区把种草和种植经济林相结合,支持发展农畜果菜加工业,鼓励发展新的高收益产业。要围绕特色农牧业经济和结构调整建设设施农牧业,在牧区进一步加大力度建设防灾抗灾基地,种植高产优质牧草,在有条件的地方逐步改放牧为圈养。开辟更多的收入增长渠道,对农畜产品龙头企业给予更多优惠政策,带动广大农牧民获得更高的市场效益,走经济发展与生态改善的良性发展道路。

二、青津经济合作构想

随着西部大开发战略的稳步推进,青海柴达木循环经济试点产业园区被批准成为"十一五"国家重点支持发展的循环经济试验园区以及西宁经济技术开发区的设立,青海省结合自身的资源优势,加快了优势资源的综合开发和循环利用,并延伸产业链条,促进产业融合,推动资源开发质量的提升,逐步发展并壮大了青海的特色优势产业。现在逐步形成了电力、石油天然气、盐湖化工、有色金属四大支柱产业和冶金、医药、建材、农畜产品加工四大优势产业。经济的快速发展要求青海加强与省外经济区域的交流与合作,特别是与东部发达省市之间的合作。天津市作为我国北方经济中心和航运中心,经济实力雄厚,与青海省经济的差异化特征明显,两地间的合作潜力巨大。

(一)青海省与天津市经济合作的可行性分析

青海省与天津市地理位置距离较远,经济发展区划分分别属于西部地区和东部沿海城市,从表象看是缺乏经济合作的基础。但是通过对比自然条件、产业基础及区位等层面的差异后可以发现,青海省与天津市在很多方面存在不严格的互补关系,如果能充分利用两地的优势,形成优势互补的经济联合,将会相得益彰的推动青海省及天津市的经济发展。通过对比三次产业的区位商(见表10-1),可以为两地的合作提供依据。

表 10-1　2000 年和 2008 年青海省及天津市区位商对比

	2000 年		2008 年	
	青海省	天津市	青海省	天津市
第一产业	0.15	0.29	1.01	0.16
第二产业	0.86	1.11	1.18	1.14
第三产业	1.24	1.15	0.88	1.07

资料来源:根据《中国统计年鉴》(2001)、《中国统计年鉴》(2009)、《青海省统计年鉴》(2001)和《青海省统计年鉴》(2009)相关数据整理。

从表 10-1 可见,第一产业方面,青海省的区位商上升较为明显,且远高于天津市,说明两地相比青海省的经济发展主要依赖自然资源等密切相关的第一产业的贡献,而天津市目前的第一产业已经进入产业转移的阶段;第二产业方面,青海省与天津市的区位商逐渐都超过了1,说明其专业化程度较高,但青海省的第二产业进步更大;第三产业方面,两地的区位商均发生倒退现象,但青海省变化更大,可见天津市 2008 年的主要发展方向逐渐转向了第三产业。概括而言,两地各产业的发展存在较大的差距,这与长期以来的经济发展积淀有关,更与两地各层面的差异直接相关。下面进一步通过对比各层面差异具体说明青海省与天津市经济合作的可行性。

1. 自然条件差异

青海省地处高原矿产资源、油气资源十分丰富,其中许多矿藏储量居于全国首位。柴达木盆地拥有的多个盐湖蕴含着大量的氯化钠、氯化钾、镁盐等矿产资源,并且在盆地的西北部地区藏有多个储量丰富的油田和气田。此外青海还拥有许多可以作为药材的野生动植物资源。目前青海省依托自身的资源优势,围绕资源开发利用着力打造其特色产业已经取得很大成绩,省内经济活力被激发,经济增长较快。但由于青海省人才资源短缺、科技水平低、资金匮乏等因素制约,青海经济发展遇到较大困难。相比之下,天津地处东部沿海,经济发展水平处于全国领先地位,市内高校、科研院所众多,拥有雄厚的科研实力并储备了大量的专业人才。随着滨海新区的开发开放,一大批知名企业在天津集聚,从而使得天津的经济发展具有很强的资金、技术优势。但同时天津也面临着资源短缺的困扰,特别是作为能源的油气资源。可见,青海与天津的自然资源、人文资源等要素禀赋差异较大,两地间的资源互补特征明显。

2. 产业基础差异

青海省经济发展起步晚,整体发展水平较低,各产业中有实力的大企业较少,产业发展层次水平低。省内相对优势产业主要集中于资源集中型产业,比如石油天然气产业等(见表10-2),2000 年及 2008 年该产业区位商均远高于 1,说明其专业化程度较高,可见石油天然气产业在青海具有相对发展优势,但作为生产服务业的现代物流业和金融业发展滞后(见表10-2),使得省内企业物流成本和融资成本过高,制约了青海省经济的发展。

表 10-2　2000 年和 2008 年青海省部分产业区位商

	2000 年	2008 年
石油和天然气开采业	5.77	21.96
有色金属矿采选业	4.34	5.20
金融业	0.64	0.82

资料来源:根据《中国统计年鉴》(2001)、《中国统计年鉴》(2009)、《青海省统计年鉴》(2001)和《青海省统计年鉴》(2009)相关数据整理。

对比而言,天津作为我国北方航运中心和经济中心,产业基础雄厚,随着天津港集装箱物流中心、散货物流中心、保税区海空港物流基地等物流基地的建设,天津现代物流业逐步实现同制造业的融合,能够为制造业的发展提供更高水平的服务。同时,天津的金融体系不断丰富完善,逐步形成了以商业银行、政策性银行、外资银行等银行业金融机构为主体,证券、期货、保险、信托、金融租赁、财务公司等非银行金融机构蓬勃发展的多层次金融机构体系。可见,天津与青海相比,天津的优势产业及其丰厚的产业基础,刚好是青海省经济发展中的薄弱环节,青海省与天津市之间物流业、金融业的合作既可以为青海地区的企业提供高质量的物流与金融服务,推动青海省经济的整体发展,又为促进天津市物流业和金融业的发展提供了广阔的市场需求和空间。

3.区位差异

从经济发展的角度看,青海省和天津市自然条件的差异和产业基础的差异进一步形成了两地区的区位差异。由于青海省地处内陆,交通闭塞,与省外地区的经济交流机会较少,因此其市场整体相对闭塞,亟待进一步对外开放,加强与外省市之间的经济联合与合作,整合省内优势资源和外省市优势力量,弥补青海省在全国经济发展中区位的相对劣势。而天津市位于我国东部环渤海地区的中心位置,它邻近东北亚地区的日本、韩国、朝鲜和蒙古,是这一区域内的重要港口,具有良好的区位优势和海陆空交通条件。如果青海省与天津市之间能够从多层面展开经济合作,可以弥补青海省在发展对外经济贸易中的区位劣势,促进青海对外经济合作与贸易的不断发展,并且在青海省利用天津市作为内陆港的先期合作基础,可以进一步推动青海省与天津市在贸易发展中的合作,促进青海省外贸发展的同时,拓宽天津市港口发展的渠道。

(二)青海与天津未来经济合作构想

通过上面的分析可以看出,如果青海省与天津市能够基于各自的优势,互相取长补短,将推动两地经济共同发展。那么两地经济未来的合作应该主要从以下几个层面重点展开。

1.构建青海与天津的政府合作机制

两地的经济合作,首先要有政府层面合作机制的建立与完善,为两地的经济联合确立目标和规划。由于青海省自然地理条件恶劣,长期以来与外界的经济交往不活跃,而通过分析可知对外交流合作对青海省发展经济至关重要,因此应该考虑将青海省与天津市之间的交流合作,作为青海省对外开放战略的优先方面,由政府牵头,统筹考虑,调查研究,制定相关计划、措施和政策,加以重点推动。同时鼓励、引导和支持民间进一步扩大与天津的往来和交流,实现政府牵头、民间参与的合作机制。同时,天津作为合作对口城市,政府应该发挥领导作用,制定符合两地合作的经济联合发展规划,充分论证与落实青海与天津各层面的合作机制,形成一定的短期合作规划,并在实践中努力固定为长期有效地合作机制。

2.构建青海与天津的技术合作机制

青海省矿产资源、农牧资源丰富,但科学研究、现代化技术水平相对低下;而天津高等教育、科学研究、高新技术和现代工业比较发达,但资源相对匮乏,两地经济的互补性强。因此,可以考虑通过两地的产业合作,实现青海与天津之间优势资源的有效整合,比如青海与天津在医药产业、物流业、油气产业展开交流与合作,将天津的技术、人才优势应用到对青海资源的开发利用,进而提升相关产业的发展水平。这一方面可以提升青海省经济发展中的整体技术水平,突破技术瓶颈对经济发展的阻碍,另一方面可以为天津市科技产业的发展提供广阔的市场需求基础和进一步发展的空间,为天津市的技术扩散提供基础。此外,为了实现更加有效的经济技术合作,双方还应当设立专门的青津合作技术联合研究机构,为青海与天津之间的产业合作提供持续有效的技术支撑。

3.构建青海与天津的贸易合作机制

青海省作为国内较大的内陆省份,在进行国际贸易时缺少直接的港口支持。在这方面天津的区位优势明显,经济发展中与外部区域的经济交流广泛。因此,建议青海加强与天津的贸易合作,依托天津的港口资源,实现青海内陆港的建设与完善,使青海地区的出口企业在港口与陆地间开展国际集装箱多式联运,从而促进青海对外贸易的发展。同时,通过辅助青海内陆港的建设,拓宽天津港口业务范畴、加强其承接能力,为北方大都市港口的建设延伸业务范畴,也可以加强天津市港口的发展。这样,通过两地对港口需求与供给的互补,进一步促进青海省和天津市的贸易合作发展。

第三节　天津市与青海省经济互动发展分析

本部分的研究主要基于区域经济合作理论和产业对接理论,因此,首先我们应该明确这些理论的基本内涵。

一、相关理论概述

(一)区域经济合作理论的内涵

任何一个区域在其开发和发展中,都离不开与其他区域之间的资源互换,包括物质资源、资本资源、人才资源、信息资源的互换,以便使区域经济在动态的、开放的环境下良性运行。区域经济合作从理论上划分为五个层次:一是区域内部的经济合作关系;二是区域与国内相邻区域的经济合作关系;三是区域与国内相关区域的经济合作关系;四是区域与国际周边相邻区域的经济合作关系;五是区域与国际相关区域的经济合作关系。五个层次的区域经济合作关系从本区域到其他相邻、相关区域,从一国到国际,从而构成了在开放经济条件下一个经济区域对内对外开放和经济合作关系的区域经济合作关系延伸圈。区域经济合作理论为实现经济发达地区与落后地区的经济合作提供了系统的理论支持。

区域经济合作的理论基础包括:古典分工理论、新区域分工理论、区域发展空间结构理论和区域可持续协调发展系统观等。

借助区域经济合作理论所表达的基本内涵,在青津的合作发展构想中,可以在两地之间进行各种优势资源互换与合作,突破边界不临近和行政区划的限制,实现两地间的能量交换与互补,放大各自优势功能,寻求两地经济合作共同发展。

(二)产业对接理论的内涵

广义上的产业对接内容十分广泛,不仅包括投资领域的对接,还包括贸易对接和政府对接等多方面内容。产业对接的参与主体不仅包括微观的企业,还包括宏观的国家间的经贸合作以及国家与区域组织的关系协调上。狭义上的产业对接除了包括简单的投资与贸易之外,还包括更深层次的合作,例如参与国在整个政治经济各层面上的产业培育与保护、正确的引导、产业面临的市场调控和管理,以及成员国之间的贸易安排和协作等各个方面的内容。概括而言,产业对接是指区域经济一体化过程中,在区域合作的基础上,政府为实现区域间贸易与投资更加便利化、直接化的同时加强和延伸地区产业的生命力及达到产业国际化的目的而进行的产业区域合作和促成合作顺利进行所采取的一切措施和产业调整活动的机制。

产业对接主要是在区域内产业合作的基础上,通过要素的流动和市场的作用实现产业的联合发展,不仅表现在产业的整体搬迁和转移上,还表现在要素、技术的双向流动上。通过双方的优势互补来实现产业的合作发展,最终实现双赢的局面。

此外,在产业对接中合作的主体既可以是微观的企业,又可以是政府。对接的形式可以是企业自发的,也可能是企业联合的结果;还有可能是政府的宏观引导和促成行为或者多国政府的联合合作。产业对接的目的是在宏观上通过产业投资实现产业重组,保持和延续产业的生存,促进本国或地区产业的发展。产业对接由于是在成员国合作基础上进行的经济贸易往来,更能促进本地区产业的发展与合作,使产业获得比以往更加明显的比较优势,使产业的生命力得以延续和扩大产业发展需要的市场。带动区域内产业后进国家的产业发展并且提升其产业水平,为区域内各国带来福利的增加。因此,产业对接是双赢共赢的一种合作机制,必然是区域经济发展中必须要共同面对和共同合作解决的问题。

将产业对接理论应用于青津的经济合作中,可以将国与国之间的关系替换为地区与地区之间的关系,通过产业对接促进两地区产业的发展与合作,使产业获得比以往在单一地区发展中更多的比较优势,进而带动后进地区的产业发展并且提升产业水平,促进两地福利增加,实现合作的双赢结果。顺利的进行产业对接是我们在青津经济合作发展中的必然选择。

二、青海与天津的产业对接

(一)医药产业

1.青海医药产业的优势

发挥比较优势是青海发展现代中藏药产业的基础。青海省医药制造业的区位商从2000年的0.54上升至2008年的5.76,说明近些年青海省的医药产业发展迅速,其发展潜力巨大。这主要是由于青海独特环境造就的生物活性、新世纪人们崇尚天然药物的潮流、医药卫生体制改革、三江源保护及中国加入世贸组织等都为中藏药产业带来了良好的发展机遇,并且青海省的医药产业展现出广阔的市场前景。具体而言,青海省医药产业的优势主要包括以下几方面。

1)特色资源是藏药产业发展的物质基础

青海独具特色的高原动植物资源,为发展中藏药产业提供了丰富的物质基础。

青海严酷的自然环境,使药用动植物天生具备抗高寒、抗缺氧、抗疲劳的生物特性,造就了青海动植物较其他地区生物具有更强的活性和更高的药用成分含量,同时青海药用动植物资源种类十分丰富且分布广泛、储量大。这是青海发展现代中藏药产业的优势所在。在藏药经典《晶珠本草》记载的2 294种中藏药资源中,青海的中藏药材有1 294种,占比达56.5%,其中植物药1 087种,动物药150种,矿物药57种,有198个品种是国家和青海确定的重点品种。特别是一些特产药材具有很强的药用价值,如大黄、麝香、冬虫夏草、麻黄、贝母、鹿茸、藏茵陈、锁阳、塞龙骨、红景天、秦艽等。在这些资源中,被开发利用并用于药品生产和人工种植(养殖)的只占一小部分,大多数品种尚未得到有效应用和开发。因此,青海中藏药具有广阔的开发潜力。

2)中藏药产品是绿色、健康产品的原料

中藏药产品由于天然绿色、功效独特符合现代人类对健康产品原料的要求。随着现代医学药学研究的不断发展,人们进一步认识到化学药物毒副作用的危害,出现了医源性和药源性疾病日益增加、抗生素的滥用、疾病谱改变、老龄化社会来临等一系列问题,促使人们更加关注中藏医药等传统医药的现代化研究、应用和发展。人类回归大自然、崇尚天然药物的潮流正在形成,药品健康化和健康生活化的市场大趋势为发展现代中藏药产业创造了难得的市场机遇。

3)产业化道路是实现经济、社会和生态"三赢"的保证

综合发展的产业化之路,为实现经济、生态和社会的"三赢"提供保证。随着中藏医药生产企业的发展壮大,对中藏药材的需求量也随之增长,有些药材已不能满足企业生产需求,一些有实力的制药企业鼓励农牧民大量种植中藏药材。这一方面可以改善当地的生态环境,另一方面也增加了农牧民的收入,同时也为中藏药产业发展带来非常难得的历史机遇,并综合推进了社会的进步。如:德令哈市积极探索"以林为主,林草并举,林药结合,综合发展"的产业化道路,大力发展中藏药产业,调整农林牧结构,培育新的经济增长点。2009年,种植中藏药面积近1.5万亩,采果近6 000亩,仅年产枸杞干果达30万千克,种植菊芋4 000亩,试种成功大黄、黄芪、甘草等20余种中藏药材,中藏药种植年产值达700余万元;800户农民加上其他种植者1万余人从事中藏药材种植,种植户平均每户年增加收入1 200元,占年人均纯收入的50%;种植区内,农牧民住房条件明显改善,85%的农牧户住进砖混结构新居,人均住房面积达40平方米。中藏药种植在为德令哈市创造良好生态环境和人居环境的同时,也取得了良好的经济效益和社会效益。

2.青海医药产业发展的不足

1)科研投入不足,药品开发水平较低

青海中藏药企业大多是民营企业,企业规模小,资金力量相对薄弱,缺乏专业技术人员和藏医药学专业人员,特别是具有较高学术水平和掌握现代药学理论的高级专家更少,导致创新能力不足。目前青海生产的中藏药药品,主要来源于藏医传统验方和藏医名著,自主研发的少,执行国家药典的多。受藏药生产和工艺影响,藏药标

准化、现代化升级进程缓慢,技术水平落后,结构不合理,剂型简单,生产技术基本停留在丸剂、片剂等传统生产工艺阶段。同时,缺乏藏药基础研究,对药物成分、药理作用研究不透彻,影响了药品的有效推广和科学应用,导致中藏药进入公费医疗目录品种少,临床应用不广。

2)中藏药产业总量小,未能形成规模优势

虽然青海中藏药工业近些年来取得长足发展,但行业的整体规模仍然较小,特别是缺乏一批真正有实力的公司。从省内来看,全省中藏药生产企业大都是中小企业,且销售额偏低。2008年全省中藏药行业实现工业总产值11亿元左右,约占全省工业总产值的2%左右,年销售收入超过2 000万元以上的企业只占本行业总户数的30%左右,而70%的企业规模小、效益低,产品科技含量和技术附加值低,而且产品剂型滞后,多为传统剂型、地方标准或仿制产品,致使中藏药行业整体实力较弱,难以形成整体竞争优势。

3)产品宣传和营销理念滞后、"青海藏药"特色不突出

由于受地理位置、环境等因素影响,企业普遍缺乏现代经营管理人才。在长期宣传和推广过程中,缺乏对"青海藏药"的宣传,以至于众多消费者认为藏药就是产在西藏。在营销方面,企业普遍不重视运用现代营销手段,市场意识和品牌意识不强,营销体系管理松散。受宣传、营销的制约,"青海藏药"没有突出应有的特色,人们普遍认为藏药不在青海,制约了"青海藏药"的发展。

3. 天津医药产业的优势

1)产业基础雄厚

生物技术与现代医药产业是天津市六大支柱产业之一,拥有雄厚的产业基础和广阔的发展前景。目前天津市从事生物技术相关产业的国内企业研发机构超过500家,生物医药产业年收入达300亿元。其中滨海新区是生物技术和制药企业最为聚集的区域,拥有包括世界500强企业、国内知名企业和众多的中小型医药研发企业。汇聚了葛兰素史克、泰沃、诺和诺德、诺维信、施维雅、德普、田边制药和新丰制药等一些著名的外资企业。现在有多个新药项目正在滨海新区开展研发工作。

生物医药产业作为天津市及滨海新区的主导产业,已经具备了良好的发展基础:在国际上首次分离、鉴定、制备出一个新的干细胞因子人血液血管细胞生成素,开发出抗艾滋病膜融合抑制剂等一批已进入临床研究的创新药物,培育出首例克隆波尔山羊,在干细胞、生物芯片、生物医药等领域形成明显优势,拥有了一大批具有自主知识产权的技术和产品。初步形成了一条集产品研发、技术转化、生产制造、商业物流和展示交流的生物技术与现代医药产业链。

2)科研力量强大

天津医药科研力量基础雄厚,研究领域宽广,学科较为齐全,拥有基础研究、实验室研究、工程化研究、临床研究等方面的院士、专家以及科研、教育机构。目前共有工程院医药卫生学部的院士6名,是北京、上海之外最多的地区。拥有原属国家医药管

理局的三大综合性医药科研单位之一的天津药物研究院,此外还有与生物医药相关的天津生物工程研究所、放射医学研究所、血液病研究所等研究院所,南开大学的有机合成、分子生物学,天津大学的精细化工、化学工程,天津科技大学的发酵工程等也都在生物医药领域各具特色,并在全国处于领先地位。建有国家生物医药国际创新园、天津国际生物医药联合研究院、京津冀生物医药产业化示范区三个大型产学研发基地,已形成拥有 500 余家生物医药研发与生产企业,200 亿元工业销售额,涉及 21 个剂型的 600 余种中药准字号产品,700 多种中药饮片,以及超过 150 种、年产量 10 000 吨以上化学原料药的产业规模;建成了包括 5 个国家级重点实验室、8 个国家级工程(技术)研究中心、4 个国家级企业技术中心、1 个国家科技产业化基地、10 个市级重点实验室、7 个市级工程技术中心和研究中心、33 个市级企业技术中心在内的规模庞大、设备先进、人才丰富、覆盖领域全面的多层次、多方向创新研发体系。

4. 青海与天津医药产业的合作

通过上面的分析我们可以看出,由于青海中藏药企业普遍规模小,资金实力弱,导致企业研发投入不足,新药研究开发能力低。同时由于高科技产品、精深加工产品和名牌拳头产品少,青海中藏药产业的产业链条同化现象严重,导致企业缺乏核心竞争力,市场占有率低,规模效益不明显。

资金、技术和人才已经成为青海中藏药产业发展的瓶颈。在激烈的市场竞争中,想要在短时间内培育一批规模大、技术实力强、资本雄厚的企业十分困难。因此要突破青海中藏药产业发展的瓶颈就需要向省外寻求资源来弥补其产业发展的劣势。利用青海独特、丰富的制药资源和神奇的中藏药制造工艺与省外的大企业展开合作,提升青海中藏医药产业的发展水平。

天津的医药产业无论是产业基础、研发水平、技术水平和资金实力等方面均居全国前列。特别是近些年来,天津市围绕中药现代化科技产业基地和国家生物医药国际创新园的建设,开展了卓有成效的工作,通过和完善中药科技创新体系,提升了津市中药行业整体创新能力;通过现代中药"产学研"联盟,以大品种二次开发为主要内容,带动了药品种的研发与产业化,初步形成了行之有效的中药大品种二次开发的模式;以企业为创新主体,通过打造现代中药企业集团,提升了创新能力,实现了专业化、规模化发展。

因此,以天津的科研院所和科研人才为依托,结合青海地区的制药资源,通过天津与青海医药企业合作的桥梁,将青海与天津医药产业的优势资源结合起来实现优势互补,是实现两地医药产业发展的有效途径。

(二)物流业

1. 青海物流产业的发展现状

青海省高度重视公路、铁路、民航立体交通网的规划与建设,以公路为重点的交通运输通道建设成绩显著,青藏铁路格拉段建设进展顺利,为拓展物流通道创造了条件。传统物流企业通过改组改造,在运输、仓储、零售与批发商贸各领域,产生了一些实力相对较强的具有现代物流雏形的代表性企业,如省物产集团总公司、宁食集团等。这对加快物流资源社会化整合,充分释放传统物流潜能,起到了示范带动作用。目前,青海已初步形成了以西宁市、格尔木市为物流中心城市,覆盖全省的物流网络体系。格尔木既是开发柴达木资源的工业基地,又是西藏物资进出的旱码头,具有重要的经济和政治战略地位。它主要承担柴达木资源和青藏高原区内外物流,发展潜力巨大,是青藏高原腹地物流核心区。西宁是全省物流综合极化区,物流半径覆盖全省,具有规模大、功能全、辐射半径长的特点。两市集中了全省主要的物资集散有形市场,市场覆盖能力强,并且已具备建设综合物流园区、物流中心、专业配送中心等多层级物流功能组合区的条件。

尽管近几年青海物流业的发展迅速,物流在经济社会中的作用日渐突出,已经表现出物流秩序进一步规范、商品销售量不断扩大的良好态势,但是由于青海省物流业的起步较晚,与发达地区相比,仍存在很大差距,主要表现在以下几个方面。

1) 制度缺陷导致物流业发展缺乏整体规划

青海物流管理不是综合性的管理,而是行业性的管理,涉及物流的有关行业、部门、系统都自成体系,独立运作,条块分割问题严重,不能形成合力。由于政府支持与规范物流发展的政策力度不够,缺乏物流宏观调控手段和整体规划,商业、铁路、公路等部门各自为政,各做各的规划,各搞各的设计,各建各的物流中心或基地,导致大量的重复建设,浪费严重。

2) 物流的专业化程度不高,企业管理水平低

目前,虽然青海已拥有一些专业化物流企业,但物流服务水平和效率仍比较低。交通、物资、商业、仓储等仍条块独立,缺乏有机联合,系统性、协调性、网络化程度很低,运行效率不高,全社会尚未形成综合性物流服务。目前多数从事物流服务的企业只能简单地提供运输和仓储服务,而在流通加工、物流信息服务、库存管理、物流成本控制等增值服务方面,尤其是在物流方案设计以及全程物流服务等更高层次的服务方面还没有全面展开。同时,多数从事物流服务的企业缺乏必要的服务规范和内部管理规程,经营管理粗放,很难提供规范化的物流服务。与省外发达的物流业相比,青海物流企业规模小、机制不活、经营管理手段落后、市场经营主体仍处于零散状态,尤其是现代物流的组织化程度不高,严重阻碍物流业向更高层次发展。

3) 基础设施和技术装备落后

青海物流基础设施薄弱,在物流中心、配送中心和仓储建设等现代物流基础建设上投入不足,传统批发业务萎缩,省内大部分连锁经营企业核心竞争力不强,同省外大型连锁集团的规模相差悬殊;一些物流企业还不能广泛使用现代化的物流手段,信息网络不够普及,部分物流企业仍然停留在传统的人工操作方式上,管理手段落后,信息不灵、不畅,企业信息数据系统都是相互孤立和静态的,缺乏高效、动态、互联的信息系统和全面的物流手段;青海交通运输基础设施总体规模仍然偏小,物流集散和储运设施较少,发展水平较低,各种物流设施结构不尽合理,设施和装备的标准化程

度较低。

2. 天津物流业发展的优势

现代物流业是天津市主导产业之一。天津城市定位于国际港口城市、北方经济中心,滨海新区功能定位于北方国际航运中心和国际物流中心,现代物流业是重要的产业支撑。从物流企业类型看,天津物流产业链已初步形成,可以提供相对完善的物流服务功能。天津物流业的快速发展主要得益于以下几方面的优势。

1) 区位环境优势

天津市位于渤海湾最西端的环渤海经济带中心位置,是环渤海地区中距离华北、东北、西北等内陆腹地最近的港口城市,它邻近东北亚地区的日本、韩国、朝鲜和蒙古,是这一区域内的重要港口,也是中国对东北亚地区开放引资和经贸合作的前沿。目前,天津已经成为我国三北地区进出口货物的最主要口岸城市。另外,天津已开通由天津港经二连浩特、满洲里和阿拉山口通往蒙古、俄罗斯、中亚地区和欧洲的三条大陆桥通道,低廉的运输成本在沟通这些地区的国际物流联系中发挥着重要作用。优越的地理位置和发达的交通运输系统为天津建设国际物流中心提供了极为有利的条件。

2) 交通优势

作为传统的区域性交通枢纽城市,天津市在综合交通运输体系方面的优势十分明显。首先,经过多年投资建设,目前天津海、陆、空各种运输方式齐全的立体化综合交通网络已基本建成。天津滨海国际机场坐落在新区之内,现有国际、国内航线 56 条,每周航班 600 多次,设计能力年起降 9 万架次,年货运处理能力 12 万吨。天津港是中国北方最大的国际贸易港口,航线通达世界 160 多个国家和地区的 300 多个港口,货物吞吐量位居世界十强。完善的港口功能优势,也为滨海新区建设国际物流中心提供了有力支撑。公路方面,滨海新区通过京沈、京沪、京九、大秦等国家主干铁路与全国铁路网相连,通过京津塘、津晋、唐津等高速公路与国家干线公路网沟通。

3) 信息网络优势

滨海新区近些年信息网络建设不断完善,信息化水平日益提高,建成了滨海宽带网,目前政务、商务、口岸工作基本实现了电子化。随着海关、检验检疫、外汇、税务等信息化平台的建设,天津港、开发区、保税区建设数字化区域,国家级电子商务与现代物流示范工程项目的投入使用,以及企业电子平台的接入,搭建具有世界先进水平的电子通关系统已成为可能。此外,各行政区域健全完善了城区网络系统,建成了信息网络中心。目前,滨海新区信息网络体系已基本满足了建设国际物流中心的需要。

3. 天津与青海物流产业的对接

通过对比分析青海省与天津市物流业发展的现状与优势可以看出,青海省地处内陆严峻的自然环境,其物流产业欠发达,这种情况严重阻碍了青海与外界的经济交往,特别是制约了青海省国际贸易的发展。据青海省 2008 年国民经济和社会发展统计公报显示,2008 年青海全年进出口总额仅为 6.88 亿美元,其中,出口额 4.19 亿美元,进口额 2.69 亿美元。

天津市作为北方经济中心,现代物流产业发展迅速且水平较高。尤其是滨海新区,其功能定位于北方国际航运中心和国际物流中心,现代物流业是重要的产业支撑。滨海新区海、陆、空立体交通网络比较发达。天津港是中国北方最大的国际贸易港口,货物吞吐量位居世界十强且具有完善的港口功能优势,也为滨海新区建设国际物流中心提供了有力支撑。

鉴于物流业对地区经济发展的重要基础和支撑作用,而青海省自身物流业发展不足的现状,建议青海省在进出口贸易中,应加强与天津的物流企业之间的合作,把天津港作为其对外经济交往的桥头堡,充分利用天津的港口物流资源克服青海贸易发展中的物流瓶颈,不仅仅将天津港作为青海发展对外贸易的内陆港,而是从实际上加强和落实与天津各物流企业的联合与合作,充分借助天津现代物流业发展的优势,促进青海省的对外贸易和物流业的不断发展。

(三)油气产业

1.青海油气产业发展现状

表 10-2 中的数据显示青海省石油和天然气开采业的区位商由 2000 年的 5.77 上升至 2008 年的 21.96,表现出强劲的发展势头,而且石油、天然气行业一直以来就是青海省的支柱产业。尤其是"十一五"期间青海省石油、天然气行业坚持油气并举,勘探开发与加工利用并举的目标,加快柴达木盆地油气资源勘探开发和石油天然气化工的发展。在扩大储量、增加产能、提高原油加工量的同时,油田大力推进石油天然气综合利用和精深加工,大力发展甲醇、甲醇汽油、甲醇蛋白、尿素、PVC、复合肥等油气下游产品,延伸产业链,推进油气资源的综合利用。但在得到一定发展的同时,油气产业发展依然面临企业融资困难和技术含量低等因素的制约。

1)企业融资渠道较单一,融资需求难以满足

企业融资渠道较少,大多数仍是以金融信贷为主的间接融资。在这个经济相对落后的地区,企业自主在资本市场上直接融资比较困难,目前只有盐湖集团下属的股份公司在资本市场上融资,其他企业的资金来源全部依靠银行贷款。

2)油气产业技术含量低,产业链短

由于油气产业技术水平低,关键技术尚未过关,影响了资源开发的进程和产业、产品结构的优化升级,致使石油、天然气开采能力强,但石油冶炼、天然气加工能力弱,产品科技含量和附加值低、产业链条短,资源综合利用、精深加工、循环利用程度不高,形成了产品大多属附加值较低的初级产品,产品处于增值率低的局面。

2.天津油气产业发展的优势

天津市是全国重要的石化化工基地之一,有近百年的发展历史,产业基础雄厚,同时又由于其优越的区位、市场条件和雄厚的科技人才力量,吸引了包括中国石化集团、中国石油天然气集团、中国海洋石油总公司和中国化工集团在内的等多家国内知名企业聚集于此。天津油气产业的优势主要体现在以下几方面。

1)雄厚的油气产业基础

中石化、中石油、中海油和中化工四大石化集团现在已经纷纷落户天津,将天津作为今后重点发展的地区之一,并规划建设大炼油、大乙烯、液化天然气和化工新材料等项目。而渤海化工集团已成为全国最大、最具发展潜力的海洋化工基地。这些项目的建设,使天津油气产业形成以石油炼制为源头的石油化工循环经济产业链,并将进一步优化和延伸以氯碱、纯碱为代表的海洋化工,以苯酐、顺酐为代表的有机化工,以染料、涂料、农药为主的精细化工,以炭黑、轮胎、橡胶制品为主的橡胶加工等产业链。这些为天津的油气产业发展奠定了坚实的基础。

2)丰富的科技和人才力量

天津市拥有大专院校 37 所,其中大多数高校均设有化工或相关专业;拥有国家和市属科研院所 159 家,企业博士后工作站 43 个,科技成果转化率达 80% 以上;拥有大量科技人才和训练有素的产业工人,其中各类专业技术人员 50 万人,石化及化工行业从业人员 22 万人,为石化工业的发展储备了丰富的技术和人力资源。

3)优越的区位和市场条件

天津市作为我国北方的经济航运中心,具有临海、临港的天然优势,是华北、西北地区的主要出海通道和进出口商品口岸。同时天津现代物流发展迅速,腹地市场广阔,经济上具有联结内外、承东启西、沟通南北的区位优势。由北京、天津两个特大型城市和七个大型城市组成的京津冀城市带,轻工、汽车、家电、医药和纺织等与化工关联的产业发达,为天津石油天然气产业的发展提供了巨大的市场容量。

3.天津市与青海省油气产业的对接

随着天津市经济的持续快速发展,对石油、天然气等能源的需求越来越大,能源供给与能源需求之间的矛盾日趋严峻。青海地区石油天然气资源储量丰富,是我国重要的能源储备基地。加强青津两地油气产业的合作、实现两地间油气产业的对接,不仅可以缓解天津的能源矛盾,同时也有利于青海油气产业的发展。

由于资金、技术的制约,青海地区油气产业的产业链较短,资源综合利用,精深加工不足。天津聚集了国内外多家知名的油气企业,产业基础雄厚;同时天津拥有多家高校、科研院所和大量的专业技术人员,为油气产业的发展提供了充足的技术支持。青海地区的油气产业应通过与天津的对接,打破其产业发展的技术瓶颈,提升炼油厂的加工能力和技术水平,提高现有油品指标与性能,生产本区域所需的高品质汽油、柴油和航空煤;开展润滑油、脂的加工生产,填补区域空白;通过石油炼制催化裂解工艺,生产乙烯、丙烯,丙烯输炼厂统一处理,与盐湖化工有色副产氯气结合,生产三氯丙烷,实现产业链条的延伸。

青海油气产业与天津实现对接,既可以在为天津油气产业发展弥补资源匮乏的不足同时,能够充分利用天津的技术优势提升其产业发展水平,还可以分享天津先进的港口物流服务和国内外广阔的市场空间,为青海油气产业发展开辟新的市场空间。这样,通过两地油气产业的对接实现该产业发展中的"双赢"局面。

三、借鉴滨海新区发展循环经济经验,促进青海省柴达木循环经济发展

青海省在发展循环经济方面具备一定的产业基础(见表10-3)。

表10-3 2000年及2008年青海省部分产业的区位商

	2000 年	2008 年
废弃资源和废旧材料回收加工业	—	11.33
电力、热力的生产和供应业	2.28	4.94
水的生产和供应业	0.92	1.60

注:"—"代表无相应区位商数据

资料来源:根据《中国统计年鉴》(2001)、《中国统计年鉴》(2009)、《内蒙古自治区统计年鉴》(2001)和《内蒙古自治区统计年鉴》(2009)相关数据整理。

由表10-3可见,与循环经济发展直接相关的废弃资源和废旧材料回收加工业在2008年得到迅速的发展,其区位商数值高达11.33,说明该产业发展专业化程度较高,而且相关电力、热力、水的生产和供应业等产业的区位商均高于1,且有不断上升趋势,说明各相关产业的专业化程度也在提高,这为青海省发展循环经济奠定了基础。

(一)青海柴达木循环经济发展现状

2005年10月27日,国家正式批准柴达木为全国第一批开展循环经济试点的产业园区和"十一五"国家重点支持发展的循环经济试验园区。柴达木地区资源条件优越蕴藏了丰富的盐湖资源和黑色金属、有色金属、石油天然气等各种资源,且资源间的关联性强、融合度高,园区发展循环经济潜力巨大。

近年来,青海省柴达木地区以发展循环经济为核心,以节约资源、产品的清洁生产和综合利用为重点,通过项目建设,努力将资源优势转化为经济优势,实现园区内循环经济快速发展。目前,柴达木循环经济试验区已经培育形成了石油天然气、盐湖化工、有色金属、煤炭等一批特色优势产业,支柱及优势产业体系初步形成。现有工业产业已经形成了一定的规模,企业对技术的引进、吸收、自主研发能力不断提高。柴达木地区围绕资源开发已经走出了卖原料和资源粗加工阶段,开发方式开始由粗放型向集约型、由单一型向综合开发利用型转变,企业自身微循环体系不断完善,循环经济开始显现。在园区建设方面,已初步形成了以格尔木昆仑经济技术开发区、德令哈工业园区、大柴旦工业园区、乌兰工业园区为重点的"一区四园"循环经济发展格局,工业园区内的集聚效应和辐射作用开始显现。可见,柴达木地区循环经济的发展已经取得了较大成绩,但是由于其整体经济发展水平偏低,资金、技术、人才资源匮乏,政府推动园区循环经济发展的经验不足等因素的制约,柴达木地区循环经济的发展仍面临较大的问题,主要表现在以下几方面。

1. 缺乏科学统一的发展循环经济的规划

长期以来,柴达木盆地资源开发各自为战,管理不统一,多部门管理造成混乱,开采无序。由于没有科学统一的园区长期发展规划、发展方向不明确,园区内产业结构和产业布局不合理,仍主要以重化工业为主,现代服务业、现代农牧业和高新技术产业明显不足。有的产业虽然有所发展,但层次尚低,有的产业虽然已达到一定层次,但产业容量和产品技术含量亟待提高。产业布局上主要侧重于矿产等重化工产业,地域上也局限于"一区四园",产业链的纵向延伸和横向关联不足。

2. 与循环经济配套的经济政策不完善

政府相关配套政策是发展循环经济的重要保证。青海柴达木地区循环经济的快速发展需要有财税、投资、信贷、价格等许多经济政策的支持,否则很难取得预期效果。目前促进循环经济建设的政策并不完善,缺乏明确的政府措施和相关责任的严格法律规定和实施办法。一些政策虽然已出台,但政策措施比较笼统,难以操作,缺乏具体的产业、投资、财税、信贷、环保、资源配置、土地等方面鼓励发展的优惠政策。试验区的建设和发展存在诸多体制、机制和政策不能满足加速发展的障碍和制约,亟待解决。

3. 资源综合利用率低

发展循环经济,需要对资源进行综合利用。近些年青海省资源综合利用工作不断加强,企业资源综合利用能力不断提高,但资源开发和综合利用缺乏技术、人才和资金,资源综合利用率低。同时,由于青海柴达木地区经济基础薄弱,进行循环经济建设的资金投入不足,各级政府还没有把促进循环经济的发展规划纳入财政预算,循环经济发展的资金保障不足。这进一步导致企业在资源开采上采富弃贫,资源浪费严重。

4. 发展循环经济的技术支撑不足

循环经济的减量化、再利用和再循环等环节都需要先进的处理、转化技术和先进技术的载体——设施、设备的支撑。所以,科学技术是建设循环经济的决定性因素。目前,试验区科研力量还比较薄弱,企业自主创新能力有限,一些先进技术和管理经验的引进、吸收也需要时间,柴达木产业园内发展循环经济的技术支撑体系还未完全建立起来。一些关键技术,如开采技术、环保产品技术、节能技术和资源综合利用技术等,依然是园区内循环经济发展的制约因素。

(二)天津滨海新区发展循环经济的实践

循环经济作为一种新的经济发展模式,具有经济、环境、社会等多重目标。所以,在实践层面循环经济发展若要取得成效,政府、市场、公众的力量缺一不可。天津市滨海新区发展循环经济过程中,政府不断导入新的观念,科学规划区域循环经济发展方向,持续推进管理行为创新,积极发挥市场机制对资源配置的基础性作用,大力引导社会各界共同营造生态文化氛围,形成了政府引导,市场主导,公众参与的区域循环经济发展促进机制。天津市滨海新区发展循环经济的宝贵经验,主要表现在以下几个方面。

1. 合理规划区域循环经济发展

结合本地区经济发展的实际情况制定发展长远规划,可以明确区域循环经济的发展方向,是区域循环经济长效稳定发展的保障。在《天津开发区国家生态工业示范园区建设规划》中明确提出了生态园区建设的目标、步骤、方案和评估办法,强调了生态环境质量改善对泰达未来发展的重要意义,提出以第二产业和静脉产业为规划重点,着重减量、循环和生态链的构建,确定了通过延长四大产业链条构建园区"二次创业"模式,对在更高层次上推广循环经济具有重要的指导意义。依据规划目标,滨海新区政府对整个园区生态产业网络的构建进行全盘考虑和规划,基于循环经济理念实行"主题"招商和"绿色"招商,有效促进了区域产业结构优化升级和生态产业链的不断延伸和完善。

2. 推动公众参与,建立循环经济发展的社会保障体系

为实现循环经济发展的社会、经济、环境等多重目标,必须要充分团结公众和非政府组织等社会力量,为循环经济发展提供社会保障。滨海新区的开发区在促进第三方部门介入循环经济发展方面进行了众多有益的尝试。例如,成立"天津开发区绿色之友分会"、"泰达循环经济促进中心"、"废物最小化俱乐部"。同时,通过开展多种形式的环境保护宣传与教育,引导社会各界共同营造生态文化氛围。通过举办"循环经济与零排放"研讨会、组织清洁生产培训班、在天津开发区政务网上设立清洁生产栏目等形式,向企业宣传清洁生产的概念及其可能带来的环境与经济的双重效益,使企业比较全面地了解开展清洁生产、发展循环经济的必要性和重要意义。

3. 依照市场规律,促进企业释放发展循环经济的内生动力

在发展循环经济的过程中,政府是宏观责任主体,企业和消费者是微观行为主体。环境资源的公共物品性质,决定了市场机制不可能主动接受循环经济模式。当循环经济真正成为一种经济发展模式在实践中推行时,就不仅需要技术层面的革新为其实现提供现实的可行性,而且更需要市场机制的调节作用,有效引导企业自觉参与到循环经济实践中,使循环经济具有较强的生命力。天津滨海新区积极发挥市场机制作用,将循环经济实践活动置于市场经济体制中。一方面,健全资源性产品的价格形成机制,通过资源价格机制的改革,推动石油天然气、煤炭、水、电、土地等资源价格的市场化,逐步形成能够反映资源稀缺程度、市场供求关系和污染治理成本的价格形成机制。另一方面,对于企业之间或者其他实体之间的交易行为不予以干涉,给企业充分自由的空间,使其能够基于按照契约关系进行组织和实施。

4. 创新政府行为,通过法规、政策引导促进循环经济实践

政府在循环经济建设中的作用是不可忽视的,政府不是要代替企业或市场来规划物质循环利用圈,而是要建立实施限制规范经济个体的行为政策,制定激励政策手段来引导市场行为、价格等。天津滨海新区政府早已认识到循环经济建设不是单纯企业间的组合与链接,而是要通过企业共生网络的构建,充分发挥企业的聚集优势,促进新的生产力形成。因此,必须要有相应的制度来提供保障。滨海新区政府结合区域实际状况,从引导和促进的角度出发,颁布了各种用于鼓励企业关注环保、加入环保行动等的政策和规定,有效推进了区域循环经济实践。

(三)促进青海省发展循环经济的建议

天津滨海新区循环经济的发展取得了较大的成功并成为全国的典范,青海省循环经济的发展应在自身地理、自然资源、经济发展现状的基础上,与天津滨海新区积极开展交流与合作,借鉴天津的成功经验,推动青海省循环经济的发展。同时两地应深入挖掘合作基础,实现两地间的人才、技术、资源的优势互补。基于此我们提出以下促进青海省发展循环经济的对策建议。

1. 加快制定柴达木循环经济发展战略规划

天津滨海新区循环经济的快速发展首先得益于其科学合理的发展规划,发展方向明确。青海政府可以借鉴这一经验加快编制《柴达木循环经济发展战略规划》,明确循环经济发展的思路、目标、步骤和措施,指导柴达木盆地循环经济的健康发展。另外,规划时,要以循环经济理念为指导,加强对加快发展循环经济的专题研究,加快节水、节能、资源综合利用、再生资源回收利用等循环经济发展重点领域专项规划的编制工作。

2. 完善循环经济发展的配套政策

借鉴天津滨海新区发展循环经济时,完善的政策配套对促进循环经济发展的有效性,青海省可以考虑综合运用财政、货币、投资、价格调控等经济手段,调节和引导市场主体行为,建立循环经济机制。首先,进一步深化价格改革。研究并落实发展循环经济的价格和收费政策,积极调整资源性产品与最终产品的比价关系,完善自然资源价格形成机制,通过水价、电价等价格政策的调整,限制高耗能、高污染的企业。其次,结合投资体制改革,调整投资政策,加强对柴达木资源开发中发展循环经济的资金支持,把发展循环经济作为政府投资的重点,对一些重大项目进行政府直接投资或相对高额资金补助。再次,完善财税政策,加大对发展循环经济的支持力度。政府应会同有关部门对循环经济中资金投入大、社会效益好、投入的回收期较长的企业,给予减免税费的优惠政策,并将一部分产品列入政府采购范围。对于资源综合利用较好的企业实行税收优惠政策。

3. 建立循环经济技术支撑体系

科学技术是第一生产力,科技是支撑循环经济发展最强有力的基石。青海省柴达木地区借鉴天津滨海新区注重技术革新等经验,努力突破制约循环经济发展的技术瓶颈,以解决制约盆地资源综合开发利用的关键性技术为重点,加速锂、镁、钾、硼资源开发的产业化进程,形成一批拥有自主知识产权的技术。深入研究和开发以盐湖初级产品为原料的精细化和高价值产品,延伸产业链。增强企业科技持续创新能力,实现跨越式发展。积极推动重点骨干企业的技术创新,建立健全以企业为主体的研究开发体系,加快科研机构管理体制改革步伐。省属科研机构要从根本上改变游离于企业和市场之外的局面,壮大青海省技术创新主体。企业要逐步建立健全研究开发机构,不断增加科技投入,加速形成有利于技术创新,有利于科技成果转化的高效运行机制。

4.加强与天津滨海新区的交流与合作

青海柴达木地区资源富集,但是人才、技术、资金等要素缺乏,天津滨海新区产业发展水平高,技术实力、人才资源优势明显,但其循环经济发展中资源供应紧张。青海柴达木可以以自身特色资源优势为基础,积极寻求与天津滨海新区的产业合作基础,实现产业对接。通过与天津滨海新区的产业合作,破解自身的发展瓶颈。比如,青海的中藏药产业和天津的生物医药制造业展开合作,把青海的特色药材和制药工艺与天津先进的生物制药技术整合在一起,促进其中藏药制造产业的发展。另外,青海柴达木在与天津滨海新区的合作中,应重视与天津滨海新区的人才交流,可以通过人才互换或者互派,为青海柴达木循环经济发展提供先进的发展理念和先进的技术。

参考文献

［1］ 张平.青海藏区经济社会可持续发展研究［D］.西北农林科技大学,2009.

［2］ http://baike.baidu.com/view/4311.htm? fr=ala0_1_1.

［3］ http://www.china.com.cn/economic/txt/2009 – 03/01/content_17352065.htm 青海省 2008 年国民经济和社会发展统计公报.

［4］ 何波.青海基础教育发展研究［J］.青海师范大学学报,2008(6).

［5］ 殷颂葵,殷存毅.民族地区发展中的非正式制度影响分析——以青海为例［J］.内蒙古师范大学学报,2009(4).

［6］ 青海新闻网.http://www.sina.com.cn ,2007-06-15.

［7］ 青海省统计局,国家统计局青海调查总队.青海省 2009 年国民经济和社会发展统计公报［R］.2010-02-23.

［8］ 赵治中,等.青海经济区域实现可持续发展的模式选择［J］.区域经济,2006(8).

［9］ 梅端智.青海省调整产业结构与改善民生问题研究［J］.青海民族大学学报,2010(2).

［10］ 周成仓.特色经济、生态经济、循环经济——青海经济发展的战略选择［J］.物流与采购研究,2009(19).

［11］ 青海省国民经济和社会发展十一五规划纲要.http://202.123.110.5/test/2006 – 02/08/content_181881.htm.

［12］ 王维平,赵玉华.开放经济下五个层次的区域经济合作关系延伸圈及其构建对策［J］.青海社会科学,2006(6).

［13］ 马林,杨玉文.区域经济合作理论与实践及其对东北区域合作的启示［J］.经济问题探索,2007(5).

［14］ 于冬晨.区域经济一体化下的产业对接探析［D］.广西大学,2007.

［15］ 本课题组.关于青海中藏药产业发展情况的调研报告［J］.攀登,2008(5).

［16］ 人行西宁中支课题组.青海省中藏药产业的现状与发展［J］.区域经济,2010(4).

[17]　王燕.滨海新区生物医药产业创新网络组织的构建[J].滨海新区,2009(2).

[18]　汤立达.创新——天津医药行业可持续发展的必由之路[J].天津科技,2006(6).

[19]　天津市科学技术委员会.发挥滨海新区区位优势,打造中药现代化强市[J].世界科学技术——中医药现代化,2009(3).

[20]　刘傲洋.青海物流现代化发展路径探析[J].青海社会科学,2006(2).

[21]　李葶.青海现代物流业发展刍议[J].攀登,2008(6).

[22]　杨燕,等.天津滨海新区国际物流中心建设的战略思考[J].北方经贸,2009(10).

[23]　薛建峰,冯学培.海西州四大支柱产业调查[J].经营与管理,2007(10).

[24]　袁卫民,等.柴达木循环经济试验区工业发展思路与框架研究[J].环境经济,2009(4).

[25]　白景美,和金生.天津滨海新区发展石化产业集群的战略[J].经营与管理,2007(5).

[26]　帖征.柴达木循环经济试验区发展问题的思考[J].中国集体经济,2010(9).

[27]　李勇.促进柴达木循环经济发展的产业政策思考[J].青海循环经济聚焦,2008(9).

[28]　吴莉莉,常贺中.天津经济技术开发区发展循环经济的实践与启示[C].中国环境科学学会学术年会论文集,2009.

第十一章　宁夏回族自治区篇

第一节　宁夏回族自治区概况

宁夏回族自治区简称"宁",是我国唯一的省级建制的回族自治区。1958年10月25日成立,现辖银川、石嘴山、吴忠、固原、中卫5个地级市,22个县(市、区)。其中包括2个县级市、7个市辖区、11个县、1个县级移民开发区。2008年末,宁夏全自治区现有人口617.69万,其中回族218万,占宁夏总人口的36%、全国回族人口的1/5。首府银川市,是宁夏政治、经济、文化中心。总面积9 527平方千米,城市建成区面积106平方千米。

一、自然地理

宁夏位于中国中部偏北,处在黄河中上游地区及沙漠与黄土高原的交接地带,与内蒙古、甘肃、陕西等省区为邻。宁夏疆域轮廓南北长、东西短。自治区疆域边界四端点的地理坐标是:东经104°17′～109°39′;北纬35°14′～39°14′。

在中国自然区划中,宁夏跨东部季风区域和西北干旱区域,西南靠近青藏高寒区域,大致处在我国三大自然区域的交汇、过渡地带。

根据自然特点和传统习惯,一般把银川地区、石嘴山地区和吴忠地区的利通区、青铜峡、中宁、中卫、灵武等5市县的川区称为宁夏北部;把吴忠地区的盐池、同心两县和灵武、中卫、中宁的山区以及海原县的北部称为宁夏中部;把固原地区的固原、西吉、隆德、经源、彭阳5县及海原县的南部山区称为宁夏南部。从地貌类型看,全区从南向北表现出由流水地貌向风蚀地貌过渡的特征,南部以流水侵蚀的黄土地貌为主,中部和北部以干旱剥蚀、风蚀地貌为主。地势南高北低,地表形态复杂多样,如山地、丘陵、平原、台地和风沙地貌,为经济发展提供了不同的条件。

在中国国土开发整治的地域划分上,宁夏位于中部重点开发区的西缘或西部待开发区的东缘,是以山西为中心的能源重化工基地和黄河上游水能矿产开发区的组成部分。宁夏北部和中部系"三北"防护林建设工程的重点地段,南部属于黄土高原综合治理区和"三西"地区的范围。

(一)天然屏障与高原"绿岛"

宁夏有名的山地有贺兰山和六盘山。贺兰山绵亘于宁夏的西北部,山势巍峨雄伟,既削弱了西北寒风的侵袭,又阻挡了腾格里沙漠流沙的东移,成为银川平原的天然屏障。六盘山古称陇上,位于宁夏的南部,耸立于黄土高原之上,是一条近似南北走向的狭长山脉。山腰地带降雨较多,气候较为湿润,宜于林木生长,有较繁茂的天然次生阔叶林,使六盘山成为突起于黄土高原之上的一个"绿岛",也是宁夏重要的林区之一。

(二)"塞上江南"宁夏平原

宁夏平原海拔 1 100~1 200 多米,地势从西南向东北逐渐倾斜。黄河自中卫入境,向东北斜贯于平原之上,河势顺地势经石嘴山出境。平原上土层深厚,地势平坦,加上坡降相宜,引水方便,便于自流灌溉。所以,自秦汉以来,劳动人民就有这里修渠灌田,发展了灌溉农业。2000 多年来经劳动人民的辛勤开发,这里早已是渠道纵横、阡陌相连的"塞上江南"。现为宁夏的农业商品基地。

(三)丘陵起伏的黄土高原区

宁夏南部为黄土高原的一部分,其上黄土覆盖,厚的地方可达 100 多米,大致由南向北厚度渐减。凡有河流流过的地方,经河流的冲积,形成较宽阔的河谷山地,宜于发展农业生产,是重要的粮油产地。许多低丘缓坡也多开垦成农田。丘陵坡下,开挖一排排窑洞,是劳动人民因地制宜建造的住房,是这里普遍的、具有自然地理特色的人文景观。在人们对黄土丘陵地区长期垦殖过程中,由于认识能力的限制,使这里的生态环境逐年恶化,破坏了植被,水土流失严重,农作物产量下降。

(四)风沙侵袭的灵盐台地

在黄土丘陵区以北、银川平原以东,即灵武市东部和盐池县北部的广大地区,为鄂尔多斯高原的一部分,是海拔 1 200~1 500 米的台地。台面上固定和半固定沙丘较多。西部,低矮的平梁与宽阔谷地相交错,起伏微缓。谷地里散布有面积不大的盐池、海子,生产食盐、芒硝等盐类矿点。

二、资源状况

(一)矿产资源概况

宁夏矿产资源丰富,以煤和非金属为主,金属矿产较贫乏。目前已获探明储量的矿产种类达 34 种。宁夏人均自然资源潜在价值为全国平均值的 163.5%。其中煤炭探明储量 300 多亿吨,预测储量 2 020 多亿吨,储量位居全国第六位,人均占有量是全国平均水平的 10.6 倍,且煤种齐全,煤质优良,分布广泛,含煤地层分布面积约占宁夏面积的 1/3,形成贺兰山、宁东、香山和固原四个含煤区。非金属矿产主要有石膏、石灰岩、白云岩、石英岩(砂岩)、黏土、磷、铸型用砂、硫铁矿、铸石原料和膨润土等,其中石膏、石灰岩、石英岩及黏土为宁夏优势矿产,石膏矿藏量居全国第一。石油、天然气有相当储量,具备发展大型石油天然气化工的良好条件。

(二)湿地资源

宁夏全区湿地总面积为 2 800 平方千米,占全区土地总面积的 5%。可分为河流湿地、湖泊湿地和人工湿地三大类。其中河流湿地和湖泊湿地主要分布在引黄灌区与南部山区各河流及湖泊之中,并有少量沼泽分布。人工湿地包括库塘、渠沟、水稻田、鱼池,具有数量众多、类型多样、集中连片等特点。

湿地维管植物共有 52 科 119 属 202 种,浮游植物 8 门 29 科 67 属。湿地植被包括 9 种类型,30 个亚型,132 个群系。国家级重点保护植物 9 种。湿地植物以温带植物为主,草本植物占优势。湿地野生动物种类既有沙蜥、沙鼠等典型的荒漠动物,又有各种各样的水禽并伴有野兔等草原动物。

宁夏回族自治区第一个湿地类型自然保护区是建于 1986 年的青铜峡水库湿地鸟类自然保护区。自治区政府批准成立自治区级湿地保护小区、湿地保护与恢复示范区和湿地公园 28 处,总面积 501.57 平方千米,约占宁夏湿地总面积的 20%。

(三)水利资源

宁夏是全国水资源最少的省区,大气降水、地表水和地下水都十分贫乏。且空间上、下分布不均,时间上变化大是宁夏水资源的突出特点。

宁夏水资源有黄河干流过境流量 325 亿立方米,可供宁夏利用 40 亿立方米。水能理论蕴量 195.5 万千瓦。水利资源在地区上的分布是不平衡的,绝大部分在北部引黄灌区,水能也绝大多数蕴藏于黄河干流。而中部干旱高原丘陵区最为缺水,不仅地表水量小,且水质含盐量高,多属苦水或因地下水埋藏较深,灌溉利用价值较低。南部半干旱半湿润山区,河系较为发育,主要河流有:清水河、苦水河、葫芦河、泾河、祖厉河等。水利资源较丰富,但其实际利用率较小。

三、经济发展

(一)经济发展的区域分布特点

1. 经济总量的地域分布

宁夏的经济发展呈现出明显的地域性,首府银川不仅是宁夏的政治、文化中心,更是宁夏的经济中心。如表 11-1 所示,石嘴山市虽然城市规模小,人口最少,但是 2008 年的 GDP 总量占宁夏 GDP 的 20.82%,人均 GDP 达到 32 102 元,甚至超过了银川的人均 GDP。2008 年,占总人口比例 36.24% 的银川和石嘴山市创造了全区 GDP 的 67.62%。

表 11-1　2008 年宁夏各城市经济总量指标

指标 城市	总人口(万人)	人口所占比例 (%)	GDP(亿元)	GDP 所占比例 (%)	人均 GDP(元)
银川市	152.27	24.38	514.11	46.80	31 436
石嘴山市	74.04	11.86	228.73	20.82	32 102
吴忠市	135.68	21.72	172.99	15.75	12 982

城市＼指标	总人口（万人）	人口所占比例（%）	GDP（亿元）	GDP所占比例（%）	人均GDP（元）
固原市	148.36	23.73	75.79	6.90	5 108
中卫市	114.17	18.28	119.10	10.84	10 498

2. 单位与个体经营户的地区分布状况

根据宁夏回族自治区第二次全国经济普查的相关数据显示，宁夏的法人单位29 300个，产业活动单位37 011个，个体经营户215 071户。近四成的法人单位、产业活动单位和个体经营户集中在银川市，其他四市相对较少，呈由中部向四周扩展之态势。其中银川市法人单位11 490个，占39.2%；产业活动单位13 948个，占37.7%；个体经营户82 709户，占38.4%（见表11-2）。

表11-2　2008年宁夏单位与个体经营户的地区分布

城市＼指标	法人单位		产业活动单位		个体经营户	
	数量（个）	比例（%）	数量（个）	比例（%）	数量（个）	比例（%）
银川市	11 490	39.22	13 948	37.69	82 709	38.46
石嘴山市	3 993	13.63	4 662	12.60	25 792	11.99
吴忠市	4 872	16.63	6 384	17.25	41 016	19.07
固原市	4 561	15.57	6 527	17.64	33 928	15.78
中卫市	4 384	14.96	5 490	14.83	31 626	14.70

(二)产业结构

1. 三次产业结构演变过程

1958年自治区成立之前，宁夏主要以农业经济为主。1957年，第一产业在国内生产总值中的比重高达近80%，第二产业比重不足10%。随着经济社会的不断发展，产业结构发生了重大变动。

1957—2000年期间，产业结构变动的主要特点是：第一产业比重持续下降，第二、第三产业比重持续上升；第一产业比重降幅最大。第一产业占国内生产总值的比重由1957年的69.8%下降到2000年的17.3%，降幅高达52.5个百分点，同期第二产业所占比重由8.5%上升到45.2%，第三产业所占比重由21.7%上升到37.5%。

不同时期产业结构变动特点不同。如图11-1所示，前20年，第一、第二产业变动剧烈，第三产业变动程度相对较低。这一情况表明，改革开放前，工业的地位相对突出，社会事业的建设与发展相对滞后。而1978年后到2000年的20多年间，第三产业占国内生产总值的比重由1978年的25.7%上升到37.5%，增幅高达11.8个百分点,同期第一产业比重由 23.5% 下降到 17.3%,同期第二产业所占比重不增反降。表明这一时期,突出了第三产业的发展,社会事业建设与发展速度明显加快。第二产业占国内生产总值的比重,由 1978 年的 50.8% 下降到 1990 年的 39.1%,之后的 10年中又逐步上升到 45.2%,表明宁夏第二产业结构不断调整和优化,逐步形成了具有区域特点的工业结构。

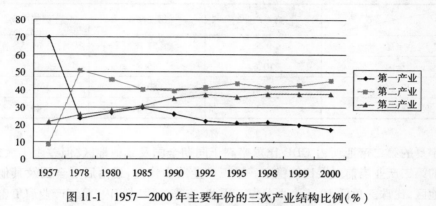

图 11-1　1957—2000 年主要年份的三次产业结构比例(%)

2. 三次产业结构现状

2001 年以来,宁夏结束了产业结构比例的大幅度变动,进入了稳步变动阶段。如图 11-2 所示,第一产业比例逐渐下降,由 2001 年的 16.59% 下降到 2009 年的9.53%,年均下降 0.88 个百分点;宁夏第二产业比例稳步上升,由 2001 年的 45.26%上升到 2009 年的 50.97%,年均上升 0.71 个百分点;第三产业结构比例变化不稳定,但基本呈微弱的上升趋势。

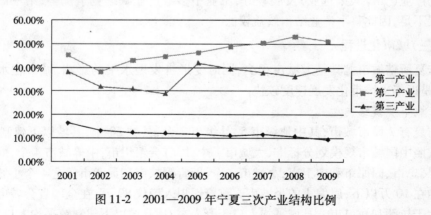

图 11-2　2001—2009 年宁夏三次产业结构比例

宁夏产业结构变动过程基本符合产业结构的演变规律,三次产业结构不断优化。如表 11-3 所示,2009 年宁夏的三次产业结构比例为 9.5∶51.0∶39.5,同期我国的产业结构比例为 10.6∶46.8∶42.6。宁夏第一产业比例低于全国平均水平 1.1 个百分点,说明宁夏成功的从农业经济向工业经济转型,但是第三产业比重比全国低 3.1 个百分点,第三产业比重低不利于产业结构的进一步优化升级。同时和长三角、珠三角等国内发达地区相比,第一产业所占比重过高,第三产业比重过低,同发达地区相比还有很大的差距。

表 11-3 2009 年宁夏与全国其他地区三次产业结构比例(%)对比

地区 \ 产业	第一产业	第二产业	第三产业
宁夏	9.5	51.0	39.5
全国	10.6	46.8	42.6
长三角	4.8	50.4	44.7
珠三角	2.3	47.8	49.9

宁夏的第二产业所占 GDP 比重略高于同期全国及其他地区,但差距不大,说明宁夏的第二产业当前发展比较稳定。第三产业所占比重,远落后于全国及其他经济发达地区,比珠三角低 10.4 个百分点。因此,未来一段时间内,第三产业肩负着促进产业结构优化的使命。产业结构变动的最终目标是使产业结构比例从目前的"二、三、一"模式转变为"三、二、一"模式。

通过以上分析,从统计数据看,似乎可以得出宁夏的产业结构正趋于合理,其实不然。结合宁夏三次产业就业结构发现,2009 年,第一、二、三产业的产值比例分别为 9.5%、51%、39.5%,三次产业的就业比例为 42.4%、24.5%、33.1%,就业结构与产值结构倒挂现象严重。宁夏第一产业低效、低产;第二产业只有一些依托当地资源优势的产业(如煤炭采选业)发展较好,工业中多数产业缺乏竞争优势;第三产业明显发展不足,因此整个产业结构效益较低。

(三)城市化进程

宁夏所辖城市尤其是大城市很少,同时受经济发展水平的影响,城市化水平较低,但是近年来城市化发展速度较快。

1. 城市规模结构

宁夏有 7 设市城市,其中地级市 5,县级市 2 个,县城 20 个,县城以下建制镇 78 个。按照中国城市规模划分标准,大城市 1 个,即省会银川市;中等城市 4 个,即石嘴山市、吴忠市、固原市和中卫市;小城市 2 个,即青铜峡市和灵武市。这 4 个小城市的人口均在 10 万以下,属偏小的小城市。首府银川人口仅 89 万,在全国省会城市中规模仅大于拉萨和海口市。县城平均人口 3 万人左右,县城以下建制镇平均人口 4 000人左右,远低于全国平均水平。因此宁夏城市化进程中面临的首要问题是城镇数量少,规模偏小。

2. 城市化基本情况

目前宁夏城市化发展速度是历史上最快的时期。2008 年宁夏的城市化水平达到 40.65%,落后于全国城市化率 5.05 个百分点。由于宁夏本身人口稀少、密度小,导致城镇数量少、规模偏小,大部分城镇功能单一、实力单薄、经济辐射范围小。大部分小城镇只起到商品集散地的作用,没有形成具有一定启动能力的经济中心,城乡间物质、资金和信息流量狭小,大量的农产品只能在农村内部寻找出路;城镇综合功能不强,缺乏工业支撑;城镇基础设施总体水平低,远不能满足西部大开发和人民生活水平提高的需要,城镇投资环境普遍较差。

如图 11-3 所示,宁夏各地级市中,石嘴山市和吴忠市的城市化率明显高于宁夏的平均水平,其中,石嘴山市的城市化率比宁夏平均水平高 23.79 个百分点。而银川市由于人口基数较大,城市化率相对较低。

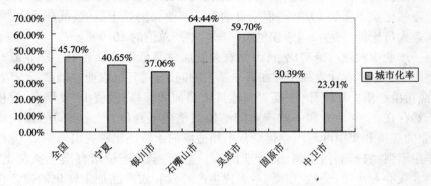

图 11-3　2008 年宁夏、地级市以及全国城市化率

县域经济最初是以农业经济为主,农业人口比重大,同时受经济发展水平的影响,因此城市化率都相对较低。2005 年宁夏县域城镇化水平和经济发展水平见表 11-4 所示。

表 11-4　2005 年宁夏县域城镇化水平和经济发展水平

地区	城镇化率(%)	人均 GDP(元)	地区	城镇化率(%)	人均 GDP(元)
永宁	18.5	6 122	中宁	14.5	4 133
贺兰	19.7	5 542	盐池	18.1	8 094
平罗	23.1	4 663	同心	10.1	1 413
陶乐	20.0	4 203	固原市原州区	17.4	1 742
惠农	22.3	6 277	海原	6.7	1 159
吴忠市利通区	34.8	7 069	西吉	6.2	1 013
青铜峡	32.9	10 917	隆德	8.8	1 908
灵武	33.6	5 689	泾源	9.1	1 242
中卫	20.9	4 726	彭阳	7.1	1 364

第二节 宁夏回族自治区产业发展及宁津合作构想

一、宁夏产业发展

(一)第一产业发展

宁夏建立之初以农业经济为主,2000 年,第一产业在国内生产总值中所占比重仍高达 17.3%,第一产业内部除了渔业外,农业、林业和牧业的产值区位商都大于1,有一定的比较规模优势。随着宁夏产业结构的不断调整优化和工业化发展,2008 年第一产业的比重下降到 10.9%,但宁夏的第一产业长期处于低效、低产状态,第一产业占从业人员比例高达 42.4% 仅创造了国内生产总值的 10.9%。

第一产业中农业占绝对比重,因此农业发展效益低下是导致第一产业低产低效的主要原因。宁夏农业发展中存在着一系列的问题。第一,农业基础薄弱,产业规模小,面源污染严重。据统计,宁夏75%水库需要加固维修;投资少、发展慢、规模小的问题依然存在;个别地方和一些产业的结构调整还不到位,产业雷同的倾向比较明显,产业的规模和集中度与产业化经营不相适应的矛盾还比较突出。第二,龙头企业带动作用不强,农产品附加值小,产业链短。至今,宁夏还没培育出一家农业"上市公司",龙头企业小型、分散、弱质,对农户生产经营和农产品加工转化的带动作用不强,使宁夏产业化呈现出"三多三少"的特点,即原料型产品多、加工型产品少,粗加工产品多、精深加工产品少,低值产品多、高附加值产品少。世界农产品综合加工率平均在 85% 以上,加工产值与农业产值之比是 2.4:1,中国相应的比例分别是 47% 和 1.1:1,宁夏仅为 43% 和 0.6:1。这样的产业化发展模式没有实现对资源的充分利用,资源的产出率低,经济效益差。第三,农业科技创新和推广水平落后,对农产品的绿色认证不足。2007 年,宁夏农业科技入户率约为 59%,农业科技成果转化率约为 55%,农业科技进步贡献率约为 47%,农业综合机械化水平仅为 43%;一些制约特色产业发展的关键技术还没完全解决好,具有自主知识产权的新品种、新标准和专利技术不多,新技术覆盖面还不大;农作物良种繁育体系、畜禽改良体系、动植物疫病预测预报和防控体系、农产品检验检测和市场信息体系还不相适应现代农业发展的需要。同时,对无公害农产品、绿色农产品、有机农产品的认证体制还不健全,缺乏相关的政策激励机制和配套的检测、监管体系。

尽管宁夏农业发展存在问题较多,但近年来宁夏第一产业的发展仍取得了可喜的成绩。林业和牧业发展形势良好,尤其是特色产业优势凸显,林业中如枸杞、葡萄、红枣、苹果、杏等,其中,宁夏枸杞已获原产地保护;牧业优势主要为清真牛羊肉、牛奶、羊绒加工业等产业,宁夏全区已被列入国家优势农产品区域布局规划的西部肉羊产业带;宁夏新华百货夏进乳业股份有限公司被列为国家级农业产业化龙头企业;宁夏羊绒加工业已初步形成龙头企业和产业群,成为国内重要羊绒加工基地之一,羊绒流通量和无毛绒分梳量约占全国1/3。

（二）工业发展

宁夏的工业发展起步较晚，且对自然资源的依赖程度较高，对环境的压力较大，主要发展煤炭、电力、化工、机械、冶金、医药等产业，消耗高、污染多的行业和企业所占比重过高，且缺乏自主知识产权、核心技术和世界知名品牌。

2008年，宁夏工业中产值区位商大于1的行业主要有煤炭开采和洗选业、石油加工及炼焦业、食品制造业、造纸及纸制品业、化学原料及制品制造业、橡胶制品业、有色金属冶炼及压延加工业、电力和热力的生产和供应业、非金属矿物制品业和纺织业等。其中，煤炭开采和洗选业、有色金属冶炼及压延加工业、电力和热力的生产和供应业和橡胶制品业的区位商都大于2，煤炭开采和洗选业高达4.99。由宁夏的产值区位商分析可知，工业发展中比较规模优势明显的都是资源型产业，随着宁夏的工业化进程的推进，工业发展进一步加重了对资源环境的压力。

与2000年工业内部各行业的区位商相比，2008年纺织业、印刷业记录媒介的复制、煤气的生产和供应业、食品加工业和医药制造业等产业的区位商增长了20%以上，说明这些产业正处于高速发展中，逐步显现比较优势。其中纺织业的区位商达到了2000年的34倍，由2000年的0.03增长到了2008年的1.09，具有一定的生产专业化优势。短短几年间，宁夏纺织业取得如此惊人的发展成绩，主要得益于宁夏特色牧业的发展，为纺织业发展奠定了坚实的基础。煤气的生产和供应业的比较优势进一步增强，仍然是得益于宁夏的资源优势。食品加工业仍处于比较劣势，但发展速度较快，主要得益于近年来宁夏产业结构调整和农业的产业化发展。医药制造业的快速发展主要得益于宁夏中草药的资源支持。对于这些处于高速发展中的产业，政府应提供政策支持，积极扶持其发展，确立其战略产业的地位。

随着一些产业的快速发展和比较规模优势的凸显，也有部分产业比较优势不断弱化，甚至是比较劣势增强，其中具有代表性的有石油和天然气开采业、皮革毛皮羽绒及其制品业、橡胶制品业和非金属矿采选业等，一定程度上提醒了我们，对资源的过分依赖必然将制约工业的长远发展。

（三）第三产业发展

宁夏第三产业发展滞后，其增加值占全区生产总值的比重较低，特别是现代服务业的数量和质量远不能满足需求，且目前缺乏规模效应、抗风险能力弱、人员素质不高等因素制约了服务业的进一步发展。与此同时，产业结构不合理，近年来第三产业占生产总值比重不增反降，从2000年的37.5%下降到了2008年的36.2%。产业结构的变化一定程度上背离了产业结构演变规律，第三产业对经济增长的贡献率较低。

2008年，由产业区位商的计算可得，第三产业内部交通运输仓储邮电业、金融保险业和其他服务业具有比较规模优势，是第三产业的支柱，其中，内部交通运输仓储邮电业、金融保险业是传统的服务业，其主导地位短期内不可动摇。与2000年相比，其他服务业发展迅速,由比较劣势转变为比较优势,主要是由于近年来新兴服务业发展迅速,产业比例不断增加,应不断挖掘其他服务业的发展潜力,其他服务业的发展是未来第三产业发展的带动力量。

二、宁津合作现状分析及存在的问题

(一)宁津合作现状

由于宁夏回族自治区与天津之间存在较大的空间跨越,合作难度较高,因此在2000年之前,宁津之间基本上没有政府之间正式意义上的合作。伴随国家西部大开发战略的逐步推进与滨海新区的日益崛起,宁夏回族自治区与天津市也尝试了一系列的合作。

1. 初步合作意向

2007年7月19日,由天津市政府和海关总署、国家质检总局共同举办了推进区域口岸合作座谈会,宁夏和其他的11个北方省市区一起被纳入了区域协作体系之中。与会的各省区共同签署了《北方地区大通关建设协作备忘录》。备忘录的签署对进一步加强区域口岸合作,提高我国北方地区对外开放水平、促进区域经济协调、持续、快速发展具有十分重要的意义。2007年7月,天津与以上包括宁夏在内的12个省市、自治区又签订了《建设内陆无水港合作意向书》等协议,为顺利有效推进无水港建设奠定了工作基础。

2. 宁津合作建设内陆无水港,互惠互利协同发展

宁夏惠农陆路口岸的建立是天津市与宁夏回族自治区落实《跨区域口岸合作天津协定书》、《北方地区大通关建设协作备忘录》和《建设内陆无水港合作意向书》等一系列合作协议、加强口岸合作、促进区域经济发展取得的重大成果。惠农陆路口岸位于宁夏石嘴山市工业园区,包兰铁路东侧,紧靠惠农一等编组站,专用线直接从车站引出。工程于2007年4月开工建设,规划一期占地总面积340亩,年吞吐量集装箱10万标准箱,年物流配送能力200万吨。目前,联检单位办公、生活、监管场所全面完成,连接全国路网的铁路专用线铺通,《天津市与宁夏回族自治区跨区域合作备忘录》已签订并开始发挥作用,具备了挂牌运营的基本条件。

通过"一次报检、一次报关、一次验放"的物流运作模式,实现天津港口功能和口岸功能向惠农陆路口岸的延伸。天津市各相关部门给予惠农陆路口岸政策优惠和资金、技术上的支持。天津港与宁夏陆港公司合作成立新公司,并在惠农陆路口岸派驻机构和人员,参与惠农陆路口岸建设和营运,实现港口功能的延伸;天津部分船公司积极介入,投入海运集装箱到惠农;天津海事法院将在惠农设海事咨询电话,提供法律方面的支持和服务。两地口岸、海关、检验检疫、海事边检等有关部门和企业,密切配合,相互支持,积极推进,为海陆口岸合作探索了经验,作出了示范。

宁夏回族自治区通过天津口岸的进出口货物快速增长,2007年进出口贸易额12.04亿美元,比上年增长17%,2008年1~5月份达到5.54亿美元,同比增长

20.7%。

惠农陆路口岸是天津与宁夏合作建设内陆无水港的成功典范,标志着宁夏这个不沿边、不靠海的西部内陆省份,从此也有了自己"出海口"。惠农陆路口岸成为宁夏方便快捷的重要出海通道,成为天津支持西部大开发,支持宁夏经济发展的重要桥梁。

(二)宁津合作存在的问题

宁津之间的经济合作时间短暂,基础较为薄弱,在经济合作中面临着一系列的问题。

1. 地区发展差距

宁夏回族自治区属于西部的经济欠发达地区,抓住西部大开发的机遇,经济得到了迅猛的发展,但和天津市尤其是滨海新区仍存在较大差距。2009 年宁夏实现地区生产总值 1 334.56 亿元,按常住人口计算,人均地区生产总值达到 21 475 元;同期天津市的全市生产总值完成 7 500.80 亿元,人均生产总值达到 62 403 元,达到了宁夏的 3 倍;而滨海新区 2009 年全区实现地区生产总值 3 102.24 亿元,人均地区生产总值为 116 526 元,超过了同期宁夏的 5 倍之多。

经济发展的巨大差距容易造成经济合作中地位不平衡,经济欠发达地区处于被动地位。宁津之间的经济合作,宁夏付出更多的是自然资源、能源、廉价劳动力等生产要素,而天津更多的是提供资金、技术等生产要素。不同生产要素直接影响着地区合作的利益分配,占据资金、技术优势的发达地区拥有更多的话语权,在利益分配中往往得到更多的收益。利益分配的不平衡必然影响到经济欠发达地区的积极性,从而威胁到合作关系的长久发展。

2. 经济结构差异

地区之间实现经济合作,必须存在一定的经济共性和共同的产业发展方向,才能在长期的合作竞争中实现双赢。宁津的经济结构差异较大,使得两地可以合作的领域及层次受到一定程度的限制。

1958 年自治区成立之前,宁夏主要以农业经济为主。1957 年,第一产业在国内生产总值中的比重高达近 80%,第二产业比重不足 10%。随着经济社会的不断发展,产业结构不断调整优化,2008 年宁夏的三次产业结构比例为 10.9:52.9:36.2,而同期天津市的三次产业结构为 1.9:60.1:38,滨海新区为 0.24:72.41:27.35。宁夏的第一产业比重远远超过天津市,在农业上基本没有合作空间;宁夏的第二产业比例虽然也较高,但主要是以能源工业为主的传统产业,需要天津市的资金支持和技术改造,以促进宁夏的产业升级。

3. 地区产业差异

宁津的历史积淀和自然资源优势不同,造成两地的产业基础及产业发展水平存在着较大的差异。

首先,宁津的产业基础差异较大。宁夏回族自治区建区时农业比重过大,工业发展起点晚,支柱产业以传统产业为主,对资源有很大的依赖性,基础薄弱。近年来加强了新材料产业、特色农业、特色旅游业等战略产业的发展。天津一直以来都是我国的重要工业基地,具有雄厚的工业基础,在传统产业发展的基础上致力于结构调整、技术创新和对外开放,发展了电子信息等八大优势产业,产业技术层次也得到了进一步的提高。

表 11-5　宁津产业对比

地区	支柱产业	战略产业
宁夏	煤炭、电力、化工、机械、冶金、医药、轻纺、建材	新材料产业、特色农业、特色旅游业
天津	石油化工、电子信息、新能源、航空航天、现代服务业、装备制造业、汽车、冶金、生物医药、新材料	电子通讯、海洋化工、物流、金融

其次,宁津的产业技术水平存在差异。宁夏回族自治区的优势产业基本上都是依靠自然地理、资源、能源优势发展起来的,如煤炭与电力行业占据全区工业产值的近一半比重,但大部分属于传统产业,多采用常规技术。在全区工业产值中,新兴产业所占比重不到10%,而同期的全国水平为18%。宁夏回族自治区的农业长期处于低产低效状态,工业产值单位能耗量大,第三产业以传统服务业为主。宁夏回族自治区的产业技术水平在一定程度上受其产业发展基础的制约,同时也是由于长期以来,产业发展的资金投入力度较低以及地区的整体教育水平低而造成从业人员的整体素质偏低等因素共同影响而成。而天津电子信息、航天航空、光电一体化、生物技术和医药、新材料、新能源等高新技术产业发展迅速,占全市规模以上工业总产值的比重达到33%,同期滨海新区的高新技术产值占工业总产值比重高达45%,产业技术水平远高于宁夏。

三、宁津合作构想

开展区域经济合作,其目的在于资源共享,优势互补,实现两地经济发展的双赢。要加强宁津经济合作,就必须着眼于宁夏回族自治区的资源优势和特色优势,发挥天津的市场经济先行优势,促进宁夏回族自治区经济社会的跨越式发展,同时为滨海新区乃至天津市提供更大的经济发展空间。具体而言,宁津可在以下重点领域的开展合作。

(一)充分利用惠农陆路口岸,进一步加强合作建设内陆无水港

宁夏面积6.64万平方千米,地处我国西北地区东部,黄河上中游,接近我国的几何中心,是连接华北、东北与西北地区的重要枢纽,是我国进一步开发建设西部的重要依托和前沿阵地。包兰铁路、中宝铁路纵贯宁夏南北。即将开工建设的太中银铁路将打通宁夏东线铁路运输,从而形成"大十字"运输网络;银川河东机场开通与北

京、上海、西安、广州、郑州、杭州、武汉、南京、成都、深圳、济南、太原、青岛、乌鲁木齐等 14 个大城市的进出港航班;石中高速公路和中宁至中卫高速公路贯穿沿黄城市带,银川市区还建成环城高速公路并与全区高速公路主干线相连接,目前已形成以银川为中心、1 个半小时可通达沿黄城市带区域内主要城市的交通网络。

随着高速公路的迅猛发展,也打通了宁夏在西北的门户地位,使其成为连接欧亚高速公路的大通道,宁夏正从一个边缘地区转变为扼守咽喉的西北门户。

通向荷兰鹿特丹的欧亚大陆桥,对于我国东三省和华北地区来说,从宁夏过境最为便捷。因此,对于有着强烈发展冲动的宁夏来讲,至关重要的公路运输决定了其能否更好地融入全国市场格局,参与欧亚公路运输大循环。宁夏将全面建成"三纵六横"公路网:向北与内蒙古包头、呼和浩特相连;向东打通银川至青岛的经济通道;向西通过甘肃兰州、武威参与欧亚大陆桥公路运输经济圈;向南与陕西、湖北、河南、上海、福建等中东部发达省区联系。构成横连东西,纵贯南北的运输大通道。

近年来,宁夏物流基础设施取得较大发展。2007 年,全区共有亿元交易市场 27 个,全年实现商品交易额 117.8 亿元。县城以上城镇都有一定规模的商贸购物中心,在乡镇则建有连锁超市、便利店、农家店等购物场所。截至 2007 年年末,全区登记注册、并具有一定物流经营规模的企业共有 144 家。其中,银川市 57 家,石嘴山市 13 家,吴忠市 14 家,固原市 5 家,中卫市 10 家。2008 年以来,全区新开工建设大型物流园区主要有宁夏灵武国际物流中心、银川陆港物流中心、石嘴山惠农陆路口岸经济区等。

在惠农陆路口岸成功的基础上,进一步加强合作建设内陆无水港,实现港口功能的相互延伸,为两地开展全面合作提供便捷通道,从而更有效的发挥滨海新区对腹地的带动力合影响力。

1. 充分发挥惠农陆路口岸的功能

作为宁夏首个陆路口岸的开通,要充分发挥惠农陆路口岸出口货物集散、报关、报检、配送、物流信息服务等综合功能,实现宁夏、甘肃、青海、内蒙等内陆省区出口货物的铁海联运,为周边地区产品通过天津港发向全国及至世界各地提供便捷通道,促进区域经济又好又快发展,带动"临港产业"和"辐射型"经济发展,以铁路集装箱运输的快速通道为纽带。实现天津港向内陆无水港的延伸,降低宁夏企业进出口成本,为企业提供快捷、高效的大通关服务,使宁夏成为西北地区东部重要的商业物流、陆港物流、农产品冷链物流中心,形成宁夏经济发展的新优势。

2. 实现宁津物流产业对接

近年来,宁夏回族自治区的物流基础设施取得了较大发展。2007 年,全区共有亿元交易市场 27 个,全年实现商品交易额 117.8 亿元。县城以上城镇都有一定规模的商贸购物中心,在乡镇则建有连锁超市、便利店、农家店等购物场所。截至 2007 年年末,全区登记注册、并具有一定物流经营规模的企业共有 144 家。资本 1 亿元以下、1 000 万元以上的物流企业共有 13 家。2008 年以来,全区新开工建设大型物流园区主要有宁夏灵武国际物流中心、银川陆港物流中心、石嘴山惠农陆路口岸经济区等。

天津凭借交通优势和滨海新区的区位优势,物流业得到迅速的发展。滨海新区拥有世界20强深水大港的天津港,对外连接160多个国家和地区,是我国北方最大的深水港,拥有我国北方最大的集装箱码头群,目前天津港的港口货物吞吐量超过3亿吨,集装箱吞吐量近1 000万标箱,其中来自天津以外地区的超过70%。滨海国际机场是我国重要的干线机场和北方航空货运中心,滨海新区未来发展的定位是建成国际航运服务中心和国际货流中心。

惠农陆路口岸的建设,带动了宁夏物流产业的发展,同时也促进了两地物流模式创新,提高了效率,降低了物流成本,这种通关模式改变了内地货物在申报通关时异地转关两次申报的传统做法,吸引相关船公司、船货代理等企业参与,形成无水港"一次申报、一次查验、一次放行"的物流运作模式,实现了内陆外贸口岸与天津港的无缝对接。宁津应抓住机遇,实现两地物流产业的对接,加强合作,不断创新,共同发展。

3. 建设无水港对天津的重要作用

1)通关模式改革——有利于提高通关效率,降低综合物流成本

发展区域通关是天津海关全面落实党的十七大提出的发展区域经济要求的重要举措。通过建设无水港,把港口的功能放到了内地,腹地的货主在当地就可以办理所有的港口通关、通检的手续,货物到港口就可以直接装船,提高了通关效率,减少了物流时间,从而降低了货主的物流成本。天津无水港相关数据显示,无水港物流运行时间,中部地区缩短了1~2天,西部地区缩短了3~4天,综合物流成本下降了20%以上。

2)港口功能延伸——有利于扩大内地货源市场

建设无水港,可以实现港口功能的相互延伸,通过承载内地出海的国际物流,可以有效地集散内地各类进出口货物,尤其是集装箱货物,从而有效地巩固和扩大内地货源市场,天津港的综合竞争力也将随之提高。无水港的建设实现了天津港与内陆无水港服务功能的对接,使天津港成为承载腹地物流的重要平台,成为内陆地区通向世界的一条"黄金水道"。目前,天津港70%以上的货物吞吐量和50%以上的口岸进出口货物来自天津以外各省区,港口对天津城市地位的提升作用明显增强。

3)港口经营创新——有利于提高服务质量

天津港对无水港货物实行"三优先"的港口经营和操作方式,即港口手续优先,设立专门窗口和专人负责无水港的货物;码头场地优先,在前方码头辟出专用堆场为无水港进行配套;港口作业优先,凡经无水港受理的进出的货物,天津港将优先安排作业计划,从而更好地服务和巩固了"无水港"资源,进一步提高对腹地外贸企业的服务质量。

4）腹地经济辐射——有利于区域经济的协作与发展

无水港是天津的内陆"根据地"。通过建设无水港,天津港与内陆地区可以实现双赢,内陆地区拥有了自己的出海通道,能够形成围绕物流、人流、资金流、信息流等形式的多行业、多功能的综合经济体系以及高新技术产业开发、商业金融等第三产业高度发达的口岸经济区域。由此可以看出,无水港的开港运营,对于改善内陆腹地的投资环境,拉动区域经济增长,提高对外开放水平,实现与国际港口的直接通关,都有深远的意义。天津港集团公司董事长于汝民指出,国务院在批复滨海新区的开发开放时,强调滨海新区的一个重要作用就是对腹地的影响力和带动力,也就是说天津港的发展不是天津自己的事,而是涉及全国范围区域发展的事。

（二）宁津建好宁东能源化工基地,寻找投资合作机会

宁东能源化工基地位于陕、宁、蒙毗邻地区,以宁东煤田为依托,重点发展煤炭、电力、煤化工三大核心产业。宁东能源化工基地是国家规划的十三大型煤炭基地之一。七大煤化工产业基地之一和西部地区六大优势产业基地之一。基地项目规划符合国家能源发展战略和国家资源综合开发、合理利用的要求,通过引进国外先进技术,实现由煤炭输出向电力输出转化、向清洁能源转化、向油品化学品转化,产业链条长,产品市场前景广阔,项目效益完全有保障。天津可以根据自身的优势,就化工、新能源等方面与宁夏回族自治区合作,参与宁东建设,同时加强与宁东能源化工基地的合作,力争为天津工业的未来发展打下能源基础。为保证基地项目的顺利实施,宁夏回族自治区准备吸引更多的战略投资者参与建设,为天津市企业参与宁夏回族自治区建设提供了一个良好商机。

（三）宁津基于互惠共利原则,加快优势资源开发

宁夏资源丰富,天津可利用民资力量和技术成果,选择优势资源进行联合开发,注重发展有市场前景的特色经济和优势产业,以提高资源利用能级和附加值,努力培育和形成新的经济增长点,如宁夏的中草药、乳制品、羊绒、马铃薯、清真牛羊肉等特色产业都有很大的发展潜力。

以宁夏中草药种植产业为例。2000 年,宁夏被科技部列为国家中药现代化科技产业种植基地。10 年来,宁夏中药产业的面貌发生了根本性的变化。目前,全区种植中药材 100 余万亩,野生药材资源修复区 400 余万亩。构建起了种质研究与种子种苗生产、规范化种植与质量控制检测等四大药材基地建设科技支撑体系,形成了引黄灌区、中部干旱风沙区和六盘山区三个特色鲜明的中药材种植基地,确立了枸杞、麻黄、甘草、肉苁蓉等 7 个"中药材规范化种植示范基地"。基地建设以来,累计制定国家、行业和地方标准 32 个,取得科技成果 100 多项。

其中,枸杞是宁夏的重点中药材。宁夏回族自治区是宁夏枸杞的原产地,人工栽培历史已 600 余年。宁夏枸杞因具备生态、社会、经济三位一体的经济效益,而成为我国北方干旱半干旱荒漠地区的营林先锋树种,同时果实具有滋补肝肾、益精明目的

保健功效而被列入药食,是我国传统的名贵药材和出口创汇产品。宁夏枸杞作为宁夏特色优势主导产业近年来得到迅速发展,至2005年底,宁夏枸杞种植面积达到38万亩,已建成1.3万亩枸杞规范化种植(GAP)科技示范园区,10万亩枸杞无公害生产基地。全区年产干果4 500万千克,占全国总产量的60%,出口量每年以15%的比率递增,占全国出口量的60%左右。

加强宁津生物医药合作。生物医药同是宁津的支柱产业,两地可借着中草药特色种植产业合作的契机,加强生物医药的合作。宁夏2008年医药制造业的区位商相对于2000年增长了24.41%,处于快速发展期,而天津2008年医药制造业的区位商为1.14,只有比较规模优势。两地可主要着眼于研发环节的强强联合,加大资金投入,组织医药人才共组研发团队,致力于生物医药新技术、新产品的开发。目前,天津只有天津海泰药业落户宁夏中草药基地,宁津生物医药合作还有待进一步发展。

(四)实现宁津纺织业的产业对接

宁夏的纺织产业比重低,基础薄弱,经济总量小。纺织工业的成绩来之不易,从1958年到1988年的30年间,宁夏重点发展毛纺、棉纺、麻纺、针织、化纤和服装业,并且取得了较好的经济效益。但是20世纪90年代后期,随着国内市场竞争加剧等因素的影响,许多企业陷入困境,宁夏纺织业成为亏损行业。2000年初,面对从未有过的困境,宁夏轻纺工业局党组明确提出"坚持不丢弃原来的纺织行业基础,坚持通过资产重组使企业获得新生,坚持创造条件让职工有再就业机会"的思路,借助国家西部大开发的新机遇,通过招商引资,引来优势纺织企业,使一些停产多年的老企业起死回生,大力发展羊绒特色产业。

短短几年间,宁夏加快内部结构调整,依托牧业发展优势,发展凸显产业特色,注重发挥比较优势,走差异化的发展道路,在资源、配套能力等方面不足的情况下实现了宁夏地区纺织业的快速发展,一批名优产品逐渐在国内外市场崭露头角。截止2008年,全区共有羊绒加工企业90家,宁夏地区规模以上纺织企业实现了工业总产值61.97亿元,同比增长19.47%;工业增加值23.90亿元,同比增长21.33%;出口交货值6.97亿元,同比增长156.48%,且利税总额达到3.79亿元,实现利润3.53亿元。

纺织业曾经是天津的骄傲,也曾经创造出天津的辉煌。1949年,天津纺织工业的总产值几乎占到全市工业总产值的一半,从业人数是全市职工总数的39%。直到1986年,纺织业的工业总产值在天津市各工业部门中仍居首位,为国家上缴利税总额超过134亿元。天津纺织业拥有雄浑的工业基础,有过硬的技术、先进齐全的设备资源以及全国最强的纺织学院优势,这些都是促进纺织业发展的不可或缺的因素。随着天津步入工业化的中后期,新兴产业不断出现和快速发展,传统产业在国内生产总值的比重不断下降,地位逐渐被取代。纺织业也不例外,由主导产业过渡到支柱产业,最终退出支柱产业的地位。2008年,天津纺织业的区位商仅为0.16,凸显比较劣势。

天津应在现有纺织产业基础上,以发展品牌服装与高附加值纺织品为重点,抓住对行业发展带动作用明显的新材料应用、新技术开发、品牌经济推进等关键环节,加快企业技术进步,培育新的增长点,而把传统的纺织产业设备、技术转移出去。为加快技术进步和技术创新,近年来宁夏羊绒企业进行技术改造,积极引进先进设备,生产由初加工向深加工转变,积极承接发达地区的产业转移是加快纺织业发展、节省成本的最佳选择。因此抓住机遇,实现两地纺织产业对接,为天津的纺织业找到了新的市场,降低了现有技术、设备的沉没成本,同时为宁夏的纺织业发展提供设备资源和技术支持,对宁津纺织产业的进一步发展具有重要意义。

(五)以文化整合为先导,进一步促进旅游和文化产业的发展

天津的自然人文风光和宁夏古韵悠长的塞上风情,都有着进一步拓展旅游业的巨大潜力。积极拓展旅游市场是双方经济社会发展的共同要求。两地可在共同开发旅游景点、拓展旅游项目、组织双向旅游等方面加强合作,让旅游业带动更多的产业加快发展。天津在文化产业发展上具有较强的优势,伴随着宁夏近年来其他服务业的快速发展,宁夏在新兴文化产业的建设和开发方面具有很大的潜力,天津可以参与宁夏文化产业的发展,两地的文化界人士可进行文化考察、艺术演出、采风创作、采访报道等文化交流活动,推动两地文化产业更快发展。

(六)人才交流与合作

以实施人才战略为契机,积极推进两省区在教育、科技、文化等方面的合作,共同促进人才的培养和交流。宁津在煤炭重化工、生物医药、新材料产业发展以及传统产业的改造方面,可采取专家指导、合作科研、人才培训、成果转让等多种形式,开展多领域的科技合作。天津的高校和科研机构较多,可以通过定向培养、联合培养和举办研究生课程班等形式,帮助宁夏培养更多的高级人才,为宁夏实施西部大开发战略提供有力的人才支持。

第三节　黄河流域区域经济空间结构实证分析

一、引言

流域区是以河流为中心的一种特殊类型的自然区域,流域是实现区域经济和国民经济可持续发展最重要的空间载体之一,加强流域的开发和治理,实现我国流域经济的可持续发展是落实"以人为本、全面、协调、可持续发展"的科学发展观,构建社会主义和谐社会的重要内容。流域经济是建立在流域自然地理环境基础上的区域经济,与流域发展息息相关的长江三角洲、珠江三角洲和环渤海地区已成为我国经济最发达的区域。改革开放以来,由于部分地区先天优势以及国家投资重点和区域政策的倾斜,我国东、中、西三大地带之间经济发展差距逐步扩大,区际矛盾日益增多。黄河流域的大部分区域位于中国的西北部,经济发展速度缓慢,因此研究黄河流域的经济合作,提升其经济发展水平,是缩小我国区域经济差距、推行区域经济协调发展的有效途径。

区域发展需要以区域经济空间结构为依托,区域经济空间结构的演化直接制约着区域经济发展的进程。而区域经济空间结构的相关性研究是区域空间结构研究的关键内容。本章提出的优化区域经济空间结构,促进黄河流域经济发展的相应的建议,可以在一定程度上为确立黄河流域经济空间开发的重点和推进次序提供依据,同时对制定黄河流域经济空间开发对策和措施具有一定的指导意义。

二、研究数据选取和研究方法

(一)研究数据选取

本章以自然意义上的黄河流经的九个省、自治区为研究对象,包括青海、四川、甘肃、内蒙古、宁夏、陕西、山西、河南、山东。时间序列为 1994—2009 年,分析变量为黄河流域九省、自治区的人均 GDP,以 1994 年数据为基期,对各年数据进行可比价格换算。数据资料来自于 1995—2010 年的《中国统计年鉴》。

(二)研究方法

本章主要采用探索性空间数据分析(ESDA,Exploratory Spatial Data Analysis)方法。该方法它不仅可以描述数据的空间分布,使其实现可视化,还可以对空间数据的异常值进行识别,检测社会和经济现象是否存在空间集聚,展示数据的空间结构,并对空间相互作用机制进行解释。探索性空间数据分析的核心是认识与地理位置相关的数据间的空间依赖、空间关联或空间自相关。

本章根据 1994—2009 年黄河流域九省、自治区的人均 GDP,应用计量分析软件stata11.0,构建空间时态数据库,通过统计学原理和现代图形计算技术,直观展示观测值的空间分布、空间结构以及空间相互影响等特征,从而分析黄河流域区域经济空间结构的自相关性。囿于数据的可获得性,本章借鉴大多数相关学者研究方法,空间矩阵采用二进制连接矩阵。即:

$$W_{ij} = \begin{cases} 1, & \text{当区域 } i \text{ 和区域 } j \text{ 相邻} \\ 0, & \text{当区域 } i \text{ 和区域 } j \text{ 不相邻或 } i-j \end{cases}$$

三、黄河流域区域经济空间结构的全局相关性分析

(一)全局相关性含义及衡量指标

分析经济增长的空间关联性是识别经济空间结构组织形式的基础。许多现象由于在地域分布上具有连续性的空间过程的影响而在空间上具有自相关性。全域空间自相关描述现象在整个区域的空间关联特征,反映的是在研究区内某一现象相似属性值。

衡量全局空间自相关最常用的指标有全局 Moran 指数和 Geary 系数。

(二) 全局自相关的 Moran 指数

这里选用全局 Moran 指数,Moran 指数反映的是空间邻接或空间邻近的区域单元属性值的相似程度。

从图 11-4 中可以看出,黄河流域 Moran 指数变化幅度较大。1994 年和 2009 年,Moran I < 0,区域内经济发展呈现负相关关系,即黄河流域九省、自治区之间的经济发展呈现替代性竞争局面。其他年份的 Moran I > 0,说明黄河流域区域经济发展长期呈现正相关关系,即黄河流域九省、自治区之间的经济发展呈现互补性竞争局面。2000 年的 Moran I 最大,表明 2000 年黄河流域区域经济空间结构的自相关性最强,空间分异程度最小。根据区域经济空间结构相关性的变化情况大致可以分为四个阶段。

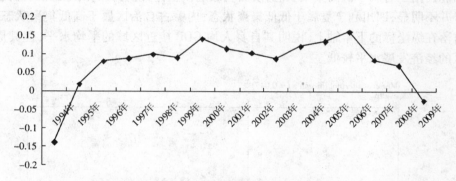

图 11-4　1994—2009 年黄河九省、自治区的人均 GDP 的 Moran 指数 I①

第一阶段为 1994—2000 年,Moran I 主要呈上升趋势,只有 1999 年出现微小的下降,表明期间黄河流域内各省份人均 GDP 存在正相关性,且相关性逐年增强,空间分异程度在逐年缩小。

第二阶段为 2001—2003 年,Moran I 呈下降趋势,说明期间区域经济发展的正相关性逐年减弱,空间分异程度逐渐变大。

第三阶段为 2004—2006 年,Moran I 连续上升,说明区域经济发展的正相关性逐渐增强。

第四阶段为 2007—2009 年,Moran I 直线下降,且 2009 年出现负值,说明区域经济发展由正相关变为负相关,自相关性都不显著,区域空间分异程度很大。

四、黄河流域区域经济空间结构的局部相关性分析

全局空间自相关分析可能会忽略反常的局部状况,因此这里对黄河流域区域经

---

① 本文 z 统计量检验采用的置信区间水平为 10%。

济空间结构的局部相关性进行分析。

(一)局部自相关的含义及分析方法

局部自相关分析可以检验空间单元某一现象的属性值是否显著地与其相邻空间单元上该现象的属性值相关。

本章用 Moran 散点图法,对主要年份进行分析。Moran 散点图的第一象限为高高空间关联,代表高观测值的空间单元为高值的区域所包围的空间联系形式,相应的第二、三、四象限分别为低高、低低、高低空间关联形式。

(二)黄河流域主要年份的 Moran 散点图及相关分析

1995 年黄河流域人均 GDP 的 Moran 散点图如图 11-5 所示。山西和山东两省属于高高集聚状态,山西省靠近纵坐标,说明其人均 GDP 处于微弱的高值状态;甘肃、陕西和河南三省属于低高集聚状态,陕西省靠近横坐标,说明其周围地区的经济发展优势并不明显;四川和宁夏属于低低集聚状态;内蒙古自治区属于高低集聚状态;青海省落在纵坐标的下半轴上,说明其自身人均 GDP 接近区域的平均水平,但其周围地区的经济发展水平较低。

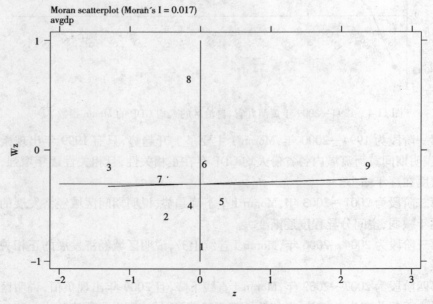

图 11-5　1995 年黄河流域人均 GDP 的 Moran 散点图

注:1—青海;2—四川;3—甘肃;4—宁夏;5—内蒙古;6—山西;7—陕西;8—河南;9—山东

2000 年,黄河流域区域经济空间结构的全局自相关性最强,因此有必要具体分析该年份黄河流域人均 GDP 的 Moran 散点图。

由图 11-6 可知,山东、四川和内蒙古所处的集聚状态不变;青海由纵坐标上移到了第三象限,说明其人均 GDP 转向了低值状态;山西和河南两省位于纵坐标的上半

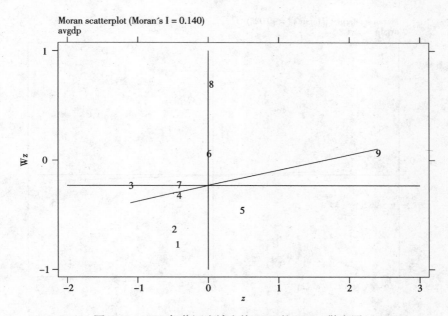

图 11-6　2000 年黄河流域人均 GDP 的 Moran 散点图
注：1—青海；2—四川；3—甘肃；4—宁夏；5—内蒙古；6—山西；7—陕西；8—河南；9—山东

轴上，相对于 1995 年变化微弱；甘肃和陕西两省由第二象限移到了横坐标的左半轴上，说明两省各自周边地区的经济水平向低值发展。

经过近 10 年的发展，黄河流域经济空间结构的呈负相关性，替代型竞争关系日趋明显（见图 11-7）。这在一定程度上表明黄河流域各省之间的发展是孤立的，区域合作较少，区域经济一体化程度水平较低。

山东省从第一象限落到了第四象限，其自身经济仍是高水平发展，但却没有有效的带动周边地区的发展。近年来，环渤海地区的经济发展突飞猛进，成为带动中国经济发展的第三增长极，山东省是环渤海地区的重要成员，经济高速发展，但增长极作用有所弱化。

甘肃、陕西、河南和内蒙古所处的经济空间集聚状态基本没变；青海和四川仍位于低低集聚状态下。

宁夏由第三象限上升到了第二象限，说明其自身仍处于低水平发展状态，但其周边地区的经济呈高水平发展，如与其紧邻的内蒙古在整个区域中经济发展一直处于高水平状态，但对宁夏的经济发展带动作用并不明显。

山西省由高高集聚状态逐渐落到了低高集聚状态下，在区域中经济发展优势逐年下降。究其原因，山西省的国民经济产值中有很大比例得益于煤炭工业的发展，近年来受"煤改"的影响，民营经济发展受到严重的挫伤，从而对山西省的经济发展也产生了一定影响，导致山西省在黄河流域中的经济地位一定程度的下降。

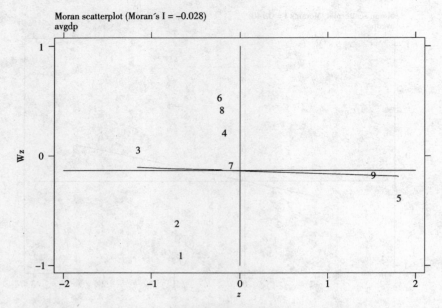

图 11-7　2009 年黄河流域人均 GDP 的 Moran 散点图

注:1—青海;2—四川;3—甘肃;4—宁夏;5—内蒙古;6—山西;7—陕西;8—河南;9—山东

五、结论与政策建议

从全局 Moran 指数可以看出黄河流域区域经济空间结构基本呈正相关性,近年来,黄河流域的区域经济空间结构相关性越来越弱,甚至出现微弱的负相关性。因此,要促进黄河流域经济发展,首先应增强黄河流域的凝聚力,确立区域经济发展的增长极,逐渐带动整个区域经济发展。现提出如下政策建议。

(一)加强黄河流域与滨海新区的区域合作

虽然滨海新区和黄河流域在地区上有一定的跨越性,但是流域中的山东省原本就是环渤海地区所辖省份,同时山西省和内蒙古自治区位于泛环渤海区域内,是环渤海的重要腹地。因此以滨海新区为龙头,促进黄河—滨海区域经济合作具有一定的可行性。

加强黄河—滨海区域经济合作主要可以从两方面着手。一方面可以在物流方面加强合作。滨海新区拥有世界 20 强深水大港的天津港,对外连接 160 多个国家和地区,是我国北方最大的深水港,拥有我国北方最大的集装箱码头群;滨海国际机场是我国重要的干线机场和北方航空货运中心,滨海新区未来发展的定位是建成国际航运服务中心和国际货流中心。而黄河流域拥有天然的能源优势,被誉为我国的"能源流域",能源工业的发展需要有强大的物流功能的支持。当前,黄河流域的部分省份已经与滨海新区就物流等相关方面建立了合作关系。2005 年 11 月 14 日,天津海关与郑州海关在郑州签署了区域通关合作备忘录,相约"郑州报关,天津放行"。另外,2007年7月20日,由天津市政府和海关总署、国家质量监督检验检疫总局共同举办的推进区域口岸合作座谈会,黄河—滨海流域的山西、河南、陕西、宁夏、甘肃、四川、内蒙古等省、自治区一起被纳入区域协作体系之中。另一方面,可以推进两大区域的技术合作。技术合作对空间的连续性要求不强,同时可以有效引导民营资本在区域间的流动。目前两大区域技术合作已有先例,中国首个异地共建开发区即红云高新技术产业园于2010年1月17日揭牌,开启了黄河流域对接滨海新区两大经济区域深度合作的新进程。

(二)注重培育区域内部增长极

黄河流域上游的山东、河南两省,中游的山西省都曾一度是区域经济发展的增长极,应强化其增长极的优势,进一步加强次区域内的合作。

内蒙古一直位于高低集聚状态下,自身的经济发展并没有带动周围地区的经济发展,因此可以加以引导、培育,使其与山西省共同成为黄河中游经济发展的增长极。

下游地区的青海、甘肃和四川都位于低低集聚状态下,次区域内缺乏增长极,区域经济发展陷入"贫困循环陷阱"。可以从中选择经济发展水平相对较高的省份,培育为次区域内的增长极。图11-8为2001—2009年三省人均GDP水平。

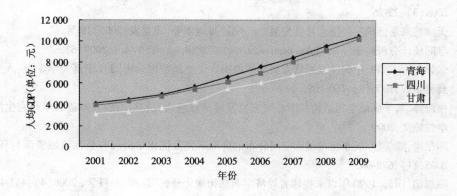

图11-8　2001—2009年青海、四川和甘肃三省人均GDP

从图11-8中可以看出,青海省的人均GDP略高于四川省,但青海省的城市、人口较少,在区域中的地位及影响力都较弱,因此可以考虑重点发展四川省以带动周边地区经济发展。

(三)加强区域经济内部合作,尽快实现区域经济空间一体化

1. 建立区域行业协会和产业联盟

要全面实现黄河流域的区域经济合作,必须切实的从每个行业、每个产业入手,首先建立区域行业协会,引导并协调各地区间的行业甚至龙头企业开展合作。另外可以建立区域产业联盟,加强区域间的产业内分工与合作,避免过度竞争,实现范围

经济和规模效益。

2.建立区域统一市场

目前,黄河流域各省份相关产业的地方保护色彩依然很浓厚,妨碍了整个区域的长远发展。因此,各级政府应逐步取消地方保护政策,建立区域要素和产品的统一市场,加强区域内资源和人才流动,对相关产品建立统一的产品销售网络。如应加强黄河流域各省份能源工业的合作,能源既可作为要素,也是各省的重要产品,因此形成主要能源的统一市场对黄河流域的经济发展至关重要。

3.加强次区域间的合作,缩小梯度差异

黄河流域区域经济梯度明显,因此在区域经济发展过程中,要有意识的引导中、下游地区加强与上游地区的经济合作,促进跨空间的合作,增大中、下游地区增长极对上游地区的扩散效应,形成对上游地区的多重辐射,从而促进上游地区的经济发展,缩小区域空间分异程度,实现区域经济空间一体化。

参考文献

[1]　李敏纳.黄河流域经济空间分异程度研究[D].开封:河南大学研究生博士学位论文,2009.

[2]　王言峰,马芳芳.基于 GIS 空间分析法的黄河流域经济发展差异[J].西安财经学院学报,2008(3):23-26.

[3]　天津滨海新区国民经济和社会发展"十一五"规划纲要.津党发(2005)18 号.

[4]　空间统计分析初步.www.jpkc.ecnu.edu.cn/0802/ziliaoxz/PPT/4.1,2009(6).

[5]　张馨之,龙志和.中国区域经济发展水平的探索性空间数据分析[J].宁夏大学学报:人文社会科学版,2006(6):106-109.

[6]　张海峰.基于区域空间结构的中心城市流量经济效应研究[D].:西北师范大学研究生博士学位论文,2009.

[7]　邓祖涛,陆玉麒.汉水流域城市空间分布的分形研究及优化举措[J].长江流域资源与环境,2005(11):679-683.

[8]　陈培阳,闫岩.1990 年以来福建省经济空间结构演化分析[J].河南科学,2008(4):482-485.

[9]　孙丽萍.云南区域经济空间差异分析及优化对策[J].曲靖师范学院学报,2010(1):39-43.

[10]　贺泽凯,戴宾.四川县域空间结构及其增长极的培育[J].西南民族学院学报,2003(5):103-105.

[11]　中国地方概览——宁夏,http://www.China.com.cn/ahoutchina/zhuanji/09dfg/node_7078944.htm.

[12]　宁夏回族自治区第二次全国经济普查领导小组办公室.宁夏回族自治区第二次全国经济普查主要数据公报(第一号).2010(1).

[13]　汪建敏.宁夏产业结构变动分析及调整的基本思路[J].宁夏大学学报:人文社会科学版,2002(4):58-68.

[14]　纳慧.宁夏产业结构调整中存在的问题及对策分析[J].科技广场,2009(4):98-101.

[15]　吴海鹰.宁夏县域经济研究[M].兰州:宁夏人民出版社,2004.

［16］　宁夏私营企业发展的现状、问题及对策建议——宁夏回族自治区,第二次经济普查系列分析报告之二.

［17］　吴宏林.宁夏13个特色产业占农业总产值82%［N］.华兴时报,2009（1）.

［18］　何佳,马忠玉.宁夏产业可持续发展研究［J］.环境保护,2009（4）:4-7.

［19］　杨晓荣.关于宁夏城市化问题的思考［J］.中国民族大学学报:人文社会科学版,2003（8）:145-146.

［20］　刘长顺.服务滨海新区开发开放,促进区域经济合作发展［J］.领导干部论坛,2010（3）.

［21］　史丽萍.天津港加快无水港建设的策略分析［J］.物流科技,2009,10.

［22］　张小萌,高桂英,刘兆强.宁东能源化工基地开发建设经济效益分析［J］.宁夏社会科学,2009（9）.

［23］　杨峰,牛惠民《宁夏现代物流产业规划布局》［J］.研究与探讨,2009（11）.

［24］　浙江—宁夏区域经济考察班.宁夏区域经济考察报告. http://www.raresd.com/zt-nx.htm.

［25］　宁夏回族自治区国民经济和社会发展第十一个五年计划纲要,http://www.china.com.cn,2009-11-27.

附录：

加强天津黄河区域经济合作，大力发展节能减排空调产业

中国黄河文化经济发展研究会

根据中国黄河文化经济发展研究会的实地调研，在天津—黄河区域内需要通过创新区域经济合作模式来大力推广和发展节能减排空调产业。与此同时，该产业的发展也能够通过技术扩散来提升区域合作水平。

一、中国黄河文化经济发展研究会的调研结果

近几年来，中国黄河文化经济发展研究会组织部分专家及有关人员对我国黄河流域部分地区的建筑节能，特别是建筑物空调系统的运行现状进行了针对性的调研。

一方面，空调节能减排已经蔚然成风，并取得了显著成效。截止 2008 年末，我国各类空调节能合同年产值约 15 亿元。与此同时，国内厂家积极开发空调节能减排技术，重大科技攻关项目接二连三地被攻克，新产品不断上市。

就产品的技术层面来讲，如胜洁公司的低阻力高效率静电除尘设备等产品在系统运行的空气处理、低阻力高效率清洁空气效果两个主要目标阶段，有效提供了空调系统节能运行应有的稳定性和精确度，已经处于技术成长期后期的阶段。该公司通过专家团队的多年技术研发，新型空气净化装置在提高空气过滤效率和品质方面获得了重大突破，是国内室内空气控制领域的领先企业，公司曾先后为人民大会堂、中央军委办公大楼、毛主席纪念堂、国务院办公厅、中央组织部办公楼、央视大楼新址、奥运鸟巢、水立方、国家体育馆、武汉机场、天津机场、乌鲁木齐机场、北京首都国际机场 T3 航站楼、国家大剧院、广州亚运会场馆、上海世博会永久性场馆世博轴、中国馆及众多国家馆等多个国家重点建设项目和文化体育场馆进行了空调系统节能净化的加装和改造，得到了业主们的一致认可。

显然，空调节能减排产业经济已经初绽萌芽，已经成为国家开展节能减排工作的五大重点攻关方向之一。

另一方面，虽然节能减排能够得到法律制度和科学技术的支持，但是，受经济发展规律的影响，空调节能减排产业的发展水平与速度远未达到人们的预期。《中华人民共和国循环经济促进法》(2008 年 8 月 29 日)第 4 章第 32 条也明确指出，企业应当采用先进或者适用的回收技术、工艺和设备，对生产过程中产生的余热、余压等进行综合利用。但是，这种法律条文只是对企业的技术创新给予肯定和诱导，，缺乏对技术创新的激励和刺激，无法从制度设计上调动相关产业的技术革新的积极性。

结果是,相比传统空调行业年度1200多亿元的产值,空调节能产业虽然发展前景方兴未艾,但成效甚微,其产值规模和市场份额微不足道,无法从根本上挑战和撼动传统空调产业的地位。这不仅致使节能减排空调产业在某种程度上仅仅只是一个奢侈的概念,而且还与国家"十一五规划"要求和哥本哈根会议承诺的节能目标相去甚远。

总之,节能减排空调产业既没有形成其核心竞争力,也没有占据足够大的市场份额,甚至没有影响与改变消费者的理念。

二、空调节能减排产业发展缓慢的原因分析

从生命周期理论来看,产品和技术的发展有一个形成—成长—成熟—衰退的生命周期,企业和产业的发展也有一个初创—成长—成熟—衰退或再造的生命周期。空调节能减排行业的发展同样如此。目前,空调节能减排产业的技术大致处于从实验室向生产车间转移的阶段,在技术上很不成熟,不仅存在产品试制风险,而且还存在产品的市场风险。一般来说,新产品接受市场检验是一个漫长的过程,产品价格和消费习惯以及传统产品的替代效应等因素都会对新产品的生存构成威胁。节能减排空调在技术上远比传统空调复杂,因此它的价格优势不明显,而且由于技术不成熟,很多产品的节能效果并不如宣传的那么神奇,从而致使其市场信誉和品牌受损。兼之,新产品新技术在环境污染,尤其是辐射和重金属污染等问题上往往语焉不详,或不甚了了,也让消费者望而却步。

从产业和相关企业的发展规模来看,则处在节能经济的初创阶段。就节能减排空调的企业现状而言,它们的生产规模就非常小,这既不利于技术创新,也不利于控制生产成本,从而导致节能减排空调与传统空调相比并不具有明显的价格优势。同时,从产业集聚的角度来看,中国各区域的节能减排空调产业犹如一块飞地,跟上游产业和下游产业缺乏必要的产业关联,仅仅在孤军奋战,导致其发展严重滞后。如果能够通过产业政策,扩大节能减排空调产业的生产规模和加强其产业集聚水平,那么该产业不仅技术创新能力会在短期内得到显著提升,而且生产成本也会得到有效控制。

显然,以上两个方面的问题是可以通过区域经济一体化来缓解的,因为区域经济合作不仅可以集聚资金和人才来提升技术创新能力,而且还可以把区域内市场连成一片,形成对节能减排空调的巨大市场需求,从而为扩大生产规模和产业集聚创造外部条件。

三、区域经济合作与发展节能减排空调产业的技术可行性分析

加强区域经济合作和创新区域经济合作模式,有利于推广节能减排空调产业的最新科技成果。这不仅可以加速技术扩散和放大技术扩散效果,而且还有利于利用新技术保护生态环境,向上拉升区域经济合作水平。对此,可以用蜂巢静电空气净化技术来予以说明。

该技术通过高压静电分离吸附过流空气中的颗粒尘埃和污染物,在达到传统无纺布过滤 F7 级的基础上,有效降低了过滤器过流阻力,降低空调系统运行能耗。

以本流域的天津为例,统计居民点及工矿用地 218 345 公顷,估算天津市目前既有采用中央空调建筑 14 亿平方米,则总空调机组运行总量 420 亿 CMH/年,适宜更换静电中效运行重量 24 亿 CMH/年,年度运行电费可节支 3 亿~4 亿元/年。由于采用全金属构件成型工艺,可避免传统无纺布因采用高分子化学结构报废后难以降解带来的环境污染和固体废弃物堆积容积 8 000~10 000 立方米/年,折算相当于减少普通生活垃圾 24 000~30 000 立方米/年。

再以本流域的河南省为例,统计居民点及工矿用地约 480 000 公顷,估算河南省目前既有采用中央空调建筑 18 亿平方米,则总空调机组运行总量 560 亿 CMH/年,适宜更换静电中效运行重量 34 亿 CMH/年,年度运行电费可节支 4 亿~5 亿元/年,可减少高分子化学结构报废后难以降解带来的环境污染和固体废弃物堆积容积约 9 000~10 500 立方米/年,折算相当于减少普通生活垃圾 27 000~32 000 立方米/年。加上各省市目前年度新建中央空调建筑 2 000 万~3 000 万平方米,节能减排效应必将更为显著。

就黄河流域而言,相关省市目前既有采用中央空调建筑 75 亿平方米,则总空调机组运行总量 2 257 亿 CMH/年,适宜更换静电中效运行重量 95 亿 CMH/年,年度运行电费可节支 27 亿元/年,可减少高分子化学结构报废后难以降解带来的环境污染和固体废弃物堆积容积约 6 万立方米/年,折算相当于减少普通生活垃圾 24 万~30 万立方米/年。同样,各省市年度新建中央空调建筑方面,估算年度运行电费再节支 3 亿元/年,高分子废弃物再减少 7 000 立方米/年。

潜在的节能减排效果和市场规模是如此的巨大,这自然给我们发展节能减排空调产业提供很大的利润空间和广阔的市场。显然,如果我们能够创新天津与黄河区域经济合作机制与模式,就可以为节能减排空调的技术产品和产品试制搭建一个平台,早日推出成熟的技术和产品,为保护生态脆弱的天津黄河区域作出应有的贡献。

四、结论和政策建议

以上分析表明,节能减排空调产业虽然在技术上和市场上还不具备明显的优势,但它在技术上的创新优势和环保理念等方面却具有很大的发展潜力和盈利空间,因此如果能够创新天津与黄河区域经济合作的机制与模式,集聚资金和人才,努力提升和完善节能减排空调的技术创新能力,增强该产业的规模经济效应和产业集聚效应,那么,节能减排空调产业就能在扩大其市场份额的同时,全面推动天津黄河区域经济一体化进程。

为此,特建议天津与黄河区域各省份要加强联络,以各种正式非正式的接触,建立和创新区域经济合作新机制,为节能减排空调产业的技术扩散与技术创新搭建一个平台,以期最终促成节能减排空调对传统空调取而代之。